巴爾札克短篇小說選集

奧諾雷·德·巴爾札克——著
邱瑞鑾——譯

目錄

推薦序

中央大學法文系副教授　甘佳平

種種因素影響之下，巴爾札克的譯作一直無法在台灣正常地發展。一般最耳熟能詳的不外乎是已被翻譯過數次的《高老頭》（Le Père Goriot）、《小氣財奴葛蘭岱》（Eugénie Grandet，近年來被譯為《歐葉妮．葛朗台》）等小說。因此，很多學生（甚至法文本科系學生）和讀者並不知道，巴爾札克其實是文學史上相當罕見的多產型作家。他在二十年的寫作生涯裡總共發表了上百部作品，其中，最為人知的《人間喜劇》（La Comédie humaine）也並非是單一冊書的書名，而是一套包含了九十多篇小說、散文、寓言和隨筆等的「套書」。換句話說，巴爾札克其實是個極富創作野心的作家，他立志將整個法國社會的種種樣貌記錄下來，讓文學價值貶低的「小說」也能夠媲美「編年史」，讓小說也能夠對國家社會有一定的貢獻。他曾不諱言地將自己比喻為拿破崙，將筆比喻為劍，希望自己能夠用筆完成拿破崙無法用劍完成的偉業。也因此，《人間喜劇》的選材是非常大膽且多元的。除了延續古典小說一直以來討論的上流社會之外，巴爾札克定義的「新小說」（roman moderne）還涵蓋了整個法國十九世紀的各個社會階層，討論的問題也不再侷限於愛情生活，也含括了當時代社會的政治變動、階級制度混亂以及金錢至上等問題。此外，為了讓《人間喜劇》更顯其深度、更突顯作品間的一致性，除了基本的浪漫、寫實類型作品以外，巴爾札克還花了很多心力，試著以較抽象的哲學觀念做為寫作基礎，撰寫了不少偏屬「哲理」、甚至「奇幻」類型的作品。

因此，由於譯作的限制，台灣讀者對巴爾札克或是《人間喜劇》的認識常是不足且有些偏頗的。就《人間喜劇》的分類來看，台灣譯作常只停留在第一類型《風俗研究》（共六十六部作品）裡的幾部小說。然而，《風俗研究》其實又以人物的生長環境再分為六大生活場景：《私人生活場景[1]》（二十七部）、《外省生活場景[2]》（十部）、《巴黎生活場景》（十九部）、《政治生活場景》（四部）、《軍隊生活場景》（兩部）、《鄉村生活場景》（四部）。更值得注意的是，《人間喜劇》的第二、三類型著作——《哲理研究》（二十部）和《分析研究》（五部）——在台灣幾乎沒有任何譯作。雖然《風俗研究》的確是《人間喜劇》中篇幅最長、最具影響力的部分，然而，需要知道的是，在巴爾札克眼裡，一般容易被讀者忽視的《哲理研究》和《分析研究》才是《人間喜劇》真正的精華之處，才是最值得我們去研究、理解的地方。

因此，身為一位長期投身巴爾札克研究的學者，筆者非常意外且開心地得知台灣終於有出版社肯花心思精力去整理、找尋、翻譯巴爾札克從未在台灣出版過的作品。本人也想藉此機會由衷地感謝好讀出版的專業和用心，在文學譯作市場逐漸消弭的大環境下還願意接受挑戰，以「短文」做為切入點，讓台灣讀者可以在認識一個「全新」巴爾札克的同時，還有機會窺見《人間喜劇》精采的多樣面貌。

的確，這本選集一共集結了不下十四篇的長短篇作品，考量標準除了文字的精簡程度之外，編者還很有「野心」地希望此選集能夠多少反應出整部《人間喜劇》的樣貌。因此不免俗的，《風俗研究》的作品占有一定比重，只是集結的文章遍及了四大生活場景，包含《私人生活場景》（〈女性研究〉、〈費赫米亞尼夫人〉、〈口信〉）、《巴黎生活場景》（〈紐辛根銀行〉、〈皮耶．格拉蘇〉、〈高迪薩爾II〉）、《政治生活場景》（〈恐怖統治時期的一段插曲〉）以及《軍隊生活場景》（〈沙漠裡的愛情〉）等。

其中，值得一提的是，〈紐辛根銀行〉的篇幅明顯偏長，本應屬中長篇小說，而非「短文」。之所以仍被選錄的主要原因在於，它某種程度上可視為《人間喜劇》的「濃縮版」。

1《高老頭》屬於此場景。
2《小氣財奴葛蘭岱》屬於此場景。

的確，《人間喜劇》的主要特色之一、也是作者最引以自豪的「人物再現法」，都可以透過此篇略窺一二。亦是說，某些小說人物會在不同的時間點、在不同的小說中重覆地出現。藉由這樣一個人物不斷出現、演變的關係，小說和小說間形成了一種「互動」關係，整部《人間喜劇》儼然成為龐大現實社會的縮影。為了讓讀者也能見識到作家特有的寫作技巧，進一步理解《人間喜劇》的架構及深度，編者特意將〈紐辛根銀行〉納入此選集，以便讀者比較、對照另一篇收錄的短文〈女性研究〉，觀察其中一位人物——哈斯提涅的演變。這是之前只看作家單本翻譯小說所無法達到的境界。如此一來，我們可以發現，在哈斯提涅首次現身的〈女性研究〉裡，這年輕人剛出社會，充滿熱情，但似乎對巴黎複雜的社交關係還不是那麼地熟稔。然而，在〈紐辛根銀行〉裡，透過同儕間的討論，我們得知，在經過幾年的社會打滾和洗禮後，哈斯提涅已變成了一位有相當權力的政府首長。因此，〈紐辛根銀行〉的選錄並非只是單純的文章長短問題，而是因為這小說部分地呼應了〈女性研究〉，也反映出整體的《人間喜劇》。

至於《哲理研究》，此選集當然也不忘給予其應有的重視，被選錄的文章有〈劊子手〉、〈長生藥〉、〈新兵〉、〈海邊慘劇〉等四篇。然而其實不只四篇。雖然〈無神論者的彌撒〉和〈法西諾·坎納〉今天各自隸屬於《風俗研究》裡的《私人生活場景》和《巴黎生活場景》，但是在作品完工的初期，在作者尚未有建構龐大複雜的《人間喜劇》的想法時[3]，它們其實被歸類於《哲理研究》。亦是說，這兩篇短文的重新歸類或許只是因為它們可以在特定面向和《人間喜劇》做連結（例如透過人物間的關係），但其中的哲理思想才是作者創作時最想要強調的。至於第三類型作品《分析研究》，由於涵括的作品量少，篇幅又偏長，因此本選集仍不得不放棄。

不過，值得再次強調的是，這精選的十四篇短文從未在台灣出版上市過，編者的野心以及他對《哲理研究》的看重都讓此選集有別於作者其他在台的翻譯作品。從這個角度來看，此選集無疑是台灣目前市面上《人間喜劇》最完整的作品集。另外值得一提的還有，這十四篇短文橫跨了整個巴爾札克的創作時期，收錄期間從最早的一八二九年，直至一八四四年。這兩個時間點對認識巴爾札克的讀者來說，有著指標型的意義。的確，一八二九年可視為巴爾札克創作精華期的開端。從這年起，作家決定開始認真寫作，並第一次以真實姓名出版自己的作品[4]；相反地，一八四四年則進入了他創作期的尾聲。這年起，深受健康問題困擾的

3 巴爾札克約在一八四一年才有「套書」的想法。有了此想法後，他花了很多時間和精力去分配、重整各部作品中的情節、人物名等。

4 出版小說爲《舒昂黨人》（Les Chouans）。

巴爾札克無法再專注於寫作，出版作品量明顯銳減。換句話說，這十四篇短文可說是反應出作者整個創作生涯，有興趣的讀者或許還可以從中觀察作家這十多年來思想及創作風格的演變。

最後，當然要提的還有這選集背後的重要引介人——資深法文譯者邱瑞鑾。譯者累積多年的翻譯功夫以及她的哲學背景，都讓她無疑是翻譯此選集的最佳人選，其對文字的斟酌及語言的掌握都一再印證了她雄厚的實力。相信讀者們在其引領之下，都能從這趟《人間喜劇》之旅獲得滿滿的收穫。

劊子手

El Verdugo

獻給馬丁尼茲・德・拉・侯薩

曼達這個小鎮的鐘樓剛剛響過午夜十二點。有座露台沿著曼達城堡的花園而建，這個時候，一位法國年輕軍官就靠在長長露台的護牆上。陷在深深沉思裡的這位法國年輕軍官看來很憔悴，而這不像是在無憂的軍旅生涯中應該有的，不過應該說在此時此地、在這樣深的夜裡並不利於沉思。西班牙的美麗穹蒼在他頭頂上鋪展開蔚藍的圓頂。天頂上星光閃爍，柔和的月光也照亮了他腳前的佳妙山谷。這位戰場上的指揮官靠在一株開花的橘樹上，能看見他腳下百來法尺地方的曼達鎮，曼達鎮位於巨岩之下，似乎不受北風的傾擾，城堡則蓋在巨岩之上。他轉過頭，看見了大海，泛著光的海水像銀色的刀刃一樣環繞著這景致。

城堡亮著燈。舞會噪雜的歡樂聲、樂隊的音樂聲、幾名軍官和他們女舞伴的笑聲都傳到了他耳中，在這些聲音裡還混雜了遠處波濤的汩汩聲。有涼意的夜晚為他因白日燠熱而顯得疲憊的身體帶來了力量。總之，這花園種滿了芬芳滿溢的樹，以及甜美的花朵，讓這位年輕人如同沐浴在香氛中。

曼達城堡屬於一位西班牙大領主。這時候他和他的家人正住在裡頭。這一整夜，領主的大女兒目光裡雖透著抑鬱，卻不無興趣地看著年輕軍官。西班牙人所傳達的憐憫之情不禁讓這法國人遐思起來。克拉拉頗有姿色，雖然她有三個兄弟、一個妹妹，但雷賈內斯侯爵似乎擁有可觀的財產，這讓維克多．馬爾襄相信她一定會有一大筆嫁妝。但是他不敢相信這位全西班牙最熱中於自己貴族爵位的老領主怎麼會把女兒嫁給巴黎雜貨鋪的兒子！再說，他們恨惡法國人。管轄這個行省的法國G將軍懷疑西班牙這位侯爵準備起而造反，以投效西班牙國王費爾南多七世。由維克多．馬爾襄指揮的部隊紮營在曼達這個小鎮裡，以牽制在附近城鎮效忠於雷賈內斯侯爵的居民。

奈元帥最近遣人送來一則快訊，快訊的內容不禁讓人擔心英國人很快就要從海岸登陸，而且其中指出侯爵私自與倫敦政府交涉。雖然西班牙侯爵以禮接待了維克多．馬爾襄以及他的士兵，這位法國年輕軍官還是時時嚴加防範。走向露台時——他在露台上查驗小鎮的景況，以及守衛這個小鎮的軍隊狀況——他問自己該怎麼詮釋侯爵不斷對他表示友善的舉動，而且小鎮此時的寧靜和G將軍的不安實在顯得很不協調；不過沒多久，這些想頭就被年輕軍官謹慎看待此時情勢的心理驅逐了，好奇心也將他的心思帶向了別處。

他剛剛發現小鎮裡燈火處處。儘管這天是聖雅各節，早上他還是下了命令，到規定的時候要捻熄燈火。只有城堡免於受這規定的約制。他看見他的士兵各自守在崗位上，他們槍上的刺刀在此處、彼處閃著光。不過周遭一片寂寂，一點也看不出來西班牙人在歡慶。他尋思著居民為什麼會陷自己於不法，違反他的命令；而他早就命令他的士兵在夜間充當警察並巡邏，這更讓他覺得小鎮有燈火這件事神祕又難解。

他一時氣盛難擋，便迅速地穿過一個縫隙，從巨岩間的捷徑往下走，這會比他平常走的路更快來到小鎮入口處、靠近城堡一端的一個小崗哨。但就在他往下走的時候，聽見了一個微弱的聲響，不禁讓他停下腳步。他以為自己聽見的是一個女人踩踏在沙地小徑上的輕盈腳步聲。他轉過頭去，什麼也沒看見。不過大海奇異的光澤吸引了他的目光。他突然在大海上看見了一幕不祥的景象，他動也不動，因為過於訝異而以為是自己感官的錯覺。在皎潔月光下，他從遠距離看見了一隊帆船。他忍不住打了個冷顫，試圖說服自己看見的景象是波濤和月光所引發的錯覺。就在這個時候，一個沙啞的聲音喚著年輕軍官的名字。年輕軍官從隙縫看過去，看見一個士兵的頭慢慢從中浮現，就是陪他到城堡去的那一個。

「是您嗎，長官？」

「對，是我。怎麼了？」年輕軍官壓低了嗓子對他說，神祕得就像是他預感到什麼一樣。

「那些西班牙人像蟲一樣蠢動著。如果您允許，我急著向您報告我觀察到的事情。」

「說吧。」維克多．馬爾襄回答。

「我剛剛跟蹤了一個城堡裡的人，他手裡提著燈籠往這邊走來。這人的行徑實在可疑！

我不相信這些基督徒需要在這個時刻點亮崇拜儀式的大蠟燭。他們想吃了我們！於是我就對自己說，我要跟蹤他到底。長官，同時我發現了在離這裡不遠的岩石上有一堆柴捆。」

這時忽然有一陣可怕的聲響在小鎮裡迴響，打斷了這個士兵的話。倏忽一道閃光照亮了年輕軍官。那可憐的士兵頭上中了一槍，倒地不起。在離年輕軍官十步遠的地方有稻草和乾木柴燃燒起來，一片熊熊火光。舞廳裡的音樂聲和嘻笑聲乍然靜止了下來。四周一片死寂。時而有呻吟聲劃破寂靜。一發大炮的響聲在海上迴盪不已。

年輕軍官流下了冷汗。他身上沒佩劍。他明白他的士兵全遭了難，英國人就要登陸了。他想，要是他活下來，就有辱名譽；他彷彿見到自己在戰爭委員會面前受到審判。於是他以眼睛丈量著山谷的深度，就在他要往下跳時，克拉拉抓住了他的手。

「快逃！」她說，「我哥哥跟在後面要來殺您。從這條路去，在岩石的下面，華尼托的馬在那裡等您。快走吧！」

她推著他，年輕軍官驚愕地看了她一會兒；很快地，他依隨著人向來擁有的保全性命的本能——即使是最強的人也有這本能——照她的話做了。他照著她指示的方向，穿過一落落的岩石，狂奔而去，到目前為止這條路只有山羊在走。他聽見克拉拉喊著對她的哥哥說：「快去追他」；他聽見要殺他的那些人的腳步聲；他聽見他耳邊劃過了好幾發子彈的聲音；還好他來到了山谷，找到了馬，騎上馬，像閃電一樣消失了。

不久，年輕軍官來到G將軍駐守之地。將軍正和他的參謀在用晚餐。

「我提頭來請罪！」一臉蒼白、挫敗相的年輕軍官大聲地說。

他坐下來，述說他可怕的遭遇。在座的人驚駭地靜靜聽他說。

「我覺得您看來比罪犯更悲慘。」將軍終於開了口。他接著說：「西班牙人犯了這個重罪，不是您該負責任的。我寬恕您，除非元帥另有決定。」

這番話幾乎安慰不了可憐的年輕軍官。

「等皇帝知道這件事，是免不了我的罪的！」他大聲說。

將軍說：「他會槍決您。不過再看看吧。總之，別再說這個了。」然後他以嚴厲的口吻說：「要不，在這個國家打起仗來是很野蠻殘酷的，我們要在這地方以恐怖的方式來復仇。」

一個小時後，一團士兵、一支騎兵，和一隊炮兵上了路，往曼達小鎮開來。將軍和維克多走在這支隊伍的前頭。這些士兵得知他們的袍澤遭到屠殺後，個個心中充滿憤慨。他們迅即從將軍駐守之地來到曼達鎮。一路上，將軍發現沿途的村鎮都武裝了起來。這些可憐的小村鎮都受到士兵包圍，而且居民大量被殘殺。

基於不可解釋的天命，英國的船艦並沒有往前推進。而且到後來還聽說，在這些船艦上只有炮兵，炮兵船走得比其他帶有士兵的船艦快多了。由於曼達鎮沒有它所期望的護衛軍隊——雖然英國船艦的出現似乎是要護衛他們——小鎮因此未經抵抗就被法國軍隊包圍。曼達鎮的居民因為害怕，紛紛向法軍投降。殺害法國人的幾個凶手有鑑於G將軍的凶殘，認為曼達鎮說不定會因他們之故陷於兵燹之災，全鎮的人都將被軍刀殺害。出於在西班牙人身上並不少見的犧牲精神，他們提議自己到將軍面前自首。將軍接受了他們的投降，但條件是城堡裡的住民，從僕役到侯爵，都要交到他手下。這幾位西班牙人同意了，將軍保證他會饒了曼達鎮的所有居民，並且不准他的士兵掠奪鎮民，也不准他們放火燒屋。將軍還課徵了重稅，為保證居民會在二十四小時內繳付這筆稅金，鎮上最富有的幾個人全被羈押。

為了保護軍隊的安全，將軍做了必要的預防措施，以護衛地方：他拒絕士兵住在民家。在讓士兵紮營以後，他走上城堡，並派兵占領了城堡。雷賈內斯侯爵一家人和僕役全被綑綁起來，羈押在剛剛舉行舞會的大廳裡。從大廳的窗口很容易就能看見那座俯覽全鎮的露台。參謀坐在隔壁大廳裡的一張桌前，和將軍商討著抵抗英軍登陸該採取什麼樣的措施。將軍派遣一位副官去向奈元帥報告、並在海岸邊安置了一隊炮兵之後，就和他的參謀往囚犯那裡去了。曼達鎮民交出來的兩百名西班牙人，立刻在露台上槍決了。槍決以後，將軍命人在露台上立起絞刑架，看城堡大廳裡有多少人，就立起多少絞刑架，並請人叫來了鎮上的劊子手。

維克多·馬爾襄趁晚餐前的一段時光去看羈押在大廳的囚犯。見完囚犯回來，他便去見將軍。

「我來向您為他們求情。」他口氣有些激動地對將軍說。

「就憑您！」將軍的口吻帶有苦澀的諷刺意味。

「唉！」維克多回答，「我來求您開恩。侯爵看您立了絞刑架，不禁希望您能改變心意，不讓他的家人受這種刑罰。他請求您能改讓劊子手來斬首貴族。」

「也好！」將軍說。

「他們還請求舉行宗教聖事，並解開他們的繩子；他們保證絕不逃跑。」

「我同意，不過我要您以性命做擔保。」

「如果您能放過他一個兒子，老領主還要將他的財富送給您。」

「真的！」將軍回答，「他的財富早就是屬於約瑟夫國王的了。」

他停了一下，他突然想到一件事，讓他心起鄙夷，不禁皺了一下額頭。他接著說：

「我不僅要滿足他的欲望，還要超過他想要的。我料得到他最後這個願望對他有多重要。嗯，他想要他的名字傳承下去，但是西班牙只會記得他叛國與他所受的苦刑！我不碰他的財富，而且我會保全他一個兒子的性命，只要他讓這個兒子取代官方劊子手來行刑。就這樣，別再跟我說這件事了。」

晚餐準備好了。軍官們坐在桌旁，滿足地用餐，疲憊早就讓他們饑腸轆轆了。只有一個人沒在餐桌上，就是維克多．馬爾襄。在猶豫好一陣之後，他還是走進了羈押頗有傲骨的雷賈內斯一家人的大廳裡，他憂悒地看著大廳裡的景象，前兩天他還在這裡見到這兩位年輕女子和三位男子在華爾滋舞步的帶動下兜圈起舞。他一想到再不久這兩位女子就要死在劊子手的大刀下，不禁打起哆嗦。

領主、領主夫人、三位年輕男子以及兩位女子被綑綁在金色的扶手椅上，他們完全靜止不動。有八名雙手被綁在身後的僕役在一旁侍立著。這十五個人眼神凝重地看著彼此，從他們眼神裡幾乎看不出來心裡在想什麼。他們只是屈服了，但額頭上露出了他們很懊悔反攻法國人行動失敗的印跡。幾名法國士兵不動地看管著這些人，他們尊重這些殘酷的敵人心中的痛苦。

維克多走進大廳時，每個人的臉上都顯露出了好奇心。他命令士兵解開囚犯的繩子，他則親自去解開將克拉拉綁在扶手椅上的繩子。她悲傷地微微一笑。年輕軍官忍不住撫了撫克拉拉的手臂，欣賞她黑色秀髮，以及她款款的腰肢。她是個真正的西班牙女人。她有西班牙人的膚色、西班牙人的眼睛，有長長彎彎的睫毛，眼珠比烏鴉的翅膀還要黝黑。

「您談成了嗎?」她帶著一抹悲哀的微笑對他說。

維克多不禁悲嘆起來。他依序看著她三個兄弟和克拉拉。其中一個是長子，已經三十歲了。他身材瘦小，而且體弱，但一副高傲、蔑視一切的模樣，舉止中不免透露著貴族的氣度，有幾分從前西班牙人以殷勤有禮著稱的樣子，他名叫華尼托。第二個兒子菲利普，大約二十歲，和克拉拉長得很像。最小的弟弟只有八歲。如果有個畫家在此，他會在曼紐爾臉上看到羅馬人的恆定氣質，就像法國畫家大衛在他的共和國畫作中所畫的孩子。老侯爵則是滿頭白髮，就像是從西班牙畫家牟利羅的畫作中逃逸出來的。看著這幕景象，年輕軍官搖了搖頭，他覺得沒什麼希望能讓他們這四個人之一接受將軍的提議。然而他還是對克拉拉說了這件事。

克拉拉先是打起哆嗦，但立刻又平靜下來，她走去跪在父親面前。

「喔!」她對父親說，「請讓華尼托起誓說他願意遵守您所下的命令，那我們就心滿意足了。」

侯爵夫人以為事有轉機，不禁打了個冷顫。但在她俯身向她丈夫時，卻聽到克拉拉說的可怕提議。侯爵夫人昏厥過去。華尼托明白了一切，他像隻被囚在籠子裡的獅子一樣猛然迸起。

維克多得到侯爵絕對順服到底的保證之後，決定遣走士兵。他將僕役交付給劊子手，劊子手絞死了他們。

只剩維克多一個人監看侯爵一家人時，老侯爵站了起來。

「華尼托！」他說。

華尼托只微微低頭回應，他這動作代表了拒絕。他又落坐在座椅上，冷冷地看著他父母。克拉拉過來坐在他膝上，神情愉快地對他說：

「我親愛的華尼托，」她一隻手攬著他脖子，親親他的眼皮，說：「你要知道如果由你來動手，死對我來說會是多麼甜美。我不用承受劊子手讓人不快的接觸。你會治癒那本來在等待著我的惡，而且……我的好華尼托，你不是不願意看見我和男人在一起嗎？那麼……」

她柔和的雙眼火熱地看著維克多，就好像她要在華尼托的心裡喚醒他對法國人的憎惡。

「勇敢一點吧！」他弟弟菲利普對他說，「否則，我們的皇家血統幾乎就要滅絕。」

突然，克拉拉站起來，本來圍在華尼托身邊的人也散開來。很有理由不順服的華尼托這時候看見他老父親站在他面前，以鄭重的口吻大聲說：

「華尼托，我命令你要照做。」

年輕的華尼托站著不動，他父親對他下跪。克拉拉、曼紐爾和菲利普也都跪了下來。大家都向他伸出手來，期望他能讓家族免於落入滅絕的命運。大家似乎也都跟著父親說下面這話：

「我的孩子，難道你沒有西班牙人的勇氣、沒有西班牙人的感受嗎？你要讓我久久跪在這裡嗎？你應該想到你的生命、你的痛苦嗎？夫人，這就是我的孩子嗎？」老侯爵轉過頭去對侯爵夫人說。

「他同意了！」侯爵夫人看見華尼托眉頭一翹——只有她明白這表示了什麼——不禁絕望地喊著。

跪在地上的二女兒瑪希基塔用她虛弱的手握著她媽媽。看她哭得熱淚滾滾，小弟曼紐爾嘟噥了她幾聲。

就在這時候，城堡裡的神父走了進來。這一家人立刻圍到他身邊，並把華尼托帶到他面前。維克多再也無法承受這一幕景象，便向克拉拉示意，然後再去見將軍，盡最後的努力。

將軍在餐桌上神情顯得很愉快，他正和幾位談得興高采烈的軍官喝著酒。

一個小時後，曼達鎮居民中一百名顯要人士來到了露台上，他們是受將軍之命，來這裡看雷賈內斯一家人受死。一隊士兵被調來這裡管制西班牙人，他們把西班牙人安排在早先已絞死侯爵僕役的絞刑架下。這些顯要人士的頭幾乎碰到了僕役們的腳。在離他們三十步遠的地方，架起了斬首台，並有一把大刀閃著光。劊子手也在一旁，為防華尼托不依令行事。

在一片寂靜之中，不久西班牙人就聽見了數個人走動的腳步聲、聽見了一隊士兵有節奏的步伐，還聽見了他們槍枝輕微的迴響。在這幾種不同的聲音裡，還夾雜著軍官們歡宴的笑鬧聲，就像前不久的那場舞會掩飾了血腥的叛變。所有的人都轉向城堡，在睽睽目光下，侯爵一家人以自信非常的腳步緩緩前進。在場的每個人都很平靜、安然。

只有一個人臉色蒼白、委頓，他扶著神父的手。神父給了這個人所有宗教上的慰藉。這人就是那唯一會存活下來的華尼托。劊子手和其餘所有的人一樣，都明白華尼托接受當一日的劊子手。老侯爵和他夫人、克拉拉、瑪希基塔，和他們的兩個弟弟走到離斬首台幾步遠的地方跪了下來。華尼托由神父帶領著。當他走到斬首台時，死刑執行人拉拉他的袖子，把他拉到一側，指示了他幾件事。神父讓即將受死的幾個人安置在不直接面對斬首台的地方。但這一家人是真正的西班牙人，他們一個個站得直直的，一點也不顯懦弱。

克拉拉第一個對他哥哥開口。

「華尼托，」她對他說，「憐憫我沒有勇氣，就從我開始吧。」

在這個時候，突然響起腳步聲，有個人走了過來。原來是維克多到了。克拉拉已經跪了下來，她雪白的頸項迎著大刀。年輕軍官臉色發白，但他仍鼓起勇氣跑向前來。

「如果你答應嫁給我，將軍願意饒你一命。」他低沉著嗓音說。
克拉拉鄙夷地看了軍官一眼，神情高傲。
「動手吧，華尼托！」她聲音深沉地說。
她的頭滾動到維克多腳前。雷賈內斯侯爵夫人聽到聲音時，抽搐了一下。這是她痛苦的唯一表示。
「我的好華尼托，我頭這樣擺好嗎？」最小的曼紐爾問他哥哥。
「啊，你哭了，瑪希基塔！」華尼托對他妹妹說。
「嗯，是啊，」瑪希基塔回她哥哥說，「我想到了你，我可憐的華尼托，沒有了我們，你會很難過的。」
不一會兒，侯爵堂堂地站了出來。他看著他孩子所流的血，轉身看向靜默無聲、動也不動的圍觀群眾。他朝華尼托伸出手來，聲音宏亮地對他說：
「西班牙人，我以父親的身分祝福我的兒子！現在，侯爵，別害怕，下刀吧，我不會怪你的。」
但是當華尼托看見在神父攙扶下走過來的媽媽時，他大喊著說：「她養大了我啊！」
他這一聲喊叫讓圍觀群眾也驚恐地叫了一聲。但歡宴的聲響和軍官們愉悅的笑聲緩和了這叫聲。侯爵夫人明白華尼托已經耗盡勇氣，她忽然縱身跳下露台的護牆，一頭撞在岩石上。台下紛紛響起讚嘆聲。華尼托昏厥了過去。

「將軍，」一位半醉的軍官說，「馬爾襄剛剛跟我說了有關這次處決的一件事，我敢打賭您並沒有命令他這麼做——」

「忘了這件事吧，」G將軍嚷著說，「再一個月，五百個法國家庭會哭泣，而我們人卻在西班牙？難道你要我們將屍骨留在這裡？」

聽他說了這話，再沒有軍官，甚至少尉，敢再喝酒。

儘管大家都十分敬重他、儘管西班牙國王將**El verdugo**（劊子手）當作貴族的封號封給年輕的雷買內斯侯爵，華尼托還是非常抑鬱。他封閉自己，孤單度日，很少露面。他的性命雖然留著，卻成為無上的重擔；他焦躁地等待第二個兒子誕生，這樣他便能和死去的家人相聚。

巴黎，一八二九年十月

女性研究

Etude de femme

獻給尚・查爾・狄・奈格羅侯爵

德・利斯托邁爾侯爵夫人是依復辟時期的時代精神教養長大的女人。她行事有原則，她在聖日不吃肉，她領聖體，而且打扮得美美的去參加舞會、去滑稽劇院、去歌劇院；她的神師允許她將神聖事物與世俗事物結合在一起。她向來合乎教會的規定，也合乎世俗世界的規定，從不逾法。她活得就像一個當代人，而在當前這個時代似乎是以「合法」做為座右銘的。侯爵夫人非常虔誠，她的行為教人想起在路易十四生命的最後階段潛心為他修道的曼特農夫人；但她也夠貪戀世俗，能順應復辟王朝之初對女子大獻殷勤的風尚。在這時，她的德行是出於算計，也可能是出於喜好。七年前她嫁給了等著進入貴族院[1]的眾議員德・利斯托邁爾侯爵。說不定她認為靠著自己的好品行能讓她一家飛黃騰達。有些女人要等她丈夫成為法蘭西貴族院的議員再來評斷她，也就是等她三十六歲時——因為人生到這個階段，大部分的女人都會意識到自己受了社會法則的愚弄。

侯爵其實是個不太重要的人：他在朝廷裡頗受人喜愛，他的優點和缺點一樣都沒有什麼出奇之處；他的優點並不能讓他以德行博得名聲，他的缺點也不能讓他因惡行劣跡而為人難忘。身為眾議員，他從不多話，不過他「懂得」投票。他在家裡的表現就和在眾議院裡的表現一樣，因此他被視為是法國最好的丈夫。他不會激昂憤慨，也不會低聲埋怨，除非是有人讓他等太久。他的朋友為他取了個綽號：「陰天」，因為在他身上的確沒有過於燦爛的陽光，也不會是黑暗一片。他和法國頒布憲章以來接連組成的內閣十分相像。對一個品行端正的女人來說，她大概很難再嫁到更好的人。對德行高潔的女人來說，嫁給一個不會幹蠢事的丈夫不是好事一件嗎？

有些花花公子在和侯爵夫人跳舞時，會魯莽地輕輕碰觸她的手，這時候他們只會看見她鄙夷的目光，感受到她凌辱人的冷漠，就像料峭的春寒摧毀了剛萌出美好希望的幼芽。風雅之士、才智之士、自命不凡之士、拄著手杖沉思的感情豐富之士、出身望族或享有大名之士，以及社會的大小名流在她身邊全都顯得黯淡無光彩。她取得了和她認為有才智的人談話的權利，愛說多久、愛說多少次都隨她心意，而不會受到惡語的中傷。有些賣弄風情的女人也花七年的時間採取相同作為，為的是換得將來行事能夠隨心所欲。不過，如果揣度德．利斯托邁爾侯爵夫人私下也是做這種打算，那麼就是在汙衊她了。

我有幸見識到這位卓然出眾的侯爵夫人——她口才極好，我也懂得洗耳恭聽，因此討得

1 貴族院：即參議院。

了她的歡心，得以參加她晚上的聚會。這正是我夢寐以求的目標。

長得不醜也不美的德．利斯托邁爾夫人有一口潔白的牙齒、嫩紅的雙頰，還有非常紅潤的雙唇。她身材高大，體態健美；但一雙小腳顯得非常纖弱，走起路來從不露在裙襬之外。她的眼睛柔光閃閃，一點也不像絕大部分的巴黎人一樣眼神灰暗不明亮，要是她興奮起來，目光更是魅力十足。從她朦朧的形影中，我們可以瞥見其中藏著一個靈魂。要是有雅興加入大家的談話，她會小心翼翼地裝出冷漠的樣子，為免露出太多優雅，在這種時候她其實是很迷人的。她不想要引人注意，別人卻總是把注意力放在她身上。我們總是能得到我們不刻意去追求的東西。這句話往往是真的——因為這樣，它總有一天會成為諺語。下面發生的這件風流韻事即應以此為教訓，而要不是全巴黎的沙龍都在紛紛議論著這件事，我是不會把它講出來的。

大約在一個月以前，德．利斯托邁爾侯爵夫人和一位年輕人跳了舞。他是個樸實而粗心的人，優點不少，在人前卻只暴露出缺點；他自己感情熾烈，卻嘲笑別人的激情；他有才華，卻藏匿這些才華；他在貴族面前擺出一副學者樣，在學者面前卻擺出一副貴族氣派。歐仁．德．哈斯提涅是那些有見識的年輕人中的一個，什麼都要一試，似乎在探測人心，以便看看未來會怎樣。他還未到懷抱雄心大志之齡，就已經把什麼都不放在眼裡。他優雅有風度，而且具有自己獨特的個性；這兩種特質很難並存，因為它們彼此不相容。他和德·利斯托邁爾侯爵夫人談話談了約莫半個小時，但心中並沒有存著勾引她的企圖。他輕鬆自如地主導了談話，話題從歌劇《威廉·泰爾》開始，直談到了女人的義務。在談話時，他多次以讓侯爵夫人困窘的目光看著她；然後他離開了她身邊，一整個晚上都不再和她說話。他跳舞，玩紙牌，輸了一點錢，接著就回家睡覺了。我以名譽向您保證事情經過就是如此，我沒有加油添醋，也沒有刪去什麼。

第二天早上，哈斯提涅很晚才起床，他待在床上，陷入了清晨的遐思中，他遐想著自己如精靈一樣地鑽進了絲綢製的、羊絨製的，或是棉布製的閨房床幔裡。這時，他的身體愈是因睡意而顯得沉重，精神就愈是敏捷靈活。哈斯提涅終於起了床，但可不像那些沒教養的人一樣大打呵欠。他搖鈴喚來男僕為他沏茶。他喝起茶來一點也不節制，但這在喜歡喝茶的人看來卻是一點也不足怪。不過對那些只把茶當作是治療消化不良的靈丹妙藥的人，我必須特別補充，歐仁·德·哈斯提涅此刻正在寫信。他舒服地坐著，大部分時候是把腳擱在壁爐的柴架上，而不是伸進暖腳套裡。喔，起床後，穿著睡袍，把腳擱在壁爐擋灰板的兩個吊勾上掛著的光滑鐵桿上，心裡想著自己的豔遇，這是多麼美妙的事。我真為自己沒有情婦、沒有擋灰板、沒有睡袍而感到遺憾。等我有了這些東西以後，我就不會再說我眼見之事，而要好好享用它們。

歐仁以十五分鐘的時間寫好了第一封信；他把信折好，蓋上封印，沒寫地址就把它放在自己面前。他十一點鐘才開始寫第二封信，直到中午才寫完。寫了滿滿四頁。

「這個女人一直縈繞在我腦海裡揮散不去。」他在折第二封信的時候對自己這麼說。他把信放在面前，想等到自己不由自主的遐思結束之後，再來寫地址。他把有花朵圖案的睡袍兩邊下襬攏在一起，腳放在一張擱腳凳上，手伸進他紅色羊絨長褲的小口袋裡。他靠坐在一張椅面和靠背呈一百二十度、帶靠枕的舒適安樂椅裡。他不再喝茶，坐在那兒動也不動，眼睛望著煤鏟頂端那個包金的把手，但他並沒看見煤鏟，也沒看見把手或是包金。他甚至連火也不去撥一撥。這真是個大錯！在想著女人的時候，撥弄撥弄爐火豈不是一件樂事？我們可以讓這些在爐中劈啪作響、突然竄出的藍色小火舌上說出種種句子來，詮釋一下「勃根第」那粗獷有力的語言的含意。

說到了「勃根第」這個詞，我們暫且停一停，讓我們在此為那些無知的人在字源上做個解釋，這個解釋是根據一位不願透露姓名的著名字源學家而來的。

從查理六世當政以來，「勃根第」是人們對燃燒木柴發出的爆裂聲俗稱，這種爆裂往往會把一小塊火炭迸到地毯或衣服上，是引發火災的小小成因。據說，這是蛀蟲在柴心造成的蛀孔中的氣體，被火釋放出來的結果。Inde amor, inde burgundus（拉丁文：哪裡有愛情，哪裡就有勃根第），看到靈巧地架在兩根燒紅劈柴之間的木炭突然雪崩似滾落下來，真是會讓人渾身起哆嗦。啊！心中有愛人時，撥弄撥弄爐火，不就等於是具體有形地展現他的思緒嗎？

我就在這一刻來到了歐仁家。他見到我嚇了一跳，對我說：

「啊，你來了！我親愛的歐哈斯。你來多久了？」

「我剛到。」

「喔！」

他拿起兩封信，寫上地址，搖鈴叫來家僕。

「你把這送到城裡去。」

約瑟夫什麼也沒說就進城去了。真是個好僕人！

我們談起了摩里亞遠征軍來，我表示我很想跟去當軍醫。歐仁提醒我，要是我離開巴黎會損失慘重。我們又談了些不相干的事。我想，略去我們談話的內容，大家不會對我不滿的。

德．利斯托邁爾侯爵夫人在下午兩點起床時，她的女僕卡洛琳送上了一封信。她趁卡洛琳為她梳頭時，讀了這封信（許多年輕女子都是這麼不謹慎）。

「啊，我心愛的天使、我幸福之寶、我生命之寶！」看到這行字，侯爵夫人就想將信丟進火爐裡。但她腦中忽然閃過一個念頭，就是想看看一個男人這麼開了頭，最後將會如何收筆。這個念頭是任何一個有德行的女人都能理解的。她繼續讀信。在翻到第四頁時，她垂下雙臂，好似個疲倦不堪的人。

「卡洛琳，你去問問是誰把這信送到家裡來的。」

「夫人，這是哈斯提涅男爵的僕人交給我的。」

侯爵夫人不作聲。

「夫人您要穿衣了嗎？」卡洛琳問道。

「不要。」

「他真是個放肆無禮的傢伙！」侯爵夫人心裡想。

我請所有的女人想一想對此事該作何評論。

德·利斯托邁爾夫人想了一想，便打定主意不讓歐仁先生上門，要是她在別的社交場合遇見他，她會蔑視他。因為他的放肆無禮和她過去所承受的不一樣，以前的事她最後都原諒了對方。她本來是想要留著信的，但仔細一想，還是把信燒了。

「夫人剛剛收到一封示愛的熱情情書，而且她讀了！」卡洛琳對女管家說。

「真想不到夫人會這樣。」年老的女管家大為吃驚，回答道。

晚上，侯爵夫人到了博塞昂侯爵家，哈斯提涅應該也會出現在這裡。這天是星期六。因為博塞昂侯爵和哈斯提涅有點親戚關係，這位年輕人想必會在晚上來。德．利斯托邁爾夫人等了一整夜哈斯提涅，為的是刻意冷淡對他，但她卻白白等到了半夜兩點鐘。斯湯達爾這位才智之士曾有個古怪的念頭，把侯爵夫人這種在晚會前、晚會中、晚會後的思緒稱之為「結晶」。

四天後，歐仁罵起了他的家僕。

「唉呀，約瑟夫！我不得不辭退你了，小伙子！」

「先生，您是說？」

「你只會做蠢事。我星期五交給你的那兩封信，你送到哪兒去了？」

約瑟夫愣住了。他宛如教堂門廊下的雕像，一動也不動，全神貫注地回想著。忽然，他傻傻一笑，說：

「先生，一封送給了住在聖多米尼克街的德．利斯托邁爾侯爵夫人，另一封送給了先生的訴訟代理人——」

「你確定？」

約瑟夫呆若木雞。這下子我非得說幾句話不可，因為恰巧我人就在一旁。

「約瑟夫沒說錯。」我說。

歐仁轉頭看我。

「我無意中看到了地址，可是——」

「可是，」歐仁接著我的話說，「其中一封信不是給紐辛根夫人的？」

「不是，見鬼喔！我還以為你的心從聖拉薩街轉到了聖多米尼克街。」

歐仁用手掌拍拍額頭，笑了起來。約瑟夫明白了錯不在他。

現在，所有的年輕人都應該從這件事得到一點教訓。第一項錯誤：歐仁覺得把不是寫給德·利斯托邁爾夫人的情書誤送給了她，教她開心，是件有趣的事。第二項錯誤：他在事發後四天才會到德·利斯托邁爾夫人家去，這讓這位有德的女子得以將她的思緒結晶。另外還有十幾項錯誤，我們就不提了，好讓諸家夫人們能 ex professo（拉丁文：以內行人的身分）向猜不到內情的人縷縷陳述。

歐仁來到了侯爵夫人家門前，但是當他要往裡走時，門房攔住了他，對他說侯爵夫人出門了。就在他登上馬車要離開之際，侯爵正好回來了。

「來啊，歐仁！我妻子在家。」

啊，請原諒侯爵吧！一個丈夫再好，也很難是十全十美的。哈斯提涅登上樓梯時，忽然意識到在他人生大書裡的這一段有十個社交上的邏輯錯誤。

德．利斯托邁爾夫人看見她丈夫帶著歐仁進來時，不禁臉紅了。年輕的男爵注意到她臉上倏忽泛起紅暈。如果最謙遜的年輕男子還能保留著一點自負之心，就像女人不會失去愛嬌的天性一樣，那麼誰又能責備歐仁心裡喃喃地對自己說：「什麼，這座堡壘也被攻克了嗎？」於是他挺胸昂首，十分得意。年輕人總是這樣，儘管他們並不貪心，但能在勳章櫃裡多放一枚頭像總是好的。

德．利斯托邁爾先生看見壁爐一角有《法蘭西新聞報》，便取了報紙，走到窗洞前讀了起來；他想藉助記者讓自己對法國局勢也有一番見解。

一個女人——即使是個假惺惺的女人——就算是在她最難堪的情況下，也不會久久地感到尷尬：她手上似乎總有人類之母夏娃給她用以遮羞的無花果葉。因此當歐仁以符合自己虛榮心的方式來解釋夫人拒他於門外之事，並且以勉強合乎禮儀的態度來向德．利斯托邁爾夫人打招呼時，她便以比國王的言語更難猜透的女性微笑來回應，以這樣的微笑來遮掩她心裡真正的想法。

「夫人，您閉門謝客，是不是身體有恙？」

「不是，先生。」

「或者是您正要出門？」

「也不是。」

「您在等人？」

「並沒有。」

「如果我到訪過於冒失，您也只能怪侯爵。我正要服從您的神祕禁令時，侯爵他親自把我引進了您家裡。」

「我並沒告知德．利斯托邁爾先生這項禁令。有時把祕密告訴丈夫，是很不謹慎的。」夫人說這話時語調柔和而堅定、目光威嚴，哈斯提涅不免估計自己得意得太早了。

「夫人，我明白您的意思，」他笑著說，「我必須加倍慶幸自己遇到了侯爵，他讓我有機會在您面前為我自己辯解一番。而要不是您好心腸，做這個辯解會是件危險的事。」

侯爵夫人以頗為訝異的眼神看著年輕的男爵。但她正色回答他：

「先生，沉默會是您表達歉意的最好方式。至於我，我答應您我會徹底遺忘這件事，我的寬恕就是遺忘，雖然您不太配得寬恕。」

「夫人，」歐仁激動地說，「沒有冒犯是用不著寬恕的。那封信，」他低聲地接上一句，「您收到的那封有失禮儀的信，其實不是寫給您的。」

侯爵夫人不禁莞爾一笑，她還真寧願人家冒犯她。

「為什麼要撒謊呢？」她不屑地冷笑著，但以頗為柔和的聲音說，「既然我責怪了您，我倒很想對這個狡猾的計謀置之一笑呢。我可知道有些可憐的女人會上當。她們會說：『天哪，他愛得多深啊！』」

侯爵夫人假意笑了起來，接著又寬宏大量地說：

「如果我們還要繼續當朋友，就不要再提什麼誤會了，我可不會傻得上了當。」

「夫人，我以我的榮譽做擔保，您是大大地上了當。」歐仁激動地頂了她一句。

「你們到底在說些什麼呀？」德．利斯托邁爾先生問道。他從剛剛就一直聽著他們的談話，卻一點也聽不懂。

「喲！我們談的，您不會感興趣的。」侯爵夫人回答他。

德．利斯托邁爾先生又安安然然拿起他的報紙，說道：

「啊！德．莫爾索夫人去世了。你那可憐的哥哥想必是在克洛斯古德。」

「您知道嗎，先生，」侯爵夫人轉頭又對歐仁說，「您剛剛講了一句放肆無禮的話。」

「要是我不知道您嚴守道德原則，」他天真地回答，「我會以為您要把否認的念頭強加於我，以為您想套出我的祕密。更說不定您還想戲弄我。」

侯爵夫人微微一笑。這個微笑讓歐仁急了起來。

他說：「但願您永遠相信我冒犯了您！我熱切希望您不會在意外的情況下發現本應讀到這封信的那個人是誰——」

「什麼！還是那位紐辛根夫人嗎？」德·利斯托邁爾夫人嘟囔起來。她想探知祕密的好奇心勝過了想報復這個年輕人譏諷她的心。

歐仁臉紅了。一個人必須要超過二十五歲才不會因為被嘲笑用情專一而臉紅，女人也往往為掩飾自己的嫉妒心，而嘲笑那些對感情忠實如一的人。不過，歐仁還是很冷靜地說：

「為什麼不呢，夫人？」

看哪，一個人在二十五歲時就會犯下這個錯。

他坦白說出真心話讓德·利斯托邁爾夫人大大震驚，但是歐仁還不懂得對女人的臉做出分析，儘管他只是對它匆忙看一眼，或只是從側面一瞥。侯爵夫人這時只是嘴唇發白了。德·利斯托邁爾夫人按鈴要僕人來添些柴火，這迫使哈斯提涅起身告辭。

「如果是像您所說的，」這時侯裝得一本正經又一臉冷淡的侯爵夫人攔下了歐仁，對他說：「那麼，先生，您大概很難對我解釋為什麼我的名字會湊巧出現在您的筆下。在信封寫上地址，和在離開舞會時因昏頭昏腦而穿錯別人的套鞋可不是同一回事。」

歐仁窘迫不堪地看著侯爵夫人，一臉自負又傻乎乎的樣子，他感覺自己變得很可笑，結結巴巴說了一句蠢話就離開了。

幾天以後，侯爵夫人得到了歐仁並未說假話的真憑實據。半個月以來，她不再到社交圈去。

對所有問起為何她有這項改變的人，侯爵都回答說：

「我妻子患了胃炎。」

我替她治病，瞭解這其中的祕密，我知道她不過是歇斯底里地小小發作了一下，便藉機閉門不出了。

巴黎，一八三〇年二月

長生藥

L'élixir de longue vie

致讀者：

在本文作者的文學生涯之初，有個去世多年的朋友給了他這個研究的主題。後來他在本世紀初出版的一本文集裡找到了同樣一篇研究。根據他的猜測，這是柏林霍夫曼的一篇幻想小說，發表在德國某年鑑上，而出版商在出版他全集時，並沒有收入這一篇。《人間喜劇》的創作題材豐富，它的作者承認自己並無惡意地借用了這篇小說，就像拉封丹[1]也曾經在不知情的情況下，以他自己的方式敘述一個已經敘述過的故事。

這件事不致成爲一八三〇年流行的笑柄，在這個年代，所有的作者爲取悅年輕女孩都得寫一些殘酷的事。當您讀到唐璜優優雅雅的弒父行爲時，請試著猜測一下，那些在十九世紀付給以房養老的老年人終身年金、並相信對方得了卡他性炎的人士，或是那些把房子租給一名老婦讓她度過餘生的人，他們在類似的情況下會做出什麼樣的行爲？他們會讓這些靠年金收入的老年人復活嗎？我希望那些憑良心說話的人能夠查驗一下，在唐璜和那些讓孩子高攀一門好親事的父親之間，這兩者有多麼的類似？依照某些哲學家的說法，這個社會正往進步的路上走，那麼，我們能否把等待長輩去世的藝術看作是朝著「善」邁進一步呢？這門學問創造了一些體面的行業，靠著這些行業，有人便能以死亡維持生計了。

有些人的行業是希望別人死去，他們醞釀死亡，他們每天早上蹲在一具屍首前，到晚上則以屍首做枕頭；他們是助理主教、樞機主教、臨時看護、養老儲金會會員等等的。這之中還得加上許多精打細算的人，他們急著買下一個價錢超過他們所能負擔的房產，但是他們冷酷而合乎邏輯地謀劃一個生活中的好機會，這個機會是他們七、八十歲的父親或岳母留下的，他們會說：「不到三年，我必然能繼承財產，到那時……」謀殺犯還比這種居心不良的人來得更不噁心。謀殺犯說不定是出於一時的瘋狂舉動，他可能反悔，可能變高貴。但是居心不良的人總是居心不良；他在床上居心不良，在飯桌上、在走路時、在晚上、在白天都是居心不良；他無時無地不卑劣。謀殺犯要是像居心不良的人那麼卑劣會怎麼樣呢？怎麼，你們難道沒看到在這個社會中有那麼多人在法律、風俗、習慣的招引下，不斷地想著他們親人的死去，覬覦他們的財產嗎？他們一邊掂掂一口棺材值多少錢，一邊爲他們妻子的喀什米爾布料討價還價，還一邊爬上劇院樓梯，渴望到滑稽劇院去，渴望擁有一輛馬車。當他們光彩照人的親人在晚上將天眞無邪的額頭奉上讓給他們親吻時，他們一邊說著：「晚安，父親！」一邊則有意謀殺父親。他們時時都盼望著這雙眼睛會闔上，而它們卻每天早晨一見天光就睜開，就像這篇研究裡的貝勒維岱侯的眼睛一樣。

---

1 拉封丹（Jean de La Fontaine, 1621-1695）：法國詩人，其著作《拉封丹寓言》取材自各地的寓言、傳說。

天知道有多少人是在腦子裡犯下弒父之罪的！請設想有個人為了一千埃居的年金侍奉一個老太太，而這兩個人都住在鄉下，住處相隔一條小溪，但他們彼此頗有隔閡，互相憎恨，卻又維持著人與人之間的儀節，這儀節就像一個假面具，戴在兩兄弟臉上，一個有長子世襲財產的權利，另一個則具合法身分的資格。整個歐洲文明都建基在繼承權上，就像建基在一只樞紐上。要取消繼承權，那就眞是瘋狂之舉了。不過，在這部被認為是我們時代驕傲的機器中，我們可有可能改善這個主要的齒輪？

在這樣一部作者力圖表現各式各樣文學形式的作品中，如果說他保留了這個「致讀者」的老式陳述，那是為了對某些研究，尤其是對這個研究，留下批注。他的每一部作品都建立在或多或少新穎的思想上，他認為這種思想的表達是有益的。他會特別優先考慮某些形式和某些思想，它們早已進入文學的領域，有時更是應用廣泛。每一則研究最初發表的日期，對那些想要給予正確評價的讀者而言，應該是不會漠然視之的。

閱讀讓我們結識了陌生的朋友，而讀者是多麼好的朋友！我們有不少朋友，他們卻從沒讀過我們的書！本文作者為了清償他欠下的這份情誼，希望把這部作品獻給不知名的朋友。

一個冬日的夜晚，在費拉拉一所富麗堂皇的宅第中，唐璜·貝勒維岱侯設宴款待埃斯特家族的一位親王。在這個時代，只有豪奢的王家、有實力的爵爺才辦得起場面奢靡華麗的宴會。在散發著芳香的蠟燭照亮的一張桌子邊，有七名神情愉悅的女子圍坐著，她們輕聲細語地交談，四周盡是些絕世佳作，映襯在仿大理石紅色壁板上的白色大理石雕像，和土耳其絢爛的地毯交相輝映。這幾名女子全都穿著錦緞，佩戴金玉寶石，個個眼睛比寶石更加晶亮；她們熱絡地說著話，熱情互有不同，一如她們的美貌各自殊異。她們之間的不同不是在言詞上，也不是在念頭上，而是以神態、眼神、幾個手勢或是語調做為她們話語或放縱、或淫邪、或憂鬱、或嘲弄的註解。

其中一個似乎是說：「我的美貌能教老年人冰冷的心熱活起來。」

另一個說：「我喜歡躺在軟墊上，陶醉地想那些熱愛我的人。」

初次參加這宴會的第三個女子，臉紅了起來，說：「我心底深深覺得愧疚！我是個天主教徒，我害怕下地獄。但是我這麼愛您，喔！這麼這麼地愛，我可以為您犧牲永恆的救贖。」

第四個女子把齊歐葡萄酒一飲而盡，大聲說道：「歡樂萬歲！快活萬歲！每天清晨都是我新生命的開始！遺忘過去吧，我還沉醉在昨夜的癲狂中，每天晚上我都為幸福的生活、為充滿愛的生活耗盡自己！」

坐在貝勒維岱侯身邊的那個女子用充滿熱情的眼神看著他。她先是沉默不語。但這時她開口了，說：「要是情人拋棄我，我才不會請殺手去殺他呢！」說著她就笑了起來，但一隻手抽搐著，打破了一只雕琢精巧的黃金製糖果盒。

「你什麼時候會當上大公爵？」第六個女子問起話來時，嘴角帶著陰險的笑意，眼睛裡透出譫狂。

「你啊，你父親什麼時候死呢？」第七個女子一邊笑著說，一邊以瘋瘋癲癲的姿勢把花束丟給唐璜。她是個天真無邪的女子，向來喜歡拿神聖的事開玩笑。

「啊，別跟我談這件事！」年輕、帥氣的唐璜．貝勒維岱侯嚷著說，「這世界上只有一個長生不老的父親，不幸的是，他正是我父親！」

費拉拉這七名交際花、唐璜的幾名朋友，以及唐璜本人都發出一聲可怕的叫聲。兩百年後，在路易十五治下，品味良好的人士大概會嘲笑他這個俏皮話。但是在歡鬧的酒宴剛開始之際，頭腦說不定還能保持清醒吧？儘管燭火搖曳、熱情笑鬧、金銀花瓶在目、酒氣氤氳，儘管這些迷人的女子讓人目不暇給，但在內心深處，人們也許對人世間的神聖事物還能保有一點羞恥心？因為羞恥心奮戰著，直到狂歡會最後被葡萄酒淹沒之時仍奮戰著。終於花朵凋萎了，眼神呆滯了，醉意滿身直到鞋跟——以拉伯雷[2]的話來說。就在這安靜無聲的一刻，一扇門打了開來；就像在伯沙撒[3]的宴會上一樣，上帝顯靈了，他以一個頭髮蒼白的老僕人身分現身，步履不穩，雙眉緊蹙，一臉憂戚走了進來，對著花冠、紅寶石酒杯、成堆的水果、宴席的歡樂、訝異而酡紅的臉色，以及交際花們擁在白色臂膀之間的彩色軟墊掃了一眼，這一切便全都顯得黯淡無光。接著他以瘖啞的聲音說了一句悽慘的話，給這場狂歡會披上了黑紗：

「少爺，您的父親命在旦夕。」

唐璜站起身來，對他的賓客比了一個手勢，意思好像是說：「很抱歉，這種事可不是每天都有。」

父親之死不是往往都在年輕人狂歡之際發生的嗎？死神猝然降臨，就像任性的交際花一下子鄙夷起人一樣。不過死神對人更加忠實，他從不欺騙人。

當唐璜關上了大廳的門，走在黝黯陰冷的長長走道時，他竭力裝出憂戚的神情，因為他想到要扮演兒子的角色，在他扔下他的餐巾時也扔下了他的歡樂。夜色漆黑。僕人不發一語地領著年輕少爺往垂危病人的房間走去，他取來的燈火也不夠亮，以致死神在幽寒、靜默、

---

2 拉伯雷（François Rabelais）：文藝復興時期的法國思想家、作家。

3 伯沙撒（Balthazar）：新巴比倫王國的最後一位國王。

陰暗的助力下，在醉意的催逼下，說不定能讓這個浪蕩子有一絲反省，他回首自己的人生，沉思了起來，宛如步向法庭的被告一樣。

唐璜的父親，巴赫多羅梅歐・貝勒維岱侯，是個九十多歲的老人，大半生經商，到過東方不少神奇的地方，賺進了大筆財富，並得到許多寶貴的見識。他表示，見識比金銀、鑽石來得更貴重，而那時他已經不愁錢財了。他有時會笑著大聲說：「我寧願要一顆牙，而不是紅寶石，寧願要活力，而不是知識。」這位好父親喜歡聽唐璜說說年輕人的莽撞行為，一邊給他金銀，一邊還以揶揄的態度說：「我親愛的孩子，盡情玩樂笑鬧吧。」難得有這樣的老人看見年輕人就開心，他注視著燦爛華美的生命，因滿滿的父愛而不覺自己衰老。

貝勒維岱侯六十歲時愛上了一位溫順美麗的天使。唐璜是這短暫的遲暮之愛唯一的愛情結晶。十五年來，這位老好人為痛失他親愛的朱安娜而傷心不已。眾多僕人和他兒子圍繞在身旁更增添他的痛苦，這使他養成了奇怪的習慣。巴赫多羅梅歐退居他府第最不舒適的角落，幾乎足不出戶，就連唐璜也不准在沒有父親的允許下進入他房間。這位自甘為隱士的老人有時也會在府第裡或是在費拉拉的大街上來來回回地走，彷彿在尋找失落的某樣東西。他走路時總是一副若有所思、猶疑未定、憂心忡忡的樣子，彷彿是和一個念頭或是和一個回憶纏鬥不休。

正當年輕少爺舉行奢華的盛宴，整個府第裡充滿歡樂的喧鬧聲，馬匹在院子裡踢蹬著，僕人一邊玩著骰子一邊爭吵之時，巴赫多羅梅歐每天只吃七兩麵包、喝白開水。如果說他有時會吃一點雞肉，那是為了把雞骨頭給他忠實的伴侶——一隻黑色的巴貝犬。他從不抱怨喧鬧聲。在他生病期間，如果號角聲和狗叫聲將他從睡夢中驚醒，他也只是說：「啊，是唐璜回來了！」在這世上再沒有比他更隨和、更寬容的父親了；而年輕的貝勒維岱侯對待父親總是沒有禮數，被寵壞了的孩子的所有缺點他都有。他和老父親巴赫多羅梅歐生活在一起，有如任性的交際花和一個老頭子姘居一樣，他對她放肆的行為總是一笑置之，只憑仗自己的好脾氣博得她的愛。唐璜在腦中回想自己的年少時光，發現他很難從父親的和善中找出毛病來。這時在他的內心深處升起了一絲愧疚，就在他走過長長的走道時，他幾乎就要原諒貝勒維岱侯活得這麼老。他感受到了自己該盡盡孝道，就像是一個小偷突然成了老實人一樣，因為他想到自己馬上就可以享受那使盡技巧偷來的一百萬。

再一會兒唐璜就要踏入那寬大、陰冷的廳堂，也就是他父親的居處。他忍受著潮氣的侵襲，呼吸著覆滿塵埃的老舊壁毯和櫃子所散發出來的滯悶味道，然後來到父親布置得具有古味的房間裡，站在一張令人作嘔的床前，一側是幾乎熄滅了的爐火。放置在歌德式桌上的一盞燈忽明忽暗，照射出多少有點強的光在床上，照亮了老人，使他顯出變幻不定的面貌。

一陣陣寒風從沒關好的窗戶裡透了進來，雪花擊打著窗玻璃，發出悶悶的響聲。

這裡的景象和唐璜剛剛拋下的那歡宴景象形成巨大反差，使得他不禁打起哆嗦。他走近床邊時，突然一陣狂風將強烈的光線吹來，照在他父親的臉上，這讓他渾身發起冷來。他父親的臉已經憔悴得不成形，緊緊貼在骨頭上的皮膚似綠非綠，襯著他所枕的白色枕頭更顯得恐怖。他嘴巴微張，因痛苦而抽搐著，嘴裡沒了牙齒，卻不時發出嘆息聲，這點殘存的活力都靠著暴風雪的呼嘯支持。儘管已瀕臨死亡，他的頭還是傲然有一股令人難以置信的力量，其中蘊含著超凡的精神在和死亡搏鬥。因疾病而深深凹陷的眼睛依然直直注視著前方，彷彿巴赫多羅梅歐想以他垂死的雙眼殺死坐在床腳前的敵人。他這直勾勾的冷峻目光顯得特別可怕，因為他的頭就像放在醫生桌上的骷髏頭一樣動也不動。裹著他的被單勾勒出他的身形，看得出來老人的四肢也同樣是僵直不動。除了眼睛，一切都是死的。從他嘴裡發出來的聲息有某種像是機械的聲音。唐璜胸前插著交際花給他的一束花，身上飄著歡宴的氣息和酒氣，他對自己這樣來到他垂死的父親床前不免感到羞愧。

「你玩得可樂著呢！」老人看見他兒子嚷嚷了起來。

就在這個時候，一個歌女純淨、輕盈的歌聲迷醉了賓客，為她伴奏的提琴更加強了她的歌聲，壓過咆哮的暴風雪聲，直傳到這陰森森的房間裡來。唐璜不想聽他父親這句帶有譴責的話。

巴赫多羅梅歐說：「孩子，我不怪你。」

這句充滿柔情的話讓唐璜心裡不好受，他不能原諒父親這種讓人心痛的仁慈。

「父親，我非常愧疚！」他虛偽地說。

「可憐的璜兒，」垂危的老人以瘖啞的聲音說，「我對你向來溫柔寬厚，你總不會希望我過世吧？」

「啊，」唐璜叫著說，「要是我能將自己一部分的壽命分給您就好了！（浪蕩子心裡想，這種話總是能拿來說說，就好像對我的情婦說要將全世界送給她！）」他才一想完，巴貝犬就吠了起來。這聲通人性的叫吠讓唐璜顫抖起來，他以為狗猜透了他的心思。

「孩子，我就知道我可以信任你。」臨終的老人說，「我會活下去的。你會為此開心。我會活下去，但用不著取走你一天的壽命。」

唐璜心裡想：「他在說瘋話。」接著他又高聲說：「嗯，我親愛的父親，您當然會活下去的，就像我一樣活得長長久久，因為您的形象將會永遠留在我心裡。」

「我說的不是這種活在人心裡。」老爵爺使盡力氣想坐起來，臨終的老人在床頭總有些猜疑，現在他就被這猜疑激動著。他因為耗盡氣力而使聲音變得更加虛弱，他說：「孩子，聽我說，我一點也不想死，就像你不想沒有女人、美酒、駿馬、猛禽、獵狗和黃金一樣。」

「我想也是。」跪在床頭邊的兒子心裡一邊這麼想，一邊吻著巴赫多羅梅歐形同死人的手。接著他又大聲說：「父親，我親愛的父親，必須要服從上帝的意志啊。」

「我就是上帝。」老人喃喃地頂了他一句。

「別說褻瀆上帝的話。」年輕人看著他父親臉上帶著氣勢洶洶的表情，大聲說道，「不行，已經為您舉行臨終聖禮了，看您以罪人的身分死去，會讓我心裡不安的。」

「你好好聽我說！」臨終的老人咬牙切齒地嚷著。

唐璜住了嘴。四周一片駭人的寂靜。儘管風雪呼嘯，提琴的伴奏和歌女的歌聲照樣傳了過來，但微弱得像曖昧不明的晨曦。垂死的老人笑了起來。

「我要謝謝你請來了歌女，帶來了音樂！狂歡宴會、有一頭黑髮的美麗而白皙的年輕女子！生命中一切的歡樂情事，讓這些通通留下來吧，我就要重生了。」

「他瘋狂到了極點。」唐璜心裡想。

「我發現了一種起死回生的辦法。喏！你在桌子的抽屜找找，按一下獅鷲獸底下的一個小暗扣，就可以打開抽屜了。」

「我知道了，父親。」

「裡頭有一只小小的水晶玻璃瓶，把它拿出來。」

「在這裡。」

「我花了二十年……」這時候老人感覺時日將盡，便使盡全身力氣說：「一等我嚥氣，你就拿這瓶子裡的藥水塗抹我全身，我就會再活過來。」

「藥水只有一點點。」年輕人這麼回他。

巴赫多羅梅歐雖然再不能說話，但他依然能聽見、能看見。他一聽到兒子這麼說，便以駭人的猝然動作，把頭轉向唐璜，他扭著的脖子就像雕刻家故意要他的大理石雕像將脖子側轉一邊，望向一旁，他瞪大了的眼睛動也不動，看來十分可怕。他死了，他就在失去了唯一且是最後的幻想之時死了。他本想在兒子心中找到庇護，找到的卻是比一般安葬死者所能掘得更深的墓。還有他的頭髮因恐懼而散亂，他驚厥的目光還在表達心聲。這是一個從墳塋中憤然而起，要求上帝為他復仇的父親！

「喏，老頭子斷氣了。」唐璜大聲說。

他急忙把神祕的水晶瓶拿到燈光下看，就像一個喝醉酒的人在飯後端詳他的酒瓶一樣，他沒看見他父親翻白了的眼睛。巴貝犬張著嘴，時而看看牠過世的主人，時而看看那瓶藥水；唐璜也是一會兒看看他父親，一會兒看看那小瓶子。燈火飄忽不定。四下寂寂，就連提琴也悄然無聲。貝勒維岱侯以為看見父親動了起來，不禁打起哆嗦。他畏懼父親像是在譴責他一樣的僵直眼睛，於是把他眼睛闔上了，就好像闔上了秋日夜晚被風吹襲的百葉窗一樣。

他站著，動也不動，迷失在思緒中。突然一陣像是生鏽發條發出的尖銳聲打破了寂靜。唐璜嚇了一跳，差點把水晶瓶掉在地上。他的毛細孔裡冒出比鋼刃匕首還要冰冷的冷汗來。一隻彩繪木雞從掛鐘上彈出來，鳴叫了三聲。這是一座設計精巧的機器，這時期的學者會按時用它喚醒自己起床工作。晨曦已經染紅窗扇。唐璜思索了十個多鐘頭。這座古老的掛鐘比他對巴赫多羅梅歐更加克盡職責。掛鐘這座機器是以木頭、滑輪、繩子、齒輪構成的，而他則有稱之為「人心」的這部人類特有的機器。

為避免糟蹋這神祕的藥水，持疑的唐璜又把水晶瓶放回歌德式小桌的抽屜裡。在這鄭重的時刻，他聽見走道裡傳來一陣悶沉的嘈雜聲、一陣朦朧不清的說話聲、低低壓著的笑聲、輕聲慢走的腳步聲、絲綢的窸窣聲，總之是一群歡樂的人試著致上默哀之意的聲響。門打了開來，親王、唐璜的幾位朋友、七名交際花、幾名歌女騷騷亂亂地出現，那情景十分奇特，就像在晨光和蒼白的燭火相爭之時，舞女們突然被晨曦所驚的那種場面。他們都來了，依慣例來安慰年輕的繼承人。

「噢！可憐的唐璜可會認真看待他父親的死？」親王在布朗畢雅耳邊說。

「不過他父親生前真是個大好人。」她回答。

然而，唐璜在一整夜的沉思默想之後，臉色變得十分難看，他的賓客一見都噤了聲。男人個個靜立不動。那些紅唇被酒炙乾、雙頰滿是吻痕的女人都跪下來，開始祈禱。唐璜見到這光輝、歡樂、嘻笑、頌歌、青春、美麗、活力，所有這些象徵人的生命力的東西跪倒在死亡面前，心中不禁打了寒顫。但是在這個令人愛慕的義大利，荒淫放蕩和宗教是如此相配，以致在這裡，宗教是種荒淫放蕩，荒淫放蕩也是一種宗教了！親王熱切地握了握唐璜的手，然後每個人臉上都露出了半是憂戚、半是淡漠的古怪表情，便像幻影一樣消失了，只留下空蕩蕩的大廳。這真是人生中的一幕！從樓梯走下來時，親王對希瓦芭瑞拉說：「噯！誰能相信唐璜這個大逆不道的人，竟然愛他父親！」

「您注意到那隻黑狗了嗎？」布朗畢雅問。

「他現在可擁有大批財產。」畢昂卡·卡瓦托麗諾感嘆地說。

「那不關我的事！」打破了糖果盒的瓦侯內姿倨傲地說。

「怎麼，那不關你的事？」親王嚷道，「他有了那些埃居，就和我這親王一樣了。」

唐璜思緒千迴百轉，在各種想法之間猶疑不決。他打探了父親攢下多少財產後，晚上又回到死者的房間，滿心是利己的可怕私心。這時整屋裡的人都忙著在華麗廳堂裡布置靈床，明天已故老爺的遺體就要放在這靈床上面，讓全費拉拉的人來瞻仰。唐璜比了個手勢，全屋裡的人都停了下來，呆若木雞，瑟瑟發抖。

「讓我一個人留在這裡，」他以變了樣的聲音說，「等我出去以後，你們再進來。」

等老僕人踏在石板上的腳步聲漸漸聽不清了以後，唐璜快快地把門關起來，這時他確定只有自己一人在廳堂裡，便說道：「試試看吧！」

巴赫多羅梅歐的遺體安置在一張長桌上。極度的衰老與瘦弱使得這具屍體看來像一具骷髏，為了不讓人看到這醜惡難堪的景象，禮儀師用布單將屍體全身包裹起來，除了頭以外。這具有如木乃伊一樣的屍體躺在廳堂中間，柔軟的布單隱隱約約勾勒出屍體的輪廓，顯出了稜角來，僵直、瘦長。他臉上已經露出了紫色的大斑點，這表示禮儀師需要趕快完成他的工作。

儘管唐璜很懷疑，他還是發著抖地打開了那神奇水晶瓶的瓶塞。他來到死者頭部附近時，因為顫抖得太厲害，不得不停下一會兒。然而這位老早就被荒淫貪慾所敗壞的年輕人，像烏比諾公爵那樣思索了一下，又在強烈好奇心的刺激之下，便心生勇氣。甚至像是有魔鬼在耳邊提醒一樣，他心裡忽然起了這樣的想法：「塗抹在一只眼睛上！」他取來一塊布，小心翼翼地沾了一點點那寶貴的藥水，輕輕塗在屍體的右眼皮上。眼睛睜了開來。

「啊，啊！」唐璜叫出聲。他手裡緊緊握著那藥水，就好像我們在夢中吊在懸崖上，緊緊攀住旁邊的樹枝一樣。

他看見了一只充滿生命的眼睛，一只像孩子似的眼睛，只是在死人的頭上。這只漾著水光的眼睛閃爍光芒，而且有美麗的黑黑睫毛保護著，它就像是旅人於冬日夜晚在荒野見到的光亮一樣閃個不停。這只熠熠發光的眼睛似乎有意向唐璜投射目光，它思考著、控告著、譴責著、威嚇著、批判著、說著話、喊叫著、咬噬著。所有人類的激情都在這只眼睛裡騷盪著。這只眼睛露出了最讓人動情的哀求——先是像國王一般怒氣沖沖，再像是女子懇求劊子手饒她一命，最後像是踏上絞刑架最後一個台階的受刑人一樣意味深沉地望向人群。在這只小小的眼睛裡充滿了強盛的生命力，唐璜不禁嚇得倒退一步。他在廳堂裡走來走去，不敢去看那只眼睛，卻又在地板上、在壁毯上處處見到它。廳堂裡處處散發著火光、生命與機靈。到處都有閃亮的眼睛，緊跟在他後頭吠叫！

當他在某種邪惡力量的催逼下回到父親跟前，看著這只炯炯有神的眼睛時，他不由自主地叫著：「他會再活一百年。」

那機靈的眼皮突然閉起來，又一下子睜了開來，就好像一個女人表示贊同。要是有個聲音喊叫一聲「好！」，唐璜心裡會更加恐懼。

「怎麼辦？」他心想。他竟然還有勇氣試著讓這白色的眼皮閉上。但是這麼做也是徒勞。

「挖掉他的眼睛？這說不定是弒父之罪？」他自言自語地說。

「好！」那只眼睛以一種令人吃驚的諷刺意味眨了一眨。

「啊，啊！」唐璜叫道，「這其中有妖術。」他靠近眼睛，想要壓爛它。一滴斗大的眼淚流到了屍體削瘦的臉頰上，又落到了貝勒維岱侯手上。

「眼淚是滾燙的。」他一邊坐下，一邊驚叫道。

這場拚鬥讓他疲憊不堪，就好像他和雅各一樣與天使搏鬥了一番。

然後他站起來，自顧自地說：「但願不會流血！」他鼓起了勇氣，以行懦弱之事。他用一條布巾塞進眼眶裡，想把眼睛壓爛。但在這麼做的時候他自己並不敢看。沒想到傳出了一聲可怕的呻吟。可憐的巴貝犬噭噭叫著死去了。

「牠也知道這個祕密嗎？」唐璜看著這隻忠實的狗，思忖著。

唐璜．貝勒維岱侯被人看作是孝子。他在父親的墳前立了一塊白色大理石碑，並聘請當時最著名的藝術家在上面做雕像。當他把父親面前這座沉重雕像安置在墓上時，他也把自己在身體疲憊時感受到的那一點生平僅有的內疚一起埋了進去，到這時他才真正覺得安心。等他把這位遊歷過東方的老人所聚積的財產清點造冊之後，唐璜成了一個吝嗇的人，他不是有兩個人生要用到錢嗎？他深深探究的目光，深入了社會生活的準則，他透過墳墓來看紅塵，也就更能擁抱這個世界。他剖析世人與事物，為的是一次就和代表歷史的過去做了結，和法律所創制的現在做了結，和宗教所揭示的未來做了結。他取了靈魂與物質，將之丟入熔爐中，一切便化為烏有。從此以後，他就真的是唐璜了！

年輕俊美的他掌握了生命之幻象，投身在生命中，一方面鄙夷這個世界，另一方面又緊抓住這個世界。他的幸福不是中產階級的那種甜美人生——定期吃燉肉，冬天有暖壺暖暖床，晚上有燈光照明，每一季有新拖鞋。不，他緊抓人生，一如猴子摘取了核桃，沒放在手裡玩多久，就靈巧地掰開果殼，品嘗美味的果仁。

人類感情的詩意和崇高他全不放在眼裡。他一點也不會犯那些有權勢的人所犯的錯，就是有時會以為那些小市民總相信大人物，於是那些有權勢的人便對未來不再懷抱崇高理想，而改以小市民的樸實思想為依歸。他其實是能和那些有權勢的人一樣腳踩實地，頭入雲端，但他寧願坐在那裡，擁吻溫柔、純潔、香氣襲人的女人；因為他如同死神一樣，所到之處皆恣意地吞噬一切，無恥至極。他想要一種將對方據為已有的愛情、一種東方式的愛情，想要一種維持長久而又輕佻的歡愉。只愛典型女人的他，心靈是愛嘲諷人的。當他的情婦們在床上銷魂，心醉神迷之時，唐璜也依隨她們而行，態度莊重、動情、誠摯，一如德國大學生所懂得做的那樣。他的情婦在狂亂之際，忍不住叫喊著「我們」，而唐璜卻只是說「我！」他很懂得讓自己裝出一副給女人牽著走的模樣。他很厲害，總能教對方相信他會像年輕中學生在舞會上問起第一個和他跳舞的女人：「您喜歡跳舞嗎？」時，那樣地顫抖不已。不過在該發威的時候他也懂得咆哮，手執利劍，重創對方。他雖純樸，卻好譏諷，在他眼角帶淚的時候，嘴角卻含著笑，因為他總是懂得像女人一樣哭泣，尤其當她對她丈夫說：「給我車馬隨從，否則我患肺病而死。」

對商人來說，這個世界就是一包貨物，或是成堆流通的鈔票。對年輕人來說，世界是個女人；對某些女人來說，世界是個男人；對某些才智之士來說，世界是沙龍、是一夥人、是一居住區、是個城市；對唐璜來說，世界就是他！

他風度翩翩、高貴風雅、才智傲人，他在各處繫舟上岸，雖然要人帶路，他也只去自己想去的地方。他愈過活，心裡就愈有疑義。他在查考人們的行為時，往往發現勇敢只是魯莽、謹慎只是怯懦，寬厚只是狡猾，公正只是罪行，文雅只是癡傻，正派只是蓄意而為；而且出於一種奇特的宿命，他發現到真正正派、文雅、公正、寬厚、謹慎、勇敢的人並得不到人們的敬重。

「真是冷酷的玩笑！」他心裡這麼想，「這可不是上帝開的玩笑。」

從此以後，他拋棄了對天堂的想望，在聽到神的名時也不脫帽，還把教堂裡的聖徒石像看作是藝術品。同樣地，他瞭解了人類社會的機制，便不太去觸犯存在人心中的成見，因為他不像劊子手那麼強而有力。他以他在迪蒙許先生[4]那場戲中那種瀟灑與睿智來迴避社會法規。他的確是莫里哀筆下的唐璜、歌德筆下的浮士德、拜倫筆下的曼費德、馬圖林筆下的梅莫斯。這是歐洲許多天才人物所塑造的偉大形象，就連莫扎特的音樂也像羅西尼的和弦一樣平庸，不能再給這些偉大形象多增添什麼！存在於人身上的惡之本質，使得這些可怕的形象永垂不朽，在一代又一代的人當中還會出現這一類的人：這個典型或者會像是米拉波那樣詞鋒銳利的政治家，或者會像是拿破崙那樣在不聲不響中採取行動的軍事家；或者會像是神妙的拉伯雷一樣敢於諷諭時事，或者會像是黎希留元帥那樣只恥笑於人而不玷辱於事，或者更好的是，會像是我國那些最著名的大使那樣同時揶揄人也揶揄事。而所有這些才智，這位天縱英才的唐璜·貝勒維岱侯早就全將之集於自己一身。他輕視一切事物。他這輩子就是嘲弄人、事、建制、觀念。至於永生的問題，他曾經很不拘禮地和教宗儒略二世談了半個小時，談到最後，他笑著對教宗說：

4 參見莫里哀的《唐璜》第四幕第二景。其中有一場迪蒙許先生和唐璜的對手戲。

「如果非得選擇不可，那我寧願相信上帝，而不是魔鬼。上帝全知全能，又仁慈和善，和邪惡之神比起來，上帝更有辦法。」

「是的，但上帝要世人懺悔——」

「所以您老想著您可以為世人赦罪嗎？」貝勒維岱侯回答，「嗯，我還有一整個來世的時間來懺悔這一世的過錯。」

「啊，如果你是這樣看晚年的，小心你會被封為聖徒。」教宗嚷道。

「在您榮升教宗之後，我們什麼都可以信了。」

他們兩人走到一處工地前，見工人正忙著建造獻給聖彼得的宏偉大教堂。

「聖彼得是個天才，他為我們創立了在塵世和在天上的權力，」教宗對唐璜說，「因此他值得我們為他建造這座教堂。不過有時候我會在夜裡想，大洪水一來它也會遭殃，一切又得重新開始……」

唐璜和教宗都笑了起來，他們彼此明白對方的意思。只有蠢蛋才會在第二天和儒略二世一起到拉斐爾家或是到誘人的瑪達瑪莊園去玩樂，但貝勒維岱侯卻要去看教宗以大祭司的儀式舉行祭禮的樣子，以說服自己相信上帝的存在。如果他去了瑪達瑪莊園，在他荒淫放蕩之際，妓女拉侯維赫則會大談神的啟示，引得他相信上帝。

然而這裡所說的這個傳說並無意給那些想寫唐璜一生傳記的人提供資料，而是想向正人君子證明貝勒維岱侯並沒在和石像的決鬥中死去，一如某些石版畫家要讓人相信的那樣。唐璜．貝勒維岱侯在六十歲時，到了西班牙定居。就在那裡，他於垂暮之年娶了一位年輕嫵媚的安達魯西亞女子。但滿腹心計的他，既不是好父親也不是好丈夫。他發現那些不把女人放在心上的男人反倒被女人熱烈地愛戀著。堂娜．艾勒薇在安達魯西亞偏荒之處、離聖盧卡爾幾里遠的一座城堡裡，由她的老姑母聖聖潔潔地撫養長大，她為家人犧牲奉獻，氣度優雅迷人。唐璜料到這個年輕女子做了妻子之後，若非有人久纏不休，她是不會出軌的。因此他希望直到自己去世時，都能讓妻子保持貞潔。這是他晚年開的一個嚴肅的玩笑、布下的一局棋。

有了他父親巴赫多羅梅歐的前車之鑑，唐璜決意讓自己晚年的每一個行動都為在靈床上最後一幕戲的成功而效力。於是他把大部分財產埋藏在他難得去一趟的費拉拉宅第地窖裡，其餘的財產都存做年金養老，以保障自己此生和妻子兒女的生活。其實他父親早就該施這個詭計的，但這個不擇手段的算計對他實在是不必要。他的兒子，年輕的菲利普．貝勒維岱侯，是個篤信宗教的西班牙人，不像他是個褻瀆宗教的人，這也許就應驗了一句諺語：「父親若吝嗇，兒子就揮霍。」唐璜選定了聖盧卡爾的修道院院長來教化貝勒維岱侯公爵夫人和菲利普。這位修道院院長是個聖潔的人，身材勻稱、優美，有一雙漂亮的黑眼睛，有像提貝里烏斯那樣的頭顱，他因禁食而顯得疲憊，因苦修而顯得蒼白，天天受到欲望的誘引，就像所有的隱修士一樣。說不定這位老爵爺還想著在他了卻此生之時能戕害一個教士。

不過，或許是因為修道院院長和唐璜一樣厲害，或許是因為堂娜·艾勒薇比其他西班牙女人更謹言慎行或更有德行，唐璜只得像鄉下的本堂老神父那樣度過他的餘生，不惹事端。有時候，他樂得抓到兒子或妻子在信仰上犯了錯，並嚴正地要求他們履行羅馬教廷規定信徒要信守的義務。當他聽到文雅的聖盧卡爾修道院院長、堂娜·艾勒薇和菲利普大談某個良心問題時，他就格外開心。

然而，儘管唐璜·貝勒維岱侯老爵爺花許多心思保養自己，他還是到了衰老不堪的時候。伴著這痛苦的年紀，緊接著而來的是無能為力的吶喊，愈是對自己青春鼎盛的青年期、對自己驕奢淫逸的壯年期深有記憶，這吶喊就愈是令人心碎。這個人，他最高的嘲諷就是讓其他人相信他所恥笑的法律和原則，而他自己晚上卻睡在「也許[5]」之上。這個公爵，是風雅言談的典範，在歡宴中總是精力充沛，在宮廷裡總是傲氣逼人，在女人面前總是風流倜儻，他折磨女人的心就像農民扭擰柳條繩索一樣。這位才智之士如今得了難纏的鼻炎、討人厭的坐骨神經痛、劇烈的痛風。他的牙齒一顆一顆地掉了，就像在晚宴結束後那些盛裝打扮的白皙婦女一個一個地離開，留下了沒有家具的空蕩蕩大廳。還有他原本豪放的雙手現在總是瑟瑟發抖，他原本修長的雙腿現在總是顫顫巍巍。一天晚上，中風用它帶彎勾的冰冷雙手攫住了他的脖子。從這不幸的一天開始，他就變得悶悶不樂，而且變得嚴峻。

他責怪兒子和妻子為他盡心盡力，以為他們之所以無微不至地照料他，純粹是為了他存做終身年金的家產。堂娜．艾勒薇和菲利普因而流下了酸楚的眼淚，對狡獪的老人倍加溫存。於是，啞了嗓子的老人親熱地對他們說：「我親愛的妻子、我親愛的孩子，你們會原諒我的，不是嗎？我讓你們受了點苦。唉，上帝啊！你怎麼會利用我來考驗這兩個天使般的人呢？我本該是帶給他們歡樂的，卻帶給了他們災難。」

他就這樣把他們拉到床頭，以一個小時的時間對他們又是感激、又是虛偽地溫存，施展了種種新花樣，為的是讓他們忘記他經年累月的乖張和殘酷。他成功地運用了這種為父之道，遠勝過當年他父親對他的那一套。終於，他的病嚴重到了把他放到床上時，得小心翼翼地像是把小帆船搬運到危險的航道那樣。然後他的死期到了。這個持懷疑論的聰明人，他的一切生理機能都毀了，唯有理解力還存在，這時他看見兩個和他向來對立的人，一個是醫生，一個是聽懺悔的神父。但他此刻樂得跟他們在一起。對他而言，在未來的帷幕後面，不是有一

5 典出拉伯雷在臨終前說的一句話：「我要離開去找找『也許』」，意指有懷疑主義的精神。

道閃閃發亮的光嗎？對別人來說，這帷幕像是鉛板似的，對他來說卻是白皙透明的；輕盈的、令人陶醉的青春像影子一樣在帷幕上閃爍不定。

唐璜是在一個美麗的夏日夜晚感覺到死亡臨近了。西班牙的天空異常地純淨，橘子樹在空氣中飄香，星星點亮了清光，大自然彷彿對他會死而復生給了保證，他虔誠而順從的兒子懷著愛意與敬意端詳著他。將近十一點鐘，他表示要單獨和這個天真單純的孩子在一起。

「菲利普！」他以溫柔又親熱的聲調喚著他兒子，菲利普滿心幸福得哭了起來、顫抖了起來。這個不講情面的父親從來不曾這麼喚過他。這個奄奄一息的老人接著說：「孩子，聽我說。我是一個大罪人。我這一輩子都想著我的死。我從前是偉大的教宗儒略二世的朋友。這位有威名的教宗擔心我在領受聖油和斷氣之間，因感官過於衝動而犯下不可饒恕的罪孽，所以送給了我一瓶從沙漠岩隙中迸發出來的聖水。對教宗私下餽贈的這個教會寶物，我一直保守祕密，不過我可以在臨終前將這個祕密透露給兒子。你可以在從未離開我床頭的那張歌德式小桌抽屜裡找到那只瓶子……我親愛的菲利普，這水晶瓶中珍貴的藥水有一天你也能用到。我要你以你靈魂得救贖的名義向我起誓，你會恪守我的命令。」

菲利普注視著他父親。深諳世故的唐璜太熟悉人類感情的表現，看到這樣的注視，知道自己是可以安然死去的，不像他父親看到他的目光而在絕望中死去。

「我不配當你的父親，」唐璜接著說，「孩子，我向你承認就在可敬的聖盧卡爾修道院院長讓我做臨終聖餐禮時，我想到了魔鬼與上帝這兩股不相容的廣大勢力——」

「噢，父親！」

「我心想，如果撒旦講和休兵，就必須要寬恕他的追隨者，否則他便是個大壞蛋。這個想法糾纏著我。孩子，如果你不貫徹我的意志，我就要下地獄了。」

「噢，父親，您就快快告訴我該怎麼做吧！」

「我一閉上眼睛，」唐璜接著說，「說不定只要再幾分鐘我就闔眼了，你就趁我身體還溫熱的時候，把我放在這房間中央的長桌上。然後你熄滅這盞燈火，因為星光應該就夠亮了。你脫掉我身上的衣裳。在你念《天主經》與《聖母經》的禱文、把你的靈魂寄託給上帝時，你就用這瓶聖水仔細地濕潤我的雙眼、雙唇，先是整個頭部，然後四肢和軀體；不過，我親愛的孩子，上帝是法力無邊的，你到時切不可驚慌！」

這時候唐璜感覺到死神逼近了，便又以駭人的聲音補上一句：「拿穩瓶子。」說完，他就緩緩在兒子懷裡斷了氣，他兒子忍不住眼淚直流，流到了他帶著諷刺意味的蒼白面容上。

當菲利普．貝勒維岱侯把他父親的屍體放在長桌上時，差不多已是午夜。他吻吻父親帶著威迫氣勢的額頭和他灰白的頭髮後，便把燈熄了。皎潔的月亮投下了柔和的光輝，奇異地映照在原野上，這亮光讓虔誠的菲利普隱約看見他父親軀體的輪廓，就好像有某種白色的東西處在暗影中。年輕人拿塊布巾沾了沾藥水，懇切地祈禱起來，在闃然無聲中，他一絲不苟地將藥水塗抹在他尊貴的頭顱上。他清楚聽見了一陣難以描述的抖動聲，但他想這不過是風吹過樹梢的窸窣聲。當他用藥水塗抹右臂時，立刻感覺到一隻年輕有力的手臂掐住了他脖子。是他父親的手臂！他淒厲地大叫一聲，手中的水晶瓶也掉落在地，碎了。藥水蒸發殆盡。宅第裡的人聽見叫聲，都持火炬跑了過來。那叫聲就好像最後審判震撼宇宙的號角聲，讓眾人都受了驚嚇。不一會兒，房間裡滿滿是人。眾人發著抖，看見昏倒過去的菲利普被他父親強而有力的手臂緊緊掐住了脖子。更不可思議的是，眾人看見唐璜的頭顱一如安提諾烏斯一樣年輕俊美，滿頭黑髮，雙眼晶亮，雙唇潤紅。那顆頭顱非常嚇人地扭動著，但它卻無法讓自己的軀體動起來。

這時一名老僕人喊著：「奇蹟！」在場的所有西班牙人也都跟著喊道：「奇蹟！」

堂娜·艾勒薇虔誠過人，她不相信會有這樣的魔法，便遣人去找來聖盧卡爾修道院院長。等修道院院長親眼看到這奇蹟時，他決意從中撈取一點利益，這位有謀略的院長是那種一心只想著增加收入的神父。他立刻宣稱，唐璜爵爺肯定會被封為聖徒，他表示要在修道院裡舉行敬拜儀式。他說，修道院從此改稱為「聖·璜·德·盧卡爾」。聽到院長這麼說，那顆頭顱做了一個戲謔的鬼臉。

西班牙人向來愛好這類莊嚴盛大的儀式，這事人盡皆知。聖盧卡爾修道院院長把「真福者唐璜．貝勒維岱侯」移到教堂時，不難想像宗教儀式之隆重。這位著名的爵爺死後幾天，他部分肢體復活的奇蹟傳遍了一個村子又一個村子，消息在聖盧卡爾方圓五十法里之內不脛而走，滿街好奇的人都想來看看。他們從四面八方湧來，持著火炬，頌唱感恩讚美歌。聖盧卡爾修道院裡有一座華美的古代清真寺院，是摩爾人建造的，在拱頂下三百年來即唱詠著耶穌基督之名，而不再是阿拉。這座寺院再也容納不下前來觀禮的眾多民眾。穿著絲絨大衣、佩帶寶劍的貴族，像螞蟻一樣推推擠擠，他們站在柱子周圍，找不到位置跪他們那從沒跪過的膝蓋。迷人的村姑穿著襯托出動人身段的巴斯克衣裙，她們挽著白髮蒼蒼的老頭子到來。眼中帶著慾火的年輕人站在盛裝打扮的老婦旁邊。然後是一對對喜洋洋的情侶，好奇的女伴在她心上人的帶領下前來。還有新婚夫婦。孩子們都畏懼地牽著大人的手。這群人瑰麗多彩，相互輝映，手裡握著鮮花，個個像上了搪瓷一樣，在靜默的黑夜中發出輕微的嘈雜聲。教堂寬廣的大門打了開來。

那些到得太晚的人只能留在門外，從三扇敞開的大門遠遠地觀看裡面的景象，那景象是現代歌劇院裡迷離玄妙的布景也比不上的。篤信宗教的人和罪孽深重的人都急著讓這新聖徒赦免他們的罪，他們為了崇敬他，在這座寬闊的教堂裡點燃了數千根蠟燭。搖曳的燭光為教堂增添了一分魔幻氣息。漆黑的拱廊、柱子和它的柱頭、金碧輝煌的幽深小禮拜堂、走道、撒拉遜式的齒形花邊、精緻的雕塑精巧絕倫的線條，這些都在亮堂堂的燭火映照下呈現出來，就像一盆通紅的炭火顯出變化不定的影像。這是一個燈火之海，在教堂深處，燈火之上，是金光閃耀的祭台，主祭壇就聳立其間，光華燦爛，和初升的太陽爭輝。事實上，金燈盞、銀燭台、旌旗、金屬球、聖徒雕像、還願牌，這一切所發出的光彩，全都在唐璜所躺的聖龕之前黯然失色。在這個瀆神之人的遺體上，布滿了寶石、鮮花、水晶、鑽石、黃金，以及雪白如天使翅膀的羽毛，光燦奪目。眾人將他安置在聖壇上，取代了原先放在那裡的耶穌像。在他身邊有無數明晃晃的大蠟燭，直直放射出光芒。聖盧卡爾修道院院長穿著大祭師的服裝，頭戴綴滿寶石的主教帽，一身白色法衣，手執鍍金的權杖，他是祭壇上的主祭，坐在一張如王家般豪奢的靠背椅上，四周環繞著由幾位面無表情的蒼髮老人組成的聖職團，他們穿著考究的白長袍，就像是畫家筆下環繞在上帝面前的懺悔神師一樣地環繞著主祭。唱詩班的領唱者和教堂教務會的要人，佩戴著顯示了僧侶之虛榮的閃亮動章，他們在裊繞的煙薰中來來去去，就像星斗在天上運行。

當封聖的時刻來臨，鐘聲在原野上迴響，黑壓壓一片群聚在教堂裡的人唱起了感恩讚，向上帝獻上第一聲祝禱。崇高的祝禱！歌聲純淨而輕盈，女人如癡如醉的歌聲融入男人低沉有力的歌聲中，成千上萬的聲音匯合在一起，聲量之強大就連音管齊鳴的管風琴也壓不住。只有唱詩班兒童尖銳的稚嫩聲音，和幾名男低音沉厚的聲音讓人興起美好的念頭。在這帶著情愛的動人和聲裡，透露出了童稚與力量。

「Te Deum laudamus!（拉丁文：主啊，我們頌讚祢！）」

男男女女擠滿教堂，人人都跪了下來。從教堂裡傳出這歌聲，有如一片亮光驟然在夜空裡閃現，也如雷聲一樣劃破了寂靜。聲音隨著裊繞的薰香升騰起來，而這時薰香的煙霧已給教堂神奇、絕妙的建築拋下了一道淡藍色的半透明帷幕。一切都顯得堂堂皇皇、芳香滿溢、通透明亮、悅耳動聽。就在這充滿情愛、充滿感激的音樂聲傳到祭壇上時，唐璜因為太過於有禮貌，而不得不表示謝忱，太過於有心機，而認為這場面有玩笑的性質，他神色怡然地躺在聖龕裡，以一聲駭人的笑聲回應眾人。但是魔鬼讓他想到了，他若不做點什麼，很可能被人看作是凡夫俗子、看作是聖徒、看作是博尼法斯、看作是龐大良[6]，於是他慘叫一聲，又發

---

6 博尼法斯（Boniface, 680-754）：中世紀天主教傳教士和殉道者，史稱「日耳曼使徒」，德國基督教化的奠基者。

龐大良（Pantaléon）：是一位生活在三到四世紀羅馬帝國的基督教聖徒和殉道者

出各種彷彿來自地獄的怪聲，擾亂了這和諧的樂聲。他頌揚塵世，詛咒上天。這古老的教堂似乎連建築的根基都震動了。

「Te deum laudamus!」眾人齊聲唱詠。

「你們這些狗娘養的，全都下地獄吧！上帝，上帝！Carajos demonios（西班牙文：地獄、魔鬼），畜生，你們這些人都和你們的上帝老頭一樣蠢！」

他滔滔不絕地破口大罵，就像維蘇威火山爆發，噴出熾熱的岩漿一樣。

「Deus sabaoth sabaoth!（拉丁文：上帝，上帝的軍馬、上帝的軍馬！）」基督徒齊聲喊著。

「你們侮辱了地獄之主！」唐璜咬牙切齒地說。

接著，他那隻能動的手伸到聖龕之外，擺出了一個嘲諷、絕望的手勢，威嚇全場。

「聖徒在祝福我們。」那些信仰盲目的老婦、孩子和未婚夫妻都這麼說。

喏，我們往往就是在這樣的崇拜中受到愚弄。那些地位優越的人會嘲弄那些恭維他們的人，有時候他們也會去恭維那些自己打從心裡譏笑的人。

當修道院院長跪在祭壇前，唱詠道「Sancte Johannes, ora pro nobis!（拉丁文：聖約翰，請為我們祈禱！）」之時，他清楚地聽到了一聲：「O coglione（義大利文：喔，睪丸）。」

「那上頭是怎麼了？」修道院副院長看著聖龕晃動了起來，不禁嚷道。

「聖徒在扮魔鬼呢。」修道院院長回答。

就在這時候，那顆活著的頭脫離了死去的身體，掉在這位主持儀式的神父的黃腦袋上。

「可要記得堂娜．艾勒薇。」頭顱一邊叫著，一邊吞吃修道院院長的頭。

院長發出一聲淒厲的叫聲，擾亂了整個儀式。所有的神父都跑過來，圍著他們的院長。

「笨蛋，不是說有上帝的嗎？」當院長的頭被咬爛，即將喪命之時，響起了這個聲音。

巴黎，一八三〇年十月

新兵
Le réquisitionnaire

「有時他們藉由視覺或是運動的現象，瞥見了空間在以下兩個模態中被廢除，其中一個是做爲智力空間的時間，另一個則是做爲肉體空間的距離。」

《路易．藍貝爾的思想歷程》

圖爾，一八三六年

獻給我親愛的亞伯．馬爾襄．德．拉．希貝勒希

一七九三年十一月的一天晚上，卡倫坦的重要人士都齊聚在德．戴伊夫人家的客廳裡，在她家，這樣的聚會是天天都有的。這原本應該是例行舉辦的聚會，因為發生了一些情況，使得這晚的聚會格外引人關注，要是在大城市裡，這件事也許不值一哂，但是在這小鎮裡卻顯得非比尋常。前天晚上，德．戴伊夫人家大門緊閉，取消了聚會，到昨天她仍說是身體欠安，不能見客。連續兩天這樣的事故，即使是平時也會在卡倫坦造成轟動，其轟動程度一如巴黎所有的劇院全都暫停演出。這兩天，日子過得總好像少了點什麼似的。況且這事是發生在一七九三年，德．戴伊夫人的行為可能會招來大難。在那個時期，貴族們稍有什麼不當的舉措，幾乎就會招來殺身之禍。為了瞭解這天晚上為什麼諾曼第人面孔的賓客都抱著強烈的

好奇心、懷著心機來參加當晚的聚會，特別是為了瞭解德．戴伊夫人有什麼難言之隱，這裡有必要解釋一下她在卡倫坦所扮演的角色。德．戴伊夫人此時的處境無疑就像在大革命期間許多人的景況一樣，極其險惡，有這種感受的讀者絕不只一名，他們的同情相感將會使這故事更加生動感人。

德．戴伊夫人是一位中將的遺孀，中將生前曾獲頒騎士勳章，在貴族紛紛遷離至國外之初，他就離開了宮廷。她在卡倫坦附近擁有家財無數，便避居到此地，希望恐怖統治時期[1]的浪潮不至於波及這小鄉鎮。她這番盤算是建立在她對此地的瞭解，因此一點也沒算錯。大革命在下諾曼第並沒有造成重大災害。雖然德．戴伊夫人從前來巡視她的地產時，只和貴族家庭往來，但這時她出於政治考量，也在家裡接待了城裡的中產階級和新近的當權者，並且竭力讓他們為自己高攀上她而洋洋得意，以不招致他們的怨恨，或是激起他們的嫉妒心。她優雅迷人、仁慈善良，有一種難以言表的溫柔；她不用卑屈自己，也不用祈求他人，便能討得人人的歡心。她知所進退、謹守分寸，贏得了大家的敬重，而且靠著這個柔軟的身段她得以保住自己微妙的地位，在這個紛紜雜沓的社交圈子裡，她仍能滿足各方要求，既不傷害社會

1 恐怖統治時期（La Terreur）：指一七九三年九月五日到一七九四年七月二十八日之間的雅各賓專政期間，是法國大革命一段充滿暴力的時期。

新貴強硬的自尊心，也不冒犯往昔的老朋友。

三十八歲的她，風韻猶存，但她的美不是下諾曼第女人那種純真、豐滿，而是一種纖瘦的美，可以說頗有貴族風範。她的五官秀氣、雅緻，腰身靈動、玲瓏。一說起話來，她白皙的臉龐便閃現光彩，生氣盎然。她黑色的大眼睛讓人感到十分親和，只是她平靜、虔誠的目光卻顯示了生命的意義於她再也不存在。

她在青春正盛的年華就嫁給了愛猜忌的老軍官，在那個風流的宮廷裡她尷尬的地位，無疑地在她臉上罩上一層凝重的憂鬱黑紗，而她原來想必是嫵媚動人、熱情激盪的。她心裡深藏著從未有人沾染過的激情，這激情她只從感受中領會，而不是從反省中體悟到，她只能一而再、再而三地把這稚氣的想望壓在心底。因此，她的魅力主要是來自於這內在的青春，這青春的光彩不僅時而閃現在她外貌，也讓她心中充滿天真無邪的欲望。她表面看似拘謹自持，但她的舉止、聲調都帶有一股衝勁，衝向不可知的未來，就像年輕女孩身上所具有的。再無動於衷的男人不多久也會愛上她，但他們見她總是端莊有禮的樣子，便不免仍要敬畏她三分。她與生俱來便有高貴的心靈，而且在幾番嚴酷的爭鬥中又鍛鍊得十分剛強，大大勝過一般人，就連男人也難與她較量。在這樣的心靈裡，必定是帶著強烈激情的。德．戴伊夫人的深情眷戀都凝聚在一種感情之上，那就是母愛。做為妻子，她被剝奪了幸福與歡愉，不過她對兒子的癡愛，讓她找回了這一切。她不只像個母親那樣深深為他奉獻，還像個情婦一般對他獻殷勤、像個妻子一般愛吃醋。她一遠離他，便不快樂，他一不在身邊，便擔憂。她總是看他看不夠，她只因他而活、只為他而活。為了讓男人瞭解這種感情的力量，只要再補充一句就夠了——這兒子不僅是德．戴伊夫人的獨生子，而且還是她唯一的親人，是唯一能讓她感受到畏懼、感受到希望、感受到生活有歡樂的人。

已故的德．戴伊伯爵是他家族中唯一的子嗣，正如德．戴伊夫人也是她家族中唯一的繼承人一樣。人世間的算計和利益，必得和靈魂最高貴的需要結合在一起，以使伯爵夫人那原本就相當強烈的母愛更加激昂起來。她千辛萬苦地撫養兒子，他也因此顯得更加寶貝。不下二十次，醫生都說這孩子沒救了，儘管有這樣的醫學診斷，但她還是相信自己的預感、信靠自己滿滿的信心，最後看到兒子平安無恙地度過幼年時期的病恙，身體一天比一天結實，她高興得難以言詮。

靠著長年的細心照料，這孩子長大成人了，到二十歲時，他體格強悍、壯碩，旁人都把他看作是凡爾賽宮裡最精猛的騎兵。幸運的是——並不是所有盡力照應孩子的母親都能遇到這樣的幸事——她的兒子愛慕她。他們母子意氣相投，情同手足。就算他們不是因母子天性的緣故而聯繫在一起，他們也會依本能在對方身上感受到人與人之間的深厚情誼，這情誼在人生中是難以得見的。他十八歲時被任命為龍騎兵的少尉軍官，這位年輕的伯爵重視榮譽，服從當時大局，於是跟著王室親族流亡到了國外。

就這樣，高貴又富有的德．戴伊夫人，身為流亡者的母親，不會不知道自己危險的處境。她一心只想為兒子保住可觀家產，因此放棄陪伴兒子流亡國外。在她讀到了共和國頒布的嚴苛法令，表示在卡倫坦每天都要沒收流亡者的財產時，她不禁為自己敢於留下的勇氣喝采。為了替兒子保住家產，她不正是冒了自己的生命危險嗎？然後，她又聽說國民公會發布了可怕的處決命令，一想到她唯一的寶貝在安全的所在，遠離危險，遠離斷頭臺，她就可以安然入眠。她很得意自己做對決策，同時保全了她兒子，也保全了家產。

她心中暗想，當前時局不利，只能退讓，這樣不會損及她做為女人的尊嚴，也不會傷害她身為貴族的信念；她掩藏內心的痛苦，只擺出一副讓人猜不透的冷漠。她很清楚自己在卡倫坦會遭遇種種困難。來到這裡還居首位，不就等於是每天都和斷頭臺過不去？不過，她憑著身為人母的勇氣，在卡倫坦沒有分別心地濟貧救苦，贏得了窮人的愛戴，而且她也不忘為有錢人提供娛樂，因此在他們眼中她是必不可少的人物。她在家中接待鎮上的檢察官、鎮長、縣長、公訴官，甚至革命法庭的多位法官。前四位人士都還是單身，他們阿諛她、逢迎她，滿心希望娶她為妻。他們或是威嚇，說她若是不依，就會大禍臨頭，或是表示自己願意當她的保護人。

在卡昂擔任過檢察官的公訴官曾經受託維護伯爵夫人的利益，他現在為了討得她的歡心，特意表現得忠誠不二、寬宏大度；真是個工於心計的危險人物！他是所有追求者當中最可怕的一位，也只有他一個人摸清了他從前這位客戶財產的底細。由於他覬覦她的財富，也由於他對全縣縣民掌有生殺大權，因此他對伯爵夫人的激情也大為高昂。這位還很年輕的公訴官特意表現得尊貴大方，以致德．戴伊夫人一時無法評斷他的為人。但是她不顧和諾曼第人鬥智會有的風險，只憑女性特有的機智與謀略來使這幾名追求者互相掣肘。她刻意拖延時間，希望拖到動亂結束她仍能安然無恙。在這個時期，國內的保皇黨每天都暗暗高興，以為革命在第二天就會收場；而這種沒來由的信念使得他們當中很多人喪了命。

儘管橫生許多障礙，伯爵夫人仍然頗為機敏地保持了她不受約束的地位，直到她竟然閉門謝客的那一天。而這個舉動是這麼地不謹慎，真教人不可理解。大家都對她非常關注，以致那天晚上來到她家，一聽說她無法見客時，個個都憂心忡忡。他們用鄉下人那種坦然不掩飾的好奇心，打聽德．戴伊夫人究竟是遭遇了什麼不幸，有什麼煩心事，或是生了什麼病。夫人家裡一名叫碧姬特的老女僕答覆了所有這些問題，她表示她的女主人把自己關在房間裡誰也不見，甚至不見家裡的僕人。在小鎮裡，生活多少有點像是在修道院一般封閉，鎮民便自然而然地養成了對別人的行動加以分析、解釋的習慣。這時他們並不清楚德・戴伊夫人到底是福是禍，便為她嘆息一番，然後各自去揣測著她突然避居深閨的原因。

「她要是生了病，應該會去找醫生，」第一個好事者說，「但醫生一整天都在我家下棋！他笑著跟我說：『在這樣的時節裡，只有一種疾病……而且不幸的是，這病是治不好的。』

這個冒了風險的玩笑話說得有點審慎。但這時女人、男人、老人和年輕女孩都天南地北漫無邊際地臆測起來。每個人都以為自己窺得了祕密，而這祕密一下子便漫氾了人們所有的想像力。到了第二天，這些揣測更加沸沸揚揚。在這樣的小鎮裡，事情是瞞不過別人耳目的，女人們先是發現碧姬特上市場買了比平常更豐盛的食物，這消息已經得到證實。有人看到碧姬特一大清早就到市場，而且怪的是，她買了市集裡唯一的一隻野兔。全鎮的人都知道德・戴伊夫人根本不愛野味。各式各樣、沒完沒了的假設便圍繞這隻野兔而生。像平時一樣出來散步的老年人，注意到伯爵夫人家裡上上下下都動了起來，忙個不休，而且看得出來他們為避免別人知道，謹慎地採取了預防措施，只是反而顯得欲蓋彌彰。一位男僕在花園裡拍打著地毯上的灰塵。在昨天這種事誰也不會擱在心上，但這時這地毯卻成了明顯的證據，人人在其上大作文章。每個人都借題發揮，各有各的一套。

第二天，一聽說德・戴伊夫人表示自己身體不適，全卡倫坦的重要人士在晚上都聚集到鎮長的哥哥家去。他是一位上了年紀的批發商，已婚，為人正直，在地方上頗受推崇，伯爵夫人也很敬重他。在這次聚會上，所有追求這位富孀的男士都有一番多少可信的說詞，他們都在思量，怎麼使這勢必會影響到她名聲的情況在暗中變得對她有利。公訴官猜想說不定是德．戴伊夫人的兒子趁黑夜回到了她家，如果是這樣就真是悲劇了。鎮長認為是從旺代省來了一位拒絕宣誓一七九〇年「教士公民組織法」的教士，逃到她家請求避難；但是星期五買的那隻野兔使他這個說法顯得牽強。縣長肯定地說，一定是朱安黨人的頭頭或是旺代省來的亂軍首領被追捕得走投無路，而逃到這裡來了。還有人表示應該是從巴黎的監獄逃出來的一名貴族。總之，每個人都懷疑伯爵夫人因為過於慷慨仁慈而犯下錯誤，在當時這可是罪大惡極，是會被送上斷頭臺的。公訴官壓低了聲音說，這件事大家切不可張揚，並試著想辦法救救這個正大步邁向深淵的不幸女人。

「要是各位漏了口風，」他補上一句說，「我就不得不介入，帶人到她家去搜查，那麼事情就……」

他沒把話說完，但大家都明白他為什麼沒說下去。

伯爵夫人的摯友都為她感到非常不安，所以在第三天一早就由鎮上的總檢察長委由他妻子寫了一封信給伯爵夫人，敦請她無論如何這天晚上都要如常地接待賓客。那位上了年紀的批發商還更大膽，他早上親自上門拜訪德．戴伊夫人。他一心想為夫人效勞，便要求僕人一定要領他去見她，不想他卻看見了她在花園裡剪下花壇中最後幾朵鮮花，準備插在花瓶裡。這景象讓他訝異得說不出話來。

「她一定是收留了情夫在此避難。」老批發商對這個迷人的伯爵夫人油然生起同情之心。她臉上異樣的表情更使他對自己的猜測堅信不疑。他對女人這種自然而然的奉獻精神感動不已，不過這種事總是會觸動我們的，因為所有的男人在見到女人為男人犧牲時都會洋洋自得。老批發商告知了伯爵夫人城裡各種流言蜚語，以及她這時險峻的處境。

他最後說：「因為在我們這些官員當中，有那麼幾位會原諒您救援一位神父的英勇行為，但是如果他們發現您是為心上人而自我犧牲的話，誰都不會同情您的。」

聽他這麼說，德．戴伊夫人以迷亂、恍惚的目光看著老批發商，這不禁讓他打起寒顫。

「跟我來。」她拉起他的手，帶他到她房間。在確定了房間裡只有他們兩人之後，她從胸口掏出一封被揉得皺皺的、髒了的信。

「讀吧！」她費了好大的勁頭才叫著說出這句話。

她癱坐在扶手椅中，精疲力竭。正當老批發商找著眼鏡、擦拭鏡片的時候，她抬起眼睛看著他，頭一次這麼好奇地打量他。然後她聲音變了調：

「我信任您。」她輕言軟語地說。

「我來，不正是為您分擔罪過的嗎？」老批發商樸直地說。

她打起哆嗦。這是她第一次在這小鎮裡和人心意相通。老批發商也一下子全明白了伯爵夫人為什麼既歡喜又沮喪。她兒子回了法國，加入了格朗維勒的遠征軍，他從監牢裡寫了一封信給母親，帶給她哀傷又甜蜜的希望。他在信上說，自己有把握能夠越獄成功，並會在三天之內喬裝改扮回到家。他還在這封要命的信裡表示，萬一他沒在第三天夜裡回到卡倫坦，那就意味著肝腸寸斷的死別。他也請求母親給這位冒著千辛萬苦送信的差使一筆大賞金。老批發商拿著信的雙手不住地抖動。

「今天已經是第三天了。」迅速從椅子上站起來的德．戴伊夫人吶喊著。她取回信，走動了起來。

「您行事太大意了，」老批發商對她說，「為什麼上市場採買那麼多食物？」

「可是他一到家，一定是餓壞了、累壞了，再說……」她說不下去了。

「我確信我弟弟是可以信任的，」老批發商說，「我去讓他想想，怎麼做對您有利。」

這時，這位批發商又如他從前做生意時那麼心思縝密，他還交代了夫人該如何謹慎小心，該如何隨機應變。兩人把該怎麼說、該怎麼做都定奪下來之後，老批發商就離開了。他很技巧地找到個藉口到卡倫坦幾戶顯要人家的家裡，對大家說，他剛剛見了德．戴伊夫人，她身體雖然尚未痊癒，但今晚還是很願意接待賓客。家家戶戶都對伯爵夫人的病情盤問不休，人人都對這樁神祕事件緊追不放，他憑著諾曼第人的聰明才智，和大家周旋了一番，才總算哄騙了這些人。他在第一戶到訪人家的家裡，就表現得很出色。他告訴一位患痛風的老太太，說德．戴伊夫人胃痛風發作，差點喪了命；那位大名鼎鼎的童尚醫生之前就囑咐過她，在發病時要取一張活剝下來的野兔皮毛貼在胸口，一動不動地躺在床上休息；前兩天受到死亡威脅的伯爵夫人只好一絲不苟地遵照童尚醫生這個古怪的治療方式，現在她已大致康復，今晚就可以招待來探望她的客人了。他這套說法大獲成功，而且因為有卡倫坦的醫生（他私底下也是保皇黨）不盡同意這偏方，它反而更能說服人。

然而有一些頑固分子或是通達事理的人，由於原先的猜疑在腦子裡深深扎了根，以致至今仍半信半疑。於是，一到晚上，獲准到德．戴伊夫人家的客人都急急忙忙地老早就趕到，有的是想對她察言觀色，有的是想對她表示友好，大部分人都為她的霍然痊癒感到驚奇不已。

他們看見伯爵夫人坐在她客廳裡大壁爐的一側，模樣和一般卡倫坦人一樣樸實無華；為了不觸犯她客人的小肚雞腸，她一改往日那種豪奢的習性，讓家裡的陳設仍維持舊觀。甚至客廳裡的方磚地板也沒有擦洗。牆上仍是那張老舊、陰暗的壁毯，家具也是當地的普通款式，屋裡點著大蠟燭；而且她沿襲了都市的風尚，又揉合了鄉下生活的方式，不怕過著像窮人般刻苦的生活，也不怕剝奪自己愉悅的享受。但是她明白，她的客人絕不會責怪她出手闊綽，因為這樣做無非是要他們玩得痛快；在為客人提供各種個人享受方面，她也辦得無一不周全。她以精緻美味的晚餐招待他們，甚至裝出一副吝嗇的樣子，以取悅那些工於算計的人。她能夠巧妙地讓他們在奢華享樂方面縮縮手，而後慷慨地滿足他們的願望。

於是，晚上大約七點鐘，卡倫坦這些最好也是最差的客人便齊聚在她家，在壁爐前圍成了一個大圈圈。女主人雖然處境難堪，但有那老批發商對她投以同情的眼神支持著，她便以無比的勇氣回應了客人們各種細小末微的提問，回應了他們種種無聊又愚蠢的大道理。但是每當她聽見有人重重地敲著門，或是街上傳來腳步聲，她便提起有關鄉里財政的問題，以掩飾心中的激動。她還讓大家針對蘋果酒品質的話題吵吵嚷嚷地爭論起來，並且在她密友的默契配合下，大家幾乎都忘了要窺探她的舉措，只覺得她看來自然大方、冷靜沉著。只有公訴官和革命法庭的一位法官悶聲不響地坐在那兒，留神地觀察著伯爵夫人臉上最細微的表情，聽著房中的動靜，儘管四周喧鬧無比。有好幾回，他們問了她幾個難以回答的問題，不過，聰明機智的伯爵夫人卻對答如流。為人母者的勇氣真是不可小覷啊！

德．戴伊夫人安置好牌桌，招呼大家坐在桌旁玩波士頓紙牌、賀維希斯紙牌，或是威斯特紙牌，她自己則十分輕鬆自在地與幾位年輕人交談，如同一位演技成熟的演員扮演著自己的角色。她想辦法讓別人向她提出要玩樂透遊戲的要求，然後她表示只有自己知道樂透放在哪裡，就離開了客廳。

「悶死我了，我可憐的碧姬特。」她一邊擦去滾滾熱淚，一邊叫道。她雙眼因激動、痛苦和焦躁而晶晶閃亮著。「他還沒回來啊，」她環顧自己的房間，說道：「在這裡我才能呼吸，才能活。再一會兒，他就會出現在這裡！因為我確信他還活著。我的心這樣告訴我。碧姬特，你沒聽到什麼聲響嗎？啊，要是能知道他現在是在監牢裡，或是正穿越鄉野回家來，我賠上餘生也值得！啊，我最好別再想這件事了。」

她再一次檢查了她房間是不是一切都準備就緒。壁爐裡柴火正旺，窗板都關得嚴嚴實實，所有的家具都擦得潔淨發亮，床也鋪得平平整整，看得出來伯爵夫人和碧姬特所有細節都不放過。她期望他平安歸來的願望就從這無微不至的關心裡透露出來，也因為這樣，她把房間布置得井井有條，還放置了一束鮮花；從花朵散發出來的陣陣清香裡，有她母愛的溫馨以及她那最聖潔的深情。身為母親的她能夠猜透一名士兵心裡的想望，為他將一切籌備妥當，以滿足他的需求。精緻的晚餐、上等的美酒、鞋子，和衣物，總之對一個疲憊不堪的旅人來說，所有必要的、舒適的事物應有盡有，一樣也不缺。這種在自己家中找到的各種愜意、安逸，更讓他感受到母愛的溫暖。

「碧姬特？」伯爵夫人悽愴地叫了一聲。她走過去把椅子放在桌前，就好像這麼做能讓她的心願成真、能為她的幻想增添一點力量。

「啊，夫人，他會回來的。他人就在不遠的地方——我相信他還活著，這時正在路上走著呢。」碧姬特說，「我在聖經裡放了一把鑰匙，我一邊把它捧在手上，一邊聽著科丹讀《約翰福音》……啊，夫人，鑰匙竟然都沒動。」

「真的嗎？」伯爵夫人說。

「啊，夫人。大家都知道這最應驗了。我敢以性命擔保他一定還活著。上帝是不會弄錯的。」

「儘管這裡有種種危險等著他，我還是希望能在家裡看到他……」

「可憐的奧古斯特少爺，」碧姬特叫著說，「他大概只能靠自己的兩條腿來趕路。」

「已經八點鐘響了。」伯爵夫人驚惶地叫了起來。

在這個房間裡，她看到一切都充滿了生命氣息，這使她更加相信兒子還活著，但她不能在這裡待得過久，於是下了樓來。不過在回到客廳前，她在樓梯旁列柱中庭下站了一會兒，聽聽寂靜的鎮上是不是有什麼動靜。她對碧姬特的丈夫笑了一笑，他像站崗似的杵在那裡，因為太留意夜裡廣場上的聲息，兩眼顯得呆愣愣的。

她不管看什麼，看到的都是兒子的身影。一會兒，她就必須裝得開開心心的走進客廳，和年輕女孩一起玩樂透。但她時不時哼哼唧唧，說自己身體不舒服，便走過來坐在壁爐邊的那張扶手椅。

以上就是德．戴伊夫人家的景況和她個人的心態。正當這時候，在巴黎通往瑟堡的路上，一名穿著棕色卡馬尼奧拉式短上衣的年輕人（在此時期這服裝是革命分子必穿的）正往卡倫坦的方向走來。在徵兵初期，軍中紀律鬆散，或者根本談不上有什麼紀律。當時出於條件的限制，共和國不太可能即刻為戰場上的士兵提供必要的裝備，因此在路上隨處可見剛徵來的新兵仍穿著普通老百姓的服裝。在部隊紮營的時候，這些年輕人不是趕在前頭就是落在後面，因為他們行軍走長路時看的是自己能不能夠承受疲憊。

我們剛剛所提到的那位年輕旅人就遠遠走在一支要到瑟堡去的新兵部隊的前面。卡倫坦的鎮長為了把借宿證分發給這支部隊、安排他們過夜，已經等了好幾個小時。這位年輕人邁著沉重而堅定的步伐往前走，他的樣貌似乎顯示了他早已對嚴酷的軍旅生涯習以為常。雖然皎潔的月亮高懸在卡倫坦附近的草原上，他卻注意到大朵大朵的白雲隨時會在郊野裡飄下雪來。他擔心大風雪會驟然降臨，便加快了腳步。他步伐矯捷有力，儘管他其實已經疲憊不堪。

他背著一個幾乎是空的背包，手持一根黃楊木枴杖，是他從灌木圍成的高大籬笆上砍下來的，這種籬笆在下諾曼第一帶大部分的草原上滿眼可見。

這位孤單的旅人好一會兒之前就看見了被月亮奇異的光芒照得迷迷離離的城樓，不久他便走進了卡倫坦。在這闃寂無聲的街道上只有他的腳步聲迴響著，一路上他沒遇到任何人。他不得不停下來問一位還在工作的織布工人鎮長家在哪裡。這位官員的家就在不遠處，年輕新兵不久就來到他家的門廊下，在一張石板凳坐下來，等他給自己一張借宿證。鎮長招他過來，他便走近前來，讓鎮長仔仔細細地打量。這位臉色紅潤的年輕步兵看來出身高貴，他的舉止透露著貴族氣派，而且從他聰明的外貌來看，想必受過良好的教育。

「你貴姓大名？」鎮長問他，並以狡獪的眼色看著他。

「朱利安．朱希厄。」年輕的新兵回答。

「你從哪裡來的？」鎮長不禁微微一笑，笑容裡充滿了不信任。

「巴黎。」

「你的同袍應該離這裡還很遠吧。」諾曼第人以開玩笑的口吻說。

「我比部隊超前了三法里。」

「這位士兵朋友，大概是有一份感情把你吸引到卡倫坦來的吧？」鎮長很機敏地說，「這樣很好。」他比了個手勢，阻止正要開口說話的年輕人，讓他安靜下來。然後他接著說：「我們知道今晚該讓你在哪裡過夜。喏，」他給了他一張借宿證，說：「去吧，朱希厄公民！」

鎮長叫到他的名字時，聲調裡透露出了揶揄的意味。他給年輕人的借宿證上寫著德．戴伊家的地址。年輕人好奇地看了看地址。

「他很清楚她家並不遠。他一出這裡的門，越過廣場就到了！」年輕人一離開他家，鎮長就自言自語地嚷嚷道，「他可真是大膽！願上帝引導他！他竟然有問必答。是啊，不過要是他遇到的不是我而是別人，別人一要求看證件，他就完蛋了！」

這時候，卡倫坦的鐘都已經響過九點半。德．戴伊夫人家門廳裡的風燈都點燃了。僕人伺候著他們的夫人、老爺穿上套鞋，披上斗篷或是大衣。玩牌的人都結清了帳款。他們按照小城鎮的一般社交習慣，所有的人一起向伯爵夫人道別。

大家來到廣場上，在各自回家之前，紛紛以各式各樣的客套話彼此道別，這時候一位女士突然發現他們當中少了一位重要人物，便說：「公訴官似乎不打算走。」

這位令人畏懼的官員的確是單獨留了下來，伯爵夫人發著抖，巴不得他趕快離開。

「女公民，」他在一陣令人心驚膽戰的長長沉默之後，說：「我留在這裡是為了看看您是不是遵守了共和國的法令……」

德．戴伊夫人渾身起寒顫。

「您沒有什麼要向我明說的嗎？」他問道。

「沒有。」她訝異地回答。

「啊，夫人，」公訴官在她身邊坐下來，換了個聲調說：「在這個時候，不管是您或是我，若說錯一句話，就有可能被送上斷頭臺。我對您的性情、您的心思、您的舉止觀察得很透澈，您今晚有心瞞騙所有的賓客，但我可看得一清二楚。您在等您的兒子，這一點我很確信。」

伯爵夫人不由自主地搖了搖手，但她臉色忽地變蒼白，而且為了擺出一副堅定沉著的模樣，她臉上的肌肉也不由得抽搐起來。公訴官以無情的目光緊盯著她看，她的細微變化都逃不過他的眼睛。

「那麼，您就好好迎接他吧，」革命政府的官員接著說，「但他在家裡只能待到早上七點。明天，天一亮，我會讓人來檢舉這件事，然後帶人到您這兒來……」

她呆愣地看著他，那神情就連老虎見了也會起憐憫之心。

公訴官以溫和的聲音接著說：「我會仔仔細細地搜查您的住處，以此來證明這回檢舉是沒有根據的，然後我會寫一份報告，還您清白，從此以後讓您不再受人猜疑。我會在報告中提到您對共和國的捐輸、您的愛國心，這樣我們兩人都得以保全。」

德·戴伊夫人深恐這是個陷阱，不敢輕舉妄動，但她的雙頰燒紅，口舌結凍。這時候響起了一陣急促的敲門聲。

「啊，」做媽媽的她嚇壞了，不禁雙膝落地，叫嚷著：「救他，救他！」

「嗯，我們來救他！」公訴官熱情地看了她一眼，說道：「哪怕丟了我們兩人的性命。」

「我完了！」她叫道，公訴官這時彬彬有禮地扶她站起來。

「嗳，夫人！」他以演說家的帥氣姿態說，「我盡一切可能來幫助您……就看您了。」

「夫人，他——」碧姬特叫了一聲，她以為夫人是自個兒在客廳。

老女僕一看見公訴官，本來泛紅、充滿歡喜的臉色一下子變得慘白，呆若木雞。

「是誰呢，碧姬特？」公訴官和顏悅色地問道。

「一名新兵，是鎮長要他上我們這裡投宿。」老女僕出示了借宿證。

「的確，」公訴官看了看借宿證之後說，「今晚會有一營軍隊到鎮上來。」

於是他就離開了。

這時候伯爵夫人太需要相信公訴官剛剛的話是出於一片誠心，因而無法不相信他。她匆匆忙忙地上樓，幾乎沒有力量撐住自己。然後她打開房間的門，看見了自己的兒子，便像垂死之人一樣一把撲進他懷裡。

「啊，我的孩子，我的孩子！」她嗚咽地叫喊著，還發瘋似的吻遍他全身。

「夫人。」那位陌生人開了口。

「啊，不是他！」她嚇得往後倒退了一步。她直直站在新兵面前，以驚恐的眼神打量他。

「啊，我的好上帝，他們長得真像啊！」碧姬特說。

大家都沉默了。這位陌生人看著德．戴伊夫人，不禁發起抖來。

「啊，先生！」她靠在碧姬特的丈夫身上，感覺自己全身上下痛苦不堪，而且一感受到這痛苦就會要了她的命。她對這名新兵說：「先生，我不能再親自招待您了。請允許我的僕人代替我來照應您。」

她在碧姬特和她丈夫的半攙扶下，下樓回到自己的房間。

「怎麼會這樣呢，夫人！」碧姬特讓女主人坐定後，叫嚷著說：「這個人就要睡在奧古斯特少爺的床上，穿奧古斯特少爺的拖鞋，吃我為奧古斯特少爺準備的肉醬！等到該我送上斷頭臺時，我——」

「碧姬特！」德．戴伊夫人叫了一聲。

碧姬特噤口不言。

「長舌婦，你就住嘴吧。」她丈夫低聲對她說，「你想害死夫人嗎？」

這時候，新兵在他房間坐到桌前時弄出了一點聲響。

「我不要待在這裡。」德．戴伊夫人叫著說，「我要到花房去，在那裡我對外面夜裡的動靜聽得比較真切。」

她因為夾在害怕失去兒子和希望見到他的這兩頭之間，顯得心神飄忽。黑夜靜得駭人。這時，那一營新兵來到了鎮上，各個忙著找住宿處，這讓伯爵夫人非常驚惶不安。每一個腳步聲、每一個聲響都讓她的希望落了空；之後，外頭又是一陣可怕的寂靜。到了早晨，伯爵夫人只好回自己房間。一直留意著女主人一舉一動的碧姬特沒看到她再出房門，便走進房裡，發現伯爵夫人死在床上。

「她應該是聽見了那位新兵穿好衣服，在奧古斯特少爺房間裡踱著步子，唱那該死的《馬賽曲》，就好像他是在馬廄一樣。」碧姬特說，「是這個害死了她！」

無疑地，是一種沉重的感覺和某種恐怖的幻象造成了伯爵夫人之死。就在德．戴伊夫人死在卡倫坦的那一刻，她的兒子也正好在莫爾比昂被槍決。我們可以把這樁悲劇看作是人們對「彼此同心相契，不受距離隔閡」這一現象的考察；某些孤獨的人以睿智的好奇心將這些研究資料集結起來，它們有一天終將成為一門嶄新科學的基石，不過研究這門學科的天才人物至今為止尚未出現。

巴黎，一八三一年二月

費赫米亞尼夫人

Madame Firmiani

獻給親愛的亞歷山大・德・貝爾尼

他的老朋友
巴爾札克

很多故事情節豐富曲折，或是因各種偶發事件而深富戲劇性，這樣的故事本身在構想上深具巧思，可以很有藝術性，也可以很樸實地由不同的人來講述，一點也無損於其主題之靈動、奧妙。不過，人類生活中的某些際遇，唯有突顯心靈才能賦予它生命，有一些可以說是幽微細密的細節，只有經過思維最熟巧的炮煉，才能呈現出它們的精妙之處。再者，有些需要呈現出內在靈魂的肖像，如果沒有勾勒出面部表情最纖細的線條，就不值一文了。最後，我們常會遇到這種事，就是如果沒有某種未知的和諧——這種和諧是在上天的意旨或是在神祕的精神啟示下，由某日、某時或某個巧合所主導——我們就會不知道該怎麼說、該怎麼做了。

在講這個簡單的故事之前，我們非得先揭示這個神祕的啟示不可，以便讓天生性格憂鬱並沉緬於柔情中的某些人對它感興趣。如果一個作家像是處在病危朋友身邊的外科醫生一樣，對他手下要整飭的人懷著敬意，那為什麼讀者不一起分擔這無可解釋的情感呢？一種朦朧而神經質的悲悒使我們周圍蒙上了一層灰灰的色調，這種半病態的悲悒有種讓人軟綿綿的痛苦，但有時也讓人覺得快意，而讓自己感受到這樣的悲悒會是一件難事嗎？要是您在不意間想起了您已故的親愛之人、要是您是獨自一人、要是時間正處夜晚或黃昏，那麼就請把這個故事讀下去；如果不是這樣，您就在這裡把書扔掉吧。如果您不曾埋葬有殘疾或是沒財產的姑母，您是不會明白這些文字的。對某些人來說，這文字似乎充滿了麝香的芬芳，對另一些人來說，它們像弗洛希昂[1]的作品一樣沒文采，而且滿口道德經。總歸一句話，讀者應該體悟過眼淚的甘美、感受過悄悄思想起一個親愛非常而遠不可及的人時那種無言的痛苦，他應該擁有某些回憶，這些回憶一方面為受大地吞沒之物感到惋惜，另一方面又因消逝的幸福而微笑。

現在，請您相信，即使能得到英國的財富，作者也不會強行以虛假的詩意來美化他的敘述。這是個真實故事，您大可以為它耗盡您珍貴的感情，如果您有這種感情的話。

今日，在法國這個大家庭中有多少類型的人，我們的語言就有多少種特殊的表達方式。為了總括這一論點，我們就以巴黎人為例：巴黎的各類型人物對同一物項或同一事件各有各

1 弗洛希昂（Jean-Pierre Claris de Florian, 1755-1794）：法國作家，在大革命期間被捕入獄，不久後病逝。

的講法、用詞各有各的領受。聽聽這些不同的講法或領受，實在是一件讓人感覺奇妙又愉快的事。

因此，要是您問一位屬於務實類型的人：「您認識費赫米亞尼夫人嗎？」這個人勢必會將這問話解譯成下面這些資訊——費赫米亞尼夫人住在巴克街的一棟豪宅裡，客廳裡家具考究，裝飾著精緻的繪畫，足足有十萬古銀的年金收入，她丈夫過去是蒙特諾特省的稅務長。這位總是穿著一身黑衣、圓乎乎胖嘟嘟的務實人士，一說完這話，便會露出一個表示滿意的鬼臉，翹起下嘴唇來蓋在上唇之上，並點著頭加上一句：「真是殷實穩妥的人家，這沒什麼好說的。」我們就別再問他了！務實的人只會以數字、以年金或是攤在陽光下的不動產來解釋一切，這是他們的特殊用語。

請向右轉，再問問另一位屬於遊手好閒類型的人，把您剛剛的問題再說一遍。他會說：「費赫米亞尼夫人？是啊，是啊，我很知道她這個人。我常參加她的晚會。她都在星期三接待客人。她的府第非常體面。」話說不到三句，費赫米亞尼夫人已經化身為府第。這府第不只是根據建築原理將一塊一塊的石頭堆砌上去，不，在那些遊手好閒者的語言中，這個詞是一個難以表述的慣用語。這裡這位遊手好閒者身材乾瘦，臉上帶著愉悅的笑容，常說些不著邊際的漂亮話，他後天的手腕遠勝過先天的智力；他會以一副狡黠的神氣，彎下身子，湊近您耳邊，對您說：「我從沒見過費赫米亞尼先生。他在社會上的職務是管理在義大利的財產，可是費赫米亞尼夫人是法國人，她像巴黎女人那樣大筆開銷。她家裡辦的茶會是一流的！在今日難得有這樣的地方供人玩樂，而且她待客的餐點是精緻無比的。再說，獲准到她家去是件非常困難的事。因此在她家客廳裡出入的都是上流人士。」在說最後一句話時，遊手好閒者鄭重其事地取出一小撮鼻菸，然後一點一點地塞進鼻子，那樣子好像是對您說：「我要上她家去，但可別指望我為您引薦。」

費赫米亞尼夫人對遊手好閒者來說，像極了一家沒有招牌的客棧。

「你到費赫米亞尼夫人家做什麼？她家就像宮廷一樣無聊。在那裡，人人附庸風雅，朗讀新近撰寫的小小抒情詩，如果不知道要避開像這樣的客廳，聰明才智又有什麼用？」

您也問過了您的一位朋友，這位被歸為自私的朋友是那種把整個宇宙封鎖起來，沒有他們的允許不得自行任事的人。他們會因別人過得幸福而不開心，只包容邪惡、墮落、短處，也只容得下受他們保護的人。就天性而言，他們是貴族，但出於無可奈何，他們加入了共和派，其唯一目的是在和他平等的人當中找到許多不如他的人。

「喔，老兄，費赫米亞尼夫人是個可親可愛的女子，像她這樣的女子可以讓人原諒大自然創造了醜女人的錯誤。她非常迷人！她非常善良！我要是能掌大權、成為國王、擁有萬貫家財，我就——（他在此處咬了咬對方耳朵）你要我幫你引薦嗎？」

這位年輕人屬於中學生類型，他在人前以膽大妄為著稱，但在私底下卻是個害羞的人。

「費赫米亞尼夫人？」另一個人轉動著他的枴杖嚷著說，「我來告訴你，我是怎麼想的。她年紀在三十到三十五歲之間，臉色暗沉，眼睛美麗，身材扁平，嗓音低啞，精心打扮，略施胭脂，風情萬種。總之，老兄，這是個風韻多少還剩下一點的女人，仍然值得愛憐。」

上述這個判決是由妄自尊大類型的人所下的，他剛吃過午餐，不再斟酌自己的用詞，這會兒就要騎馬出門去了。在這種時候，妄自尊大的人都是嘴快如刀的。

「她家裡有滿室的出色繪畫，去看看吧！」另一個人對您說，「再沒有比這些畫更美的了！」

您現在把同樣的問題拿來問一位雅好藝術的人。這個人從您身邊走開以後就到了培希農[2]或是特里佩那裡去。對他來說，費赫米亞尼夫人是一批典藏的畫作。

一名女士說：「費赫米亞尼夫人？我不要你上她家去。」

這句話說明了很多事。費赫米亞尼夫人！危險的女人！妖豔的女人！她穿著考究，她有品味，她讓所有的女人失眠。說這句話的女人是屬於喜歡無事生非那類型的人。

一位大使館專員說：「費赫米亞尼夫人！她不是安特衛普的人嗎？我在十年前見過如花

似玉的她，她那時在羅馬。」屬於專員這個階級的人說起話來總有些怪癖，愛像德塔列朗[3]那樣表達。他們非常狡黠，想法讓人捉摸不透；他們就像是玩彈子遊戲的人，總能很技巧地避開彈子。這類型的人通常不太說話，但他們只要一開口就是西班牙、維也納、義大利或是聖彼得堡。各處地名在他們口裡像是彈簧似的，只要按一下，就會為您彈唱出所有的曲調。

「這位費赫米亞尼夫人不常到聖傑曼這一區來吧？」這句話是由一位想要躋身上流社會的女人所說的。她在每個人的姓氏之前都加上「德」，像是對大杜潘先生、對拉法葉先生[4]，亂加一通，破壞對方的名聲[5]。她這輩子只操心日子要過得「好」，但是讓她痛苦的是，她住在瑪黑區，她的丈夫從前是訴訟代理人，不過，是皇家法庭的訴訟代理人。

2 培希農（Alexis Joseph Pérignon, 1806-1882）：法國十九世紀的畫家。
3 德塔列朗（Charles Maurice de Talleyrand-Périgord, 1754-1838）：法國主教、政治家、外交家。他的名字已經成爲一種玩世不恭、狡猾的外交態度之代名詞。
4 大杜潘（André Dupin, 1783-1865）：法國王政復辟時期的著名律師和自由派政治家。拉法葉（Gilbert du Motier, Marquis de la Fayette, 1757-1834）：法國將軍、政治家，在一八三〇年七月革命時，他是溫和派共和主義者。
5 在法國，「德」是貴族的封號。對自由派、共和主義者加封「德」並不恰當，所以這裡說破壞對方名聲。

「先生，費赫米亞尼夫人？我不認識她。」這個人是屬於公爵那一類型。他只承認那些出入宮廷的女人。原諒他吧，他是由拿破崙封為公爵的。

「費赫米亞尼夫人？她不就是那位在義大利人劇院當過女演員的？」這個人是屬於幼稚無知那一類型。這類型的人事事都有話說。他寧可以不實的言論詆毀人，也不願閉口不言。

兩位上了年紀的女士（前任法官的妻子）。第一位女士──她戴著一頂有貝殼紋飾的便帽，臉上布滿皺紋，鼻子尖尖，手裡拿著一本祈禱書，聲音尖刻──說道：「這位費赫米亞尼夫人，她娘家姓什麼？」第二位女士──她紅紅的小臉蛋就像一顆放很久的紅皮小蘋果，她的聲音柔和──說道：「親愛的，她是卡迪紐家的。她是卡迪紐老親王的姪女，所以也是德．莫弗里紐斯公爵的表妹。」

費赫米亞尼夫人出身卡迪紐家。就算她沒有品德、沒有財富、不再青春，她也總是卡迪紐家的人。這就像是一種偏見，卡迪紐家的人總被認為是富貴而有朝氣。

一位特立獨行的人說：「老兄，我從沒見過穿木底鞋的人出入她家偏廳，你上她家去不會損及你的名聲，在她家還可以放心大膽地玩牌，因為即使有騙子，他們也都是顯貴的人，因此沒有人會在那裡吵架。」

一位屬於細心觀察者之類的老年人說：「老兄，您若是到費赫米亞尼夫人家去，您會看見一位美麗女子慵慵懶懶地坐在壁爐旁。她難得從椅子上站起來，只有其他的夫人們、大使們、公爵們、或是顯要的人士來到，她才會起身相迎。她非常親切，她討人喜歡，她口齒便給，什麼話題都願意一聊。在她身上可見人人對她懷著激情，不過大家都以為她有許多愛慕者，反而不知道她最心愛的是誰。如果只是她的兩三個密友受到懷疑，那我們就會知道誰是最討她歡心的侍從騎士。但她是個神祕至極的女人。她已婚，但我們沒人見過她丈夫。費赫米亞尼先生完全是個虛構的人物，他就像是我們在驛站乘車時花錢雇用的那永遠也見不到的第三匹馬。根據藝術表演者的說法，夫人是歐洲首屈一指的次女低音，但自從她到巴黎以後，還沒唱過三次呢。她在自己家裡接待了許多人，卻從來不到別人家去作客。」

細心觀察者是以先知的身分說話。我們必須把他說的話、他說的傳聞、他說的引文看作是真的，否則就會被認為是沒文化、沒才器。他會在二十處沙龍裡愉悅地破壞您的名聲，在這些沙龍裡，他就像海報上的開場戲那麼必不可少，這類的戲往往對著空著的椅子演，雖然在過去演出曾非常成功。細心觀察者約有四十歲，他從不在家用晚餐，自認為對女人不具危險性；他頭髮上撲了粉，穿著棕色的衣服，在滑稽劇院的好幾個包廂裡都有他的座位。他有時也混在食客中間，但因為他職務很高，不致被人懷疑是白吃白喝的人。而且，他在某一省擁有一塊地，但他從來不透露到底是在哪一省。

「費赫米亞尼夫人？老兄啊，她以前是穆哈[6]的情婦！」這位是屬於事事與人鬥口的那種人。這種人處處更正別人的記憶，不管什麼事都要勘誤一下，總是以一擋百地跟人打賭，對一切都認為自己才是對的。但您可以很輕易地拆穿他「分身有術」的把戲：他們會說在瑪萊謀反[7]時，自己在巴黎被逮捕，卻忘了在一個半小時之前他們才渡過貝黑希納河[8]。幾乎所有喜歡與人鬥口的人都是榮譽軍團的騎士，他們腦門很塌，說起話來聲音很高，玩起牌來輸贏很大。

「費赫米亞尼夫人，她有十萬古銀年金收入？……您瘋了嗎！說真的，有人就像那些作家不費分文地給自己筆下的女主角豐富嫁妝那樣，慷慷慨慨地給了您十萬年金。但是費赫米亞尼夫人是個漂亮的女人，她前不久才讓一名年輕男子破產，而且阻止了他和一位富家千金締結良緣。要是她長得不漂亮，她是一毛錢都不會有的。」

喔，這個人您也認識，他就是愛嫉妒別人的那種類型，我們不對這種人做任何描述。他們就和馴養的貓一樣是眾人所熟知的。該怎麼解釋嫉妒這件源遠流長的事呢？這是一種不會帶來任何好處的不良習氣！

上流社會的人、文人、正人君子以及各種類型的人在一八二四年一月對費赫米亞尼夫人散布了各式各樣的看法，要是把這些看法全部記錄在這裡，那就太枯燥無味了。我們只是想表明，一個有興趣認識她的人，如果不願或是不能上她家去，那他一定有同樣的理由相信她或是孀居或是有丈夫、或是愚蠢或是聰穎、或是有操守或是無品行、或是富有或是貧窮、或是敏感或是缺乏性靈、或是美或是醜；總之，在社會上有多少階層、在天主教裡有多少教派，就有多少種費赫米亞尼夫人。想來真是可怕！我們每個人都像是石印畫的拓版，以造謠汙衊印出了無數的石版畫。這些石版拓印可能和拓版一模一樣，或是有些微的差異，而差異是如此難以覺察，以致我們的聲譽竟要取決於——除了朋友的毀謗和報上的恭維之外——在真假之間游移的天平：「真」只會一拐一拐地跛行，「假」則被巴黎的惡習氣插上了翅膀遠颺。

費赫米亞尼夫人就像許多高貴、自傲的女人一樣，把自己的心變成了聖堂，而且鄙夷這個世界。今年冬天深入研究了她的老地主德．布賀博納先生本來對她是沒有好評的。巧合的

6 穆哈（Joachim Murat, 1767-1815）：法蘭西第一帝國的軍事家。一八〇四年，拿破崙授予他法國元帥的軍階。

7 瑪萊謀反（conspiration Mallet）：一八一二年，瑪萊將軍趁拿破崙皇帝率軍遠征俄國時，掀起一場政變。

8 貝黑希納河（la Béresina）：位於俄國境內。一八一二年時，拿破崙率軍征俄，搶渡貝黑希納河，被俄軍從三路夾攻。這說明此人不可能同時在巴黎被捕，又渡過貝黑希納河，不可能既參與謀反拿破崙，又和拿破崙軍隊參與俄國戰役。

是，這位老地主屬於外省種植園主的類型，是那種對一切事物都打聽得清清楚楚，並且習於和農民做買賣的人。做他這一行的人不得不有敏銳的洞察力，就像從軍日久的士兵都是勇氣十足的一樣。這個好奇的人是從圖罕納遷來巴黎的，他不甚滿意巴黎種種特殊用語。他是個非常受到敬重的紳士，只有唯一一個繼承人，就是他的外甥。他為外甥種植了不少楊樹。他對外甥這種超乎尋常的感情招來了許多人對他惡意中傷，成為圖罕納各式各樣的人以極其風趣的方式閒扯的話題；但我們倒是沒必要轉述這些，因為這和巴黎人的誹謗相比，簡直只有更糟。當他每天看著一排排的楊樹愈來愈繁茂、美麗，他便會開開心心地想到他的繼承人。他在樹下每鏟下一把土，對外甥的感情也就多滋長一分。儘管這樣的感情並不尋常，在圖罕納卻還能見到。

這位心愛的外甥名叫奧克塔夫·德·康，是著名的德·康神父後代。這位神父在珍本收藏家眼中或在學者眼中，是個名聲顯赫的人，但對兩者而言，這名聲並不是同一回事。住在外省的人常有個壞習慣，喜歡嚴詞批評那些賣掉他們所繼承地產的年輕人。這種陳腐的偏見有礙投機買賣，政府直到現在仍因出於需要而鼓勵這類投機行為。奧克塔夫沒和他舅舅磋商，就出其不意地以有利於黑幫[9]的價格處理了一塊土地。如果不是年老的舅舅對「榔頭公司」的代表們提出建議，惟蘭城堡就會被拆毀了。讓立遺囑人更加生氣的是，奧克塔夫的一個朋友，也是個遠親——他是那種財富不多卻很有才幹的表親，會讓他這一省的謹慎人士在談起他時，說：「我可不願意和他打官司！」——偶然來到德．布賀博納家，把他外甥破產的消息告訴了他。奧克塔夫．德．康在為費赫米亞尼夫人敗光了財產以後，不得不以數學輔導教師為生，他正等著繼承舅舅的家業，卻不敢前來向舅舅承認過錯。正當德．布賀博納這位鄉下老人在火爐前消化一頓豐盛的外省晚餐時，這位有如夏爾．摩爾[10]般的遠房表親毫無羞恥感地把這致命的消息告訴了他。

但是這些晚輩並沒有像他們所想的那麼容易就把舅舅打垮。舅舅很頑固，他不相信這位遠房表親的話。而且在聽了外甥的事以後，所患的消化不良也被他克服了。有些打擊是落在心上，有些打擊是落在頭上，這位遠房表親給予他的打擊則是落在內臟裡，但這對他影響不大，因為這位老好人的胃強健得很。身為聖托馬的真正信徒，德．布賀博納先生瞞著奧克塔夫，悄悄地來到巴黎，想要打聽他繼承人破產的消息。這位老紳士在聖傑曼區和德．利斯托

9 黑幫：指當時專門收買舊房屋的投機集團，他們在拆毀舊屋之後，出售建築材料、樹木，以及地皮。下文的「榔頭公司」指的也是同一類集團。

10 夏爾．摩爾（Charles Moor）：德國詩人、劇作家席勒（Friedrich von Schiller, 1759-1805）戲劇《強盜》中的一個角色。

邁爾家、勒農固爾家、凡德奈斯家都有些交情，他聽到了許多毀謗費赫米亞尼夫人的話，其中真真假假難辨，便決定化名為德．胡塞雷先生——也就是他地產的名稱——親自上她家一趟。這位謹慎的老年人為了就近觀察奧克塔夫的情婦，精心選了一個晚上，他知道這天晚上奧克塔夫要忙著完成一件報酬豐厚的工作，而費赫米亞尼夫人總是在她家裡接待所謂的情夫——為什麼是在她家，誰也解釋不清。至於奧克塔夫的破產，不幸，這是千真萬確的事。

德．胡塞雷先生一點也不像是體育館劇院舞台上的舅舅。他隸屬上流社會，曾擔任火槍手，也曾經頗得女人的青睞。他舉止謙恭有禮，而且是老派的那種禮儀，他談吐溫文儒雅，幾乎完全明白一八一四年憲章的所有條文。雖然他明明白白表示自己愛戴波旁王朝，雖然他也像所有的紳士一樣相信上帝，雖然他報紙只讀《每日新聞[11]》，可是他卻不像省裡那些自由派所期望的那樣滑稽可笑。只要不跟他談《摩西[12]》、不跟他談戲劇、浪漫主義、地方色彩和鐵路，他就能侃侃而談，即使是和宮廷中的人。他的話題向來只限於伏爾泰先生、布豐伯爵先生、佩宏內伯爵先生，和王后身邊的音樂家格魯克騎士[13]。

「夫人，」在進費赫米亞尼夫人家門前，他挽著德．利斯托邁爾侯爵夫人的手，對她說：「要是這位女士真是我外甥的情婦，那我得要同情他了。她明知他住在閣樓上，自己怎麼能過豪奢的生活呢？她難道是木石心腸嗎？奧克塔夫可真是失心瘋了，竟賣掉惟蘭的一塊地，把錢耗在一個女人的心上……」

德．布賀博納先生是屬於頑固不化的類型，他只明白舊時代的語言。

「但如果他是在玩牌時輸光了那筆錢？」

「噯，夫人，那他至少得到了玩牌的樂趣。」

「您以為他沒得到樂趣嗎？喏，那您不妨瞧瞧費赫米亞尼夫人。」

老舅舅一見到外甥這位所謂的情婦，他過去的美好回憶都黯然失色了。他一見到費赫米亞尼夫人，不禁親切地問候她，從這看得出來他原先的怒氣已經消散殆盡。只有在漂亮的女士身上才會碰巧發生這種事，就是在這時候她的美閃耀著一種特殊的光彩，這或許是燭光造

11《每日新聞》（La quotidienne）：創設於一七九〇年的保皇派報紙。

12《摩西》：這裡指的是義大利作曲家羅西尼在一八二二年於巴黎所創作的歌劇《摩西在埃及》。

13 布豐伯爵（Comte de Buffon, 1707-1788）：法國博物學家、生物學家、啓蒙時代著名作家。被譽爲「十八世紀後半期的博物學之父」，著有《自然通史》。

佩宏内伯爵（Comte de Peyronnet, 1778-1854）：四度擔任内閣大臣，保皇派重將，波旁復辟時大力支持《反褻瀆法》。

格魯克（Christoph Willibald Ritter von Gluck, 1714-1787）：德國作曲家，曾於一七七四年在法國宮廷受瑪麗．安東尼皇后的保護。

成的，或許是令人激賞的樸實裝扮造成的，也或許是她所處的優雅環境裡某種說不清的反射造成的。為了觀察使女士臉上增添光彩或是改變她面容的那些難以察覺的細微變化，就必須研究研究在巴黎沙龍晚會上的小小動盪。當一個巴黎女人在對自己的裝扮很滿意、在覺得自己很聰慧、在她很高興滿室卓越的男士待她如王后並對她微笑之時，她對自己的美麗與優雅是深有意識的。這時候，所有朝她投來的目光都讓她更加美麗動人，讓她更活躍有生氣，她還會以機靈的眼神向心上人示意她是如何地受到其他人無聲的注目。在這樣的時刻，女人彷彿被一種超自然的力量所烘托，成了魔法師，在不知不覺中賣弄起風情來，不由自主地挑起讓她自己暗暗沉醉其中的情愛，她的微笑、她的眼神都教人神魂顛倒。如果這種來自心靈的幽光也能讓長得醜的女人顯得嫵媚，那麼那些天生就具風韻、體態優雅、皮膚白皙、眼睛靈動、特別是穿著有品味——這一點就連藝術家和她最嚴酷的對手也得承認——的女人豈不顯得更加燦爛迷人！

您是不是曾經有幸見過某個像這樣的女人？她聲音悅耳，這使得她所說的話也具有一種魅力，而且這魅力還表現在她的舉止中，她知道何時該開口說話，何時該閉口不言，她對您關懷備至，她遣詞用字都經過細心挑選，她語言純正，她的嘲諷會讓人感到愉快，她的批評不會傷人。她不會高談闊論，也不會與人爭辯，但是她喜歡引發大家討論，並且在話題出岔時，及時阻止人們談下去。她和藹可親，臉上總是堆滿笑意，她待人有禮，但這一點也不是裝出來的，她殷勤熱心，卻一點也不低聲下氣；她對別人的尊崇表現得極其低調，她不會讓人感到厭煩，她會讓您滿意她、也滿意您自己。您會在她身邊的種種事物中見到她的雅緻。在她家裡，樣樣賞心悅目，您在那裡像是呼吸著故鄉的空氣。這個女人自然而不做作。在她身上，一切都顯得輕鬆自在，她也不會炫耀自己，她的情感真摯，因為都是發自於內心的。她為人坦率，但不會損及別人的自尊；她如實接受一個人，一如上帝造他時的模樣。她同情作惡之人，寬恕人的缺點和他可笑的言行，對各種年紀的人都懷著寬容之情，凡事不生氣，因為她什麼都預料得到。她溫柔又開朗，在您遭遇困難時，她會幫您的忙，並安慰您。您是這麼地愛她，以致要是這個天使犯了個錯，您也會準備好為她辯解。費赫米亞尼夫人就是這樣一個人。

老德．布賀博納坐在這位女士身邊，和她談了十五分鐘以後，他就原諒了外甥。他明白了不管奧克塔夫和費赫米亞尼夫人之間的情愫是真是假，其中想必有個祕密。這位老紳士想起了我們在青春年少時那讓我們煥發光彩的幻想，他又依費赫米亞尼夫人的美貌來揣想她的品德，於是他認為一位如此端莊自持的女人是不會有惡劣行徑的。她黑色的眼睛透露出了她內在的嫻靜，她臉上的線條是如此高貴、輪廓是如此純淨，她那受人指責的情愛在她心裡似乎並不構成壓力，她的臉龐表露出她對愛情、對美德的堅持，使這位老人十分讚賞，以致他自言自語地說：「也難怪我外甥會做傻事。」

費赫米亞尼夫人自承是二十五歲。不過務實的人證明了她是在一八一三年，也就是她十六歲那年結的婚，到一八二五年，她應該至少二十八歲了。不過，同樣這些人也確定地表示，她其他階段的人生都沒這個時候來得更讓人想望、更完全是個女人。她沒有孩子，從來就沒生過孩子。那位連存在與否都成問題的費赫米亞尼先生，在一八一三年時是一位非常受到敬重的四十來歲男子；大家都說，他只給了她姓氏和財富。費赫米亞尼夫人已經到了那種年紀，就是在這年紀的巴黎女人最理解什麼是激情，而且在她空暇之時也許還天真地希望得到這種激情；她已經得到了這個世界所出賣、出借或給予的一切東西。大使館的專員認為，沒有什麼能避過她的耳目；愛鬥口的人認為，她要學的東西還很多；細心觀察者認為，她雙手非常白皙、雙腳玲瓏小巧、走動起來太過扭腰擺臀。不過，各類型的人物一致認為她是全巴黎最具貴族之美的女人，也因此都羨慕或是懷疑奧克塔夫的幸福。

她還很年輕、富有，是一流的音樂家，她聰慧、靈巧，由於她母親屬於卡迪紐家族，所以她受到貴族區的權威人士布拉蒙．肖弗里王妃的接待。她的幾名對手，也就是她的表姐德．莫弗里紐斯公爵夫人、德．埃斯巴爾侯爵夫人、德．馬居梅夫人，她們都愛慕她；她迎合了他人的虛榮心，這虛榮心或是灌注了他人對她的情愛，或是激勵了這情愛。而且因為有太多男士傾心於她，使她成為人人在言笑晏晏中毀謗和汙衊的對象，這些毀謗和汙衊都是在扇子的遮掩下、在竊竊私語中機巧地散播開來。為了瞭解在社交圈裡的費赫米亞尼夫人，這個故事開頭的那些評論是必要的。如果說有些女人能夠諒解她過得幸福，那麼就另有些女人不能寬宥她端莊守禮儀。然而，最可怕的莫過於沒有根據的猜疑——尤其是在巴黎——因為要除去這些猜疑是不可能的。

只是粗略地勾畫這個純樸可愛的臉龐，能給人的印象並不深；必須要有安格爾的畫筆，才能描繪出她高傲的額頭、豐茂的頭髮、嚴正的目光，才能描繪出她特殊的面色所流露出來的一切思想。這個女人可以說是包羅萬象：詩人可以同時將她塑造為聖女貞德或是阿涅絲．索赫爾[14]，不過他們也在她身上見到不知名的女人，一個隱藏在令人失望的軀殼下的靈魂，夏娃的靈魂，惡的財富與善的寶藏，過錯與順從，罪行與忠誠，拜倫爵士筆下《唐璜》中的堂娜．茱麗亞和哈伊黛[15]。

14 阿涅絲．索赫爾（Agnès Sorel, 1421-1450）：法王查理七世的情婦，號稱是法國史上最美的女人。

15 堂娜．茱麗亞（Dona Julia）：英國詩人拜倫在《唐璜》的一個女性角色，是唐璜十六歲時的情婦。哈伊黛（Haïdée）：也是拜倫《唐璜》的一個女性角色，是眞心愛著唐璜的女人。

這位前火槍手很不識相地在費赫米亞尼夫人的客廳裡一直待到最後，她見他安然地坐在一張扶手椅上，在她面前就像是一隻討人厭的蒼蠅，要擺脫牠就得把牠打死。掛鐘顯示這時已經是半夜兩點。

「夫人，」就在費赫米亞尼夫人站起身，希望讓這位老紳士瞭解她期盼他離開之時，他開了口：「我是奧克塔夫・德・康的舅舅。」

費赫米亞尼夫人立即坐了下來，激動之情溢於言表。儘管這位楊樹種植園主觀察力敏銳，他也猜不透她是因羞愧或是因愉悅而臉上一陣白一陣紅。有些愉悅的心情總帶著一點畏怯的害臊情緒，最貞潔的心靈往往想掩飾這些美妙的感情。一個女人愈是高尚，就愈想掩飾她心中的歡喜之情。許多女人雖然極其任性，但她們往往願意聽見大家提到她們有時希望深埋在心中的一個名字。老德・布賀博納不完全能理解費赫米亞尼夫人心中的騷動，不過，請原諒他，這個鄉下人是個多疑的人。

「那怎麼樣呢，先生？」費赫米亞尼夫人以清醒而明晰的目光看了他一眼，這種目光是我們其他這些男人永遠也看不出什麼來的，因為它對我們詰問得有點太過了。

「嗳，夫人，」老紳士接著說，「您可知道別人都來對住在偏僻外省的我說些什麼？我外甥已經因您的緣故破產了，這個不幸的男人住在閣樓裡，而您卻住在這種充滿金銀絲綢的豪華所在。請您原諒我說話粗野坦率，因為讓您知道別人對您的毀謗也許對您大有用處——」

「別說了，先生。」費赫米亞尼夫人以一個斷然的手勢阻止了老紳士繼續說下去，她說：「這些我都知道。您太有禮貌了，所以要是我請您離開，我想您是不會繼續談這個話題的；您也非常紳士——這個字，我用的是它古老的詞意（她以略微嘲諷的口吻補了一句）——不會不承認您根本沒權利問我問題。最後，讓我為自己辯護，是件非常可笑的事。我希望您對我的性格有進一步的瞭解，這樣您就會相信我是極端蔑視金錢的，儘管我自己並沒有財產，卻嫁給了一位家財萬貫的男人。我不知道您的外甥是富有或是貧窮，如果我從前接待過他、現在還接待他，那是因為我認為他是配得做我朋友的人。先生，我所有的朋友都互相尊重，他們都知道我的哲學是不見我不敬重的人；也許這麼做不夠仁慈，不過到今天為止我的守護天使仍然讓我對搬弄是非和不正直具有強烈的反感。」

在她剛開始說這番話的時候，雖然她的嗓子有點變調，不過說到後來，費赫米亞尼夫人卻有塞琳梅娜諷刺憤世者[16]的那種堅定口吻。

16《憤世者》是莫里哀的一齣喜劇。主角憤世者愛上女主角塞琳梅娜，塞琳梅娜是個喜好毀謗別人的風騷寡婦。

「夫人，」伯爵激動地說，「我是個老人，幾乎可說是奧克塔夫的父親，所以我事先要非常謙恭地請您寬恕，寬恕我將斗膽向您提出一個問題，並且以一個光明磊落的紳士身分向您保證，您的回答絕不外傳。」說著，他把手放在心口上，就像是做一個真正的宗教儀式。然後他問道：「那些毀謗可有道理？您愛奧克塔夫嗎？」

「先生，」她說，「對別人，我只會用目光來答覆這個問題。但是對您，因為您幾乎可說是德．康先生的父親，所以我要問問您，如果一個女人以『是』來回答您的問題，您將作何感想？當一個人愛我們的時候，向他承認你也愛他……這……是好的；當我們確定自己一直是被人愛著的時候，相信我，先生，這是一種努力、一種報償、一種幸福；但是對另一個人！……」

費赫米亞尼夫人沒把話說完，她站起身，向老紳士鞠一個躬，然後就消失在她的公寓裡，公寓的門一道一道打開來，又一道一道關上，門開開關關的聲音在這楊樹種植園主的耳中聽來如同一句句的話語。

「啊，真該死！」老年人自言自語地說，「這是個什麼樣的女人啊！她要嘛是個狡猾的潑婦，要嘛是個天使。」他走到放在車庫裡的車子上，拉車的馬不時用蹄子蹭蹬著石板，迴響在寂靜的院子裡。車伕在咒罵他的顧客千百遍後，人已經睡著了。

第二天早上，約八點鐘的時候，老紳士登上了奧克塔夫．德．康在修會街住處的樓梯。如果這世上有誰對此覺得訝異，那麼當然是這位看見舅舅上門來的年輕數學教師。這時候，鑰匙還插在門上，奧克塔夫的燈還點燃著，他熬了一夜沒睡。

「你這個無賴，」德．布賀博納先生在一張扶手椅上坐下來，說：「當他是他舅舅唯一的繼承人時，他從什麼時候開始會嘲笑——這還是客氣的說法——在圖罕納的土地上有兩萬六千古銀年金收入的舅舅？你可知道我們從前是很尊敬長輩的嗎？說啊，你難道對我有什麼不滿？我難道沒有好好扮演舅舅的角色？我要你對我必恭必敬嗎？我拒絕給你錢了嗎？你藉口說來窺探我是不是還健在時我讓你吃閉門羹了嗎？你這舅舅難道不是全法國最隨和、最不屈迫人的嗎？我不說全歐洲，因為這太傲慢了。你寫信給我或不寫信給我都好，我都還是對你抱著感情，並且幫你準備了家鄉最好的一塊土地，全省的人都為此嫉妒不已；然而我只不過是想盡可能遲一些再把它交到你手上。這樣的願望不是完全可以原諒的嗎？而你這位先生卻賣掉財產，把自己弄得像個僕人似的，既沒有隨從，生活也沒排場——」

「舅舅——」

「問題不在舅舅，而在外甥。我理應值得你的信任，你就快點對我坦白了吧，這並不困難，我從自己的經驗就知道。你是賭牌了？還是在股市裡輸了錢？快呀，告訴我：『舅舅，我是個混蛋！』我就原諒你。但要是你編了個比我在你這年紀時編得還要大的謊言來騙我，我就賣了我的財產，把它換成終身年金，而且如果還可能的話，我就重拾我年輕時的壞習慣。」

「舅舅——」

「我昨天見了費赫米亞尼夫人，」舅舅併攏手指，在指尖上吻了一下，他接著說：「她很迷人。如果這能讓你開心的話，你會得到王上的恩准和他授予的特權，也會得到你舅舅的同意。至於要得到教會的認可，我倒認為那是沒有必要的，我想，舉行宗教儀式想必是太貴了！說呀，你說呀，你是為了她才破產的？」

「是的，舅舅。」

「啊，這個惡婦人，我早就料到了。在我那個時代，宮廷裡的女人要讓一個男人破產可是比你們現在這些交際花來得更有技巧的。我從她身上，又見到了人們在上個世紀所施的手腕。」

「舅舅，」奧克塔夫神色既憂戚又溫和地說，「您搞錯了，費赫米亞尼夫人是值得您敬重的，她也值得所有愛慕她的人對她的崇敬。」

「可憐的年輕人向來都是這樣，」德·布賀博納先生說，「好吧，你繼續說下去，把那些老掉牙的故事再說給我聽。不過你也該知道，對這種風流韻事我也不是三歲小孩。」

「我的好舅舅，這兒有一封信會跟您解釋一切。」奧克塔夫從一個雅緻的皮夾裡取出一封想必是由「她」捎來的信，說：「等您讀完這封信，我再告訴您其餘的情況，這樣您就會認識大家所不瞭解的費赫米亞尼夫人。」

「我沒眼鏡，」舅舅說，「你念給我聽吧。」

奧克塔夫這麼開始念了：「我親愛的朋友——」

「所以你是真的在和這個女人交往？」

「是啊，我的舅舅。」

「你們沒鬧翻？」

「鬧翻？……」奧克塔夫很吃驚地複述著舅舅的話，「我們在葛雷特納格林[17]結了婚。」

「那麼，」德．布賀博納先生又搶著說，「那麼你的伙食為什麼這麼糟？」

「請讓我把信讀完吧。」

---

17 葛雷特納格林（Gretna-Green）：英國蘇格蘭的一個村莊。這裡的習俗是只要打算結婚的兩人在一位證人面前宣示結爲夫妻，婚姻就生效，因此常常成爲私奔者祕密結婚的地點。

「有道理，我聽著。」

奧克塔夫又拿起了信，讀到某些段落的時候，情緒非常激動。

「我親愛的夫婿，你問我為什麼看起來不快樂，我心中的思慮難道已經反應在我臉上，或者這僅僅是被你猜中了？唉，你又怎麼會猜不到呢？我們的心靈是如此地相契！再說，我不會撒謊，也許這是一種不幸吧？一個女人被人所愛的條件之一，就是她應該始終是溫柔、快活的。說不定我得欺瞞你，但是我不願這麼做，即使這麼做能增進或是保有你所帶給我的、你慷慨給予我的、你大方贈與我的幸福。

「喔，親愛的，我的愛情中包含了多少感激之情啊！我要永遠愛你，直到天荒地老。是啊，我要永遠為你感到驕傲。我們女人的榮耀全在於那愛著我們的人身上。尊重、敬愛、榮譽，這一切不是屬於那個已經得到所有的人的嗎！可是，我的天使犯了錯。是啊，親愛的，你上一次的告白使得我過去的幸福失去了顏色。從那時候開始，我感覺到自己因你受辱而受辱；在眾多男子之中，我向來把你看作是最純潔的人，是他們當中最多情、最溫柔的人。為了向你吐露我難以啟齒的心事，我必須信任你那還稚氣的心。可憐的天使，你明明知道你父親是怎麼竊取到他的財富，而你居然還留著那筆錢財！

「你居然在擺滿了我們愛情無聲見證的房間裡對我訴說那位代理人的豐功偉績，你是個紳士，你自以為高尚，而且你占有了我，你卻才二十二歲！真是可怕啊！我為你找藉口開脫。我認為你之所以無憂無慮，是因為你少不更事。我知道你還很孩子氣。說不定你還沒認真地想過財富和廉潔的問題。唉，你的笑真是讓我痛苦已極！想想一戶破產的人家，終日愁眉淚眼，年輕一輩的每天咒罵你，年老一輩的每天晚上都對自己說：『都因為德．康先生的父親是個不老實的人，我才落得沒麵包吃！』」

「什麼，」德．布賀博納先生打斷他外甥的話，嚷嚷起來：「你竟然蠢得把你父親和布爾奈夫家的糾紛也跟那女人說？……女人只知道揮霍光財產，不知道積聚財產——」

「女人知道什麼是廉潔。舅舅，請讓我念下去。

「奧克塔夫，這世上的任何強權都無法改變榮譽的觀念。你摸摸自己的良心，問問它，你獲得金錢的那種方法，你要怎麼稱呼它？」

外甥抬起眼睛看了看低下頭去的舅舅。

「我不會把所有糾纏我的思緒全告訴你，這些思緒其實可以歸結為一個，就是我無法敬重一個為了一筆錢——不管這筆錢是多是少——而有意識敗壞自己名聲的人。在牌桌上贏來一百蘇，或是透過合法的詐騙行為得到六十萬法郎，同樣都會敗壞一個人名聲。我要告訴你我心裡種種的想法：我認為自己因愛情之故受到了玷汙，而在之前這愛情還是我全部的幸福。從我心靈深處冒起了一個聲音，這聲音是我以我的溫柔也壓制不住的。啊，我為自己的良知多過愛而痛哭。你若是犯了罪，要是可能的話，我會把你藏在我胸口，以避開人間的審判；但是我的犧牲也只能到此為止。我的天使，對女人而言，愛情就是無限的信任，這種信任是和尊敬、和愛慕連結在一起的，就是對她所委身的人那種說不出的尊敬與愛慕。我向來都是把愛情設想為一團火，一團能把最高尚的感情淬鍊得更純粹的火，一團能使一切感情暢旺的火。

「其餘的我只有一件事要告訴你：以窮人之身到我身邊來吧，這樣我對你的愛會加倍熾烈；否則，你就拋棄我。如果我再不能見你，我知道自己接下來該做什麼。

「現在，好好聽我說，我不要你是因為出於我的建議才去歸還那筆財產。做這事要憑你自己的良心。這個出於正義的行為不應該是為了愛情而做的犧牲。我是你的妻子，不是你的情婦。這事的重點不在於使我高興，而在於讓我對你更加敬重。

「要是我搞錯了，要是你沒清楚跟我解釋你父親的行為，總之，只要你有一點點認為你這筆財產是合法的——喔，我多麼想說服自己你一點也不該遭到指責！——你就聽自己的良心來做決定，好好地做吧。一個真正摯愛他妻子的男人，就像你愛我一樣，會敬重他妻子對他的期許，他不會有不正直的行為。

「現在我要怪自己剛剛所寫的這一切。說不定只要一句話就夠了，然而我那喜歡說教的本性讓我抑制不住。所以，我寧願讓你責罵一番，不過不要罵得太厲害，只要稍微罵罵就好了。親愛的，在我們兩個人之間，作主當家的不就是你嗎？你應該自己發現自己的過錯。那麼，我的主子，你還會說我對政治議題一竅不通嗎？

「就這樣，我的舅舅。」奧克塔夫雙眼含著淚說。

「不過，我看見還有字，把信念完吧。」

「啊，後面就只剩給情人看的東西了。」

「好，」老紳士說，「好，我的孩子。我有過不少風流韻事，不過你要相信我也曾經被人愛過，**et ego in Arcadia**（拉丁文：我也曾經在阿卡迪亞[18]住過）。只是，我不懂你為什麼要當數學教師。」

「親愛的舅舅，我是您的外甥；我不是可以用兩句話就打發您，說我已經動用了一點我父親留下來的財產嗎？我在讀了這封信以後，心裡千迴百轉，我為自己這來得太遲的內疚付出了代價。我永遠無法向您描述我當時心裡的狀況。在我駕著馬車到森林裡去的時候，一個

18 阿卡迪亞：傳說中和諧安樂的美好之境。這裡指的是他也曾經嘗過戀愛滋味。

聲音對我說：『這匹馬是你的嗎？』在吃飯的時候，我對自己說：『這一餐不是偷來的嗎？』我為自己感到羞愧。我的正直之心愈是稚嫩，它就愈強烈。我先是跑到費赫米亞尼夫人家去。喔，天啊，我的舅舅！那一天我滿心歡喜、滿心愉悅，勝過擁有一百萬。我和她計算了一下我欠布爾奈夫家多少錢，我甚至堅持付給他三分利，儘管費赫米亞尼夫人有異議。可是我所有的財產並不足以償還這筆債。但因為我們是夫妻，彼此相愛，她可以把她的積蓄送給我，我也可以接受——」

「什麼，她除了有品德之外，這個可親可愛的女人還會存錢？」舅舅大聲說。

「舅舅，您別嘲笑她。她的處境讓她不得不處處做謹慎的安排。她的丈夫在一八二〇年出發到希臘去，三年前就死在那裡。直到現在，她都還拿不到她丈夫死亡的法律證明，也還沒拿到他以他妻子為受惠人所立下的遺囑，這份重要的文件可能被人取走了、丟掉了、遺失了，在那個國家，民事證件並不像在法國那樣保管妥善，而且那裡也沒有領事的照護。她不知道是否有一天自己得和那些不懷好意的繼承人打交道，所以她不得不巧為安排，因為她要像離開外交部的夏多布里昂[19]那樣，拋下她豪奢的生活。不過，我要取得一筆我自己的財富，以便萬一我妻子破產了，我還能讓她過富裕的生活。」

「這些事你都沒跟我說，沒來告訴我？……喔，我的外甥，你倒是想想我疼愛你，足以為你支付這筆債務、這筆正直人的債務。我可是戲劇結局裡的舅舅啊，我會洗雪這個恥辱的。」

「我的舅舅，我知道您會怎麼洗雪恥辱，不過讓我以自己的方式來致富吧。如果您非得幫助我，那麼就請每個月只給我一千埃居，直到我為某一工廠需要大筆資金時。您看，我現在是多麼地開心，我唯一要做的就是好好過日子。我教數學是為了不成為別人的負擔。啊！要是您知道我在歸還了那筆錢後有多麼高興！在一番打聽之後，我終於找到了不幸的布爾奈夫一家人，他們已經一無所有。這家人住在聖傑曼區一棟破舊的房子裡，老父親開了間店鋪賣樂透，兩個女兒負責打掃以及記帳，老母親幾乎總是生著病。那兩個女兒風采迷人，但是嚴酷的事實讓她們很清楚在這個世界上要是沒有錢財，美貌是不值一顧的。我在他們家裡見到的那景象真是讓人不忍啊！在進他們家門之前，我還是一項罪行的同謀，但在我離開時，我成了一個正直高尚的人，而且我洗刷了我父親身後的名聲。喔，我的舅舅，我不打算評斷我父親，在訴訟中有一股驅動力量、有一種激情，有時能讓這世上最老實的人受到愚弄。律師們知道怎麼讓最荒謬的要求變得合法，而且法律上有些推論可以讓人避開良心所犯的錯

19 夏多布里昂（François René de Châteaubriand, 1768-1848）：法國浪漫主義代表作家，著有《墓中回憶錄》，也曾任法國外交部長。

誤，法官們也有錯判的權力。我在他們家的遭遇真像是一場戲。我先是扮演了上帝的角色，人們常會笑著許下『要是天上能掉下兩萬古銀的年金就好了！』的無用願望，這願望竟由我替他們實現了。接下來，他們原本帶著詛咒的目光全都換成了充滿感激、訝異、欽佩的目光；我就這樣把一筆錢送到了每個晚上聚在昏暗燈光下、泥炭爐火前的家庭中……不，我實在無法以語言來形容這時的景象。我試圖公道地補償他們，他們卻覺得這是沒有道理的。總之，如果有天堂，我父親現在應該在天堂裡感到欣慰。至於我，我得到的愛情是別人沒有嘗過的。費赫米亞尼夫人不只給了我幸福，她還使我具有似乎是我所缺乏的高尚品質。因此，我稱她是『我親愛的良心』，這是一個愛的字眼，它和心靈中某些隱密的和諧相呼應。正直帶來了利益，再不久，我就有希望靠自己的力量變得富有，這時我正在想辦法解決一個工廠的問題，要是我成功了，就能賺到好幾百萬。」

「喔，我的孩子，你的心靈和你母親的一樣純潔。」老紳士想到了他妹妹，強忍住濕潤他雙眼的淚水。

在這個時候，儘管外面的大街和奧克塔夫．德．康的住處有一段距離，這位年輕人和他舅舅都聽見了一輛車來到的聲音。

「是她，」他說，「我認得她的馬停下來的聲音。」

的確，費赫米亞尼夫人不一會兒就現了身。

「啊！」她一見到德．布賀博納先生，心裡就有氣。她說：「我們的舅舅在這裡一點都不是多餘，」她邊說邊露出微笑，「我要謙卑地跪在我夫婿面前，懇求他接受我的財產。奧地利大使館剛才給我寄來了一份文件，證明了費赫米亞尼已經去世。這份文件是由駐君士坦丁堡的奧地利代理大使擬定的，完全合乎程序，裡面還附著由隨身僕人保存下來要給我的那份遺囑。奧克塔夫，這一切你都可以接受下來——喏，你現在比我富有了，你所擁有的財產只有上帝才能增添。」她拍了拍她丈夫的心口，然後再也掩不住喜悅，把頭埋進了奧克塔夫的懷裡。

「我的外甥媳婦，從前我們只是逢場作戲，今天您才是真正愛著。」舅舅說，「在所有的人類當中，你們女人是最善良、最美的，因為犯錯的責任總不在你們身上，而是在我們男人這一邊。」

巴黎，一八三一年二月

恐怖統治時期的一段插曲

Un épisode sous la Terreur

獻給居約奈·梅爾維勒先生

親愛的老雇主，我應該向那些對什麼都好奇想知道的人解釋我是在哪裡學得足夠的法律知識，以駕馭我在這個小小世界裡的種種事務；我還要在這裡懷念那位和善而聰明的人，他曾對他在舞會上遇到的另一位業餘書記員斯克里伯說：「到事務所去吧，我向您保證那裡有事可做。」不過，您哪裡需要本文作者公開表明，他對您具有深厚的情誼？

德·巴爾札克

一七九三年一月二十二日[1]，在巴黎，大約晚上八點鐘，一位老婦人從高丘上急步走下來，走到了聖馬丹區的聖羅杭教堂前。這一整天下了大雪，腳步落在雪裡幾乎聽不見聲音。街上杳無人跡。太過寂靜本來就會教人害怕，何況這時法國正籠罩在一片恐怖之中，不斷呻吟著。老婦人在街上並沒見到任何人；她的視力早就衰退，看不見在昏暗的路燈下遠處還有寥寥落落幾個行人像影子似的在這空蕩大街上飄晃。她就在這樣的孤寂中勇敢地一人獨行，就好像她的年紀能庇護她不受任何災厄的侵擾。

在經過逝者街之後，以為自己聽到了一個男人步伐沉重而堅定地走在自己背後。她覺得自己不是第一次聽到這腳步聲。她害怕有人尾隨，便試著加快腳步，想快點抵達一間有足夠照明的店鋪，希望能藉著燈光看看是不是如她所懷疑。

她一來到燈光平射出來的店鋪前，立刻猛然轉過頭，瞥見了夜霧中一個人影。這朦朧的影像就夠讓她心驚了，她在恐懼中腳步踉蹌了一下，她不再懷疑從一走出家門口就有人尾隨自己了。想要甩開這個密探的念頭讓她更有力量。無法思考的她只得加快腳步，好像這樣就能擺脫一個比自己更敏捷的男人跟蹤。跑了幾分鐘以後，她來到一家糕餅店，便跑進店裡，癱坐在櫃檯前的一把椅子上。

就在她喀噠一聲關上門鎖時，一位在櫃檯後面專心刺繡的年輕女子抬起頭來，她透過玻璃窗格認出了老婦人裹在身上那件老式的紫色絲綢斗篷，她急忙打開抽屜，就好像要拿什麼東西交給老婦人一樣。年輕女子的動作和表情都顯示了她急於打發這陌生老婦，就好像這老婦並不是人們樂意看到的人，尤其，她在發現抽屜是空的時候更流露出不耐煩的臉色。接著，她看也沒看那老婦一眼，就匆忙從櫃檯後面走出來，到店鋪後間去叫她的丈夫。她丈夫突然出現了。

1 這個日期表示當時法國正處於驚惶、混亂時期，因爲路易十六在一七九三年一月二十一日上了斷頭臺。

「那個放哪兒去了?……」她沒把話說完,只是樣子很神祕地用眼神向她丈夫指了指老婦。

雖然糕餅店老闆看見了陌生老婦頭上那頂綴著紫色緞帶花結的黑絲綢大帽子,但他還是看了一眼妻子,就消失在店鋪後間,那目光好像是說:「你想我會把那東西放在你櫃檯嗎?」

見那老婦人沉默地動也不動,糕餅店老闆娘很是訝異,便走到她身邊。她看到老婦那副模樣,不禁對她升起憐憫之心,或者其中也帶有一股好奇心。儘管這位老婦的臉色本來就蒼白,就像在暗中苦苦修行的人一樣,但很容易看得出來她心情一定是剛受到刺激,臉色慘白得異乎尋常。她頭上的帽子把她的頭髮都蓋住了,她的頭髮想必是因年紀而發了白,因為她衣裳的領口很乾淨,並沒有撲了白粉的痕跡。她臉上沒修沒飾,使她看來像修女一樣肅穆。她神色凝重,傲岸自持。從前,社會地位尊高之人的舉止、習慣和平民階層的人是如此不同,使人一看即知是貴族。所以,年輕女子相信這位陌生的老婦人在大革命前一定是貴族,甚至是宮廷裡的人。

「夫人?……」她不由自主地帶著敬意這麼喚她,忘記了當時這樣的稱呼是被禁止的。

老婦人沒回答她。她雙眼直直盯著店鋪裡的窗玻璃看,就好像那裡有什麼可怕的東西。

「女公民,你怎麼了?」回到店鋪裡的糕餅店老闆問道。

糕餅店老闆遞給老婦人一小盒糊著藍紙的硬紙盒，這才使她從幻境裡醒過來。

「沒什麼，沒什麼，我的朋友。」她聲音柔和地說。

她抬起眼睛看了看糕餅店老闆，好像要對他表示感謝；但她一看見他頭上的紅色軟帽[2]，不禁叫了一聲：

「啊！……你們出賣了我？……」

年輕女子和她丈夫只以一個害怕的表情做回應，這讓陌生老婦紅了臉，不知是出於錯怪了他們，或是出於高興。

「請原諒我。」她以帶著孩子氣的柔和聲調說。然後她從口袋裡掏出一枚金路易，遞給糕餅店老闆，說：「這是我們說好的價錢。」

有一種窮困是只有窮人才能理解的。糕餅店老闆和他妻子互相看了一眼，然後一起看了看老婦人，他們目光中流露出同樣的想法：這枚金路易大概是她最後一枚了。老婦人在遞出這塊錢時，雙手顫抖著，她凝視著這枚金幣的目光是痛苦，而不是吝嗇；不過她似乎明白花

2 紅色軟帽（bonnet rouge）：又稱弗里幾亞軟帽（bonnet phrygien），在法國大革命期間，參與革命的人紛紛戴上紅色軟帽，以顯示革命的熱情與團結。

掉這點錢意味著多大的犧牲。飢餓和貧乏在她臉上刻下了明顯的印記，一如恐懼和清苦生活也一樣清晰可見。她的裝扮還帶有昔日豪華生活的痕跡。她一身陳舊的綢緞，斗篷儘管褪了色卻很乾淨，花邊也是細心編織過的，總之是帶有富貴人家遺跡的破舊衣裳！糕餅店夫婦既憐憫她，又捨不得到手的金路易，便開口說了說話以減輕良心的不安。

「女公民，你看起來很虛弱。」

「夫人，您要不要吃點什麼？」老闆娘打斷她丈夫的話。

「我們的湯很不錯。」糕餅店老闆說。

「夫人，外頭這麼冷，您說不定在走路時受了寒，不過您可以在這裡休息一會兒，暖暖身子。」

「我們並不像魔鬼那麼黑心肝。」糕餅店老闆大聲說。

被這兩個好心腸的夫婦和善的言語所感動，老婦人老實說出剛才在路上有人跟蹤她，這時她不敢一個人回家。

「就為這點小事？」戴著紅色軟帽的男人說，「女公民，你等我一下。」

他把金路易交給妻子。然後，他去穿上國民自衛軍的制服，取來一頂帽子，佩帶一把短軍刀，全副武裝地回到店鋪裡——他是以一種商人用高價賣出一件次等貨品時，心裡生出的感激之情驅使下做這身裝扮的。不過，在這段時間裡，他的妻子思考了一番。很多人都是這樣，深思熟慮會打斷原先在衝動下想做好事的企圖。他妻子也是這樣。她擔心丈夫扯進麻煩事裡，便扯了扯丈夫的衣角，想要阻止他。不過，她丈夫出於仁慈，立刻自告奮勇地要護送老婦人回家。

「女公民害怕的那個人似乎還在店鋪前流連不走。」年輕女子激昂地說。

「我也怕是這樣。」老婦人天真地說。

「萬一那是個密探？萬一這是個陰謀？別去吧，還是把她那盒東西拿回來……」

年輕女子在她丈夫耳邊輕聲說，這讓他剛剛那一股血氣之勇都冷了下來。

「那麼，我去訓斥他兩句，立刻幫您打發掉他。」糕餅店老闆一邊大聲說著，一邊開門奔了出去。

老婦人像個孩子一樣順從地坐回椅子上，整個人很遲鈍。不一會兒，那位老實的店老闆就回來了，他那本來就紅潤、再加上被烤爐烤得通紅的臉，一下子變得慘白；不知被什麼嚇得兩腿發抖，兩隻眼睛就像是喝醉了似的。

「你這該死的貴族，你想讓我們被砍頭啊？」他暴怒地大叫，「你快滾吧，也別再來這裡，別想我會提供你們謀反的證據！」

說完這句話，糕餅店老闆試著拿回老婦人已經放進自己口袋裡的那個小盒子。他放肆地伸出手來，在碰到老婦人的衣服時，她忽然又像年輕時候一樣敏捷，護衛著她剛剛買的東西，衝到店門口，打開店門，消失了——老婦人寧願只靠上帝的保護回到危險的路上，也不願失去她買的東西——只留下驚愕的夫婦倆在那兒發著抖。

陌生的老婦人一來到外面就快步疾走，但不久就體力不支。她聽見了那位一路冷酷尾隨著她的密探踩在積雪上的沉重腳步聲。她不得不停下來，密探也停了下來。不知道是因為害怕，還是因為缺乏應變能力，她不敢對他說話，也不敢看他。她繼續慢慢地往前走，那密探也緩了步子，但始終維持著一小段距離，以方便監視她。那陌生男子簡直成了這老婦人的影子。

當這兩個人又經過聖羅杭教堂前，時鐘敲響了九點。對所有的人來說，即使是最脆弱的人也一樣，情緒在一陣劇烈的波動後總會有種平靜之感，因為情緒是無限的，而人體器官所能承受的卻是有限。老婦人見原以為要加害自己的人至今並沒有對她做什麼惡事，便把對方看作是在暗中熱心保護她的人。她回想著這陌生人出現後的各種景況，想找出一個說得過去的解釋，來證明他是保護者的這個令人寬慰的想法能夠成立。她寧願想這個人是出於善心，而不是出於惡意。

她忘了這個男人剛剛才讓糕餅店老闆害怕得要命。她步伐堅定地來到了聖馬丹區的高丘地帶。走了半個小時後，來到一棟房子前面，這棟房子位於這一區的主要街道和通往龐坦門的大街交叉口。到今日，這裡還是巴黎最荒僻的地方之一。散布在幾乎無人煙的小凹谷裡的房子，不如說是茅草屋，圍牆全是用泥巴，或是獸骨堆疊起來，從聖修蒙和美麗城的高丘吹颳過來的寒風穿透了這些茅草屋。但這荒涼之地似乎是窮困與絕望的天然庇護所。

老婦人在黑夜裡竟還大膽獨自穿越寂靜的街道，這個在她背後窮追不捨的男人一跟到這裡，似乎被眼前的景象怔住了。他站在那兒沉思了一會兒，神態很是猶豫，黯淡不明的街燈勉強穿透夜霧照在他臉上。老婦人因為害怕，眼光變得更銳利，她覺得這陌生人臉上有某種不祥的東西，她頓時又心生恐懼，便趁著這人躊躇不前的時候，趕緊溜進暗影裡，走向一棟孤伶伶的房子。她按了一下門上的發條，像幻影一樣迅速消失了。

那人站在那裡端詳這棟房子，在這一區裡這樣的房子算是典型的破舊住房。這棟以礫石砌成的搖搖欲墜小房子牆上抹了一層已經發黃的石灰，而且滿滿是裂隙，不禁讓人擔心只要一陣風就能把它吹垮。屋頂棕黃色的瓦片覆滿了青苔，有多處已經下陷，彷彿隨時會承受不住積雪的重量而倒塌。每層樓都有三扇窗子，窗框皆因濕氣而腐朽、因太陽光的作用而脫榫，寒風可以長驅直入鑽進屋子裡。這棟孤伶伶的房子就像是時光忘了摧毀的老塔樓。這房子最高處是個閣樓，有幾扇排列不均的窗子，窗裡透出微光，而整棟房子的其他部分全然沉浸在黑暗中。

老婦人不無困難地登上又陡又簡陋的樓梯，整座樓梯沒有扶手，只有一根繩子讓人扶著。她神祕地敲敲閣樓的門，一個老人來開了門，她即刻進門坐在老人遞給她的一把椅子上。

「快躲起來，快躲起來！」她嚷著對他說，「雖然我們很少出門，還是有人知道了我們的事，我們被盯上了。」

「又發生了什麼事？」坐在爐火旁的另一位老婦人說。

「昨天就在我們房子前晃蕩的那個人，今天晚上跟蹤了我。」

一聽她這麼說，破舊屋子裡的這三個人互相望了望，臉上都露出了驚惶。老人是他們當中較鎮靜的，說不定這是因為他承受的風險最大。在面臨大災難或是遭受到迫害之時，一個勇敢的人總會先想到要犧牲自己的性命，他認為自己只要多活一天就是戰勝命運一回。從兩位老婦人看著老人的目光，很容易就看得出來他是她們唯一關切的對象。

「我的姐妹，為什麼要對上帝失去信心呢？」他以充滿熱忱的低沉聲音說，「在加爾默羅修道院裡，當周圍是兇犯的狂吼和垂死之人的慘叫時，我們仍然歌詠上帝。如果說我逃脫了那個屠殺現場是天意，那麼上帝必然為我安排了另一種命運，是我該毫無怨言接受的。上帝會保護祂的子民，也會以祂的意志來支配他們。應該要得到照應的是你們，而不是我。」

「不，」其中一位老婦人說，「和教士的命比起來，我們的安危算什麼呢？」

「我一走出徹里斯修道院，就認為自己已經死了。」今晚沒出門的那位修女嚷著說。

「喏，聖餅在這裡。」從外面回來的那位老婦人把小盒子遞給教士，但這時她忽然叫道：

「啊，我聽見有人上樓梯。」

三個人都側耳傾聽。聲音停了。

「如果有人追溯到你們，你們也別害怕，」教士說，「有一個我們可以信賴的人已經想好了離開邊境的辦法，他會來拿我寫給朗傑公爵和博塞昂侯爵的信，我在信中請他們設法幫你們逃出這個可怕的國家，以免你們受到死亡和貧困的威脅。」

「您難道不跟我們一起走嗎？」兩位修女輕聲地問，語氣中流露著絕望。

「哪裡有受難者，我就應該留在哪裡。」教士樸直地說。

她們兩人不再作聲，只欽佩地看著她們接待的這位聖潔之人。

「瑪特姐妹，」他對那位前去取聖餅的修女說，「那個來拿信的人，在你們說 Hosanna（拉丁文：求主拯救）時，他應該要回 Fiat voluntas（拉丁文：奉行祢的旨意），這才能驗明他的身分無誤。」

「樓梯上有人！」另一位修女叫道。她趕緊去打開屋頂下的藏身處。在夜深人靜中，這時可以清楚聽見有人踩在沾滿乾硬泥巴的樓梯上的腳步聲。教士費力地擠進那像個櫃子般的小小藏身處裡，修女在他身上覆蓋了幾件舊衣服。

「阿嘉特姐妹，您可以關上門了。」教士的聲音顯得悶沉。

教士才剛躲好，便有人在門上敲了三下，這讓兩位修女打起哆嗦，她們四目相對，像是在問對方怎麼辦，卻誰也不敢發出聲音。

這兩位修女看來都有六十幾歲了。拋棄紅塵已經有四十年的她們就像是習慣溫室裡空氣的植物一樣，要是將她們移出溫室就會死去。她們過慣了修道院的生活，早已無法想像過另一種日子。一天早上，她們修道院的柵欄遭人破壞，這下子得了自由，反倒讓她們害怕起來。我們很容易想見，原本心靈單純的她們，在面對這場大革命，不免顯成愚直魯鈍。她們長期幽居在修道院中，早已不能適應充滿艱險的現實生活，她們甚至不瞭解自己的處境，就像是一直受人照顧而這時卻失去了慈母庇護的孩子，只會禱告而不會叫喊。因此，在當前的危險處境中，她們也只是默不作聲，被動地等著事情自行發展，只以基督徒聽天由命的態度做為自衛的手段。

那個敲門要進來的人見裡面沒聲響，以為沒人在家，便逕自開門，突然出現在屋內。兩位修女認出了這個最近常在她們家門前徘徊、並向人打探她們的男人，她們站在那兒動也不動，既好奇又不安地打量他，就像是靜靜地觀察著外來客的怕生野孩子。

這個男人長得又壯又高大，不過從他的舉止、外貌、神態來看，怎麼都不像是個壞人。他也和兩位修女一樣杵在那裡不動，只用雙眼慢慢地掃視房間。

鋪在地板上的兩張草蓆，是兩位修女的床。房間中央只有一張桌子，桌子上放著一只銅燭台、幾個盤子、三把餐刀和一塊圓麵包。壁爐裡的柴火並不旺，從堆在牆角的幾塊木柴正可見出這兩位修女生活窮困。牆上的油漆年久日深，處處霉斑，形成了一條條的棕色斑痕，明顯有雨水滲進來的跡象，這證明了屋頂破損得很厲害。在壁爐台上供奉著一件聖器，想必是從遭受掠奪的徹里斯修道院中搶救出來的。在這房間裡還有三把椅子、兩口大木箱和一只狀況不佳的五斗櫃，這就是全部的家當了。壁爐旁還有一扇門，據猜想是通到另一個房間。

這個帶著壞兆頭闖入兩位修女家的不速之客很快就把房間看了一遍。他臉上流露出憐憫之情，以善意的眼光看了看她們，或者說他至少也和她們一樣尷尬。他們三人都靜默無言，但這持續的時間並不長，因為陌生的來客很快就發現這兩位可憐的修女既脆弱又沒經驗，於是他盡量以柔和的聲音說：

「女公民，我絕不是你們的敵人……」他頓了一下又接著說，「修女，要是你們有什麼不測，相信我，我是絕無牽扯的。我來是想懇求你們一件事……」

她們始終默不作聲。

「要是我打擾了你們，要是……我讓你們為難，請直接說吧……我立刻走人；不過請相信，我對你們是忠心不二的。要是我能為你們效勞，請儘管差遣我，不需擔憂，這時候說不定只有我一人凌駕於法律之上，因為已經沒有國王了……」

他話說得如此懇切，以致阿嘉特連忙對他指了指椅子，好像是要請他坐下來；阿嘉特從前是朗傑公爵府裡的人，從她的舉止看得出來她曾見識過盛大的宴會、曾進出宮廷。陌生男子明白她這個手勢的意思，臉上流露出既高興又悲傷的表情。他等這兩位可敬的修女坐下以後，他才就座。

「你們收留了一位沒宣誓[3]的教士，」他說，「他奇蹟似的逃過了加爾默羅修道院的大屠殺。」

「Hosanna!」阿嘉特修女打斷陌生男子的話，以不安又好奇的眼神望著他。

「我想，他不是叫這個名字。」他說。

「可是，先生，」瑪特修女激切地說，「我們這裡沒有教士啊，而且——」

「既然如此，你們得再細心一點、再想得周到一點，」陌生男子溫和地反駁著。他把手伸到桌上，拿起了《日課經》，說：「我想你們不懂拉丁文，而且……」

他沒把話說下去，因為他見到兩位可憐的修女臉上露出非常驚慌的表情、發著抖、含著淚，他擔心自己說得超過限度了。

「請放心，」他坦率地對她們說，「我知道你們那位客人的名字，還有你們的名字。三天前，我就瞭解到你們處境的艱難，和你們為這可敬的教士所做的犧牲……教士名叫——」

「噓！」阿嘉特修女把手指放在唇上，天真地說。

「看吧，兩位修女，要是我存心加害你們，我早就做不只一次了……」

聽他這麼說，教士從他的藏身處鑽出來，站在房間中央。

「先生，我想您不會是那些迫害我們的人，」教士對陌生男子說，「我相信您，我能為您做什麼？」

教士對人的信賴使他臉上流露出了高貴的神態，就連殺人犯也會為之放下武器。讓這窮困、逆來順受的小屋引起騷動的神祕男子，端詳了一會兒他面前的這三個人，然後以講知心話的口吻對教士說了這番話：「神父，我是來請求您為某個……神聖的靈魂辦一場追思彌

3 這裡指的是沒有宣誓遵守共和國的《教士公民組織法》。

撒……願他安息，他的遺體永遠也不可能安葬在聖地……」

教士不由自主地戰慄起來。兩位修女還聽不出來這陌生男子指的是什麼人，便伸長脖子，好奇地看著這兩個對話的人。教士仔細打量陌生男子：只見他一臉掩不住的焦慮，目光充滿了熱切的懇求。

「那麼，」教士回答說，「今晚午夜，您再回到這裡來。我會準備好辦一場追思彌撒，來為你所指的罪行贖罪……」

陌生男子打起哆嗦，教士的應允對他而言既美好又沉重，勝過了他隱藏在內心的痛苦。他恭恭敬敬地向教士和兩位修女欠了欠身，便離開了。他雖然未開口表示謝意，但這三個寬厚的人都明白他的心意。

大約兩個小時後，陌生男子回來了，他謹慎地敲著閣樓的門，博塞昂家的老小姐引他進了門，帶著他走進小屋裡的第二間房間，彌撒會在這裡舉行，此時一切都已準備停當。兩位修女已經把老舊的五斗櫃搬到壁爐的兩根煙囪管中間，五斗櫃古式的外型被一塊精美絕倫的綠色波紋織布的祭壇桌巾覆蓋住了。

一個以烏木和象牙製成的十字架苦像掛在黃色牆壁上，在光禿禿的牆壁襯托下，更加吸引人的目光。用封蠟固定在這個臨時祭壇上的四枝細細的小蠟燭灑下了微弱的光，勉勉強強由牆壁反射出來。這黯淡的燭火幾乎照不到房間其他部分，卻照亮了聖器。這道光就像是從天上映照下來的，照著沒有任何裝飾的祭壇。地磚很潮濕。屋頂，就像所有的閣樓屋頂一樣，兩頭很快地傾斜下來，其上還有幾道裂隙，冷冽的寒風透過裂隙吹了進來。再沒有比這個喪禮更簡樸的了，不過也可能沒有什麼比它更莊嚴。

周圍是一片深沉的寂靜，靜得讓人可以聽見阿勒曼涅大路上最輕微的聲響，這片寂靜更讓屋中這一幕增添了陰沉威嚴之感。儀式之莊重和排場之簡陋形成了強烈的對比，以致使人對神靈產生一股敬畏。

兩位修女退到祭壇兩旁，跪在樓板的地磚上，一點都不在乎地磚潮濕得要命，她們兩人和教士齊心禱告。教士身穿法衣，手執裝飾著寶石的金聖餐杯，這只聖餐杯想必是從徹里斯修道院的劫掠中搶救出來的。在華麗的聖體盒旁邊放著兩個只配放在低等酒館的玻璃杯，裡面盛著祭儀用的水和酒。因為沒有彌撒經本，教士便把他的《日課經》放在祭壇一角。他們還準備了一只盆子，讓未沾過鮮血的清白者洗手用。一切都顯得巨大而渺小、貧寒而高貴、世俗而神聖，兩者並存。

陌生男子在兩位修女之間虔誠地跪了下來。突然，他看見聖餐杯和十字架苦像上都戴上一塊黑紗——因為教士不知道這場祭儀是為誰而舉行，便讓上帝自己服喪——這猛然勾起了他的回憶，他寬闊的額頭上不由得流下了斗大的汗珠。

這場祭儀裡的四個人都默不作聲，只彼此神祕地互看一眼；接下來他們的心靈、感情交流相通，最後共融在一種宗教性的慈悲裡。他們似乎都在緬懷那位逝者，他的遺骸雖然早已被生石灰侵蝕，他堂皇的身影卻莊莊嚴嚴地出現在他們眼前。他們舉行了一場沒有死者遺體的喪禮。在這屋頂瓦片和木條已經離析的小屋裡，這四名基督徒在上帝面前為法國國王祈禱，伴隨著沒有靈柩的送葬隊伍而行。這是如此忠誠、沒有任何算計之心地對國王盡忠。在上帝眼中，哪怕是只給人一杯水，也算得上是大德行。一整個王朝都在這兒，在教士和兩位修女的禱告中。而這個陌生男子說不定就代表了大革命，他臉上流露出深切的內疚，讓人不得不相信他心中非常悔恨，他這時正許下心願，以贖自己的罪過。

教士看了看代表法國基督徒的這三位助手，這時他好像因受天啟而靈光乍現，便不用拉丁文 introïbo ad altare Dei（走入神的殿堂）宣告，反而用法文說：「我們現在要進入神的殿堂！」好像藉此讓人忘記他們身處破舊的小屋。

教士說這話時態度真摯熱忱，以致那位陌生男子和兩位修女突然被一種神聖的恐懼震懾住了。在這四名基督徒眼中，上帝在羅馬聖伯多祿教堂的拱頂下，並不見得會比在這貧寒的小屋裡顯得更為崇高——此時上帝和他的子民之間並不需要其他中介者，上帝兀自煥發著光華。

這位陌生男子的虔誠是發自內心的。這四位上帝的侍者、國王的侍者在禱告中集結的感情是相通的。在四周寂寂中，只有聖潔的禱告聲迴響著，宛如來自天上的仙樂。念到主禱文時，陌生男子有那麼一會兒淚水滿眶。教士又加上了一段拉丁文的禱告詞，這陌生男子想必明白其意：「Et remitte scelus regicidis sicut Ludovicus eis remisit semetipse（請寬恕弒君者，就像路易十六已經寬恕了他們一樣）。」

兩位修女看見兩顆淚珠在這陌生男子粗獷的臉頰畫下兩道淚痕，落到了地板上。他們又唱頌了追思亡靈的禱文，還低聲唱頌了 Domine salvum fac regem（拉丁文：上主，請拯救國王）。歌聲讓這些保皇派的信徒軟了心腸，他們想到落在敵人手中的小王太子，他們乞求上帝保守他。陌生男子一想到自己可能再次被迫犯下罪行，就忍不住打起寒顫。

追思彌撒結束以後，教士向兩位修女做了個手勢，她們便退到外間去。當房間裡只有他們兩人時，教士神態溫和又悲傷地走到陌生男子身邊，然後以慈父般的口吻對他說：

「我的孩子，如果您雙手沾上了殉難國王的鮮血，那麼就照實跟我說吧。在上帝眼中，沒有任何罪過不能得寬宥，只要那悔恨像您的那樣真誠、感人。」

教士才一開口，陌生男子就不由自主地做出一個驚駭的動作。但他很快就平靜下來，自信滿滿地看著吃驚的教士。

「神父，」他以明顯變了調的聲音說，「凡流人血的，沒人比我更無辜了……」

「我應該相信您，」教士頓了一頓，再次端詳這位悔罪的人。他堅信此人會像個膽小的國民公會議員，為了保全自己的性命而交出神聖不可侵犯之人的頭顱。於是教士以凝重的聲音接著說：

「我的孩子，要知道，單單只說沒有參與這場罪行，並不足以讓這個大罪得到赦免。那些原本能夠護衛國王，卻連劍都沒出鞘的人，等他們到天上見上帝時，他們在良心上可是交代不過去的……啊，是的！」老教士左右搖晃著腦袋，臉上帶著一個意味深長的表情說：「是的，是交代不過去的！……因為袖手旁觀，就等於是被動地參與了這可怕的滔天大罪……」

「您認為間接的參與也會受到上帝的懲罰嗎？」陌生男子驚愕地說，「那些受命列隊在刑場上的士兵也是有罪的嗎？」

教士猶疑著，沒明確表示他的意見。陌生男子很高興見到自己讓這個支持王權的教士處在兩難之中：一方是絕對服從——對君主制的擁護者來說，這是軍規中最重要的一條；另一方是對國王的絕對尊重，這和絕對服從是同等的重要。陌生男子急於從教士的猶疑中看出一個有利的解決辦法，解決他心中糾結的疑惑。於是，為了不讓這位可敬的楊森主義者[4]思考太久，他便說：

「您剛剛做的追思禮拜讓國王的靈魂得安息，也使我的良心卸下重負，我若是付給您酬金，是會讓我感到羞愧的。因為您的善行義舉極其寶貴，只能以同樣貴重之物來回報。先生，請收下我這聖物……說不定有一天您會明白它的價值。」

說完這話，陌生男子取出一個很輕的盒子，遞給教士，他鄭重其詞的談話、他說這話時的語調，還有他手執這盒子的敬重態度，讓教士很吃驚，因此他不由自主地接過盒子。

他們來到了兩位修女等著他們的那間房裡。

「你們住的這房子，」陌生男子對他們三人說，「房主是穆希烏斯．斯凱沃拉。他是個粉刷商，住在二樓。他是這附近很有名的愛國人士。不過他私底下心繫波旁王朝。他過去是孔蒂親王的僕人，管理馬匹，他也是靠著親王才發了財。只要你們待在這兒，會比法國其他地方都安全。你們就別搬動了。自會有虔誠的信徒照應你們的需要，你們可以毫無危險地等到時局較好的時候。再過一年，到一月二十一日……（說到這個日期時，他掩飾不了自己的

---

4 楊森主義：強調原罪、人類的全然敗壞、恩典的必要和預定論。由荷蘭神學家楊森（Cornelius Jansen, 1585-1638）提出。

激動），如果你們還待在這個簡陋的避難處，我再回來和你們一起做懺悔彌撒……」

他再也說不下去。他看了最後一眼這貧窮的小屋，然後向沉默不語的三個人欠身施禮，就離開了。

對兩位涉世未深的修女來說，這件事簡直像小說一樣不可思議。這時教士向她們說了剛剛陌生男子恭恭謹謹地送給他一件神祕的禮物，她們立刻把小盒子放在桌上；在微弱燭光的照耀下，三個人不安地看著這個小盒子，臉上還透露出難以描述的好奇心。朗傑小姐打開盒子，發現裡面放著一條精緻的細亞麻布手帕，沾著汗漬。他們攤開手帕，發現上面有斑點。

「是血跡！……」教士說。

「手帕上還有皇家的王冠！」另一位修女叫著說。

兩位修女因為太過害怕，不由得讓這寶貴的聖物掉落在地。對這兩位心地單純的修女來說，那位陌生男子的神祕行徑是不可理解的。教士甚至沒試著向她們解釋。

儘管處於恐怖統治時期，這三位囚在小屋中的人很快就發現有一隻強而有力的手照應著他們。首先，有人送來薪柴和日用補給，然後又送來衣物，這讓他們出門時可以不再做他們之前不得不有的貴族裝扮，也可以不再引人注目。兩位修女猜想這背後勢必有個女人協同他們的保護者關心著他們；而且，穆希烏斯．斯凱沃拉給了他們兩張公民證。有些涉及到教士安全的忠告常會透過曲曲折折的管道傳到他這裡，這些忠告往往來得那麼及時，不免使人想到這是由知悉國家機密的人所提供的。雖然全巴黎都忍受著飢荒，他們三人卻定期在小屋門口發現不知道是誰放的白麵包。不過，他們相信這是穆希烏斯．斯凱沃拉這位神祕的好心人所做的既機巧又聰明的義舉。

住在閣樓裡的這三個高貴的人堅信，他們的保護者就是在一七九三年一月二十二日夜裡來舉行懺悔彌撒的那個人。於是這人成了三人特別崇拜的對象，他們把希望都寄託在他身上，他們的生存也都繫於他。他們在祈禱時會為他添上特別的禱詞；這三個虔誠的靈魂每天白天、夜晚都為他祝禱，誠願他幸福安康、興旺發達、靈魂得救贖。他們懇求上帝保守他遠離所有的陷阱，保守他不受敵人的桎梏，並祝福他福壽綿長。可以說，他們每天都對上帝如此祈禱，而且對他的這番感激之情還伴隨著愈來愈強烈的好奇心。他們往往談起陌生男子出現在他們住處那日的景況，他們對他有千百種臆測，而且對他的談論成了他們日常的消遣，這也算是陌生男子留下的另一種恩惠。他們打算等他依約前來，為路易十六蒙難週年舉行彌撒時，要好好對他表達他們的情誼。

等候已久的那一夜終於來到了。半夜時分，陌生男子沉重的腳步聲迴響在老舊的木樓梯上。為迎接他，房間做了一番裝飾，祭壇也準備好了。這一次，兩位修女搶先開了門，她們急著點亮樓梯。朗傑小姐為了早點看到他們的保護者，甚至還走下幾階樓梯。

「上來，上來……」她以激動並帶著感情的聲音說，「我們等您來呢！」

陌生男子抬起頭，目光陰鬱地看了一眼修女，一言不發；她感覺像有一桶冰水淋在她身上，她也不作聲；一看到他的樣子，他們三人心中的感激之情和好奇心都消散無蹤。他其實也許並不像他們以為的那樣冷酷、那樣緘默、那樣可怕，只是他們想向他表達友誼的心情太過激切，而他的回應顯得不相稱罷了。這三個被囚在小屋中的可憐人明白陌生男子想維持他陌生人的身分，他們只好聽從他。教士注意到，這人見到房間裡為了接待他而做的準備，嘴角本來浮現了笑意，卻很快就壓抑下去。他做了彌撒，也禱了告。他很禮貌地拒絕朗傑小姐為他準備的小餐點，然後就離開了。

過了熱月九日[5]，兩位修女和瑪侯勒教士可以安然地行走在巴黎的大街上，不會遭遇任何危險。老教士第一次出門就是到一家名為「花之皇后」的香水店去，這家店由哈貢這對公民夫婦經營，他們從前是宮廷的香水師，始終效忠王室，旺代黨人就是透過他們和各個親王、和巴黎的保皇黨委員會取得聯繫。這間店鋪座落在聖侯緒街和投石黨人街上，穿著符合當時流行的教士剛剛踏進店裡，就被一股湧入聖奧諾雷街的人群堵在店裡。

「這是怎麼回事？」他問哈貢太太。

「這沒什麼，」她說，「是囚車和劊子手要到路易十五廣場[6]上去。去年我們常常看到這樣的人群，但是在今天，一月二十一日週年過去四天之後，再看到這可怕的人群就沒什麼好難過的了。」

「為什麼？」教士問，「您這話可不是基督徒該說的。」

「唉，今天是要處決羅伯斯比的同夥，他們當然是竭力為自己辯護，可是他們曾把那麼多無辜的人送上斷頭臺，這時可輪到他們自己了。」

一群人如潮水般壅塞了聖奧諾雷街。忍不住好奇心的瑪侯勒教士也探頭從人群上望過去，他看見站在囚車上的人就是三天前來參加彌撒的那個陌生男子。

「那人是？……」他問，「他是——」

5 熱月九日（le 9 thermidor）：也就是一七九四年七月二十七日，這天是史上所稱的「熱月政變」，國民公會在這一天投票同意處決革命政府的幾位領導成員（如羅伯斯比、德・聖茹斯特）。這天的政變結束了法國大革命中最激進的恐怖統治時期。然而，依照下文，故事發生日期應爲一七九四年一月二十五日，尚未到熱月九日。有論者認爲這項錯誤是巴爾札克不夠嚴謹所致。

6 路易十五廣場（place de Louis XV）：即今日的協和廣場。在法國大革命期間，此處立起斷頭臺，路易十六、瑪麗安東尼皇后皆在此喪生。

「他是劊子手。」哈貢先生回答，一面說著這位劊子手在王朝時代的名字[7]。

「唉呀，唉呀！」哈貢太太叫著說，「神父昏倒了。」

哈貢太太取來了一瓶醋讓昏倒的教士聞一聞，好讓他回神。

「他給我的那條手帕一定是國王上刑場前用來擦汗的……」教士說，「可憐的人哪！……在整個法國昧著良心時，那柄鋼刀倒有良心！……」

香水店的那對夫婦以為可憐的教士在發譫語呢。

巴黎，一八三一年一月

7 即夏爾—亨利・桑松（Charles-Henri Sanson, 1739-1806），為法國史上著名的劊子手，四十年執業期間共處決了三千人，包括路易十六和羅伯斯比在內。

口信

Le message

獻給達瑪索・帕荷托侯爵

我一直想講個簡單而真實的故事，讓一對年輕男女聽了我的故事而嚇得躲進對方懷裡，就像兩個孩子在森林邊遇見了一條蛇而嚇得互相擁抱一樣。我一開始就跟各位表明這故事的目的，哪怕這會減損故事的吸引力，哪怕這會使人認為我是個驕傲自滿的人。

我在這個幾乎可說是普普通通的悲劇裡扮演了一個角色，如果這個故事引不起各位的興趣，那麼這個錯應該是在我，但也是在這個真實故事本身。很多真實故事都是非常無趣的。因此，知道怎麼從真實事件中篩選出具有詩意的故事，那就顯示出一半的才華了。

一八一九年，我從巴黎到穆蘭去。我的經濟狀況使我不得不坐在公共馬車的頂層旅行。各位也知道，英國人總是把頂層的座位看作是最好的。旅程剛開始時，我有千百個理由證明英國人的看法是對的。一個看來稍微比我有錢的年輕男子，出於對頂層的喜好，也登了上來，在我旁邊的位置坐下。我對他說了頂層的種種好處，他只是和善地對我笑笑。我們因為年紀相仿、想法接近，又都喜愛郊野開闊的空間，和隨著笨重的車子行進而逐漸展開的美麗景色，然後又在不知道是什麼的磁場作用下，我們很快便覺得言語投機，互相契合；旅人們最享受這種短暫即逝的友誼了，因為他們知道這隨時會終止，而且未來彼此不相聞問。

車行不到三十法里，我們的話題已經論及了女人和愛情。我們所談的自然是自己的情婦，不過在這樣的場合裡，言詞必然也是相當謹慎。我們兩人都還年輕，也都和「有點年紀的女人」過從，這指的也就是三十五歲到四十歲之間的女人。喔！車子從蒙塔基到我搞不清楚是哪裡的某個驛站時，如果有個詩人聽到我們的談話，他一定能擷取不少火熱的詞句、不少迷人的畫像描繪、不少甜蜜的知心話！我們畏怯而靦腆、我們無聲的感嘆、我們赧紅的眼睛都和話語一樣具有表達力，此後我再也無處尋這種純真的魅力了。想來，只有年輕人才能瞭解青春吧。

此外，就激情的幾個主要論點，我們見解一致。首先，我們從事實和原則來證明這世上再沒有比出生證明更蠢的東西了；有些四十歲的女人明顯比二十歲的女人來得年輕，歸根究柢，女人外表顯出的年紀才是她們真正的年紀。

這個理論讓人不會因雙方年紀有差距而沒了愛情，我們便能真心誠意地在浩瀚無邊的愛情之海中泅泳。總之，我們各自吹噓自己的情婦年輕、迷人、忠誠、貴氣、有品味、聰穎、細膩，吹噓她們的腳小巧可人、她們的皮膚潤如滑脂，甚至散發出幽香，最後我們終於彼此坦承，他愛的那個某夫人已經三十八歲，而我則是愛上了一個四十幾歲的女人。這時，我們兩人都鬆了一口氣，心中不再懷著隱約的畏懼，於是我們這兩個愛情的同儕更加無話不談。

然後，我們兩人彼此較量著誰付出了最多的真情。

一個說，他曾經為了見他情婦一個小時的面而跋涉兩百法里。另一個說，為了赴他情婦的夜間約會，他曾經在牧場裡被誤認是狼而差點被槍殺。總之，兩個人的行徑都瘋得可以！如果說回憶過去的危險遭遇能帶來樂趣，那麼追憶已經消逝的愉快情事不也是樂事一件嗎？這是雙倍的享受啊！我們把什麼事都跟對方說了，包括曾遭逢的危險、大大小小的幸福，甚至和對方開起玩笑來。

我這位朋友的伯爵夫人為了討他的歡心而抽了一根雪茄；我的伯爵夫人則為我泡熱巧克力，她沒有一天不寫信給我、不見我，他的情婦曾經冒了名譽掃地的危險，在他家待了三天；我的情婦曾做過更冒進的事，或者您願意的話也可說是更莽撞的事；不過，兩位伯爵夫人的丈夫都深愛他們的妻子；他們都受到戀愛中的女人特有魅力之桎梏，成了她的奴隸；他們比軍中下士更加癡傻；而且他對我們而言只是增加了我們偷情的樂趣，而不至於威脅到這情愛關係。喔！我們的談話、我們的溫和嘲諷，很快就被一陣風吹得無影無蹤！

快到普伊時，我仔細端詳了我這位新朋友。我誠然相信他是被人深深愛著。請各位想像這麼一個年輕人，身材中等，不過體態非常勻稱，表情豐富，一臉幸福的模樣。他的頭髮烏黑、眼睛湛藍，他雙唇呈粉紅、牙齒潔白整齊，白皙的臉龐襯托得五官更為細緻，他眼圈泛著茶褐色，彷彿是生病剛復原似的。除此之外，他還有一雙嫩白的手，線條柔和，保養得極好，宛如妙齡女子的手。而且他看來受過良好的教育，人非常聰明，想來各位也會和我一樣認為，我這位同伴真的是一位公爵夫人的情夫。總之，會有不只一個年輕女子希望嫁給他為妻，因為他本身就是個子爵，大約擁有一萬兩千到一萬五千古銀的年金收入，這還不包括他可能繼承的遺產。

在離普伊一法里的地方，公共馬車突然翻了車。我這可憐的同伴為了顧及自己的安全，縱身撲向路邊剛翻過土的田裡，而不是像我一樣緊緊抓住座椅，隨著馬車翻覆而擺動。不知道是他這一撲撲得不當，或者是跳下後滑倒了，我也搞不清楚事故是怎麼發生的，總之馬車倒在他身上，他被壓在車底下。

我們把他抬到一位農民家。他強忍劇痛，一邊呻吟，一邊向我交代他的心願，這垂死者的最後遺言，顯得特別神聖。在彌留之際，這可憐的孩子還想到他的情婦要是突然從報紙上讀到他的死訊會多麼受打擊，這想法讓他痛苦萬分——大概只有他這個年紀的人才會有這麼純真的念頭吧！他請我親自去告訴她這個噩耗。然後他要我在他身上找一把鑰匙，那鑰匙就用緞帶穿著掛在他胸前。

我發現那把鑰匙半嵌進了他肉裡。

在我盡可能輕輕地把鑰匙從傷口裡拔出來時，我這垂死的朋友哼也不哼一聲。他交代我到他在羅亞爾河畔拉沙里泰的家裡去取他情婦寫給他的所有情書，央求我把情書還給她，但他話說到這裡就無力說下去了；不過他以一個手勢讓我瞭解，那把要命的鑰匙能向他母親證明我是受他之託而行事。他相信我一定會為他盡心盡力，卻對自己無法向我表達感激而深感悲傷，他以懇求的目光看了我好一會兒，眨了眨睫毛向我表示訣別，然後頭一垂，便去世了。他的死是這次翻車唯一的不幸事件。

「這多少是他自己的錯。」車伕這麼對我說。

到了拉沙里泰，我履行了這位可憐旅客的遺言。他母親正好不在家，這讓我大大鬆了一口氣。不過，一位老女僕在聽到少爺過世的消息時腳步踉蹌了一下，我得安慰她。老女僕看到那把還沾著血的鑰匙，不禁半暈，跌坐在一把椅子裡。因為我更擔心另一個人聽到消息後會更加悲痛，也就是那個被命運之神奪去愛人的女人，只得留下那位對著鑰匙哀哭不已的老女僕，拿起那一札寶貴的情書就走。這些情書全由我那位只結識一日的朋友仔細封了緘。

伯爵夫人住的城堡離穆蘭有八法里，但其間有幾法里是行在泥土路裡。要傳達這個口信，對我是困難重重。再加上一些不必要解釋的景況，我身上的錢只夠到穆蘭。不過我以一腔年輕人的熱忱，決心用兩條腿走這段路，我得快快走，才能趕在散播迅速的壞消息前面到她那裡去。我打聽到一條捷徑，從布賀伯內的一條林間小道走，可以說我是肩頭上扛著一個死人在趕路。愈接近蒙佩爾桑城堡，我就愈對自己這奇特的旅程感到畏懼。我的想像力迸發，千百種浪漫的情節在我腦中翻飛。我設想著會在什麼情景下見到蒙佩爾桑伯爵夫人，或者為符合小說的詩意，應該說見到那位年輕旅人所珍愛的「茱麗葉」。

我想像著待會兒該怎麼靈巧地回應她應該會問我的問題。在每個樹林的轉角、在每條凹陷的小路，我都像索希一樣對著提在手中的燈籠述說戰況[1]。說來慚愧，我起先只想到該怎麼表現自己的舉止、自己的才智、自己的機靈，但是當我到了目的地，突然有個陰鬱的想法在我心中閃過，就像一道閃電劃破了灰暗的雲層。

這個消息對一個正滿心思念著密友、時刻抱著無名的喜悅等待他到來——而她好不容易才能將他名正言順地帶到家裡來——的女人來說是多麼可怕！不過，報喪也可以說是一種慈善行為，雖然這種行為很殘酷。於是我加快了腳步，顧不得雙腿在布賀伯內的路上陷入了泥淖，衣服濺上了汙泥。

1 索希是莫里哀的戲劇《安菲提昂》中的一個僕人角色，他爲了要向安菲提昂夫人回報安菲提昂打了勝仗，即將歸來，一路上對著燈籠說話。

不久，我就來到一條兩旁種滿栗樹的大馬路上，路的盡頭便是蒙佩爾桑城堡，城堡的主體建築就像一團形狀怪異、鑲著金邊的褐色雲彩聳立天際。我到了城堡門口，發現大門開著。這個出其不意的情況打亂了我原先的計畫與設想。我大膽地往裡頭走，很快就有兩隻狗跑到我身邊，對著我吠叫，那凶惡的模樣就像真正鄉下的狗。一位胖胖的女僕聽到狗叫聲，跑了出來；我告訴她我有話對伯爵夫人說，她只以手比了比環繞著城堡的英國式花園裡一個樹叢，對我說：「夫人在那邊……」

「謝謝！」我揶揄地說。她的這句「在那邊」可是會讓我在花園裡繞上兩個小時。就在這時候一個可愛的小女孩出現了，這個有一頭捲髮、繫著粉紅色腰帶、穿著白色衣裳、披著打摺子披風的小女孩聽見、或猜到了我和女僕的對話。她一見到我，立刻用尖細的聲音喊著說：「媽媽，有個先生有話要對您說。」然後她便跑開了。

我跟在小女孩身後，穿越彎來繞去的小徑，她那件白色的披風像鬼火般一跳一躍地，向我指引她走過的路徑。

我必須把全部都說出來，毫不隱瞞。就在走到最後一叢灌木叢時，我提了提衣領，用袖頭撣了撣我寒酸的帽子和長褲，再用袖子撣了撣衣服，然後用兩個袖子互相撣一撣。接著我仔細地把上衣扣好，露出衣領的呢面，因為呢面總是比衣服其他部分來得新一點。最後，我將靴子靠在草上擦一擦，再把長褲下襬放下，遮住靴子。靠著這加斯科式的整裝[2]，我希望自己不會被當作專區的稅務流動公務員；不過今日當我回想起自己在年輕時候的這一時刻，不禁訕笑起自己。

就在我想好一會兒該怎麼表現時，我從綠色樹叢的轉角、在陽光熱力照射下的百花叢中，突然瞥見了茱麗葉和她丈夫。那個可愛的小女孩牽著她母親的手，而且顯然可見的是，伯爵夫人聽到小女孩語意含糊的話以後，加快了腳步。她這時見到一個陌生人笨拙地向她鞠躬致意，心裡很是詫異，便停下腳步，露出有禮貌卻冷淡的神氣，並模樣可愛地撇了撇嘴，對我來說，這個撇嘴的動作透露出她的期望落了空。我在腦子裡翻找著本來精心準備的美麗開場白，這時卻腦袋空空，一句話也說不出來。

就在雙方都猶疑著的時候，伯爵來到了我們身邊。我頓時思緒萬端。為了掩飾窘態，我說了幾句無關緊要的話，問起他們兩人是否就是蒙佩爾桑伯爵和伯爵夫人。這番話雖然蠢，卻讓我以這個年紀少有的洞察力，一眼就看出這對夫妻的孤寂生活即將被我打亂。

伯爵似乎是那種典型的貴族，當前，這類貴族在外省是種榮耀。他腳上穿著厚底的大鞋

2 加斯科式的整裝：法國人喜歡嘲笑法國南部的加斯科人，說他們不愛乾淨。

子，我先提到他的鞋子，因為這比他的衣著更引起我的注意：他黑色的上衣褪了色，褲子有點破舊，領帶也鬆鬆垮垮，襯衫領子有點捲曲。這個男人有點法官的派頭，威嚴更勝省參議員，他就像區長一樣驕傲自大，什麼都抵擋不住他的意志，而且他尖刻乖戾，自一八一六年以來次次參選卻次次落選的候選人就具有這樣的脾性；他身上很不可思議地混合了鄉下人的理智與愚蠢。他一點風采儀態也沒有，卻有著有錢人的那種傲慢。他事事順服他妻子，卻自認為一家之主，他在小事上處處計較，卻一點也不在乎大事。另外，他的面容顯得憔悴，臉上皺紋很多，皮膚黝黑，頭上還餘一些灰色頭髮，又長又直，這就是伯爵這個人。

但是伯爵夫人她呢，啊，和她丈夫相較真是天差地別！她身量不高，腰肢款擺，儀態萬千；她嬌小、纖弱，彷彿你一碰她就會折損她的骨頭。她穿著一件白色薄紗衣裳，頭上戴著一頂綴著粉紅色緞帶的可愛軟帽，腰間一條粉紅色腰帶，一件無袖胸衣合身地包覆著她的肩膀和線條優美的上身，使人一見就從心底滋生無可抵抗的占有慾。她烏黑的眼神銳利、富有表現力，她的動作柔和，雙腳小巧。即使是在女人堆裡混久了的情場老手也會認為她最多只有三十歲，因為她的額頭、她臉上最細微的部分都顯得那麼嬌嫩年輕。至於她的性格，我覺得既像利紐勒伯爵夫人，又像B侯爵夫人……這兩個典型的女性形象在讀過盧偉[3]那本小說的年輕人心中是永遠鮮明的。

我突然看穿了這對夫婦所有的祕密，便當下做了決定，這決定就像出自一個老外交官一樣靈巧圓滑。這說不定是我這輩子唯一一次憑直覺行事，我也因此明白了一般朝臣或是上流社會人士的處世是如何機靈敏捷。

在那段無憂無慮的日子之後，我太常陷於搏鬥中，而不懂得品嘗生活中微小的事物，只按照禮儀和社會體統的要求行事，致使最高貴的感情全都枯竭了。

「伯爵大人，我能否單獨與您一談？」我一臉神祕地對他說，邊說邊往後退。

他跟著我走過來。茱麗葉留下我們兩人，滿不在乎地走了開去，因為她知道如果她想打探丈夫的祕密，他隨時會告訴她。

我簡單地向伯爵敘述了我在旅途上的友伴去世的消息。伯爵聽了之後的反應顯示他對這位年輕朋友頗有感情。這個發現壯了我的膽，我後來便敢在和他的對話中做下述的回應。

「我妻子會很傷心的，」他叫嚷起來，「要讓她知道這不幸的消息，我必須很小心。」

「先生，我先向您報告這一消息，便盡了我的責任。我不願意沒向您知會一聲，就履

3 盧偉（Louvet de Couvray, 1760-1797）：法國作家，著有《德．福博拉斯騎士的愛情》。在這部小說中，B侯爵夫人和利紐勒伯爵夫人都是男主角心愛的女人。

行任務，一位陌生人委託我將消息告知伯爵夫人的任務。不過他託我轉交一樣可貴的東西給夫人，我沒有權利把這樣祕密的東西交給您。從他的談話中，我感覺得出來您是個好人，我相信您不會阻止我完成他最後的遺願。我不得不緘口的這個祕密，伯爵夫人以後有自由告訴您。」

伯爵聽到我對他的讚美，很得意地晃了晃腦袋。他客客套套地回覆我，最後聽任我憑己意行事。於是我們往回走。這時候鐘響了，晚餐的時間到了，我受邀和他們一起進餐。茱麗葉看我們神情肅穆、默然不語，便偷偷打量我們。見她丈夫隨便找了藉口離開，好讓我和她單獨在一起，她更是訝異不已，她停下腳步，瞟了我一眼，那種眼色是女人才會有的。她目光裡含著好奇心，是女主人在家裡接待一個從天上掉下來的陌生人時就會露出的目光。見我的穿著、外貌、年紀是如此不協調，她目光裡也帶著許多疑問！她還露出鄙夷的目光，那些為人所愛的女子往往如此，因為在她們眼裡男人都不值一顧，只有她的心上人除外。她目光裡還有不由自主的畏懼、害怕、厭煩，因為她剛才本來要準備享受單獨和情人在一起的幸福，這時卻得接待一位不速之客。我瞭解她所有這些無聲的話語，而我只能以充滿憐憫、同情的悲傷微笑回應她。於是我端詳了她好一會兒，在這晴朗的天氣裡、在栽滿花朵的小徑中，我看著光彩煥發、明豔照人的她。看著這美麗的畫面，我不禁嘆了口氣。

「唉，夫人！我剛做了一趟艱辛的旅程，我單單……是為您而來。」

「先生！」她對我說。

「呃！」我接著說，「是那個稱您為『茱麗葉』的人要我來的。」她臉色發白。「您今天見不到他了。」

「他生病了？」她壓低聲音說。

「是啊，」我回答她，「但是我請求您克制一下自己。我是奉他之命，要把和您有關的一個祕密之物交給您。請相信再也沒有別的信使會像我一樣保守祕密、一樣忠誠。」

「到底是怎麼了？」

「說不定是他不再愛您？」

「啊，那是不可能的！」她叫了一聲，並輕輕笑了笑，笑容十分坦率。突然，她起了一陣哆嗦，迅速而頗有氣概地看了我一眼，然後紅著臉，說：

「他還活著吧？」

天哪！這話說得真是可怕！我太年輕，承受不了她的口氣，一時接不上話，只是癡癡呆呆地看著這個不幸的女人。

「先生！先生，回答啊！」她嚷嚷道。

「是的，夫人。」

「這可是真的？喔，告訴我實話，我可以承受得住。說啊！不確定他是生是死，會比什麼痛苦都要教我難受。」

她說這話的語調太古怪，使我不禁流下兩行熱淚。

她把身子靠在一棵樹上，輕輕呼喊了一聲。

「夫人，」我對她說，「您先生來了。」

「我有丈夫嗎？」

說著，她就飛快地跑走，消失不見了。

「喂！好了，晚餐都快涼了，」伯爵叫著說，「來呀，先生。」

我便隨著城堡主人來到餐廳，看見餐桌上已擺好我們在巴黎常見到的豐盛菜餚。桌上擺了五副餐具：伯爵夫婦的、小女孩的、我的——這本來應該是他的，還有一副是為聖德尼的司鐸預備的。司鐸做過餐前祈禱後，問道：

「我們親愛的伯爵夫人呢？」

「喔，她一會兒就到。」伯爵回答。他殷勤地幫我們盛湯，然後給自己滿滿盛了一盤，很快就喝光了。

「啊，我的姪兒，」司鐸叫嚷起來，「要是您夫人在這兒，您會喝得慢一點。」

「爸爸會肚子痛的。」小女孩慧黠地說。

在這個小插曲之後，正當伯爵急急地切著我不知道是什麼的野味時，一位女僕走進來說：「先生，我們到處都找不到夫人！」

一聽她這麼說，我因擔心發生什麼不測而猛然站起來，我神色顯然流露出焦慮，使得老司鐸也跟著我跑到了花園裡。伯爵為顧及面子，來到了門邊。

「待在這兒，待在這兒！不用擔心啊！」他對著我們叫道。

他沒有陪我們到花園。

司鐸、女僕和我尋遍了花園的小徑、草坪，一邊叫喊著伯爵夫人，一邊聽著是否有她的聲響，尤其是我跟他們說子爵已死後，他們就更擔心了。我一邊跑著，一邊向他們敘述這不幸事件發生的經過，這時我發現女僕對伯爵夫人極其貼心，因為她比司鐸更能體會我之所以恐懼的原因。我們來到了水池邊，到處都找遍了，還是不見伯爵夫人的蹤跡，甚至也沒看見她走過留下的痕跡。終於，在沿著一道牆往回走的時候，我聽見了低低的嗚咽聲，那沉沉被壓制著的聲音似乎是從穀倉之類的地方傳出來。為防萬一，我循聲走進穀倉裡。我們在裡面發現了茱麗葉，她因絕望，本能地將整個人陷在乾草堆裡。她出於靦腆，把頭埋在草堆裡，以掩飾她淒切的哭聲。她抽抽咽咽地，哭得像個孩子，但更為尖刻、痛苦。對她來說，這個世界徹徹底底地崩塌了。女僕扶起女主人，她像個垂死的動物一樣軟塌塌地任人擺布。不知道該說什麼的女僕只是一逕地說：「好了，夫人，好了……」

老司鐸不斷地問：「她怎麼了？您是怎麼了，我的姪媳？」

最後我和女僕合力把茱麗葉抬到她的房間。我再三交代女僕好好照應她，並要她對大家說女主人只是犯了偏頭痛。接著司鐸和我下樓來，回到了餐廳。

我們從伯爵身邊離開有好一會兒了，我走到柱廊時才又想到他，他無動於衷的表現讓我吃了一驚。當我看見他還冷靜地坐在桌邊用餐，我就更感訝異了。他幾乎把晚餐都吃光了，他女兒見狀不禁笑了起來，她抓到她父親明顯違背伯爵夫人的叮囑。司鐸和伯爵突然起了小小的口角，這一下讓我明白為什麼伯爵剛剛那麼地漠不在乎。原來，伯爵得遵從醫生的囑咐，嚴格節制飲食，以便治好他所患的嚴重疾病——病名我一下子記不起來了。這種病在復原時期往往會有好胃口，伯爵便在這種動物性的食慾催逼下，失去了做為一個人應該有的敏感。

在這一刻，我見到了人性兩個截然不同的面向，這使得這可怕的痛苦事件沾上了一點喜劇色彩。

這天晚上大家心裡都不好過。我則很疲倦。司鐸絞盡腦汁猜想他姪媳為什麼會哭泣。伯爵聽了他妻子遣來女僕含糊地解釋她不舒服的原因是女人慣有的不適之後，便安安靜靜地消化他的晚餐。我們大家都早早就寢。

僕人領著我到我房間去時，經過伯爵夫人的房門，我怯生生地問起她的狀況。房內的她聽見是我的聲音，便請我進去，她有話要跟我講。但她一句話也說不出口，只是垂著頭，我只好又退了出來。雖然我以一個年輕人的真誠之心分擔著伯爵夫人承受的殘酷痛苦，但是因白天艱苦走的那一段路，讓疲憊已極的我很快就入睡。

到了深夜，有人用力扯開床幔，床幔上的扣環在鐵桿上發出尖銳的叮噹聲把我驚醒。我看見伯爵夫人坐在我床腳。我桌上的一盞燈射出的燈光完全照在她臉上。

「這是真的嗎，先生？」她對我說，「我不知道在這可怕的打擊之後，我該怎麼活下去；不過，這時候我人很平靜。我要知道詳情。」

「多麼平靜啊！」我看著她異常駭人的蒼白臉色心裡想。她這臉色和她棕色的頭髮呈對比。我聽見她說話發出喉音，並看到她整個面容都因痛苦起了變化，這讓我非常訝異。

她顯得非常憔悴，就像是秋天失去了最後顏色的一片枯黃葉子。她雙眼紅腫，再沒有原先的美麗神采，只流露出她深沉而徹骨的痛苦；真可說是原來有燦爛陽光的地方，現在卻只見一片灰色的雲。

我再次把那奪走她情人的猝然事件簡單敘述一遍，某些對她太過痛苦的景況我都只是略略帶過。我對她說了我們第一天的旅程，那一整天她情人只是不停地對我訴說他們兩人的愛情。她並沒有掉淚，只是側著頭向我，貪婪聽著，就像一個充滿熱忱的醫生診斷著病症。有那麼一刻，我覺得她整個打開了心扉，準備好承受所有的痛苦，並且因最初的絕望之情，一心只想沉浸在自己的不幸之中；我抓住這個時機，向她述說那朋友在臨終前心裡是多麼擔憂，也跟她說了他怎麼派我、為什麼派我傳達這個不幸的消息。她的眼睛好像被心靈深處冒出來的憂傷之火燒乾了。她臉色更加慘白。我從枕頭底下取出那札信遞給她時，她下意識地接了過去。然後她身子抖得厲害，聲音粗沉地對我說：

「而我把他的信都燒了！我沒有留下一點他的東西！什麼都沒有，沒有，沒有！」

她用力拍打自己的額頭。

「夫人。」我對她說。

她痙攣了一下，看著我。

「我剪下了他一綹頭髮，」我接著說，「喏，在這兒。」

我把她心愛的人不會腐壞的一小部分遺物拿給她。啊，如果您也和我一樣感受到她落在我手上的滾滾熱淚，您就會知道什麼是類似於恩惠的感激！她抓住我雙手，雙眼因激動而發亮，她眼裡雖帶著痛苦，卻也透露一絲絲的幸福。她以低啞的聲音說：

「啊！您一定也有情人！您要永遠幸福！千萬別失去了您所親愛的人！」

她話沒說完，就拿著她的寶貝跑開了。

第二天，深夜的這一幕和我的夢境雜在了一起，讓我覺得很不真實。直到我在床頭遍尋不著那一札信，我才確信那一幕是痛苦的現實。第二天的情景我無需向您贅述。我在茱麗葉身邊又待了好幾個小時，我那不幸的旅伴曾多麼誇讚他這情人。的確，她的每一句話、每個姿態、每個動作在在說明了這個女人心靈高貴、感情細膩，是這世上少有的重感情而忠心的女人。

傍晚時，蒙佩爾桑伯爵親自送我到穆蘭去。到了穆蘭，他尷尬地對我說：

「先生，我們已經欠了您一份情，如果您不覺得這是妄用您的好意，或是對陌生人的冒昧要求，既然您也要上巴黎，能否請您把我欠某某先生（我已經忘記了他名字）的一筆錢送到他在巴黎桑提耶街的家裡去？他請我快快還他這筆錢。」

「我很樂意。」我回答。我心思單純，不疑有他，就拿了他給我的二十五金路易，這筆錢正好充當我回巴黎的旅費；我後來如數地把錢拿去還給蒙佩爾桑伯爵說的那個人。到了巴黎，在我依址還錢時，才意識到茱麗葉是多麼巧妙地幫了我的忙。她明顯看見我阮囊羞澀，卻不說破，還有她技巧地借給我旅費的方式，不正顯示了這個多情的女人是多麼有智慧嗎？

我把這次遭遇說給一個女人聽，她聽了害怕得緊緊抱住我，對我說：「喔，親愛的，你可別死啊！」這時，這對我真是樂事一件！

巴黎，一八三二年一月

沙漠裡的愛情

Une passion dans le desert

「這個表演真教人害怕！」她在走出馬丹先生的馬戲團時叫著說。她剛剛看了那位大膽的江湖賣藝人，套句廣告上的話：和鬣狗一起演出。

「他是用什麼辦法馴服野獸的？」她繼續說，「甚至到了瞭解野獸的情緒，竟然——」

「這件事您看來很有疑問，」我打斷她的話，「但它其實很自然——」

「喔，是嗎！」她嚷了一聲，嘴角掛著一個不認同我說法的微笑。

「您難道以為動物是沒有感情的嗎？」我對她說，「要知道我們大可以將我們文明的所有惡事教給牠們。」

她詫異地看著我。

「不過，」我接著說，「我承認，在我第一次見到馬丹先生的表演時，也像您一樣忍不住吃驚地發出讚嘆。我當時是和一位右腿截肢的退伍軍人一起進場。這個人讓我印象非常深刻。他神情就和那些勇敢無畏的人一樣，滿身是戰爭的印記，尤其參與過拿破崙各大小戰役。這位老軍人顯得坦率又開朗，特別投合我的脾性。他想必是那種什麼都唬不了他的大兵，看到袍澤臨死前的怪相也會大笑，他總能開開心心地掩埋袍澤、扒下他的衣裳，一點也不把飛來的炮彈放在心上；他也不是深思熟慮的人，很容易就和魔鬼打交道。馬戲團長從後台走出來時，我這同伴仔仔細細打量了他一番，然後臉上帶著嘲諷，不屑地撇了撇嘴，就像那些自詡高人一等的人為了和容易上當者做區分，就會露出這種意味深長的表情。正當我為馬丹先生的勇氣叫好時，同伴對我笑了笑，又搖了搖頭，以內行人的神氣對我說：『這沒什麼！……』

「『什麼，沒什麼？』我回答他，『如果您能為我解釋您為什麼這麼說，我會感激不盡。』「我們彼此交換姓名，就這樣認識了，然後我們走進看到的第一間餐廳用晚餐。上甜點時，一瓶香檳酒讓這位軍人的回憶變清晰。他跟我說了他的故事，於是我明白了他的確很有理由說『這沒什麼！』」

她回到家後，對我糾纏不休，還應許我這、應許我那的，我最後只得答應她寫下這個軍人私下向我透露的故事。第二天，她便收到了這篇可以名之為「法國人在埃及」的史詩小插曲。

§

德塞將軍率兵遠征上埃及時，一位普羅旺斯籍的士兵被馬格里布人所擒，這些阿拉伯人把他帶到了遠離尼羅河瀑布的沙漠裡。

馬格里布人為了安全起見，要在自己和法國軍隊之間拉開一段距離，因此一路急行軍，只有夜裡才休息。他們在一口有幾棵棕櫚樹遮蔽的井邊紮營，之前他們就在樹下藏匿了一些口糧。對那名囚犯，他們只是綁住他雙手，一點也沒想到他可能逃跑；他們吃了椰棗、餵了馬匹大麥之後，就呼呼大睡。

這位大膽的普羅旺斯人一見他的敵人都睡了，無法再監視自己，便用他的牙齒銜了一把大刀，然後用膝蓋固定刀刃，割斷了綁住他雙手的繩子，這下子他就自由了。他立刻拿了一把卡賓槍和一支短刀，並且取了些乾椰棗、一小袋大麥、火藥和子彈，以備不時之需。他又將一把大刀繫在腰間，騎上馬匹，朝著他認為法國軍隊所在的方向奔馳而去。因急著趕回法軍的紮營地，他快馬加鞭，可憐了那匹已經疲憊不堪的戰馬，不多久馬兒就兩脅斷裂，沒了氣，把那名法國人丟在沙漠裡。

他以逃犯的勇氣，在沙漠裡走了好一段時間，只是天一暗下來，他不得不停下腳步。雖然東方的夜色美麗，但他再沒有力氣繼續走下去。幸好他已經來到一座小山丘，在山丘高處有幾棵挺拔的棕櫚樹，從遠處看著棕櫚樹的樹影讓他心中甜甜地滋生了希望。他疲累已極，便在一顆狀似行軍床的花崗石上睡倒，一點也沒提防。他已經做好捐軀的打算。他在入睡前最後一個念頭甚至是後悔。他後悔離開了馬格里布人，自從他逃走以後，就落入了險境，沒人馳援，馬格里布人的流浪生活在他這時看來顯得可親多了。一早，強烈的陽光直直曬在花崗石上，花崗石發燙，使得他熱醒過來。不過，這位普羅旺斯人其實睡錯了邊，他應該睡在棕櫚樹投下陰影的那一頭……他望著這些孤伶伶矗立在那裡的樹，不禁打了個寒顫！這些樹讓他想起了在亞爾大教堂那些頂端雕著長長葉子的優雅圓柱，那是撒拉森圓柱的特色。

他先是數了數那兒總共有幾棵棕櫚樹，然後環顧四周，只見一望無際的沙海，這讓他心裡絕望至極。沙漠裡灰黑的沙子往四方延伸而去，無窮無盡，在強烈陽光的照射下，鋼刃似的閃著耀眼光芒。他搞不清楚這究竟是一面冰海，或是由無數湖泊拼成的一面明鏡。一陣陣火熱的蒸氣在這浮動的沙地之上旋轉不止。東方式光輝的天空純淨得教人絕望，因為教人沒有任何想像的空間。天空和地面都有如著了火一般。

四下顯得野蠻而恐懼，尤其寂靜得駭人。無垠、遼闊的景象重重壓迫著他心口——天上沒有半朵雲、空氣裡沒有一絲風、像細浪一樣浮動的沙子沒有半點變化；就像晴天時在大海上看到的一樣，天地最後相交為一道如刀鋒般纖細、明亮的線。

這位普羅旺斯人緊緊抱住一棵棕櫚樹，就好像抱著一個朋友一樣。然後，他在這棵樹投在花崗石上細長而挺直的陰影裡哭了起來。他坐下來，待在那裡，極其悲哀地看著眼前這無情的景象。他大叫出聲，彷彿是要對抗這孤寂的狀態。他的叫聲消失在沙丘的窪脊裡，只有微弱的聲音傳到遠方，卻沒有引起任何回音；回音在他自己心裡——這位普羅旺斯人今年二十二歲，他把卡賓槍上了膛。

「還有的是時間！」他一邊自言自語，一邊把能解除他痛苦的武器放到地上。

這位士兵一會兒看看灰黑色的沙漠、一會兒看看藍色的天空，他不禁懷念起法國來。他開心地聞到了巴黎排水溝的氣味，他想起了他經過的城市，想起了他袍澤的面孔，以及他生命中的吉光片羽。總之，這種南方人的想像力很快就讓他從沙漠一片浮盪的熱氣中見到了親愛的普羅旺斯的石礫。因為擔心被這殘酷又可怕的海市蜃樓所迷惑而遭到危險，他從小山丘的另一頭走了下去，坡面正好和昨晚登上山丘時相對。這時，他發現一個岩洞，心裡高興得不得了，這岩洞就是構成這山丘基底的一塊巨大花崗岩的天然孔隙。他在岩洞裡發現了一張破蓆子，說明這裡曾經有人住過。在離岩洞幾步遠的地方，他遠遠瞥見了幾棵結滿椰棗的棕櫚樹。於是，求生的本能重新在他心裡燃了起來。他希望自己撐得夠久，能等到幾個馬格里布人從這兒經過，或是說不定他一會兒就能聽到炮火聲，因為這時候拿破崙的軍隊正在進攻埃及。

這個念頭鼓舞了他。幾片棕櫚葉在成熟椰棗重量的壓力下垂了下來，他打下幾串椰棗；他吃下這些意想不到的美味食物，心想這些樹一定是從前住在這岩洞裡的人栽種的。新鮮、可口的椰棗正說明了那些人曾細心照料這些樹。這麼一想，竟讓這位普羅旺斯人一下子從深沉的絕望轉為歡喜，幾乎是接近瘋狂的歡喜。他又爬到小山丘高處，把剩餘的時間都用來砍掉一棵不結果的棕櫚樹，昨天，這棵樹還庇蔭了他一夜。過去一個朦朧的回憶讓他想起沙漠中的野獸；他想到牠們可能會來岩石下隱藏著水的沙坑喝水，便決定在岩洞前架起一道圍籬，以防牠們進入。

雖然他很拚命地砍，雖然因為害怕被野獸吃掉的恐懼平添他力量，但他還是無法在一天之內就把棕櫚樹砍成幾段。不過，他還是把樹砍倒了，這棵沙漠之王在傍晚時分倒下來時，一聲轟然巨響傳到了遠方，這響聲就像是因孤寂而發出的呻吟；這位軍人不禁打起寒顫，就好像這響聲向他預示了災禍。

不過，就像遺產繼承人不會為自己的親人過世而難過太久，他也很快就砍下這棵美麗大樹青蔥、寬闊的大葉子，用它來修補蓆子，以便晚上睡覺用。

因炙熱和勞動而疲憊不堪的他，不一會兒就在潮濕的岩洞裡依著紅色的石壁睡著了。

到了半夜，他被一聲奇怪的聲音驚醒。他坐起來，在萬籟俱寂中，聽見了一呼一吸的聲音，聲音粗獷有力，一點也不像是人類所有。

他心生畏懼，四周黑漆漆、靜悄悄，還有乍然醒來時的種種幻覺更讓他毛骨悚然，心裡像結了冰。他用力睜開眼睛看，使勁的程度使他幾乎感受不到頭髮豎起的痛——他在黑暗中見到了兩粒豆點大的黃色微光。他原先以為這微光是自己眼瞳的某種反射，但不久夜晚的清光讓他一點一點地看清岩洞裡的這東西，他看見了一頭野獸睡在離他兩步遠的地方。這到底是獅子、老虎，或是鱷魚呢？

這位普羅旺斯人沒有足夠的知識，不知道這敵人該歸屬於那一類、哪一科。他愈是不知道這是什麼野獸，心裡就愈加害怕，禁不住設想各種不測會一起發生在自己身上。他宛如承受酷刑一般地聽著這野獸的氣息，聽著這呼吸的各種變化，每一聲都不放過，也不敢稍動一下。一股比狐狸的騷臭更濃烈、更刺鼻、更混濁的味道充塞著整個岩洞。這位普羅旺斯人以鼻子用力一吸，這更讓他膽戰心驚，因為有隻可怕的野獸這時睡在他身邊是再無疑問的了，他是在花豹的岩洞裡棲身。

不一會兒，落到地平線上的月光照射進來，微微照亮了岩洞，也照亮了一隻皮毛上有斑紋的花豹。

這隻埃及的萬獸之王正睡著，就像安詳蜷曲在大府邸門口華麗狗屋裡的一隻大狗；牠的眼睛睜開片刻，然後又閉上了。牠面朝著這位法國人。這名花豹囚徒的心裡浮現萬千混亂的想法；他先是想一槍斃了牠，但他發現自己與花豹之間距離太近，無法瞄準，槍口會超過牠身軀。萬一驚醒牠該怎麼辦？這個想法讓他動也不敢動一下。在寂靜中，他聽到了自己的心怦怦跳，他痛恨自己這陣陣熱血湧上來的急促脈搏，擔心在他還沒找到活命的辦法之前，這聲音就會把花豹吵醒。

他兩次把手擱在大刀上，企圖一刀砍斷這敵人的頭；但牠有堅硬而短的鬃毛，勢必很難一刀解決，他不得不放棄這個大膽的計畫——萬一沒砍中？那是必死無疑，他心裡想。他寧願等著和牠來一場搏鬥，以尋找機會，便決心等白天再說。沒過多久，天就亮了。

這時，這位法國人仔細端詳了花豹，發現牠口邊沾滿了血。

「牠填飽了肚子！」他心裡想，一點也沒想到萬一牠吃的是人肉，「等牠醒來就不會是處於飢餓狀態。」

這是一隻母花豹。牠肚子和大腿的毛皮白得發亮，蹄子四周有一圈像天鵝絨一樣的小斑點，看起來像是戴著一個漂亮的手鐲。牠遒勁有力的尾巴也是白色的，不過尾端有幾道黑環。牠身上的毛皮像未經打磨的黃金一樣黃澄澄，顯得光滑而柔嫩，上面還有花豹特有的斑紋，就像一朵朵略顯不同的玫瑰花一樣，這斑紋正是牠和其他貓科動物的區別。

這隻安詳而駭人的花豹打著鼾，姿態就像一隻躺臥在長沙發軟墊上的貓，優雅得很。沾著血的尖銳利爪就擱在牠的頭下面，而且嘴邊有幾根看起來像銀絲線的稀疏鬍鬚直直豎立著。

如果牠是被關在籠子裡，這位普羅旺斯人想必會讚嘆這隻野獸氣度非凡，並欣賞牠對比強烈的鮮明色彩，這樣的色彩讓牠身上的披毛像帝王的服飾一樣華麗；但是在這時候，這可怕的景象讓他目光模糊了。

即使花豹睡著覺，但處在牠身邊，他感覺到一種魔力，宛如人家所說的，蛇具有磁力的眼睛會迷惑住夜鶯的那種魔力。

面對這樣的危險，這士兵最後竟一時喪失了勇氣，如果此時面對的是連番發射的大炮夾攻，他無疑會表現得無比英勇。不過，他心裡還是浮現一個大膽的念頭，這讓他額頭不再冒冷汗。他就像被逼到絕境的人一樣，膽敢直接挑戰死亡，和死神硬碰硬，他不知不覺地把自己這番遭遇看作是一齣悲劇，決心光榮地扮演自己的角色，直到最後一幕。

「前天，阿拉伯人很可能殺了我。」他心想。把自己看作是已經死了，讓他勇氣倍增，他心中帶著不安的好奇心，果敢地等著他的敵人醒來。

太陽露臉時，花豹突然睜開了眼睛；牠猛力伸伸牠的蹄子，就好像是要活動一下筋骨，讓四肢不再麻木。然後牠打了個呵欠，露出猙獰的尖牙，以及和銼刀一樣堅硬的舌頭。

看著花豹在地上打滾，並且擺出賣嬌賣俏的溫柔姿態，這位法國人心裡想：「真像是個小婦人！」牠舔著沾染在爪子上、嘴巴邊的血跡，還用一種嫻靜的動作反覆搔著頭。「很好！把自己梳洗一番！」這位法國人對自己說。他又有了勇氣，心裡快活多了。「我們要來互相道早安。」他拿起那把從馬格里布人那裡偷來的小短刀。

就在這時候，花豹轉過頭來對著法國人，牠只是直直地看著他，沒移動半步。牠一雙金屬般的眼睛顯得十分剛毅，流露出讓人畏懼的光芒，尤其當花豹走向普羅旺斯人時，他忍不住打了個哆嗦；但他目光溫和地打量著牠，睨視著牠，就好像要催眠牠。他任由牠走近自己，然後用像是愛撫絕色美女一般柔和而多情的動作，摩挲了牠身軀，從頭摸到了尾巴，用指甲輕輕搔著牠黃色背脊中間柔軟的脊骨。牠像是感官得到滿足似的翹起尾巴，眼神也變柔和；當法國人第三次諂媚地摩挲牠時，牠發出了唧唧哼哼的聲音，彷彿家貓表達自己得到了歡愉一樣。不過，從牠那又深沉又宏亮的喉嚨裡發出的聲音迴響在岩洞裡，聽來就像是教堂裡管風琴最後的嗚嗚。普羅旺斯人明白他的撫摸取悅了花豹，便更加殷勤地對牠下功夫，想使專橫的花豹失去警覺。

在他確信自己已經讓這性格反覆無常的同伴暫時失去野性後（幸好牠昨夜已經填飽了肚子），他站起身，想要走出岩洞；花豹放他走出去，但是當他爬上小山丘時，牠輕盈地一跳，跳上了山丘，就像從一枝樹枝跳向另一枝樹枝的麻雀一樣迅捷。牠走近士兵腳邊，像貓咪一樣拱起了背，磨蹭著他的腳。然後牠用沒那麼嚴酷的眼神看著他，並野性地吼叫了一聲，博物學家會把這叫聲拿來和鋸子的聲音相比。

「牠倒是上癮了！」法國人笑著說。

他試著逗弄牠的耳朵，撫摸牠的肚子，並用指甲用力搔牠的頭。他發現花豹樂在其中，便用他短刀的刀尖在牠頭上輕戳，想伺機殺了牠，但牠的骨頭異常堅硬，不禁讓他發起抖來，擔心自己不能成功取牠性命。

這個沙漠之王很滿意牠的奴隸所為，便抬起頭來、伸長脖子，以十分安寧的態度來顯示牠非常陶醉。

法國人突然想到，要一刀斃了這隻凶猛的花豹，就必須把短刀刺進牠咽頭裡。他舉起短刀，而花豹大概是非常滿足，悠悠然然地躺臥在他腳邊，並時不時看他一眼，目光裡雖然有天生的凶猛之氣，卻也透露出善意。普羅旺斯人背靠著棕櫚樹，吃著椰棗；他時而看著沙漠，看看是否有人能解救他脫離困境，時而看著他這可怕的同伴，窺探牠這不穩當的仁慈能持續到幾時。

他每吃完一顆椰棗，就把果核丟在地上，花豹緊盯著果核落下的地方，這時牠帶著異常猜疑的目光。

牠像生意人一樣謹慎地打量著法國人，不過牠這一打量是對他有利的，因為他以幾顆椰棗充飢後，牠走過來舔他的鞋子；牠的舌頭粗硬又遒勁，奇蹟似的把塞在鞋子皺褶裡的灰塵都舔乾淨了。

「萬一牠肚子餓了呢？……」這位普羅旺斯人想。儘管這個念頭讓他心神不寧，但對在牠同類中最美的這隻花豹，他還是很好奇地測起牠的身量：牠有三法尺高、四法尺長，不包括尾巴在內。牠尾巴有三法尺長，圓得像木棍一樣，孔武有力，可以當武器使。牠的頭和母獅子一樣粗大，卻難得的有一種狡黠神氣；牠雖然像猛獸一般殘酷而沉著，但在隱約間也有一種虛偽女人的樣子。總之，這個孤獨的萬獸之王這時候顯露出快活的神情，就像喝醉酒時的尼祿王一樣——牠已經飲了鮮血解了渴，現在牠想玩。

這個士兵試著來來回回走動，花豹放任他，只是雙眼緊隨著他的步伐，比較不像是一隻忠實的狗，而像是隻對一切、甚至對主人行動十分警覺的大型安哥拉貓。

當他轉過身時，發現他那匹馬的殘骸就在泉水邊，花豹把馬的屍體拖到這裡，已經吃掉了三分之二。這景象讓法國人鬆了一口氣。

從這兒就很容易解釋，為什麼花豹當時不在岩洞裡，以及為什麼牠讓他在夜裡安穩地睡了一覺。幸運地過了第一關以後，他大著膽子測試自己接下來的運氣，他有個瘋狂的念頭——只要他不忽略任何可以馴服牠、贏得牠恩寵的辦法，說不定可以和花豹和平共處一整天。

他走回牠身邊，見牠竟然微微搖晃著尾巴，這讓他心裡有說不出的高興。於是他放心地依著牠坐下，和牠玩了起來，他抓起牠爪子、把著牠口鼻、轉著牠耳朵，還把牠扳倒在地，用力地搔著他溫熱而柔順的兩脅。牠任由他擺布。當士兵試著順著毛理理牠四肢的毛時，牠小心翼翼地縮回了牠像鋼刀一樣的利爪。

法國人一手持著短刀，心裡還想著要一刀刺進這太沒有戒心的花豹肚子裡；但是他怕牠在做最後的掙扎時，會立即扼死他。然而，他也聽見了自己心裡某種自責的聲音，要他尊重一隻沒有傷害過他的動物。他似乎在這無垠的沙漠中找到了伴侶。他不禁想起他第一個情婦，那個綽號「小可愛」的情婦，但這綽號是個諷刺的說法，因為她性格粗暴，又非常愛吃醋，在他們相好的時候，他總是畏懼她以刀子相逼。年輕時的這份回憶，讓他想用這個綽號來稱呼花豹，這時候他對牠沒那麼害怕了，而是對牠的敏捷、優雅、疏懶起了讚賞之心。

到了傍晚，他已經很習慣這個棘手的處境，而且幾乎愛上了在這處境中所生的焦慮。後來，當他以假嗓子叫著「小可愛」時，他的伴侶竟然也會習慣性地看著他。太陽下山以後，小可愛吼叫了好幾回，聲音深沉，充滿憂鬱。

「牠真是有教養！」這士兵開心地想，「牠在做晚禱！」不過，只有在他看見他的伴侶仍維持著平和的態度時，他才有這種開玩笑的念頭。

「去吧，我的金髮小美女。我讓你先進岩洞睡覺。」他對牠說。他打算等牠入睡，就拔腿快跑，趁夜晚到別處去找棲身之處。

士兵焦急地等待自己逃跑的時刻來臨，時機終於到了以後，他腳步剛勁地往尼羅河的方向走去；但他在沙漠中才走了四分之一法里路，就聽到花豹一躍到他身後的聲音，還不時吼叫著，這宛如鋼刀似的叫聲比牠的腳步聲更駭人。

「唉呀！」他心裡想，「牠把我當朋友了！」這隻年輕的花豹也許從沒遇過任何人，有了第一個情人讓牠很得意！就在這時候，法國人掉進了讓旅人畏懼的流沙裡，他自己是掙脫不開這陷阱的。他陷進去以後，大聲呼救，花豹用牙齒咬住了他的衣領，猛力往後一跳，像有魔法似的將他拉出了深淵。

「啊，小可愛！」士兵叫了起來，他激動地撫撫花豹，說：「現在我們是生死相交的朋友了。絕無戲言。」他又折回原地。

這時候沙漠裡像是有了人。這人是一隻野獸，他可以和牠說話，牠的野性被他馴服了，但他自己也無法解釋他們之間怎麼會有這種難以置信的友誼。儘管法國人想要一直站著，保持戒備，但他還是睡著了。

他醒來時不見小可愛。他登上小山丘，遠遠地望見花豹朝著他蹦跳過來，這類野獸總是習慣跳躍，因為牠們脊椎特別柔軟，是不能奔跑的。小可愛嘴邊淌著血回來。牠的同伴給了牠必要的愛撫，牠高興得發出低沉的呼呼聲。牠充滿慵懶的眼神比昨天更加溫柔地看著法國人。他對牠說話，就像是對家裡的寵物狗一樣。

「啊！啊！小姐，你是個好女孩，不是嗎？你看到了吧？我們都喜歡被人愛撫。你不覺得慚愧嗎？你吃了個馬格里布人嗎？那好！可他們也和你一樣是動物！……不過你至少別吃法國人……不然我就不愛你了！」

花豹像隻小狗一樣和牠的主人玩了起來，任由他翻倒牠、捶打牠、討好牠；有時候牠把爪子伸向士兵，做出一個懇求的動作來挑逗他。

幾天的時間就這麼過去了。有花豹作伴，讓這位普羅旺斯人有心思欣賞壯闊美麗的沙漠。在這段時間，他有時感到恐懼，有時感到平靜，而且有了食物，還有一個可以思念的對象，讓他的心靈因各種相反事物的衝擊而激盪起來……他在沙漠中的生活充滿了矛盾。

孤寂的日子對他再也沒有祕密可言，並且開始懂得享受其魅力。他看見了前所未有的日升日落之景。他在聽到罕見的飛鳥展翅飛過頭上的輕微嘯聲時、在看見變幻莫定的雲彩互相堆疊時，會打起哆嗦來！在夜裡，沙海上因熱風而產生的沙浪，快速湧動不已，他觀察著月光映照在波盪沙海上的奇景。他經歷了東方的日光，欣賞壯麗多彩的天與地。常常，在沙漠裡會有一陣暴風高高掀起細沙，形成又紅又乾的一層迷霧，讓人窒息，他在看完這可怕的一幕之後，總是很高興夜晚降臨，因為這時會有滿天星斗灑下沁人心脾的清光。他聽著從天上傳來的幻想中的音樂。孤寂的生活讓他學會了胡思亂想，從中挖掘想像力的寶藏。他把時間都花在回想不著邊際的小事上，花在比較他過去和現在的生活上。

總之他終於愛上了這隻花豹，因為他需要有一份感情。

或者是因為他意志太強大，終而改變了他這伴侶的性格，或者是因為花豹在這正處於戰爭中的沙漠很容易找到食物，總之，牠一點也無意傷害法國人。他見牠如此馴服，也不再提防牠。

他大部分時間都在睡覺，不過，他不得不像端坐在蜘蛛網中的蜘蛛一樣隨時保持警戒，以免萬一有人從地平線經過，他會錯失得救的機會。他犧牲了他的襯衫，把它做成旗子，高高掛在一棵沒有樹葉的棕櫚樹上。出於實際的需要，他還找到辦法用幾根小棍子把旗子固定，讓它撐開來，因為在他所期待的旅人經過，朝沙漠張望時，風可能恰好沒把旗子吹展開……

在持續感到希望渺茫時，他就和花豹玩耍。因長時間的相處，他終能分辨牠吼叫聲的變化、牠眼神的表情，他甚至仔細觀察了牠金色披毛上深深淺淺的花斑。在他抓住牠尾巴後端的那一綹毛，以數數尾巴上總共有幾圈黑白相間的環時，牠甚至不哼叫一聲。這些華麗裝飾的環在陽光下像寶石似的閃閃發亮，從遠處都能看見。他愛看牠柔和而細緻的身體線條、牠雪白的肚子、牠優美的頭顱。不過，他特別愛在牠嬉戲時端詳牠，牠敏捷而矯健的動作總是讓他很吃驚；他讚賞牠柔軟的身腰，不管是跳躍、爬行、竄動、隱蔽、攀援、打滾、蜷伏、沖奔，在在顯得十分靈動。但是不管牠動作多麼迅速、不管岩石多麼滑溜，牠只要聽到一聲「小可愛」，立刻就會停下來。

有一天，太陽熾烈，一隻大飛鳥在天空盤旋。普羅旺斯人走離花豹，抬頭觀看這個新的來客；花豹等了一會兒，不見他回來，便低聲咆哮起來。

「我的老天哪，我想牠吃醋了。」他看著牠又變得冷峻的目光，不禁叫出聲：「薇齊妮的靈魂在花豹上附了身，這是毋庸置疑的！……」

在士兵欣賞著花豹圓翹的臀部時，那隻大鷹遠遠飛走，消失不見了。

但花豹的外型果真是優雅，又充滿青春活力。牠真如女人般俏麗。牠金色披毛的柔和色調，搭配牠大腿間沒有光澤的白毛，顯得十分突出。

太陽光充足地灑下來，照得牠金色的披毛、棕色的斑點閃閃發光，使牠具有一種難以言喻的魅力。

法國人和花豹互看了對方一眼，眼神中都充滿了理解。當花豹感覺到伴侶的手搔著牠腦袋時，牠不禁打起寒顫，兩眼像閃電一樣放光，然後就緊緊閉上了。

「牠是有靈魂的……」他一邊說，一邊端詳著這沙漠中的萬獸之王，牠就和沙子一樣澄黃、像沙子一樣潔白，也像沙子一樣孤寂而熾熱……

§

「嗯，」她對我說，「我讀了您對野獸帶著善意的辯解書，但是既然這兩個生物彼此如此投契，這段感情又怎麼會結束呢？」

「啊！這是因為……就像所有偉大的愛情都是因誤解而結束一樣，他們也不例外！雙方都以為對方不忠實，彼此又出於傲氣，不肯解釋清楚，最後終於因固執而鬧翻。」

「有時最美好的時刻是，」她說，「彼此以一個眼神交流、以一句話溝通就足夠了。那麼，還是請您把故事說完吧！」

「這件事說起來可真困難，不過等您聽完這個老兵對我說的話，您就會瞭解他的故事。他在喝完一瓶香檳酒後叫著對我說：『我不知道我是不是哪裡弄痛牠了，牠忽然像是發怒似的轉過頭來，露出尖牙，咬了我大腿，當然只是輕輕一咬。但我以為牠想吃了我，便用短刀刺進牠脖子。牠滾動身軀，發出一聲教我心都涼了的吼聲，我看著牠一面掙扎、一面望著我，目光裡並不帶憤怒。我真想犧牲一切、犧牲我未曾有的十字勳章來讓牠起死回生。這就好像我殺了真正的人一樣。有一隊士兵看見了我的旗子，跑來救我，他們發現我淚流滿面……

「『就這樣，先生。』他沉默了一會兒又接著說，『從那之後，我在德國、西班牙、俄國、法國打過仗，我像一具屍體跑遍不少地方，我看不管是哪裡都比不上沙漠……啊！沙漠真是太美了。』

「『您在那裡感覺怎麼樣？』我問他。

「『喔，年輕人，這可說不清。不過，我也並不總是為那幾棵棕櫚樹、為那花豹感到遺憾……我只有在心情不好時才會想起這些。您知道，在沙漠裡什麼都有、又什麼都沒……』

「『請您再解釋解釋。』

「『呃，』他不由自主地做了個不耐煩的手勢，說：『就是只有上帝創造的大自然，而沒有人類……』」

巴黎，一八三〇年

海邊慘劇

Un drame au bord de la mer

獻給卡洛琳・嘉里贊・德・珍陶王妃（出身於瓦勒沃斯卡伯爵夫人）

作者在此獻上敬意，並表示懷念

幾乎每位年輕人都有一個圓規，他們都喜歡用它來衡量自己的前途；當他們的意志和所展現的膽量呈正比時，世界就是屬於他們的。不過，也只有某個年紀的人才會有這種現象。對所有人來說，這個年紀介於二十二歲到二十八歲之間，此時是具有大思大想、具有初生觀念的年紀，因為這個年紀的人有無窮的欲望，這個年紀的人心中沒有疑懼。有疑懼，就等於是無能。在這段有如播種期一樣短促的年紀之後，緊接著就是實踐自己雄心的時期。我們可以說擁有兩段青春，在第一段青春裡，我們相信；在第二段青春裡，我們行動。對那些得天獨厚的人來說，這兩段青春往往是同時發生，那些偉人中的偉人即是如此，如凱撒、牛頓、拿破崙。

我估計著一個想法要花多久時間才能發展起來，我手裡拿著圓規，站在一塊距離海面一百土瓦茲[1]高的巨岩上，底下只見浪花沖擊著礁石。我為自己的前途做了不少事，我測量著這前途，就像一名工程師在空曠之處勾勒著碉堡和王宮的藍圖。

大海美麗非凡，我游完泳後穿上衣服，等著我的守護天使寶琳，她正在一個滿是細沙的花崗岩池子裡游泳，這是大自然為海中仙女們所設的最雅緻的浴場。我們在布列塔尼的一個可愛半島上，也就是在勒夸西克的最西端。我們離港口很遠，處在一個連稅務機關都認為到不了的地方，所以稅務員從不經過這裡。在大海裡游完泳後，又在空中泅水！啊！誰不泅泳於未來之中呢？我為什麼胡思亂想？為什麼會有禍事？有誰知道呢？各種思想就這樣不請自來地紛紛落在心裡、腦裡。藝術家的思想比任何交際花都要反覆無常、都要蠻橫；當思想乍然閃現時，要像抓住好運氣一樣緊緊抓住它。

我就像阿斯托爾福[2]緊緊攀著駿鷹一樣緊緊抓著我的思想，我騎行其上，周遊世界，隨心所欲地占有一切。當我為自己這出於想像力的大膽行徑在四周找著某種兆頭時，遠處傳來了一聲叫喊，是一個女人從沙漠般的寂靜中向我叫喊，一個從海浴上來的女人叫喊，聲音昂揚、快活，海岸邊潮起潮落，不斷波動的浪花形成了無數流蘇，這女人的叫聲蓋過了這喃喃的濤聲。聽見這個從心靈裡迸發出來的叫聲時，我彷彿看見了天使的一隻腳踩在山岩上，他展著翼翅，大聲喊著說：「你會成功的！」我精神煥發、腳步輕盈地從高處下來，像一顆被拋下

1 土瓦茲（toise）：法國在大革命前的一種度量單位，一土瓦茲約等於兩公尺。
2 阿斯托爾福（Astolphe）：法蘭西故事裡的聖騎士，在史詩《瘋狂奧蘭多》曾駕馭神話生物駿鷹（hippogriffe）找尋奧蘭多失去的理智。

陡坡的小石頭一樣蹦跳下來。她看見我時，竟對我說：「你怎麼了？」

我沒回答，兩眼含著淚水。昨夜寶琳知道我曾痛苦，正如現在她也明白我喜悅一樣，她總是那麼神奇而敏感，就像豎琴會隨著空氣的變化而發出不同樂音。人生總有美好的時刻！我們沿著沙灘靜靜走著。天無片雲，海面平靜，真教人以為是兩片藍色的大草原相連在一起。而我們兩人不需話語就能互相瞭解，我們可以在這無邊無際的海、天之間幻想連篇。人在年輕時就會以幻想哺育自己，只要有些微動靜，或是水波一興，或是空氣一振，我們就緊緊握住對方的手，因為我們把這微不足道的自然現象看作是我們兩人思想的體現。誰沒有在歡愉之中品味過這無限歡樂的片刻呢？在這片刻裡，靈魂似乎擺脫了肉體的羈絆，尋回它最初來到世界時的樣態。我們並不只是為了歡愉而來到這些地方。兩個人的感情難道不是有些時候互相交纏，並向前奔去，就像兩個小孩常常會手牽手，不知所以地往前奔跑一樣嗎？我們兩人就是如此。

城裡的屋瓦出現在天際，畫出一道灰黑的細線，就在這時候，我們遇到了一位正要回勒夸西克的可憐漁夫。他打著赤腳，帆布長褲的下襬都撕裂、破洞了，沒有好好縫補；他上身穿著帆布襯衫，繫著老舊的褲吊帶，外套破破爛爛的。他這窮苦相讓我們心裡很難過，就好像在我們和諧樂曲裡有一種不協調音。我們看了看對方，彼此喟嘆，恨自己這時無法從阿布—

卡薩姆[3]的寶藏裡取得一份錢財。我們看見漁夫的右手晃動著一條細繩，細繩上繫著一隻大龍蝦和一隻蜘蛛蟹，左手則拿著纜繩和漁具。

我們上前攀談，兩人同時起念要買他的漁獲。寶琳微笑起來，對這個微笑，我的回應是輕輕按一下我挽在手中的她的胳臂，並拉到我的心口上。就是這些細微瑣事會在未來的回憶中形成一種詩意，當我們圍坐在爐火旁，不免會回想起我們為這件小事而感動的時刻、回想起發生這件事的情境、回想起那個在當時我們並未發現其效應的幻影，在我們日子過得輕鬆寫意時、在我們心靈飽滿的時刻，那個幻影就常常影響我們周遭的事物。只有我們在自己心裡塑造出來的景觀，才是最美的景觀。帶點詩意的人哪一個不曾在他的回憶中有一塊岩石？而這岩石所占的位置比千金難買的名勝之地更為重要。在這巨岩上，思緒萬端。在那兒，投注了整個一生；在那兒，恐懼之心都消散；在那兒，希望之光芒投射在心中。在這一時刻，和愛與未來的思想融合一致的太陽，光線熾烈地照射在那塊黃褐色的岩石側邊，幾朵山花吸引了人的目光；安詳、寧靜的氛圍使得這凹凸起伏的岩石似乎變大了，但它實際上是黯然無光的，是沉緬於幻想中的人把它變成色彩斑斕了。山岩是美麗的，上面覆滿了薄薄一層植被，

3 阿布—卡薩姆（Aboul-Cassem）：《一千零一夜》中的人物，有個老人送給他一大筆財富。

長著暖色調的春白菊，和有柔嫩葉子的鐵線蕨。歡慶的時光延續、富麗堂皇的裝飾、快樂讚美人類的力量！我從聖彼得島望去，彷彿又一次置身在畢耶納湖畔；勒夸西克的山岩也許是我最近一次的歡愉經驗！可是寶琳又會怎麼看待這次回憶呢？

「朋友，您今天早上的漁獲可真豐富！」我對漁夫說。

「是啊，先生。」他停下腳步回答。他臉色黑黝黝的，是那種在水中連續曝曬反射陽光幾個小時的人才有的臉色。

他這張臉顯示了他長期逆來順受，具有漁夫那種耐心、溫厚的性格。這個人聲音一點也不粗硬，說起話來很和善，絲毫不自負，有一種尖細、纖弱的味道。如果換成另一副面貌，說不定就會讓我們覺得討厭。

「您要拿到哪裡去賣？」

「到城裡。」

「這隻龍蝦您會賣多少錢？」

「十五蘇。」

「蜘蛛蟹呢？」

「二十蘇。」

「龍蝦和蜘蛛蟹的價格為什麼差這麼多？」

「先生，蜘蛛蟹（他把這個字發成了『茲茲些』）的肉更細嫩些！再說牠像猴子一樣狡猾，很難抓到。」

「我們出一百蘇，買下您所有這些，好嗎？」寶琳問。

漁夫愣愣地站在那兒。

「您是買不到了！」我笑著說，「我出十法郎[4]買。要知道，它所值的感情也應該算在價錢裡。」

「那麼，」她回答，「我買了！我出十法郎又兩蘇。」

「十蘇。」

「十二法郎。」

「十五法郎。」

「十五法郎五十生丁[5]。」她說。

4 一法郎等於二十蘇。

5 一生丁（centime）即一分（cent）。

「一百法郎。」

「一百五十法郎。」

我不再出價。我們這時候並不夠有錢，不能把價錢喊得更高。我們這位可憐的漁夫真不知道該為這莫名其妙的情況生氣，還是該為之感到開心。我們把女主人的姓名告訴他，並囑咐他把龍蝦和蜘蛛蟹送到她家，這才讓他不再困惑。

「您收入還好嗎？」我想瞭解他為什麼如此寒傖，便這樣問他。

「日子很難熬啊，窮得過不下去，」他對我說，「我沒有漁船，也沒有漁網，只能靠釣具或是釣竿，在大海裡捕魚靠的就真只是運氣。您明白吧，在其他漁夫開船出海捕魚時，我就只能在海邊等魚蝦來。這樣子謀生真是不容易，只有我一個人是在海邊捕魚的。往往一整天也毫無所獲。要捕到點什麼，就只能靠這隻睡死了的茲茲些，或者是逮到一隻昏了頭躲到岩洞裡去的龍蝦。在大潮退了以後，有時候會游來一些狼鱸，我就用手去抓。」

「那麼，平均起來，您一天賺多少錢？」

「十一到十二蘇。如果只有我一個人，日子還過得去，但我有個老父要養。我父親是個瞎子，他幫不了我的忙。」

聽他隨口這麼說，我和寶琳面面相覷，說不出話來。

「您有妻子或是要好的女朋友嗎？」

他以我從沒見過的哀戚目光看了我們一眼，說：「我要是有老婆，就得拋棄我父親了。我沒辦法養他又養妻小。」

「唉，可憐的小伙子，您為什麼不到碼頭上去搬運海鹽，或是到鹽田裡工作，好賺多一點錢呢？」

「啊，先生，那工作我幹不了三個月的。我力氣不夠大，萬一我死了，我父親就得去乞討。我只能做些用點小技巧、花點耐心的事。」

「一天十二蘇怎麼夠兩個人過活呢？」

「啊，先生，我們吃蕎麥做成的大餅，我還從岩石縫裡抓帽貝。」

「您幾歲了？」

「三十七。」

「您曾經出過遠門嗎？」

「我去過一次蓋朗德，為了當兵去抽籤，還去過薩韋奈，讓人幫我量身高。要是我身高多一法寸，我就當兵去了。我如果去當兵必然死定，我可憐的父親今天就得向人乞求施捨。」

我想到了許多慘劇。寶琳站在像我這樣深感痛苦的男人身邊向來是很激動的；唉，不管她或是我，我們都沒聽過比這漁夫的話更動人心弦的。我們默默走了幾步，心裡揣想著這人的人生深沉可感，讚賞他連自己也不知道的高貴奉獻情操。他卑微卻堅韌的力量讓我們吃驚，他不吝嗇的付出讓我們變得渺小。我見這個可憐的人本能地拴在這岩石上，就像一個苦役犯拴在他腳鐐上拖著的鐵球一樣。為了謀生，二十年來在他這裡採著貝類，極有耐心，全憑著孝心支撐下去。他在海灘上耗去了多少時日啊！只要一陣短暫的暴雨襲來，或是天氣一起了變化，就能讓他的希望一掃而空。他身子懸在一塊巨岩旁，像印度的苦行僧一樣伸著雙手，他父親則坐在一張矮凳上，在寂靜和黑暗中等著他帶回貝類和麵包——如果大海保佑的話。

「您有時會喝喝酒吧？」我問他。

「一年喝個三、四次。」

「那麼您和您父親今天就要喝點酒，我們會給您送來白麵包。」

「先生，您真是好心人。」

「如果您能帶我們從海邊走到巴茲去，我們就請您吃午飯。我們想到那裡去俯瞰整個海灣、俯瞰巴茲和勒夸西克之間海岸的那個高塔。」

「我很樂意，」他對我們說，「您們跟著腳下這條路直直走，我先回去把繩索和蝦蟹放下，就來跟您們會合。」

我們點頭表示同意，他便很高興地往城裡奔去。遇見這個人讓我們的精神像原先一樣振奮，但是歡樂之心未免減損了一些。

「這個人真可憐！」寶琳以同情的口吻對我說，她口氣中沒有會傷人的憐憫。「這人這樣窮困，我們卻這麼開心，我們難道不該覺得羞愧嗎？」

「沒有什麼比想要伸出援手卻無能為力更殘酷的了，」我回答她，「這對可憐的父子不會知道我們的同情心是何等強烈，就像這世界上的人不知道這對父子的人生有多美麗，因為他們的德行在天上堆積了財寶。」

「這地方真貧瘠！」她說，並向我指了指一塊用石頭砌起一道牆的田地，田埂上規律地堆著許多牛糞。我問這是什麼東西。一位忙著撿拾牛糞的農婦回答我，她要拿它當柴燒。朋友啊，您想想，等這些牛糞乾了以後，這些可憐的人就把它撿起來，堆在一起，拿它來烤火。一到冬天，就拿乾牛糞來賣，就像賣製作皮革的鞣料一樣。您想像她這樣一天最多能賺多少錢呢？

「一天五蘇。」她停了一會兒，回答說，不過有老闆供她吃食。

「看，」我對寶琳說，「海風吹乾了一切、吹倒了一切，這裡一棵樹也不長；布列塔尼雖然盛產木柴，但因為運輸費用太高昂，連這裡的有錢人也買不起，所以他們就買破損船隻的殘片來取暖。這地方之美，只對心靈高尚的人展現，那些沒有好心腸的人在這裡是住不下去的；只有詩人或是帽貝才能穩居此處。除非岩石上蓋了座鹽倉，才會有人來這裡住。你看，那裡是海，這邊是沙灘，高處是穹蒼。」

我們已經越過了城市，來到勒夸西克和巴茲之間的荒野上。我親愛的伯父，您想像一下，海邊有一塊兩法里長的荒地，到處滿是閃閃發亮的細沙。這裡、那裡散布著幾塊凸起的大岩塊，彷彿是巨大的動物趴在沙丘上。沿著海濱有幾處暗礁，漫泛的海水讓這些暗礁像是一朵朵碩大的白玫瑰浮在水面、泊在岸邊。眼前是一片莽原，右邊以大海為界，左邊瀕臨大湖，這個大湖介於勒夸西克和蓋朗德沙質高地之間，是因大海侵蝕而成的潟湖；在沙質高地下面，是寸草不生的鹽鹼沼澤。看這景象，我問寶琳，她是不是有勇氣冒著熾烈的陽光，走在沙地上。

「我有靴子，我們走吧。」她指著巴茲的高塔對我說。高塔就像座金字塔似的高高聳立，吸引了視線，不過這是一座輪廓不規則的細長型金字塔，裝飾得非常有詩意，簡直讓人以為是亞洲大都市裡的一流古蹟。我們往前走了幾步，坐在一塊有遮蔭的岩石上；不過，這時是早上十一點，這陰影很快就落在我們腳底下，消失了。

「這兒十分寂靜，真是美好啊！」她對我說，「大海汩汩拍打海岸的規律聲音，更擴大了寧靜的氣息！」

「如果你試著去瞭解這包圍我們的水、空氣、沙子，只專心聽著潮來潮往反覆不斷的聲音，」我對她說，「你將再也受不了這大海的語言。這話語因為過於無垠，總讓人神傷。昨天夕陽西下時，我就有這樣的感覺，真教人難以承受。」

她頓了好長一會兒，然後說：「嗯，是啊！讓我們再說下去吧！沒有任何一個演說家比自然界這些東西更厲害。我想我知道了環繞我們的這景色為什麼會如此和諧，」她接著說，「這裡只有截然分明的三種顏色——金黃的沙子、蔚藍的天空、靛青的大海，看來宏偉而不具野性；遼闊，卻不顯荒蕪；單調，卻不令人生厭。它只有三個元素，卻變化萬千。」

「只有女人能精確描寫她們的感受，」我說，「你這高貴的心靈，我是如此瞭解你，你這詩才會讓詩人望塵莫及的！」

「正午熾烈的陽光使這三元素顯出強烈的色彩，」寶琳笑著說，「我在這裡表現了東方式的詩意與激情。」

「而我在這裡表現了絕望。」

「是啊，」她說，「這沙丘是絕佳的隱修院。」

這時我們聽見了那位嚮導急促的腳步聲。他穿上了他最好的衣裳。我們隨口漫應著他，他就以為我們改變了主意，便抱著人遭逢不幸時的那種謹慎態度，緘口不言。雖然我們時不時按按彼此的手，以便向對方傳達心思，但也許是受不了沙子上傳來的一陣陣光燦熱浪，也許是走在沙上很吃力，需要全神貫注，我們走了半個小時的路，沿途連一句話也沒說。我們兩個像孩子似的手牽著手往前走——我們要是挽著對方的手臂，是走不了十二步路的。到巴茲去的路並不是現成開闢好的，只要一陣風就會把之前馬匹留下的蹄蹤，或是推車留下的車轍給淹沒。不過，我們的嚮導會以鳥獸的糞便來認路，這條路有時往下走到海岸邊，有時往上走在斜坡上，或是繞過岩石走。到中午，我們才走了一半的路。

「我們到那邊去休息。」我指著一個岬角說。這個岬角有幾塊高高翹起的岩石，我們猜想那兒應該有個岩洞。

漁夫聽見我的話，隨著我指頭的方向看過去，他搖了搖頭，對我說：

「那裡有一個人。從巴茲到勒夸西克，或是勒夸西克到巴茲去的人都會繞道，避開那裡。」

漁夫刻意壓低了聲音說話，不禁讓人以為其中似乎有祕密。

「那人是個小偷、是個殺人犯囉？」

我們的嚮導沒回答，只是深深吸了一口氣，這更加重了我們的好奇心。

「要是我們從那兒經過，會發生不測嗎？」

「喔，不會的。」

「您願意跟我們去那裡嗎？」

「不，先生。」

「要是您向我們保證去了不會有危險，那我們就去。」

「我不會這麼保證的，」漁夫激動地回答，「我只是說那個人不會跟您們說話，也不會傷害您們。啊，上帝，他一點也不會動，根本連離開那兒都不行。」

「那個人是誰啊？」

「一個男的！」

他以極其悲劇性的口吻說出這簡單幾個字。這時，我們離那沉浸在海中的礁岩只有二十幾步路。我們的嚮導繞過岩石走了，我們則直直往前。不過，寶琳緊緊挽著我的手臂。我們的嚮導加快了腳步，以便和我們同時抵達兩條路會合之處。他大概是以為我們見到那個人後，也會快快遠離。

這情況更點燃了我們的好奇心，忍不住心頭怦怦直跳，就好像忽然害怕起來一樣。雖然酷熱、雖然在沙上走得很疲憊，我們的心還是處在一種讓人迷醉的和諧狀態，感受到難以言詮的疏懶。我們的心充滿了這種純粹的喜悅，如果要做比擬，這情狀就像是聽了莫扎特「Andiamomio ben（義大利文：來吧，我的愛）」甜美的樂曲一樣。我們兩個人這純粹的感情交融在一起，不正像是唱著歌的兩個美妙歌喉嗎？

為了更瞭解我們這時的心裡感受，就得明白我們今天早上是處在一種半銷魂狀態中。當您久久欣賞著棲息在泉水邊、柔軟枝枒上一隻鮮麗奪目的斑鳩時，一隻雀鷹忽然猛力撲向牠，把牠如鋼刃般的利爪扎進斑鳩心臟，並以火藥點燃炮彈的要命速度攫住了牠，您看到這情景必然會發出一聲慘叫。在那岩洞前有塊懸在大海之上一百法尺高的空地，一旁有陡峭的山壁可以抵擋海浪沖擊。我們往這空地走了一步，頓時渾身像是被電到一樣顫抖起來，又像在萬籟俱寂的夜裡被驀然而起的響聲所驚嚇。

我們看見一個人坐在一塊花崗岩上，他也正看著我們。他從兩隻血紅的眼睛裡發出來的目光就像是炮彈的火焰一樣，他動也不動的模樣一如圍繞在他身邊的那亙古不變的山岩。他非常緩慢地轉動著眼睛，但他的身體還是一動不動，好像化石一樣。他先是看了我們一眼，這一眼讓我們心頭震盪了一下，然後他把目光移到遼闊的大海，凝視著它，雖然海上波光四射，他卻沒有閉上眼皮，那模樣就好像老鷹注視著太陽一樣。他再也不從海面上抬起眼睛。我親愛的伯父，您想像一下昨天才修剪的一棵橡樹，露出了多結節的樹瘤，直直挺立在一條荒徑上，這樣您就能想像這個人真正的形貌。

他活脫脫是被打敗的海格力斯，有奧林帕斯山朱庇特的面容，但因年紀、因大海的沖蝕、因抑鬱、因粗劣的食物而形銷骨立，就好像被一道閃電燻黑了。我在看見他毛茸茸而粗硬的雙手時，也注意到了他手上青筋畢露，一如鐵打的。不過，他身上的一切都顯示了他體魄強健。

我在岩洞的一個角落發現那裡布滿青苔，而且在岩洞中央一張天然鑿成的粗糙台座上放著一塊已經掰開的圓麵包，就蓋在一只陶罐上。我雖然曾經想像過基督教早期的隱修士在沙漠中生活的情況，卻無法想像有比這個人更富宗教色彩、更有悔恨之心的。我親愛的伯父，您曾經對神父做過懺悔，但您也許從沒見過這麼美的悔恨表情，只是這個悔恨是藏在聲聲的祈禱中，出於一種無聲的絕望，持續不斷禱告著。這個漁夫、這個水手、這個粗野的布列塔尼人因一種無以名之的感情而顯得崇高。但他雙眼是否流過淚？他那粗糙雕塑的雙手是否打過人？他魯莽的額頭上有種正直的印記、有一種力，這股力仍然有某種溫柔的痕跡，而這溫柔是真正具有力量的人所特有的；這個布滿皺紋的額頭可以和一個具有偉大心靈的人和諧共處嗎？這個人為什麼住在花崗岩中？為什麼花崗岩嵌入了這個人中？人在哪兒？花崗岩又在哪兒？他讓我們心中湧起萬千思緒。正如我們嚮導臆測的一樣，我們安安靜靜地走過，很快就離開了那兒。他看見我們一副恐懼的樣子，或是說一副驚奇的樣子，並沒有因事情被他說中而取笑我們。

「您們看見他了？」他問道。

「那個人是誰？」我問。

「我們都叫他『發願的人』。」

您可以想像當我們聽到這個稱呼時，同時轉頭看向這名漁夫的驚異模樣！漁夫是個樸實的人，他瞭解我們這無聲的探詢。以下就是他用他的話向我們講述的內容，我盡量保持他俚俗的口吻。

「夫人，勒夸西克的人和巴茲的人都認為這個人犯了某種罪，他曾經到南特再過去一點的地方向一位著名的神父懺悔，神父囑咐他要苦行贖罪。有人認為康博麥──這是他的名字──會把他的厄運傳給身旁經過的人。還有些人在繞過他的岩洞前會看看風是從哪個方向吹來！如果吹的是西北風，」漁夫指著西方，說：「如果他們是要去取一個真正的十字架，他們將不再繼續往前走，他們會因為害怕而折回。勒夸西克的有錢人則說康博麥發了一個願，這就是他的綽號『發願的人』的由來。他不管白天、黑夜都在那裡，從不離開岩洞。這種種說法看來都有道理。你們看，」他轉過身，向我們指了指剛才我們沒注意到的一樣東西，「他在左邊立了個木頭十字架，表明他是受到上帝、聖母、諸位聖人的保護。即使他沒受這些保護，但因為他讓大家都畏懼他，這便保障了他的安全，就好像有軍隊護衛一樣。自從他把自己在野外封閉起來，就沒再說過一句話。他弟弟的女兒每天早上會給他送來麵包和水，他就以這些維生。他把自己的財產都留給了這個女孩，她已經十二歲，長得很漂亮，溫柔得像隻羔羊，可愛極了，真惹人疼。在她小天使般的秀髮下，有一雙藍色的大眼睛，」他伸出拇指比劃了一下，說：「有這麼大。有人問她：『佩侯蒂，你說說看——』在我們這兒，這名字就是指小彼得。」他打斷自己的話解釋道，「她是奉獻給聖彼得的，康博麥的名字是彼得，是她的教父。」他又接著說：「『佩侯蒂，你說說看，你叔叔跟你說了什麼？』她回答：『他什麼都沒跟我說，什麼都沒有，沒有。』

「『那麼他對你做了什麼？』

「『他禮拜天吻了我的額頭。』

「『你不害怕嗎？』

「『啊，他是我的教父啊。他不要別人拿東西去給他吃。』佩侯蒂表示，他一看見她來就微笑，不過那微笑就好像是濛濛細雨中的一線陽光，因為大家都說他的臉總是陰沉沉的，就像罩著一層霧。」

「可是，」我對漁夫說，「您激起了我們的好奇心，卻吊了我們胃口。您可知道什麼事把他引到了那裡去？是因傷心事、是悔恨、是怪癖、是犯了罪，還是——」

「唉，先生，幾乎只有我父親和我知道事情的真相！我母親生前曾服侍過一名法官，康博麥把事情全都對法官說了，他是在神父的要求下這麼做的。據港口的人說，只有這麼做，神父才願意為他赦罪。我母親在無意中聽見了他和法官的談話，因為法官的客廳就在廚房旁邊，她聽得一清二楚。她已經去世了，聽到這番話的法官也去世了。母親讓父親和我發誓，不將這件事告訴同鄉，不過我可以告訴您，在我母親跟我們敘述事情經過時，我的頭髮都忍不住發出嘶嘶嘶的響聲。」

「那麼，小伙子，請把事情告訴我們吧，我們不會說給別人聽的。」

那位漁夫看了看我們，繼續說道：

「您們剛剛所見的那位彼得·康博麥是家中的長子，他們父子都是水手；從他們的名字就看得出來大海總是屈服於他們腳下[6]。您們剛剛看見的那個人後來成了靠漁船捕魚的漁夫。他有自己的漁船和配備，出海捕沙丁魚，也捕一些較好的魚，賣給魚販。如果他不是那麼愛他妻子，說不定他會有艘大漁船，到遠洋去捕鱈魚。他妻子長得十分美麗，娘家姓普安，是蓋朗德的人，她是個很棒的女人，心地很善良。她很愛康博麥，除了捕沙丁魚的必要時間之外，她從不讓他離開太久。他們就住在那邊，喏！」漁夫爬上一個小丘，向我們指著位於小海灣中的一個小島。這個海灣就在我們剛剛經過的沙丘和蓋朗德的鹽田之間。

「您們看見那間房子了嗎？那是他家。嬌克特．普安和康博麥只生了一個男孩，他們愛極了他……該怎麼說呢？嗯，就像是愛著獨生子一樣，他們簡直把他當作寶。他們的小賈克，如果您們准許我這麼說的話，可以說是生活在糖罐裡，裡面裝的全是甜膩膩的糖。我們不知見過多少次他們帶著小賈克到市集去，給他買各種美麗的玩意！這真是不理智，每個人都對他們這麼說。被寵壞了的小賈克後來變得像紅毛驢子一樣壞。當有人來跟康博麥說：『你兒子差點殺死了某家的孩子！』康博麥只是笑笑說：『嗯，他以後會是個一流的水手！他會指揮國王的艦隊。』另一個人跑來跟他說：『彼得．康博麥，你可知道你兒子傷了布戈家女兒的一隻眼睛！』『他以後會喜歡女孩的！』彼得說。他覺得自己兒子不管做什麼都是好的。而這個小壞蛋才十歲就打遍了所有的人，以割雞脖子為樂，還把豬開腸破肚，總之他就像是一隻石貂在血泊裡打滾。『他以後會是個勇敢的軍人！』康博麥說，『他喜歡血』。」

---

6 康博麥（Cambremer）這個姓氏在法文中可拆成 cambrer（把東西彎成弓形）和 mer（大海）兩個字，有「降服大海」之意。

漁夫說：「你們看，這些事我都記得一清二楚。」他停了一會兒，又繼續說：「康博麥他也都記得。到十五、六歲時，賈克．康博麥就成了……怎麼說呢？成了一隻鯊魚。他到蓋朗德去玩樂，或者是到薩韋奈和女人調情。他手頭總要有點錢，於是他開始偷他母親的錢，而她不敢把事情對丈夫說。康博麥很誠實，是那種人家在算帳時多找他二蘇，他也會走上二十法里去還這筆小錢的人。有一天，母親身上的錢終於全被偷光了。賈克趁他父親出海捕魚時，回家帶走了櫥櫃、大木箱、床單、衣物，只留下房子的四堵牆。他把一切都變賣了，好到南特去大吃大喝。可憐的母親哭了幾天幾夜。等父親回來必須跟他說實話，她怕丈夫，並不是為她自己害怕，而是為兒子。算了！彼得．康博麥回到家，發現家裡堆滿借來的家具，不禁問道：

「『這是怎麼回事？』

「可憐的女人簡直難過得死去活來，她回答：

「『我們遭竊了！』

「『賈克到哪兒去了？』

「『賈克玩耍去了！』

「沒有人知道那小子混到哪兒去了。

「『他玩得太過分了！』彼得說。

「六個月後，可憐的父親知道了他兒子就要被南特警察逮捕。他一路用走的趕到南特去，走得比乘船還快。他一把抓住兒子，把他帶回家。他並不問他：『你做了什麼好事？』他只是對兒子說：

「『如果你這兩年不老老實實地和你母親與我待在這兒，出海去捕魚、做個規規矩矩的人，我就給你點顏色看看。』

「賈克聽到這話，氣急敗壞，但他仗著寵他的父母不敢對自己怎樣，便給父親扮了個鬼臉。彼得見狀，給了賈克一個大巴掌，打得他六個月下不了床。可憐的母親難過得不得了。有一天晚上，她安然地睡在丈夫身邊，忽然聽見一個聲音，便起了身，冷不防地在臂膀上挨了一刀。她大聲叫喊。點亮燈以後，康博麥發現妻子受了傷。他以為是家裡遭小偷，而在我們這地方是沒有小偷的，您能安然無恙地帶著一萬法郎金幣從勒夸西克到聖納澤爾去，路上不會有人問您腋下夾著什麼。彼得找著賈克，但怎麼也找不到他兒子。那天早上，那個惡魔沒有臉回來。後來回家，他只推說自己上巴茲去了。

「我必須說他母親真不知道該把錢藏到哪裡好，康博麥則把錢都存在勒夸西克的杜波岱先生那裡。他們揮霍的兒子已經讓他們損失了一百埃居、幾百法郎、幾個金路易，他們幾乎可以說是破產了，這對只擁有一萬兩千古銀——包括他們的小島所值——的人來說，是很難承受的。誰也不知道康博麥為了找回兒子在南特花了多少錢。厄運臨頭，毀了他們家。康博麥的弟弟家裡也遭了殃，需要接濟。彼得為了安慰他弟弟，對他說賈克和佩侯蒂——他弟弟的女兒——要結為夫婦。而且為了讓弟弟能餬口，他雇他來捕魚，因為約瑟夫·康博麥得靠自己工作維生。他妻子發熱病死了，他得負擔佩侯蒂奶媽的薪水。

「彼得·康博麥的妻子為支付佩侯蒂的尿布、衣物，總共欠了好幾個人一百法郎，同時還欠了菲赫呂奶媽兩、三個月的薪水；菲赫呂奶媽為她丈夫西蒙·高德利生了個孩子，同時給佩侯蒂餵奶。康博麥太太曾經把一枚西班牙金幣縫在自己的毛毯裡，上面寫著『給佩侯蒂』幾個字。康博麥太太受過教育，寫起字來像書記官，她也教過兒子讀書識字，但正是這件事毀了他。沒有人知道賈克這壞小子怎麼會嗅到毛毯裡有金幣，他取了錢，到勒夸西克大吃大喝。老好人康博麥有件急事，駕著船回到了他家。他在靠岸時，發現地上有一張紙頭，便撿起來帶回家給妻子看。他妻子認出自己的筆跡，就不支倒地了。康博麥什麼也沒說，親自跑了一趟勒夸西克，在那裡聽說他兒子正在打撞球。這時候，他請人找來咖啡館的老闆娘，對她說：

「『待會兒賈克會付一枚金幣給您，我曾經跟賈克說不要用那枚金幣；我等在門口，請您把金幣還給我，我會用一般的錢付帳。』

「老闆娘把金幣還給了他。康博麥取回金幣，說了聲『好！』就回家了。整個鎮上都知道這件事。不過下面這件事只有我知道，而其他人只是大致猜測。

「他要妻子把他們樓下的那間房間打掃乾淨，他在壁爐裡起了火，點了兩根大蠟燭，把兩張椅子放在壁爐的一頭，另一頭則放著一把矮凳。他要妻子拿出他結婚時穿的禮服，也要她穿上她的結婚禮服。他穿上禮服，然後去找他弟弟，要他在他家門前守著，要是聽見這裡的沙灘和蓋朗德沼澤那裡的沙灘有聲響，就知會他。他估計妻子已經穿好了禮服，便回家去，把槍上膛，將它藏在壁爐的一個角落。這時候賈克回來了。他回家時天色已晚，他喝了酒，還玩樂到晚上十點鐘。他從卡爾努夫岬角那邊回來。他叔叔聽見了他的叫喚，便到沼澤沙灘上接他回來，一句話也沒說。他一回家，他父親就對他說：

「『你去坐那兒，』他向他指了指矮凳，『你辱沒了你父母，』他說，『我們要審判你。』

「賈克拉直嗓門大喊大叫，因為他看見康博麥的臉奇怪地扭曲著。母親只是像船槳似的直挺挺坐在一旁。

「『如果你叫喊、如果你動一動、如果你不像船桅那樣靜靜地坐在矮凳上，』彼得一邊拿槍瞄準他，一邊說：『我就殺了你，讓你死得像條狗。』

「他兒子像條魚似的噤了聲。做母親的什麼話也沒說。

「『你看，』彼得對他兒子說，『這裡有張包著一枚西班牙金幣的紙。那枚金幣原本是放在你媽媽的床上，只有你媽媽自己知道她把金幣藏在那裡。我在海邊發現了這張紙，而你今天晚上才把這枚西班牙金幣付給了弗勒杭太太。你媽媽也發現床上的金幣不見了。你解釋一下這是怎麼回事。』

「賈克說他沒拿母親的金幣，這枚金幣是他在南特沒花掉、剩下的。

「『那好，』彼得說，『你怎麼向我們證明這一點？』

「『那是我自己的錢。』

「『你沒拿你媽媽的？』

「『沒有。』

「『你可以拿你的永生做擔保嗎？』

「他正要發誓時，她母親抬起眼睛看他，對他說：

「『賈克，我的孩子，小心啊，如果這不是真的，你可別起誓。你可以改過、可以懺悔，這一切都還來得及。』

「說完，她哭了起來。

「『你東一句、西一句的，』他對母親說，『怎麼老是希望我完蛋呢！』

「康博麥臉色發白，說：

「『你剛剛對你媽媽說的話讓你罪孽更加深重。言歸正傳。你敢不敢發誓？』

「『敢！』

「『哼，』他說，『賣沙丁魚的商人在付給我們的那枚金幣上刻了一個十字架，你說你這枚金幣上有沒有十字架？』

「賈克這時驚醒了，哭了起來。

「『多說無益，』彼得說，『我且不提你在這之前幹過的種種好事。我不想要康博麥家的人死在勒夸西克的廣場上。你禱告吧，快點！馬上會有個神父來聽你懺悔。』

「母親走了出去，她不想聽見槍決兒子的槍聲。她一來到外面，就看見康博麥叔叔帶著皮里亞克的神父來了。賈克什麼話也不對神父說。他很狡猾，非常瞭解他父親，知道他如果不懺悔，他是不會殺了他的。

「『謝謝您，先生，原諒我們，』康博麥見賈克頑固抗拒著，便對神父說：『我想教訓教訓我兒子，請您別對外人說起這件事。』他又對賈克說：『如果你不改過，下一回我可就要收拾你了，即使沒懺悔也一樣。』

「他要兒子去睡覺。兒子信以為真，以為他和父親之間沒事了。他睡了覺，父親卻沒闔眼。當他看見兒子睡沉了，便拿大麻葉堵住他的嘴，又用帆布緊緊搗住，然後綁起他雙手雙腳。他發起狂來，兩眼充血，康博麥是這麼對法官說的。

「『你想幹嘛！』做母親的撲倒在父親腳前。

「『他已經被判決了，』他說，『幫我把他抬到船上去。』

「她拒絕。康博麥獨自動手抬他上船，把他綁在艙底，還在他脖子上繫了一塊石頭，然後把船開出海灣，來到大海上，來到他現在所在的那個岩石附近。這時候，可憐的母親讓她小叔把她渡到了那裡，沒命地喊著：『饒了他吧！』卻絲毫無法打動父親，她的喊聲只像是對著野狼丟小石子。就著天上的月光，她看見父親把她心肝寶貝的兒子丟進大海裡，當時風平浪靜，她只聽見『噗通！』一聲，然後就什麼也沒有了，沒有痕跡、沒有漩渦；大海是最佳的守墓人。罷了！

「他上岸來，想叫他妻子別露了口風，但他只見她呻吟著，人幾乎像死了一樣。兄弟兩人無論如何也抬不動她，只得把她搬到剛剛用來載兒子的那小船上，在勒夸西克那兒繞了一個彎，把她帶回家。啊，那美麗的普安——人家都是這麼稱呼她——撐不到八天就嚥氣了。她死前要丈夫燒了那艘小船。喔，他照做了。他呀，則變得槁木死灰，再也不知道該幹嘛了。

他歪歪倒倒地到處走來走去，就好像一個不會喝酒的人喝醉了一樣。他後來在外面逛了十天，然後來到你們看見他的那個地方，再也不離開，也不再說一句話。」

漁夫只花了一點點時間跟我們說這個故事，他所說的實際上比我現在寫的來得簡單。一般百姓講故事很少有個人的思考，他們單純地敘述讓他們印象深刻的事，把心裡所想的直接說出來。這個故事是多麼讓人揪心啊，就好像被斧頭一刀砍到一樣。

「我不想到巴茲去了。」寶琳走到湖岸上方時說。

我們經過鹽田回到勒夸西克，領著我們走過這像迷宮路徑的漁夫也和我們一樣靜悄悄地不說一句話。我們的情緒變得低迷，兩個人都陷入了沉思，因這件慘劇而難過。這個慘劇說明了我們見到康博麥時那份驀然的預感是對的。我們彼此對世事都有足夠的閱歷，對這嚮導沒說的部分，我們也猜想得到。這一家三口的悲劇在我們的眼前重映，就好像我們在一幅幅圖畫裡看見了一樣，這位父親犯下勢不可免的罪行，他為了贖罪而自苦，使這件事落了幕。我們不敢再看向讓整個地區害怕的男人所在的那塊岩石。幾朵雲讓天空變得迷濛起來，天際也泛起了霧，我們走在一個我從來沒有領略過的黑黝黝的地方。我們腳下踩著一個似乎受著痛苦、病厭厭的大自然。那一塊塊的鹽田，我們大可以稱它為「大地的膿包」。在那裡，土地被分割為一塊一塊大小不等的四方形，四周都圍著灰黑色的大土坡，其中滿是鹹水，上面一層就露出了鹽。在這個由人開闢出來的溝壑裡又有幾道田埂，將之分成若干小塊，鹽田裡的工人手持長長的耙，在這些田埂上走來走去，他們用耙除去鹽水上的渣滓，聚成小鹽堆時，就把鹽聚攏起來，堆積在一個個間距相當的圓形平台上。

我們沿著這些令人氣餒的方格子走了兩個小時，這兒遍地是鹽，植物都長不出來。我們在其間見到幾名鹽場工人。這些人，或者說這幫布列塔尼人穿著一種特別的服裝，一種白色的長衫，和釀造啤酒的工人所穿的有點類似。鹽工和鹽工家庭出身的女人彼此婚配。這些女人裡還不見沒嫁給鹽工的。

這泥塘裡面的汙泥都是均勻耙平的，而且布列塔尼的植物很怕這裡的灰土，泥塘裡這種可畏的景象跟我們悲戚的心是多麼協調啊！由於海水入侵這低地而形成了海灣，這裡的海水想必被引進了鹽田裡。我們到達這裡以後，滿心歡喜地看見沙灘上覆著稀疏的植物。坐渡船時，我們看見海灣中住著康博麥一家的那座島。我們轉過頭去，不忍心看。

到了下榻的旅館，我們注意到在底下的大廳裡擺著一台撞球桌，當我們聽說這是勒夸西克唯一的一台撞球桌時，我們便整理行裝，趁夜離開這地方。第二天，我們來到了蓋朗德。寶琳心裡仍然很難過，而我已經感覺到熊熊火焰正燃燒著我的腦袋。我彷彿見到了那一家三口人，這影像殘酷地折磨著我。寶琳這時對我說：

「路易，把這寫下來吧，這會讓你因這事件而發熱的頭平撫下來。」

親愛的伯父，我因此為您寫了這篇奇遇。原本在海裡游泳後、在這裡待了以後，我應該感到平靜的，但我從此失去了平靜。

巴黎，一八三四年十一月二十日

無神論者的彌撒

La messe de l'athée

獻給奧古斯特·博爾哲

他的朋友敬上
德·巴爾札克

畢安雄醫生在生理學理論上卓然有成，而且還很年輕的他就已經是巴黎醫學院的名人——巴黎醫學院是全歐洲醫生景仰的醫學重鎮。他在投入醫學研究之前，曾經長期從事外科手術，早年受業於法國最偉大的外科醫生，也就是鼎鼎大名的德普蘭，此人像一顆流星從醫學界的長空劃過。連與德普蘭為敵的人也承認，他把他一身絕技都帶進了墳墓裡。就和所有的天才一樣，並沒有人繼承他衣缽，一切都隨他而去。外科醫生的榮耀就像演員的榮耀一樣，只有生前才存在，一旦故去，人們就再也感受不到他們的才華。演員、外科醫生，甚至包括歌者、演奏能手，這些靠著他們的技藝而使音樂倍加迷人的人，他們都只是一時的英雄。

這些璀璨而短暫的天才都不脫此一命運，德普蘭即是一例。在昨日，他的名聲是如此響亮，於今日卻幾乎被遺忘，僅僅在同行之間還傳頌著他的名字。不過，如果有一些難得的特殊情況讓一位學者的名聲從科學界流傳到人類的史冊呢？德普蘭是否擁有讓人成為其所處世紀的代言人或象徵的廣博學識呢？德普蘭有一雙非凡的眼睛——他憑著後天或先天的直覺，能一眼看透病人和他所患的疾病，這使他能對各個病人做出無誤的診斷，決定進行手術的時機，精確到幾點、幾分，並兼顧氣候的變化，以及病人的脾性。為了與大自然協調一致，他是否曾研究人類和為人類提供空氣與土壤等基本養分的自然物質之間不斷結合的作用，從而發現了人們吸收、轉化這些基本養分後的特定表現？居維埃[1]的天才受益於演繹與類推，他是否也是如此呢？

無論如何，這個人通曉人體的祕密，他靠著掌握人體現在的狀況，也洞悉了它的過去和未來。然而他是否集科學之大成於一身，一如希波克拉底、蓋倫、亞里斯多德？他是否引領整個學派邁向新的世界？沒有。這位恆常觀察著人體化學變化的人，彷彿掌握了古代的魔術，也就是說懂得將各種知識法則融為一體：生命的成因、在生命之前的生命、在產生前做著準備的未來生命；可惜的是，這一切都只屬於他私人所有，他因為自私而與人隔絕，這自私之心也損及了他今日的名聲。他的墓前沒有豎立起雕像，以向後世述說他的創見，天才將一生耗在研究上，但這毀了他的人生。

不過，說不定德普蘭的才華是出於他對科學的信仰，所以他的才華是會消亡的。對他來

1 居維埃（Georges Cuvier, 1769-1832）：法國博物學家。

說，地球大氣是個有生機的袋囊。他把地球看作是一顆包覆在殼裡的蛋，因為不知道到底是先有蛋、還是先有雞，所以他既不承認蛋、也不承認雞。他既不相信人是由動物演化而來，也不相信在人死後精神長存。德普蘭並非疑惑不安，他自有定見。他就像許多知識分子一樣抱持著純粹而坦然的無神論思想，這些知識分子是世上最優秀的人，卻是立場堅定無比的無神論者，其堅定程度就像有信仰的人不承認世間會有無神論一樣。這樣的持見只會發生在一個從年輕時代就開始解剖人體的人身上。不管是生前、生時、生命結束之後，他在人體所有器官裡尋遍了，也沒找到那在宗教理論中必不可少的、獨特的靈魂。他認為人體裡有一個大腦中樞、一個神經中樞，和一個氣血中樞，前兩者互相配合，截長補短，所以到他生命終期，他有個信念——要聽見聲音，聽覺器官並非絕對必要；要看見東西，視覺器官也並非絕對必要，腹腔神經叢可以取代它們，這件事確然無疑。德普蘭既然在人體裡找到了大腦中樞和神經中樞這兩個靈魂，便以這件事來證實他的無神論，雖然他對上帝並沒有任何成見。據說，這個人死的時候沒做臨終懺悔。不幸，許多天才人物都是這麼死去，而上帝原是可以寬恕他們的。

以那些嫉妒他名聲的敵人的話來說，這個人的一生有許多「褊狹」之處。不過，更適切的說法應該是，這個人在表面上有許多不合邏輯之處。那些嫉才的人或那些幼稚的人因為不瞭解傑出人物賴以行事的果決態度，總是就表面的矛盾大加發揮，指控他，並做出判決。就算是他遭受指控的事在後來獲得了成功，以此顯示過去的準備得宜，但那事先的毀謗總是會留下影響。也就是這樣，在今日，拿破崙打算將老鷹的翅膀伸展到英國時，就受到了他同時代人的譴責——必須等到一八二二年，才能解釋一八〇四年的事件，以及布洛涅的平底船[2]。

在德普蘭身上，他的名聲和學識是讓人無可非議的，他的敵人只好從他古怪的性格、脾氣著手。而他也的確如英國人所說的那樣，行為有點怪誕。他有時把自己打扮得華華麗麗，就像悲劇詩人克雷畢庸一樣，有時則完全不在乎自己的衣著；有時他會乘坐馬車，有時則步行。他時而粗暴，時而和善，表面上貪婪、吝嗇，卻會把他的財富送給流放在外的他的幾位老師，他們也一度很給他面子地收了下來；沒有一個人像他一樣招來那麼多矛盾的評價。雖然他為了獲得醫生本不該覬覦的黑綬帶，會刻意在宮廷中讓口袋裡的祈禱書掉出來，但是請相信他私心裡是瞧不起這一切的。他深深鄙視人類，因為他曾將他們從頭打量到腳、曾撞見

2　一八〇四年時，拿破崙本來計畫襲擊英國，爲此他在布洛涅集結了許多不易被察覺的平底船。但後來拿破崙在特拉法加爾打了敗戰，便取消了此一計畫。一八二二年時，英國反對法國干預西班牙的政事，當時法國外交大臣指英國此舉爲「英國的嫉妒」、「倫敦內閣的惡意」。

他們真正的表情，在人生最莊嚴和最平庸的行為中看到他們的真面目。

在一個偉大人物身上，各項優點往往是互相配合、彼此輔助的。在這些偉人當中，就算他的機智遠不如其才華，但他這機智其實還是遠勝於那些我們所謂的「有機智的人」。所有的天才都有一種精神上的透視力，可以應用在某一專業上；見到花的人，也應該連帶見到太陽。那個救了一位外交官的人，在聽到外交官問：「皇帝還好嗎？」時，他如果懂得回答：「既然會問候皇帝了，身體自當康復。」那麼這個人就不只是外科醫生或是醫生，他還是個絕頂睿智的人。因此，那些持續耐心探察人類心性的觀察家，認為德普蘭極度的自負是有道理的，他們相信，就像德普蘭自己相信的一樣，他完全可以成為偉大的部長，一如他是偉大的外科醫生。

在他同代人的眼中，德普蘭的生活是一團謎，在這團謎裡，我們選擇了最有意思的一件，因為謎底就在故事最後的結論裡，而且這能為他洗雪某些荒謬的指控。

在醫院裡，德普蘭帶過的所有學生中最喜歡的就是賀拉斯．畢安雄。賀拉斯．畢安雄在成為主宮醫院的住院實習醫生之前，是個醫學院的學生，住在拉丁區一所便宜的膳宿公寓，也就是沃蓋公寓。這個可憐的年輕人因窮困而飽受折磨。窮困就像是個煉爐，所有才華之士都需純粹而不變質地經過此一淬鍊，就像鑽石在千錘百鍊之後仍然堅硬如初。他們以自己如一團烈火的奔放熱情，打造了剛強正直的性格；他們藉著永不懈怠的工作，壓抑自己無法如願的欲望，以致養成了天才人物必然有的奮鬥不息的習慣。

賀拉斯是個正直的年輕人，對於榮譽的問題他總是持著不容置辯的態度，我們就以實際的例子來說，他會為朋友把自己的大衣拿去典當、為他們犧牲自己的時間，甚至徹夜不眠。總之，賀拉斯是那種從不在意自己所付出的是否多於自己所得的朋友，因為他深信他所得的會遠多於他所付出的。他的朋友大多因為他毫不誇示的美德而發自內心地敬重他，他們當中有幾個甚至畏懼他的責難。不過賀拉斯的這些德行絲毫不帶學究氣。他既不是清教徒，也不是愛訓誡人的人，他會真心誠意地勸告他人，有機會時他也會開開心心地飽吃一頓。他是個好同伴，像騎兵一樣不會假惺惺，他既誠懇又坦率，但他並不像水手，因為今日的水手都是狡猾的外交家，而是像一個人生過得坦蕩蕩的勇敢年輕人，走路抬頭挺胸，精神愉快。最後，以一句話做總結，賀拉斯是不只有俄瑞斯忒斯一個朋友的皮拉得斯，而債主們則是古代復仇女神在今日的化身[3]。

3 在希臘神話裡，俄瑞斯忒斯爲了替父親報仇，殺死了親生母親，隨後被復仇女神追逐，他的好朋友皮拉得斯庇護他。這裡引用這則故事的用意是說，畢安雄幫助了許多朋友不受債主討債。

雖然處在窮困中，他卻甘之如飴，說不定這即是他勇氣的表現。就和那些沒錢的人一樣，他很少欠債。像駱駝一樣樸實、像鹿一樣機敏的他，不管是思想或行為，態度都十分堅定。

賀拉斯．畢安雄的優點也好、缺點也好，在他朋友看來都顯得十分可貴；當大名鼎鼎的外科醫生德普蘭瞭解到他這些優缺點時，畢安雄的好日子就開始了。當一位主治醫生特別關愛某個年輕人時，這個年輕人就可以說是一腳踩在馬鐙子上了。德普蘭出診時，三番兩次帶著畢安雄到富貴人家去當他的助手，而且幾乎每一次都會有額外的報酬落入這實習醫生的錢包裡；再者，巴黎生活的祕密也漸漸展現在這個外省青年的眼中。德普蘭看門診時，他就把畢安雄留在診療室裡工作，有時候則會派他陪有錢的病人到溫泉區去做治療；總之，他為他預備了未來的客群。結果就是，在一段時間之後，外科界的暴君有了一位忠心耿耿的僕人。這兩個人，一個是名位與學識正處於鼎盛、有錢有勢，還享有無邊的榮耀，另一個則是地位低微的小人物，既沒錢也沒名聲，但他們兩人卻成了莫逆。

偉大的德普蘭什麼話都對他的實習醫生說。實習醫生知道某名女士是不是曾經坐過他老師身邊的椅子，或是診療室裡那張眾所周知的長椅（德普蘭常會在這張長椅上睡覺）；畢安雄十分瞭解這個兼具獅子與公牛氣質的德普蘭身上的祕密。這氣質最後終讓這個偉人的上半身過度擴張，引發心臟擴大而死亡。他研究了忙碌一生的德普蘭種種的怪事、研究了他可鄙的慳吝企畫，深知在這位學者身上隱藏了當政治家的希望；這個只是表面上冷酷無情的人心中，暗藏了唯一的感情，畢安雄可以預見其結果是失望。

有一天，畢安雄告訴德普蘭在聖賈克區有一位可憐的挑水夫，他因為疲累和貧困引發了重病。這位可憐的奧弗涅人在一八二一年的寒冬只吃馬鈴薯。德普蘭拋下其他的病患，冒著累死馬匹的危險，一路飛馳到那可憐人家裡。畢安雄跟在他後面。德普蘭親自把他送到一所療養院去，這所療養院由著名的杜布瓦在聖德尼城區所開設。德普蘭親自治療這位挑水夫，等他健康恢復時，還送給他一筆錢，讓他買一匹馬和一個水桶。這位奧弗涅人有個與眾不同之處——他一有朋友生病，就會立刻把人帶到德普蘭那兒，對他的恩人說：「我不放心把他們送到別人那裡。」

性格粗暴的德普蘭握了握挑水夫的手，對他說：「把有病的都帶到我這兒來吧。」

他送康塔爾[4]的一位孩子進主宮醫院，德普蘭盡心盡意為他治療。畢安雄早就多次注意到他的老師特別偏愛奧弗涅人，尤其是挑水夫；但因為德普蘭對自己在主宮醫院的看診非常自豪，所以畢安雄也就不覺得有什麼奇怪。

4 康塔爾（Cantal）：位於奧弗涅大區境內的一省。

一天早上九點鐘左右，畢安雄經過聖敘爾比斯廣場時，看見他的老師進了教堂。出門從來不離馬車的德普蘭這時竟是走著來的，而且他是從小獅街的那個門悄悄溜進去，就好像是溜進什麼可疑的處所一樣。實習醫生很清楚德普蘭是個無神論者，而他自己也是個魔鬼般的卡巴尼斯[5]主義者（對拉伯雷來說這是最高等級的魔鬼），因此這時他忍不住好奇心，也潛進聖敘爾比斯教堂。他非常吃驚地看見偉大的德普蘭非常謙卑地跪在，哪裡呢？……在聖母的祭台前，聽著彌撒，做奉獻，神態嚴肅得像是在進行手術。而德普蘭卻是個對天使毫無憐憫之心的人，因為他不曾為他們動手術，也因為他們不會生瘻管，也不會得胃炎，總之是個無畏地嘲笑上帝的人。

「他來這裡想必是要弄清楚聖母馬利亞懷孕生子的事，」驚訝得不可自已的畢安雄心裡想，「要是在基督聖體聖血節的遊行中看見他執紼，我也只能笑笑了事；但是在這個時候，他只單獨一人，沒人看見，那就啟人疑竇了！」

畢安雄不想讓人以為他是在窺探主宮醫院的首席外科醫生，於是就離開了。碰巧的是，德普蘭當天還邀請他到外面的餐廳共進晚餐。

飯後閒聊時，畢安雄刻意把話題引到彌撒上，他表示彌撒不過是滑稽可笑的儀式。

「是場鬧劇，」德普蘭說，「基督教因它所流的血多過於拿破崙在戰場上的傷亡和布魯塞[6]所有水蛭所吸的血！彌撒是羅馬教皇制訂的，最早只可追溯到第六世紀，它是建立在 **Hoc est corpus**（拉丁文：這是我的身體）之上。為了建立基督聖體聖血節，可以說是血流成河。羅馬教廷想藉著這個節日，表明自己對聖體存在說[7]的問題上所持的教義是對的，而這個引發分歧的問題曾使教會動亂了三個世紀！土魯茲伯爵與阿爾比十字軍的戰爭是這場動亂的尾聲。瓦勒杜派和阿爾比派都拒絕承認教皇的這個創制。」

最後德普蘭興高采烈地陳述他無神論的立場，開了一大堆伏爾泰式的玩笑，或者更正確的說，是粗糙的仿效《語錄[8]》中的言論。

「咦？」畢安雄心裡想，「他今天早上的那股虔誠勁兒到哪兒去了？」

5 卡巴尼斯（Pierre Jean Georges Cabanis, 1757-1808）：法國十八世紀的醫生、哲學家，深受啓蒙主義的影響，持唯物主義之論。

6 布魯塞（François-Joseph-Victor Broussais, 1772-1838）：法國醫生，曾以水蛭爲病人實行放血，這種療法一時風行於法國。

7 聖體存在說：指的是在基督教的教義裡，聖餐中的麵包即是耶穌基督的身體、葡萄酒即是耶穌基督的鮮血。

8《語錄》（Le citateur）：法國作家皮果爾・勒布倫（Pigault-Lebrun, 1753-1835）於一八〇三年出版的小冊子，裡頭擷取了許多反基督教的引句，其中有許多是伏爾泰和勒布倫自己對基督教所開的玩笑話。

但他什麼也沒說，他不禁懷疑自己今天早上是否真的看到了他老師。德普蘭並沒有必要瞞騙畢安雄，他們兩個相知甚深，他們曾經對許多重大的思想問題交換過意見，一起討論過物質的性質，並以懷疑論的解剖刀對種種學說進行解剖、探測。

三個月過去了。雖然畢安雄還深深記得老師做彌撒的事，但他並沒有對這件事窮究到底。在同一年，有一天，主宮醫院的另一名醫生在畢安雄面前拉住了德普蘭，詰問他：

「我親愛的老師，您去聖敘爾比斯教堂幹嘛了？」

「有個教士的膝蓋骨頭有毛病，德．安古蘭公爵夫人推薦我去為他治療。」德普蘭說。

那位醫生無言以對，但畢安雄可不這麼想。

「啊！他是去教堂治膝蓋的病？他是去做彌撒的。」實習醫生心裡想。

畢安雄打算密切觀察德普蘭。他還記得自己是在哪一天、哪一個時間不意間撞見德普蘭進聖敘爾比斯教堂，他決定在明年的同一天、同一時間到那裡去等等看，看自己會不會再撞見一次。如果又看到他，那麼他這種週期性的虔誠表現就值得好好調查一番，因為在這樣的人身上，他的思想與行為不應該是互相矛盾的。

第二年，到了那一日、那一刻，已經不再是德普蘭下實習醫生的畢安雄看見了外科醫生的馬車停在杜赫農街和小獅街轉角，他這位朋友沿著聖敘爾比斯教堂的牆走進教堂裡，又在聖母的祭台前做彌撒。那就是德普蘭，一點也錯不了！就是那外科醫生，背地裡是個無神論者，時而是虔誠的信徒。這事真是教人猜不透。這位著名學者堅持不懈地做彌撒讓這一切更難以理解。德普蘭離開以後，畢安雄走到剛忙完聖事的教堂司事身邊，問他剛剛那位先生是否常來。

「我在這裡二十年了，」教堂司事說，「二十年來德普蘭先生每年會來做四次彌撒。這台彌撒是他奉獻的。」

「他奉獻的彌撒！」畢安雄走遠了之後說，「這可比得上聖母童女懷孕一般神祕了，單憑這件事就可使一位醫生不信教了。」

雖然他和德普蘭是好朋友，卻有好長一段時間找不到機會向德普蘭提起這件怪事。要是他們在看診時或是在社交場合中見到面，他們很難找到單獨相處的時間，把腳擱在壁爐的柴架上、頭靠在扶手椅的靠背上，彼此說說知心話。總之，七年過去了，在一八三〇年的革命後、在人民湧向總主教府時、在共和思潮促使人民摧毀聳立在無邊的房屋汪洋之上如同閃電般直指天際的金色十字架時、在不信神的人和叛亂分子並肩在街上示威時，畢安雄又撞見了德普蘭走進聖敘爾比斯教堂。畢安雄隨著他進去，在他身邊落坐。德普蘭對他並沒有任何表示，也沒有露出訝異的神色。兩個人聽著這台奉獻彌撒。

「親愛的老師，」當他們走出教堂以後，畢安雄對德普蘭說，「您能跟我解釋解釋您為什麼這麼虔誠？我已經三次見到您做彌撒了！請您對我說明這其中的奧祕，說明一下您的持見與行為之間這個明顯的矛盾。您不相信上帝，但您做彌撒！我親愛的老師，您一定要回答我的問題。」

「我和許多信徒沒兩樣，他們表面上深深信仰上帝，實際上卻像您和我一樣是無神論者。」

說到這兒，他又滔滔不絕地論及幾位政治人物，其中最有名的一位就像是莫里哀的偽君子塔爾第夫，可說是他在本世紀的翻版。

「我不問您這些，」畢安雄說，「我只想知道您在這裡做什麼，為什麼您會奉獻這台彌撒？」

「說真的，我親愛的朋友，」德普蘭說，「我都是一腳伸進墳墓裡的人了，我現在倒是可以跟您說說我早年的生活。」

這個時候，畢安雄和他偉大的老師來到了四風街，這條街是巴黎最破敗的街道之一。德普蘭指著一間方尖碑似房子的七樓，那房子狹窄的大門通到一條甬道，在甬道盡頭是一座迂迴曲折的樓梯，樓梯的照明引自牆上的氣窗。這房子呈暗綠色，一樓住著一位家具商，而上面每一層樓似乎都住著窮苦人家，只是窮苦的程度不同。德普蘭用力地舉起一隻手，對畢安雄說：

「我在那上面住了兩年！」

「我知道，亞爾泰茲也在這兒住過。我還很年輕時幾乎每天都來這裡，我們把這裡叫做培育大人物的搖籃！後來呢？」

「我剛剛做的彌撒是和我住在這閣樓時發生的事有關。您跟我說亞爾泰茲也住過這兒，就是那一間窗口上有一盆花、上面還用一根曬衣繩晾著衣物的那間。我親愛的畢安雄，一開始我過得非常艱困，我吃過的苦頭任何巴黎人都比不上。我忍受了一切——飢、渴，沒有錢，沒有衣服、鞋子和內衣，真是要什麼沒什麼，窮苦已極。我住在這個培育大人物的搖籃裡時，十指常凍得麻木。我真想再和您去看看那閣樓。有一年冬天，我在讀書時竟看見自己的頭在冒煙，而且清晰可見身上散出熱氣，就像馬匹在嚴寒中的情形一樣。我真不知道從哪裡找到支撐的力量來過這種日子。

「我單身一人，沒有人救助，沒錢買書，也沒錢付醫學院的學費，而且沒有朋友，因為我性格暴躁易怒、疑心重重，又焦慮不安。沒有人知道我的暴躁脾氣是因身為一個社會底層的人，為了爬上來而苦惱不堪、勤奮工作所造成的。我可以告訴您，在您面前我不必掩飾自己。我也是善良而敏感的，具有那種堅韌地在貧困沼澤裡長期跋涉之後、從底層爬到頂峰的人那種特有的稟性。我家裡除了給我一筆不夠用的膳宿費之外，什麼也支應不了。我的故鄉也一樣。

「總之在這時期我早餐吃的是小獅街麵包店便宜賣我的小麵包，因為是前一夜或是兩天前剩下來的，我把麵包撕成小塊泡在牛奶裡。早餐只花掉我兩蘇。我每兩天吃一次晚餐，在一處膳宿公寓裡吃，每一餐得花十六蘇。就這樣，我每天只花九蘇。您想也知道在這種情況下我有多麼愛惜我的衣服和鞋子！我不知道後來我們被同行的出賣時，是不是會比見到自己的鞋子開裂露出可笑的怪相、或是聽到自己大衣的袖孔綳開還要難過。我當時只能喝白開水，對咖啡館懷著敬意。佐比咖啡館在我看來就像是人間樂土，只有拉丁國家的盧庫魯斯[9]才有權出入。有時我對自己說：『我是否也能進去喝杯牛奶咖啡？進去玩一局多米諾骨牌？』

「總之，窮困讓我感到憤怒，我把這股怒氣化為學習的動力。我努力累積知識，使自己具有價值，以期有一天脫離窮困、功成名就之時，能配得上那地位。我消耗的燈油比吃掉的麵包還多。在那些勤奮向學的夜晚，我花在照明上的費用比伙食費更多。這場奮鬥持續了很長一段時間，其間非常艱苦，得不到任何安慰。我身邊的人都不同情我。要交朋友，不是就得和年輕人往來，有幾個錢和他們一起去喝點小酒、他們上哪兒就跟著上哪兒去嗎？但我一點餘錢也沒有！在巴黎，沒有人認為一無所有就是真的什麼都沒有。要是被人發現我過得窮困，我喉嚨裡就會感到一陣神經性的痙攣，就像病人以為自己食道裡有一團東西升到了喉頭一樣。

「我後來認識了一些出身富貴人家的人，他們什麼也不缺，因此他們也不懂下面這個交叉相乘的等式——一名年輕人比犯罪，等於一枚一百蘇的硬幣比X。這些有錢的蠢蛋問我：『您為什麼會欠債呢？您為什麼要去借高利貸呢？』他們就像那位眼見子民餓得要死的公主說：『他們為什麼不去買麵包呢？』那些抱怨我動手術收費太高的有錢人，我倒是想看看他們如果單獨一人在巴黎，沒錢、沒朋友、沒得借貸，為了生活不得不賣苦力會怎麼辦？他會上哪兒充飢呢？

「畢安雄，如果有時候您見我表現得嚴厲、冷酷，那是因為在我的冷漠之上、在我所處的上層社會中見多了的自私自利之上、在我成功路上曾設下障礙的仇恨、貪慾、嫉妒、毀謗之上，我想到了我早年所受的苦。在巴黎，當您正要踏上馬鐙，就會有人扯著您衣服的下襬，

9 盧庫魯斯（Lucius Lucullus）：西元前一世紀的羅馬將軍、執政官。他喜好享樂，生活豪奢無度，因此成了浪費的代名詞。

有人解開馬肚帶的扣子好讓您跌下馬來，還會有人取下馬蹄鐵，有人拿走您的馬鞭。那位來到您面前，當面開您一槍的人算是最不陰險的了。

「我親愛的孩子，您很有才華，很快就會見識到那些平庸的人不斷挑釁優秀之才的可怕爭鬥。如果您一天晚上輸掉了二十五金路易，第二天人家就會說您是個賭徒，您最好的朋友也會說您在前一晚輸掉了兩萬五千法郎。您一頭疼，人家就說您是瘋子。您表現得激烈一點，人家就會說您難相處。如果您養精蓄銳，以對抗這些侏儒，那麼您最好的朋友會說您想吞吃一切，說您專橫霸道，想要成為主宰。總之您的優點卻成了缺點，您的缺點更成了您的大缺陷，您的美德成罪惡。

「如果您救了一個人的命，人家會說您要他的命；如果您的病人又露了面，人家會說您保住他眼前的性命是為了下次讓他死；他要是沒死，人家會說他總要死的。要是您犯了小錯，人家會說您罪不可赦！您要是發明了什麼，要求取自己的權益，人家就會說您是個精明、難搞的人，說您不肯讓年輕人出頭。

「我親愛的朋友，也因此，如果說我不相信上帝，那我就更不相信人了。您所認識的這個德普蘭不是和人家咒罵的那個德普蘭不同嗎？不過我們就別在這渾水裡攪和了。

「我當時住在這閣樓裡，為了準備第一場考試而勤奮讀書，我身上一毛錢也沒有。您知道，我已經窮到成了那種會說『我當兵去』的地步了！但那時我心裡抱著希望。我等著家鄉寄來的一包滿是衣物的包裹，這是幾位老伯母送的禮物。這幾位老伯母不瞭解巴黎，只想到給我衣服，她們以為我這個姪子每月三十法郎就能吃香喝辣。包裹寄到時，我人在學校。這包裹花了四十法郎的運費。門房是個德國鞋匠，住在樓梯下的小房間裡，他幫我付了運費，但留下了包裹。我在聖傑曼德佩溝街和醫學院街之間走來走去，想不到辦法先不付那四十法郎又能取回包裹。我拿到包裹，賣掉裡面的衣服以後，自然就會還他這筆運費。我在這件事情上笨拙的表現讓我明白了外科醫生是我唯一的志業。我親愛的朋友，那些靈魂高尚的人只會在高等範疇內施展才能，而缺乏足以應變小事的智謀，擁有小智謀的人總有辦法解決問題；靈魂高尚者的天才是靠機運，他們不會尋求解決辦法，只靠偶爾碰上。

「總之我晚上回到家，正好遇上我的鄰居也剛回家，一位名叫布賀哲亞的挑水夫，他是聖弗盧爾人。我們認識彼此，但不過就是兩人的房間同在一個樓梯口，聽得到對方睡覺、咳嗽、穿衣，久而久之習慣了彼此存在的那種認識。我這位鄰居告訴我，因為我拖欠了三個月的房租，房東要把我趕出門，第二天就要我走。他自己也因為他的工作而被驅趕。我度過了這輩子最痛苦難當的一夜。『我到哪兒去找挑夫幫忙搬我的書和我的東西？我到哪兒去找錢付給挑夫和門房？我又要搬到哪兒去？』我含著眼淚一直問著自己這些沒有答案的問題，就像瘋子總是喃喃複述著同樣那幾句話。我睡著了。就算是窮人也自有他充滿美夢的一夜酣眠。

「第二天早上，當我把麵包撕成小塊泡在牛奶裡吃的時候，布賀哲亞來到我房間，用他的破法文跟我說：

「『大學生先生，我是個窮人，自小就是聖弗盧爾醫院撿到的棄嬰，沒有爸爸，也沒有媽媽，我也沒有錢娶老婆。看來您親人也不多，而且您也沒財產吧？聽我說，我在樓下有一個手推車，是每個小時兩蘇租來的。我們兩人的東西全都裝得下。如果您願意，我們可以一起找地方住，既然我們都要被趕走了。這裡反正也算不上是好地方。』

「『這一點我也知道，我的好布賀哲亞，』我對他說，『但讓我為難的是，我在門房那裡有個包裹，裡面有一百埃居的衣物，有這些錢我就能付房租，和我欠門房的運費。可是我連一百蘇都沒有。』

「『嗯！我還有幾個錢，』布賀哲亞拿出一個髒髒的老舊小皮囊，開心地對我說：『留下您的衣物吧。』

「布賀哲亞付了我三個月的房租，和他自己的房租，也幫我付給門房錢。然後他把我們的家具、衣物放在他的手推車上，在街上到處走著，看到有招租廣告的房子就停下來。我則上樓去看那要出租的房間是否適合我們。到了中午，我們還在拉丁區晃蕩，什麼也沒找到。

房租是最大的障礙。布賀哲亞提議到一家小酒館吃午飯，他把手推車留在酒館的門口。到了傍晚，我們在商業廊街的羅杭大院裡找到了兩間房，這兩間房在頂樓的屋頂下，由一座樓梯隔開。我們的房租是每人每年六十法郎，我和我那樸實的朋友就這麼安頓下來。我們一起用晚餐。布賀哲亞每天賺五十蘇左右，存了大約一百埃居的錢，他很快就能實現買一個水桶和一匹馬的願望。他知道我的處境以後——他狡黠而好意地套出了我的祕密，這件事至今想來仍讓我感念不已——放棄了他畢生的願望。當了二十二年挑水夫的布賀哲亞，為了我的未來犧牲了他的一百埃居。」

說到這兒，德普蘭猛然抓住畢安雄的手臂。

「他給了我考試必須繳的費用！這個人，我的朋友，知道我有一個使命，為滿足我智性的使命，他犧牲了自己的需要。他照顧我，他稱我是小伙子，他借我錢買書，他有時候會悄悄地來看我讀書。總之他像個母親似的照應我的飲食，把我原本營養不足、量不足的食物，換成了有益健康的豐盛食物。布賀哲亞大約四十歲，一副中世紀市民的相貌，前額隆起，畫家如果要畫萊古格士[10]，就會以他當模特兒。這個可憐人感覺自己心中充滿了愛，需要找地方

10 萊古格士（Lycurgue）：古希臘的一位政治人物。

宣洩。他從沒被人愛過，只有一隻狗愛他，但牠前不久死了。他老是跟我談起這隻狗，總問我教堂是否會同意為牠做彌撒，讓牠靈魂安息。他說，他的狗是個真正的基督徒，十二年來，牠陪他上教堂時從來不會吠叫，總是默不作聲地聽著管風琴，牠蹲在他身邊，那神情就像是同他一起禱告似的。

「這個人把他所有的感情都傾注在我身上。他視我如一個孤單又受痛苦的人。他成了最悉心照料我的母親、成了對我關懷備至的恩人。他是個有德性的人，專以做好事為樂。我在街上遇到他時，他會機靈地看我一眼，眼睛裡充滿了高貴，令人難以想像。這時他會裝作肩上挑的水一點也不重的樣子。他看見我身體健康、穿著整潔總顯得很高興。這是人民的忠誠、女工的愛情昇華到一個更高的境界。布賀哲亞為我採買東西，會在半夜說定的時間叫醒我，他擦亮我的燈、刷洗我們的樓梯間。他不僅像個好僕人，更像個好父親，又像個英國女孩那樣愛乾淨。家事都是他在做。他就像菲洛皮門[11]一樣。他為我們兩人劈柴，他不管做什麼總是保持簡單、自然，並且極有尊嚴，因為他似乎知道，懷抱著目的，讓一切作為顯得高貴。

「當我離開這個可敬的人，進到主宮醫院當住院實習醫生時，他十分痛苦，一心想著還能跟我一起生活。但他想到自己還得為我的論文存一筆錢，便稍感寬慰。他要我答應在放假的日子去看他。布賀哲亞很為我感到驕傲，他愛我，不僅是愛我，也等於是愛他自己。如果您去看我的論文，會發現論文是題獻給他的。

「在擔任實習醫生的最後一年，我賺了夠多的錢，足以還清我欠這位高尚的奧弗涅人的錢，我便為他買了一匹馬和一個水桶。他知道我花了這麼多錢很生氣，但又很開心自己多年的願望實現。他一邊笑、一邊責備我，他看看他的水桶、他的馬，一邊擦著眼淚對我說：『這樣不好！啊！這水桶真漂亮！您不該這麼做的，這匹馬像奧弗涅人一樣強壯。』

「我沒有見過比這更感人的場面。布賀哲亞不管怎樣一定要幫我買個鑲銀的醫用器械包，就是你在我診療室見過的那個，對我來說這是最寶貴的一樣東西。儘管他為我初初獲得的成功感到亢奮，但他從來沒有在言語上、在動作上流露出一點『這個人之所以有今天都是因為我！』事實上，如果沒有他，我可能早就死於貧困了。這個可憐人曾為我拚命工作，為了讓我提神熬夜讀書，他讓我喝咖啡，而他自己卻只吃蒜泥塗麵包。

「他後來生了病。您可以想像，我每夜都守在他床頭，第一次我把他從病魔那裡救了回來，但兩年後他舊疾復發，儘管用盡各種治療方法，儘管使出各種科學知識，他還是過世了。就連國王也沒接受過像他那樣的治療。是的，畢安雄，為了將他從死神手中搶救回來，我試

---

11 菲洛皮門（Philopoemen）：古希臘政治家與軍事將領。早年生活簡樸。

了各種想像不到的絕招。我要他活得久一點，好讓他看到他所造就的我，好實現他所有的願望，好滿足我對他的感激之情，好熄滅直到今天仍在我心中燃燒的烈火！

「布賀哲亞，」顯然還很激動的德普蘭停頓了一下又接著說，「我第二個父親死在我懷中。他立了遺囑，把自己擁有的一切都留給了我。遺囑，他是請代筆人寫的，日期可追溯到我們一起住進羅杭大院的那一年。

「這個人的信仰非常堅貞。他愛聖母馬利亞，就像愛他妻子一樣。他是個火熱的天主教徒，但對我的不信神從來沒說什麼。他在病危時，請求我務必讓他得到上帝的護佑。我讓教堂天天為他舉行彌撒。在晚上，他往往對我說他擔憂自己是不是能得到永生，他擔憂自己今生過得不夠聖潔。可憐的人哪！他每天從早工作到晚。如果有天堂的話，他要是不進天堂，誰進天堂？我讓他像個聖人一樣為他辦了臨終聖事，他的死配得上他的生。

「為他送葬的人只有我。在將我的恩人下葬時，我想著該怎麼還他的恩情。我發現他沒家庭、沒朋友、沒妻子、沒孩子。但是他有信仰！他篤信宗教，我又有什麼權利否定他這個呢？他曾畏畏怯怯地對我提過為逝者靈魂安息所做的彌撒，他不想強迫我做這件事，認為這等於是要我報答他。當我一有錢奉獻一台彌撒，就給了聖敘爾比斯教堂，讓他們一年舉行四台彌撒。我唯一能為布賀哲亞做的，就是滿足他虔誠的欲望。彌撒在每個季節開始的那一天舉行，這一天我就會前往教堂，以他想要的經文為他祈禱。我以一個懷疑論者的真誠態度祈禱：『上主啊，如果您有個地方安置那些生前表現完美的人，那麼就請把好心的布賀哲亞安置在那兒吧。如果他還必須受苦，那就把這痛苦加諸於我吧，好讓他快快到人家所說的天堂去。』

「事情就是這樣，親愛的朋友，這就是一個像我這種立場的人所能做的一切。上帝應該是個好心人，這件事他不會怪我的。我向您保證，如果能讓布賀哲亞的信仰進到我腦子裡，我寧願拋棄家產。」

為德普蘭進行最後治療的畢安雄，現在不敢聲稱這位著名的外科醫生臨死前仍是個無神論者。信徒們不是都願意想像那位低微的奧弗涅人來為德普蘭打開了天堂的大門，就像從前他曾為德普蘭打開了地上殿堂的門一樣，在那殿堂的門楣上寫著：「祖國感謝所有的偉人」！

巴黎，一八三六年一月

法西諾・坎納

Facino Cane

獻給路薏絲

爲表明我對她的深深感激之情

我那時候住在你們想必不認識的一條小街裡，萊迪吉耶爾街。這條街起自聖安端街，面對巴士底廣場附近的一座噴泉，最後通向櫻桃園路。對科學的熱愛讓我住到這裡的一處閣樓來，我總是在夜裡苦讀，白天則到附近一處名為「先生」的圖書館裡用功。我節儉度日，安貧樂道，如同在修道院裡生活一樣，而對勤勉工作的人來說，這是必要的生活方式。

天氣好的時候，我也很少到布賀東林蔭大道散步。只有一件事能讓我暫時放下好學的習慣，就是去觀察城裡人的道德風俗、觀察這附近的住民，以及他們的性格——但這不也是一種學習嗎？我和工人穿得一樣不講究，又不在乎禮節，所以他們對我都不防備。我因此可以混進他們之中，看他們怎麼做成生意，並看他們在工作結束後怎麼吵嘴。對我來說，觀察已經成為一種直覺，它能深入對方的靈魂裡，並且不忽略他外在的表現；或者應該說我的觀察很能捕捉到外在的細節，以致它能立刻超越表面，深入內心。藉由這樣的觀察，我能夠經歷別人的生活，就像《一千零一夜》裡的巫覡，進入別人的身體與靈魂，藉別人的口說話。

晚上十一點到十二點之間，我遇到了一對剛從「模稜喜劇院」看完戲出來的工人夫婦，我為了取樂，就跟著他們從白菜橋林蔭大道走到博馬舍林蔭大道。這兩個人先是談著他們剛剛看的戲，漸漸地，他們談到了家務事。

那女的牽著孩子的手，任憑孩子埋怨、請求，她都當作沒聽到。兩夫妻計算著明天人家該付給他們的錢，他們計畫著把這筆錢花在各種用途上。接著就談起了家裡的瑣事，抱怨馬鈴薯價錢太高、冬天太長、泥炭漲價，還氣咻咻地說起他們欠麵包店的錢；總之愈說愈激烈，用盡了各種生動的詞彙，他們的用語也顯示了他們的性格。聽這些人說話，我可以潛入他們的生活裡，我感覺自己穿得像他們一樣襤褸，腳上是他們破了洞的鞋子，他們的欲望、他們的需求都進到我靈魂裡，或者說我的靈魂進入了他們的身上。這就像是一個醒著的人在作夢。對那些惡待他們的領班，或是對那些催了好幾次始終不付給他們錢的人，我跟他們一樣激憤。

讓自己在精神上陷入一種迷醉狀態，藉此拋下自己的習慣，成為一個不同於自己的人，隨心所欲的扮演起他人來，這就是我的消遣。我怎麼會有這種天賦？這是不是讓我有能洞悉事物的新眼界？濫用這樣的才能是不是會讓我變瘋狂？我從來不問自己為什麼會有這種神力，我就是擁有它、使用它，如此罷了。要知道，從那時開始，我已經把稱之為「人民」的那團五花八門的東西加以分解、加以剖析，以便評估其優缺點。我早已知道這個城區、這個革命的發源地有什麼用處。這裡有英雄、發明家、講究實際的學者、有無賴、有惡棍、有美德、有邪惡，所有的人都被貧困壓得喘不過氣，受困於生活必需，因而沉溺在酒精裡，被烈酒消損殆盡。

各位無法想像在這個痛苦的城區裡有多少奇遇不為人所知、有多少悲劇被遺忘！有多少可怕又美麗的事物！想像力從來也跟不上這個向來被隱藏起來的事實，也沒有人能夠發現這些事實。必須進入底層生活，才能發現其中有那麼多讓人可感可嘆的景象，或是悲劇，或是喜劇，都是在機緣巧合中產生的巨作。

我也不知道為什麼，對於下面我要跟各位講的這個故事我保留了這麼久沒說。這個故事是我腦海中眾多奇怪故事中的一個，我的記憶就像抽樂透牌一樣在偶然間從腦海中抽了出來。我還有很多其他的故事，都和這個一樣奇特，也同樣都被埋沒在腦子裡，不過相信我，總會輪到它們的。

有一天我的清潔婦（她是一名工人的老婆）來邀請我參加她妹妹的婚禮。為了讓各位瞭解這個婚禮是什麼樣的光景，我必須先說明我每個月付給這名可憐的婦人四十蘇，讓她來整理我床鋪、擦擦我的皮鞋、刷刷我的衣服，掃掃房間，並為我準備午餐；其餘時間她都到一名技工那裡去操作機器，這個苦差事讓她每天可以多賺十蘇。她的丈夫是一名木器工匠，收入是每天四法郎。但這對夫妻養了三個孩子，所以他們幾乎無法餐餐吃麵包。我從來沒見過像這對夫妻這樣正直的人。

在我離開了那一區以後，整整五年的時間裡，我每年都會在我的聖人瞻禮日[1]那天收到瓦雍太太送來的一束花和一些橘子，而她自己口袋裡從來不曾有過十蘇的餘錢。窮困讓我們彼此親近起來。我除了給她十法郎之外，就沒什麼可給的了，而我這十法郎往往是向人借來的。這便能解釋我為什麼會答應去參加婚禮，我打算和窮人緊緊偎在一起，同享歡樂。

宴席、舞會都在夏宏東街一個小酒館那裡的二樓大房間舉行，房間裡是以白鐵反射燈來照明，桌子高度以下的牆糊著骯髒的壁紙，沿著牆放著幾把木頭板凳。在這個房間裡擠了八十個人，大家都身著禮拜天穿的最美麗的服裝，裝飾著花束和緞帶，每個人都亢奮異常，臉上泛著紅光，興高采烈地跳著舞，就好像世界末日即將到臨。新郎新娘擁吻起來，大家看了都非常開心，到處是一片嘿嘿、哈哈的嘻笑聲！雖然有些輕佻，但比起教養良好的年輕女子羞怯地送出秋波，更顯得有體統。這裡每個人都以粗魯的方式表現出自己的歡樂，這歡樂有一種我說不上來的感染力量。

---

1 聖人瞻禮日：基督教有所謂的聖人曆，是將每一天和一個或多個聖人聯繫起來，這天即名爲某聖人瞻禮日。在法國傳統中，遇到和自己同名的聖人瞻禮日那一天，親友都會向其致意。

不過，這個聚會、這場婚禮，以及參加這場婚禮的人都和我要說的故事沒有一點關係。各位只要先記住這個奇特的場所。請各位想像一下，一家漆得紅通通的低級酒館，聞來都是酒味，聽到的都是歡樂的呼喊聲，請各位就待在這個城區裡，待在那些沉緬於一夜狂歡的工人、老人、婦人之間！

這晚的樂隊是由十五－二十盲人院[2]的三位盲人組成。頭一位拉小提琴，第二位吹單簧管，第三位吹豎笛。三位盲人在這一夜的報酬總計是七法郎。以這樣的價錢，他們當然是不會演奏羅西尼，也不會演奏貝多芬，他們看自己能演奏什麼就隨興演出，並沒有人會指責他們，大家表現得真是溫和文雅！那音樂真是喧天價響，震人耳膜，我往人群看一眼，看見了那三名盲人樂師，我認出他們盲人院的制服，便立刻原諒了他們。這三名樂師坐在窗洞前，要好好觀察他們的形容，就必須走到他們近旁。我沒有立刻走過去，不過當我靠近前去時，不知道為什麼婚禮和音樂一下子都消失了，這讓我的好奇心高漲，因為我的靈魂進入了那個吹單簧管的盲人體內。

拉小提琴的和吹豎笛的這兩個人都有一張平凡而通俗的臉，就像一般盲人有的那種臉，專注、認真、嚴肅；而吹單簧管那位的臉則不一樣，它會讓藝術家與哲學家突然駐足。

各位想像一下但丁的石膏頭像，滿頭銀白髮絲，被油燈的紅光照亮。因為雙目失明而使儀表堂堂的他表情更添辛酸與痛苦，因為他的思想讓他死了的眼睛重新活過來；而這雙眼睛又在獨特而執拗的欲望刺激下，射出炯炯的光芒，這欲望鐫刻在他隆起的額頭上，上面皺紋密布，就像一堵充滿隙縫的老舊的牆。

這位老盲人隨意吹奏著，一點也沒注意節拍和曲調，他的指頭時而按下，時而抬起，機械性地按著單簧管上那老舊的鍵子，他一點也不為自己演奏走音感到不好意思，一旁跳舞的人也像另兩位樂師一樣沒注意到我這位義大利人走音；說他是義大利人，是因為我希望他是義大利人，他倒也真的是。在這位心裡似乎藏著注定被遺忘的《奧德賽》的老荷馬身上，有種崇高又暴虐的東西。這種崇高是如此真實，終而戰勝了卑賤；這種暴虐是如此強韌，終而打敗了貧困。

在他那顯得高貴而蒼白的義大利臉上，表現出各式各樣的強烈欲望，它可以使人為善，也可以使人為惡，可以使人成為囚犯，或是成為英雄。灰白的眉毛將陰影投射在眼眶凹處，要是見到那裡閃現思想的光芒，總會讓令人心頭一凜，就好像害怕手持火炬和短刀的盜匪出現在山洞洞口一樣。在他的身軀裡藏著一頭獅子，這頭獅子把力氣都白白耗在對著關住牠的

2 十五—二十盲人院（Quinze-Vignt）：當時收容盲人的一所醫院。

鐵欄杆嘶吼上，弄得自己疲累不堪。絕望的火焰已經熄滅，化作了灰燼，熔岩也已冷卻；但是那溝壑、那動盪，以及還殘存的一點煙霧說明了那火山爆發的熔蝕作用有多麼厲害。這個人臉上只見一片冰冷，但他在我身上激發的這些想法在我心裡火火熱熱地燃燒了起來。

在兩回行列舞中間休息的時候，小提琴手和豎笛手都忙著喝酒，把他們的樂器掛在暗紅色背心的鈕扣上，向窗洞前放著食物的小桌子伸過手去，還時不時斟滿一杯酒拿給那義大利人，因為那桌子位在他椅子後面，他自己搆不到。每一次，單簧管手都友善地對他們點點頭，表示感謝。十五－二十盲人院的這些盲人動作總是十分精確，讓人訝異，好像他們眼睛看得見似的。我走到這三名盲人身邊，想聽聽他們之間的談話。但我一走近，他們卻打量起我來，不過他們大概感覺到我不是工人，就又都閉口不言了。

「請問這位吹奏單簧管的，您是哪個地方的人？」

「我是威尼斯人。」這位盲人以輕微的義大利口音說。

「您是天生就眼盲，還是因為後來——」

「是因為一場意外，」他急急忙忙地說，「我得了黑矇。」

「威尼斯是個美麗的城市，我一直想去那裡看看。」

老盲人的臉色忽然亮了起來，皺紋也微微顫動著，顯然非常激動。

「如果我陪您一起去，您就不會浪費時間在找路。」他對我說。

「別跟他提起威尼斯，」小提琴手對我說，「不然我們這位威尼斯總督又要沒完沒了。何況他已經灌下兩瓶黃湯了！」

「好了，開始吧，走音老爹。」豎笛手說。他們三人又奏起來音樂來。不過在他們演奏四回行列舞時，那位威尼斯人窺探著我，他感覺到了我對他有強烈的興趣。他臉上不再是一副悲傷、冰冷的表情，反而流露出一種我也說不上是什麼的希望，這希望讓他臉部整個線條快活起來，像有一股藍色的火焰竄流在他的皺紋裡。他笑了，擦了擦那大膽、可怕的額頭；總之，他就像一個準備要和人談起自己喜歡的話題的人那樣，顯得非常開心。

「您幾歲了？」我問他。

「八十二歲！」

「您什麼時候失明的？」

「我失明就快五十年了。」他回答，口氣裡帶著一種不僅遺憾自己失去了視力，也為自己失去了某種權力而懊喪。

「他們為什麼稱呼您『威尼斯總督』？」我問他。

「啊，他們不過是開玩笑！」他對我說，「我是威尼斯的貴族，和其他貴族一樣，我也有望成為總督的。」

「您的大名是？」

「在這裡，大家都叫我坎內老爹，」他對我說，「在名冊上千篇一律是這麼寫的；不過在義大利文裡，我叫做瑪爾寇·法西諾·坎納，瓦雷澤領主。」

「什麼？您是那著名的雇傭兵隊長法西諾·坎納的後代？那位隊長征伐所得的土地後來落到了米蘭幾位公爵的手裡。」

「E vero（義大利文：是啊，真的），」他對我說，「當時為了不被維斯康提家的人殺害，坎納的兒子逃到了威尼斯，在那裡的黃金書[3]上登記了名字。但這黃金書現在已經沒有了，坎納家的人也是。」他比了個可怕的手勢，表示他再沒有了愛國心，也厭惡了人世的事務。

「但您曾經是威尼斯的參議員，應該很有錢，您怎麼會失去這些財富呢？」

這個問題讓他抬起頭來向著我，就好像要注視我一般，這動作充滿了悲劇性。他回答我：

「是在不幸中失掉的！」

他不想再喝酒，以手勢拒絕了老豎笛手這時候遞給他的一杯酒，接著他低下頭去。這一切都打消不了我的好奇心。

當這三名樂師演奏著行列舞的樂曲時，我以二十歲年輕人的那種滿懷熱情，端詳著這位老威尼斯貴族。我彷彿看見了威尼斯和亞得里亞海，我在他衰頹的臉上看見了那衰頹的城市。我在這個為其居民所熱愛的城市裡散步，我從里亞爾托走到大運河，從斯拉夫人堤岸走到麗都島，然後走回那座壯麗非凡的大教堂那裡；我看著黃金宮的窗戶，每一扇窗的裝飾都不同。我凝視著這些大理石建造的古老宮殿，總之，將一切奇觀盡覽眼底。我一如學者般依照自己的意願來想像這些美景，而且因為沒有實際見到，這夢想中的詩意不會消散。我追溯著這位偉大雇傭兵隊長的後裔的一生，尋找著他不幸遭逢的遺跡，並探問他為什麼在精神和肉體上會毀敗得這麼厲害，只是這種毀敗使得他這時所散發的偉大與高貴更顯得燦爛、美麗。我們的思想無疑是相通的，因為我相信失明讓一個人不受外在事物的干擾，以致內心思想的溝通會來得更快速。我們很快就意識到雙方都對彼此有好感。法西諾·坎納吹奏的工作結束了，便站起身，走到我身邊，對我說：「我們出去吧！」這句話像股電流一樣流竄我全身。我攙著他的手臂，離開了這裡。

我們走到了街上，他對我說：「您願意帶我去威尼斯嗎？就由您來領路？您信任我嗎？您將會比阿姆斯特丹、比倫敦的十大富豪更為富有，比羅斯柴爾德家族更有錢，總之就像

---

3 黃金書（Livre d'or）：古時在義大利的威尼斯和熱那亞，都有官方的黃金書注記當地貴族的名字。

《一千零一夜》裡描述的那樣富有。」

我心想這個人瘋了。但他聲音是如此堅毅有力，使我不得不服從。我任由他帶著我走，他好像看得見似的把我帶到巴士底的溝渠附近。他在一個非常僻靜的地方坐下來，坐在一顆石頭上，這裡就是後來建了一座橋把聖馬丁運河和塞納河聯結起來的地方。我也坐在一顆石頭上，面對這個頭髮如月光灑下的銀絲一樣閃亮、發白的老人。林蔭大道上傳來的嘈雜聲幾乎擾亂不了這裡的寧靜，再加上純淨的夜色，在在都使這時的氣氛顯得非常奇異。

「您對一個年輕人提到百萬財富，您想，他為了得到這財富，難道會在千百個試煉之前退縮嗎！您這不是在和我開玩笑嗎？」

「如果我接下來跟您說的不是真的，那麼我就不得好死。」他激烈地對我表示，「我也曾經有過二十歲，就和您現在一樣。我曾經富有，我曾經英俊，我曾經是貴族，我開始有了第一個瘋狂之舉，也就是談戀愛。我當時的狂熱是沒有人比得上的，甚至曾經為了得到一個吻而躲在大木箱裡，冒著被刺死的危險。能為她而死，我覺得是此生幸事。一七六〇年，我愛上了凡德拉米尼家的女兒，她年僅十八歲，嫁給了三十歲的薩格雷多，他是威尼斯最有錢的參議員，熱愛自己的妻子。我的情婦和我就像兩個小天使一樣純真無邪。有一次她丈夫撞見我們在談情說愛，我當時身上沒有武器，他沒擊中我，我便往他身上撲去，用我兩隻手扼住他脖子，像扭雞脖子一樣扭著他脖子，把他掐死了。我想要帶著碧安卡離開，但她不肯隨我走。看哪，女人就是這樣！我獨自離開，還被判了刑，我的財產被判轉交給我的繼承人，但我還是帶走了我的鑽石、五幅提香的畫，以及我所有的黃金。我到了米蘭，在那裡我就不用擔心了，米蘭當地政府對我的事不感興趣。」

他頓了一下，接著說：「在繼續說下去之前，我要提一件小事。不管一個女人在懷著孩子時或是在受孕時，是不是會把她的癖好傳給孩子，有一件事情是確定的——我母親在懷我時對黃金有強烈的癖好，這也使得我對黃金很著迷。滿足我對黃金的需求在我一生中是極為重要的事，因此不管處在什麼情況下，我身上從來不能沒有黃金，我時時用手撫摸著黃金。年輕時我身上總是佩著珠寶，口袋裡也總有兩、三百達克特[4]。」

說著，他從口袋裡掏出兩枚達克特，拿給我看。

「我聞得出來黃金的味道。雖然瞎了眼，一走過珠寶店還是會停下腳步。這個癖好害慘了我，我為了能夠把玩黃金而成了賭徒。我不懂得詐騙，反而被人設下圈套，我破產了。一

4 達克特（Ducat）：歐洲從中世紀後期到二十世紀期間，做爲流通貨幣使用的金幣或銀幣，尤其以威尼斯的達克特金幣普受國際認可。

文不名的時候，我極度想再見到碧安卡，於是我偷偷回到威尼斯，找到了她。我藏在她家裡，由她供養，這樣快快樂樂地過了六個月。我開心地想，我可以就這樣度過一生。但威尼斯總督也愛上了她，他成了我的情敵，在義大利，人們可以嗅到情敵的存在。他監視我們，有一天他在床上逮到了我們，那懦夫！您可以想像我們之間的打鬥有多麼激烈，我沒殺他，只是把他傷得很嚴重。這件事毀了我的幸福。從這天以後，我就再沒見到碧安卡。我後來享受過極大的歡樂，曾經在路易十五的宮廷裡和許多知名女人過從甚密，但是我再也找不到像我那位親愛的威尼斯女人那樣的品德、優雅與愛。

「威尼斯總督有人手，他喚他們把官邸包圍起來，衝進官邸裡；我竭力自衛，希望能英勇地死在幫著我殺總督的碧安卡眼前。之前這個女人不願意跟我逃亡，但在一起過了六個月的幸福生活之後，她願意為我而死，而且她身上多處負了傷。一件大衣往我頭上罩下來，我被逮了，他們把我帶到一艘貢多拉上，載我到一處地牢關起來。我當時二十二歲，雖然被捕，手裡還是緊緊握著那柄只剩半截的劍，誰要奪走它，就得砍掉我的手腕。但是事情出於偶然，或者說出於事先預防的心理，我把那柄斷劍藏在一個角落，就好像它還派得上用場似的。我得到了治療，我的傷口都不會致死。二十二歲的人是鐵打的，一下就會復原。我原該被砍頭的，但我假裝生病，以拖延處決的時間。我認為自己是被關在運河旁的一間牢房裡，我計畫逃獄，打算在牆上挖個洞，冒著被淹死的危險，游過運河。我抱著這樣的希望是有根據的。

「每一次獄卒給我送飯來，我就有燈光可以讀牆上的字，像是這邊是王府、這邊是運河、這邊是地道。最後，對這裡我終於有個清晰的藍圖，我不太在乎為什麼這裡是這麼配置的，不過見這公爵王府尚未完工，便可以解釋得通為什麼牆上有字。藉著渴望重獲自由而激發的智慧，我用指尖摸著石頭上刻著的一行阿拉伯文，解開了其中的謎。原來刻下這一行字的人是要告訴後來的人，說他已經掘開了最後一道牆石的兩塊石頭，挖了十一法尺的地道。要接續他這個地道的工程，就必須把挖出來的石塊和泥灰鋪在地牢的地面上。這監獄外圍設了守衛，就算獄卒和監察官對監獄仍不放心，他們也不易察覺牢房裡的土漸漸填高，因為在進地牢時還得走下幾道台階。

「這項浩大的工程並沒有得到任何結果，至少對那位做這工程的人來說是如此，因為工程既然未完成，就表示這個人已經死去。為了不讓他的辛勞白白浪費，就必須有個懂阿拉伯文的囚犯。正好我曾經在亞美尼亞人的修道院裡學過東方語言。在石頭上還刻下了一行字說明了這可憐人的命運：他是為了一大筆財富而被害的，威尼斯覬覦他這筆財富，最後奪去了它。我挖了一個月，才終於把地道挖通。在我挖地道的時候，在我累得不堪言的時候，我聽見了黃金的聲音，我看見了黃金在我眼前，我被鑽石的光芒照得睜不開眼睛！啊，等一等！

「有一天晚上，我那變鈍的斷劍碰觸到了木頭。我磨利了我的劍，在這塊木頭上鑽了一個洞。為了方便工作，我像一條蛇似的匍匐在地，我打赤膊，像鼴鼠一樣地挖洞，兩隻手在前，手肘靠在石頭上當支撐。在我出庭受審的兩天前，我想要做最後一次努力，便趁著夜晚，鑿通了那塊木頭，我用我的斷劍一探，前方一點阻攔也沒有。

「當我湊近那塊鑿通的木頭一看，您可以想像我有多驚奇！我的人位在一個地窖的護牆板後面，藉著地窖裡微弱的光線可以看見一大堆黃金。總督和十人議會[5]中的一員正在地窖裡，我可以聽見他們在說話。從他們的談話，我得知這裡是威尼斯共和國藏匿祕密寶藏之地，這裡有贈與給總督的財物，還有那從戰爭中掠奪而來、稱為『最後威尼斯』的戰利品。我有救了！

「獄卒來巡查的時候，我請他放我一條生路，並和我一起逃，帶著所有我們帶得走的財寶。他答應了，一點也不猶豫。這時正好有一艘船要到黎凡特去，我們做好了一切預防措施。我透過我的同謀傳話給碧安卡，她會接應我們。為了不走漏風聲，碧安卡將在士每拿（今土耳其伊茲密爾）和我們會合。我又花了一個晚上把那個牆洞挖得更大，我們走進威尼斯的祕密寶庫裡。

「真是難忘的一夜！我看見裝滿四大桶的黃金。在隔壁的房間裡，也一樣有銀子堆成了兩堆，像草坡一樣堆高到五法尺高的牆上，只留中間一條通道。

「我想那獄卒樂瘋了，他唱著、跳著、笑著，在金子堆裡雀躍不已。我威脅他，如果他在這裡浪費時間或是弄出聲響，我就掐死他。他太高興了，一開始並沒看到放著鑽石的那張桌子。我機靈地撲了過去，把鑽石裝滿我水手服和長褲的口袋。天哪，我甚至拿不到三分之一。在這張桌子下面也放著金塊，我要我的同伴盡量把金塊裝進袋子裡帶走，告訴他只有裝進袋子裡，到了國外才不會被人識破。

「我告訴他，如果拿珍珠、首飾、鑽石，我們是會被發現的。

「儘管我們貪得無厭，也只帶走了兩千古斤的黃金，必須從監獄到貢多拉來回走六趟。我們以十古斤黃金賄賂了守水門的哨兵。至於那兩位船伕，他們還以為自己是為共和國效勞。天一亮，我們就出發了。

「我們來到大海時，我回想著這一夜，我還記得當時心中的感受。我又見到了那堆金銀財寶，根據我的估算，我拿不走的那些計有三百萬白銀、兩百萬黃金，以及好幾百萬的鑽石、

---

5 十人議會（conseil des Dix）：威尼斯的一個組織，一三一〇年成立，成員主要是貴族，由威尼斯大議會選出。

珍珠、紅寶石，想到這些我真是快瘋了。我多麼渴望得到那些黃金哪。

「我們在士每拿下了船，立刻上了一艘駛往法國的船。我們上船後，感謝上帝讓我擺脫了我的同謀；在這個時候，我根本沒想到這件偶然犯下的罪行會有什麼樣的後果，我只是一逕高興著。我們的神經當時繃得好緊，以致整個人變遲鈍，只想著等到安全的地方以後，能盡情享受這一切。另外那個傢伙樂得暈頭轉向，這倒是一點也不奇怪。您待會兒就會知道上帝是怎麼懲罰了我。

「我在倫敦和阿姆斯特丹賣掉了三分之二的鑽石，並把我的小塊黃金換成商業債券，這才使我鬆了一口氣。有五年的時間，我藏匿在馬德里。然後在一七七〇年，我用一個西班牙假名來到巴黎，過著豪奢的生活。碧安卡這時已經死了。正當我享受著這六百萬的財富，沉溺於逸樂中時，我的眼睛卻瞎了。假使這不是在看黃金時過度運用了我的視力，以致注定要失明的話，那麼就是因為我在地牢待過，在石坑裡挖隧道的緣故。

「這個時候，我愛上了一個女人，希望能與她結為連理。我偷偷告訴她我真實的姓名，她出身於一個有權勢的家族，而路易十五對我很寵信。我十分信任這個女人，她是杜巴利伯爵夫人[6]的朋友。她建議我去倫敦看一位知名的眼科醫生。但是在倫敦待了幾個月之後，這個女人把我一個人拋棄在海德公園，還竊走了我所有的財富，沒給我留下一文錢。我當時為了不受威尼斯的報復，不得不隱姓埋名，所以也無法請求任何人幫助。我太怕威尼斯了。那女人還派了幾個密探守在我身邊，他們對我做盡了壞事。我的遭遇簡直可以與吉爾·布拉斯[7]相比，但我就不跟您說這些了。這時，你們法國發生了大革命。我被迫進入十五－二十盲人院。那個女人把我當成瘋子一樣在比塞特爾羈留了兩年，然後就把我送進這盲人院。我一直無法殺了她，因為我什麼也看不見，而且我也沒錢雇殺手。

「如果在失去我的獄卒班奈代托·卡爾比之前，先問問他地牢的確實位置，我是可以再透過厚牆看到那些黃金的，我可以感覺到它們藏在水中；因為拿破崙推翻威尼斯共和國以後，我是可以再回去的。威尼斯政府已經被征服，威尼斯的總督，也就是碧安卡的哥哥凡塔米諾，也已經死了，這寶庫的祕密再也沒有人知道了。我希望凡塔米諾曾經在十人議會之前為我求過情，寬恕我的過錯。我曾經給第一任執政官寫過信，也曾經向奧地利皇帝提議簽訂條約，但大家都把我當瘋子一樣打發掉！來吧，我們一起去威尼斯，去的時候像乞丐，回來

6 杜巴利伯爵夫人（madame Du Barry, 1743-1793）：法王路易十五的情婦。

7 吉爾·布拉斯（Gil Blas）：法國作家勒薩局（Alain-René Lesage, 1668-1747）筆下的人物。一七一五到一七三五年間出版的系列小說中，勒薩局敘述主人公吉爾·布拉斯高潮迭起的一生。此作品是十七世紀最著名的惡漢小說。

的時候便成了百萬富翁；我們可以贖回我所有的不動產，您將是我的繼承人，您將會是瓦雷澤親王。」

坐在像威尼斯運河一樣平靜流著的巴士底溝渠的黑水前，我看著他滿頭白髮，他這番話在我的想像中激起了詩意，但聽他吐露這隱情卻讓我有些失迷，我一時答不上話。法西諾·坎納一定以為我像其他人一樣只會帶著鄙夷的憐憫之情看著他，因此擺出了一個絕望的手勢。

他這番話也許將他帶回到他在威尼斯的歡樂時光，他拿起單簧管，憂憂鬱鬱地吹奏起一首威尼斯的樂曲，一首船歌。在吹這曲子的時候，他尋回了他最初的才華，那多情貴族的才華。曲子聽來有點像《在巴比倫河畔》那首樂曲。我雙眼含淚。要是有幾個在夜裡散步的人沿著布賀東林蔭大道走過來，他們想必會駐足下來，聆聽這遭受流放之人最後的祈禱之聲、聆聽這失去名姓的遺憾、聆聽這對碧安卡的懷念。但這時他心裡又想起了黃金，這致命的癖好吹熄了他那一絲青春氣息。

「我一直能看到那寶藏，」他對我說，「不管是醒著或是在睡夢間。我在那寶藏裡散著步，鑽石在我眼前閃閃發亮，我可不像您以為的那麼瞎。黃金和鑽石照亮了我的黑夜、法西諾·坎納最後的黑夜，因為我的貴族頭銜已經歸了梅米家。我的天啊！對謀害人命之人的懲罰來得多麼快啊！聖母馬利亞……」他禱告了幾句，但我聽不見。

「我們一起去威尼斯。」他站起來時對我嚷著說。

「我終於找到人同行了。」他叫了起來，臉色火紅。

我讓他挽著我的手臂，把他送回去。到了十五－二十盲人院的門口，他握了握我的手。

這時候，有幾個參加婚禮回來的人在街上大聲叫嚷著。

「我們明天就出發？」老人問。

「等我們有錢就走。」

「我們可以走路去，我可以一路乞討……我身體健朗，何況看到黃金就能讓人變年輕。」

冬天時，法西諾·坎納在醫院裡拖了兩個月以後便去世了。這個可憐的人得了卡他性炎。

巴黎，一八三六年三月

紐辛根銀行

La maison Nucingen

致珠勒瑪．卡侯夫人

夫人，您的朋友將您聰慧、正直的頭腦視若珍寶，而對我來說，您正代表了所有的讀者，同時是我最寬容的姐妹，那我不是應該就把這部作品題獻給您嗎？請接受這部作品，把它當作是我友誼的見證，對我們這友誼我是深感驕傲的。您和其他幾位和您一樣心靈高尚的朋友，在讀了《塞薩．畢侯多》的附篇《紐辛根銀行》以後，就會瞭解我的思想。這兩個互呈對比的故事不是包含了深刻的社會教訓嗎？

德．巴爾札克

各位知道，在巴黎最高雅的酒館，區隔每個小房間的隔板是多麼的單薄。譬如，在威希酒館，最大的那間廳堂便用可以隨時裝上、卸下的隔板分成了兩半。我要講的故事並不是發生在威希酒館，而是在一個我不便明說的地方。我們共有兩個人，至於另一個人是誰，我也只能像亨利．莫尼耶筆下的普律多姆那樣說：「我可不想牽累她。」

我們在一間小廳裡，面前是一席不管從哪方面來說都精緻迷人的晚餐，我們吃著甜食，壓低聲音說話，因為我們知道隔板根本一點也不厚。上烤肉時，和我們相鄰的房間裡並沒有人，只聽到那裡傳來爐火畢畢剝剝的聲響。到了晚上八點鐘響，忽然有一陣雜沓的腳步聲，有人交談了幾句，接著幾名小廝取來蠟燭，表示隔壁房間有了人。我聽出他們的口音，知道來的人是誰。在新人如潮湧的時代，這四位客人便是活躍在浪尖上幾隻最大膽的魚鷹。他們是親切可愛的年輕人，但生活頗讓人起疑，因為他們既無收入又無地產，日子卻過得十分優渥。現代工業目前已經演變成你死我活的戰爭，他們就是現代工業戰爭中神出鬼沒的傭兵，他們讓他們的債權人戚惶愁悶，自己卻逍遙自在，他們只掛心一件事，就是自己的穿著打扮。不過他們也會像尚．巴爾[1]一樣勇敢地坐在火藥桶上抽雪茄，這麼做說不定是為了不搞砸自己扮演的角色。他們比一些小報還會嘲弄人，甚至嘲弄自己。他們洞察力強，不信教，愛到處打探，人很貪婪又揮霍成性。他們愛嫉妒別人，但是對自己又很滿意。對世事的見解風趣又深刻，他們分析一切，猜透一切，但他們還沒如自己所期望的那樣在這世界上嶄露頭角。他們四個人當中只有一位稍微露了臉，但也只是在社會名望的底層。

這並不是有沒有錢的問題，一位暴發戶只有在阿諛諂媚了六個月之後，才知道自己缺的

1 尚．巴爾（Jean Bart, 1650-1702）：法國路易十四的時代，他是著名的私掠船船長，後來因海戰立功，被任命爲法國海軍指揮官。

是什麼。這位稍微露了臉的人名叫昂多希．費諾，他話不多，性情冷淡，老愛裝得一本正經，人卻沒有才智。對他有利用價值的人，他會低聲下氣；當他不再需要這人時，又會對他肆無忌憚。他像是《居斯塔夫》舞劇中的滑稽角色，從後面看是爵爺，從正面看則是無賴[2]。

費諾這位工業「鉅子」養了一個馬屁精，叫做艾彌．布朗岱。布朗岱是報社的編輯，人很聰明，就是哪裡少一根筋。他有才華，又有能力，就是有點懶。別人利用他時，他也任由對方；他有時厚道、有時奸詐，全憑他興之所至。他是那種我們會喜歡、卻不會敬重的人。他細膩得就像是戲劇裡貴婦身邊的貼身丫鬟。有人要借他的筆，他不會拒絕；要借他的心，他也一概應允。在女人氣的男子當中，艾彌最討人喜歡。說到這些女人氣的男子，有位風趣的文人講過這麼一句話：「他們穿緞鞋比穿靴子來得可愛。」

第三位名叫庫蒂赫，他專做投機生意。他一樁生意接著一樁生意做，一樁賺了就拿去彌補另一樁賠的。他仗著自己有一股剛勁的力量，讓日子過得就像是漂浮在水上，動作固然僵直卻毫不膽怯。他在巴黎這個無邊大海裡東游西泗，想尋覓一個小島，在島上憩息，但這小島是否能讓他安身則還很難說。顯然，他還沒找到自己的位置。

至於第四位，他是四人當中最狡黠的，光聽他的名字就足以震懾人——畢希烏！唉呀，可惜他已經不是一八二五年的畢希烏，而是一八三六年的畢希烏；三六年的畢希烏厭惡世人，是我們所知道最有活力、最刻薄的小丑。他因為花了許多心血卻一敗塗地，也因為沒能在上一場革命中趁火打劫發大財，人便像是一頭發狂的野獸，無論見到誰，都要像雜耍戲院裡的皮耶侯一樣踢人家一腳。他對社會上的醜聞如數家珍，而且在轉述時還加油添醋。他像個小丑一樣在每個人肩膀上跳來跳去，又像個屠夫似的在每人肩上都留下刀痕。

我們鄰座這四位在滿足了最初的口腹之慾後，也和我們一樣到了吃甜點的時候。我們這邊一直保持靜默，他們便以為四下只有他們自己。在裊繞的雪茄、醺人的香檳、美味的甜點助興下，他們談起了私密的話題。他們這番話讓人從骨子裡透出一股陰森森的涼意，聽完，再柔和的感情也會變僵硬、再崇高的靈感也會消散、笑聲會顯得尖刻、歡樂會轉為怨恨。我們從中可以清楚窺見沒有上帝保護的靈魂有多麼空虛，他們講這番話只有滿足自己自私之心的動機，而自私正是我們這個和平時代的產物。他們這番話唯有狄德羅不敢出版的《哈摩的姪兒》可以相比，狄德羅這本攻擊人類的小冊子刻意寫得十分放肆，為的是揭人類的瘡疤。他們的言談是赤裸裸的，狄德羅認為尚可討論的東西，他們也毫不敬重。他們是用毀壞來建

2《居斯塔夫》（Gustave）：指法國劇作家尤金．斯克里布（Eugène Scribe, 1791-1861）的舞劇《居斯塔夫三世》，在舞劇最後一幕，人物頭上都戴了雙面面具。

設，他們否定一切，只崇拜懷疑論所接受的一樣東西：金錢萬能、金錢全知、金錢全通。

他們惡意地批評了一番相識的人之後，又把矛頭對準了親暱的友人。在畢希烏開始講話時，我比了個手勢，向同伴示意我想留下來聽。於是我聽到了一場最駭人的即席演講，難怪這位演講者受到幾位憤世者的崇拜。雖然他的談話常常被打斷，停停講講，我還是靠我的記憶把它全部記了下來。他這番話從內容到形式全稱不上是文學作品，不過卻是描寫我們這個時代光怪陸離的現象之雜錄。在我們這個時代，大概就只適合講這類的事，如果有人要追究責任，我只好把它推給演講者了。畢希烏描寫登場人物的對話時，不時變換嗓音，同時模仿他們的一舉一動。想必他表演得極為逼真傳神，因為另外那三名聽眾不斷發出讚嘆聲，不斷喝采。

「哈斯提涅拒絕你了？」布朗岱對費諾說。

「悍然拒絕。」

「但你用報紙來威脅他了嗎？」畢希烏問道。

「他哈哈大笑。」費諾回答。

「哈斯提涅是已過世的德．馬爾塞的直接繼承人。不管是在政治圈或是社交界，他都會闖出一條路的。」布朗岱說。

「但他是怎麼發財的?」庫蒂赫問道,「一八一九年,他和鼎鼎大名的畢安雄還住在拉丁區破舊的膳宿公寓裡呢。他家裡的人省吃儉用,只吃烤金龜子、只喝本地產的葡萄酒,就為每個月給他寄上一百法郎。他父親的地產還不值一千埃居,他還有兩個妹妹和一個弟弟要養,而現在——」

「現在,他每年有四萬法郎的收入,」費諾接著說,「他兩個妹妹都得到了一筆豐厚的妝奩,而且和貴族人家結了親。他還把地產的使用收益權給了他母親——」

「在一八二七年,我還見他身無分文呢。」布朗岱表示。

「喔,一八二七年!」畢希烏說。

費諾說:「可是啊,現在他眼看著就要成為大臣、成為貴族院議員,想當什麼就當什麼!他三年前就和黛爾芬和平分手了,將來只會和有頭有臉的人家訂親,大可以娶一個貴族家的女兒。他呀,他可是懂得怎麼勾搭闊太太!」

「朋友們,我們要想他也是情有可原啊,」布朗岱表示,「他雖擺脫了窮困,卻又落入一個狡獪男人的手裡。」

「你很瞭解紐辛根嘛,」畢希烏說道,「剛開始,黛爾芬和哈斯提涅認為他是好人。在紐辛根眼中,女人就像屋裡的一件小玩意、一個小擺設。對我來說,他是個很務實的人,因為紐辛根明明白白地說，他的妻子就是他財富的象徵，是一件不可少的東西，不過對事業壓力沉重的政治家、金融家來說，這東西卻是次要的。他就曾在我面前說，波拿巴最初對約瑟芬的態度蠢得就像個小市民，他既然有勇氣拿她當墊腳石，後來幹嘛還蠢得跟她結婚。」

「對女人，地位高的男人都應該持東方人的看法。」布朗岱說。

「紐辛根男爵融合了東西方的理論，創立了迷人的巴黎學派。他厭惡不聽他指使的德·馬爾塞，而哈斯提涅則頗得他的歡心。他利用了哈斯提涅，哈斯提涅卻毫不知情。他把自己家中的事全推卸到哈斯提涅身上——哈斯提涅得負責滿足黛爾芬隨時興起的欲望、他得陪她到森林散步、得陪她上劇院。這個小小政客今天可紅了，但在過去很長一段時間，他必須花很多時間看情書、寫情書。剛開始，歐仁·德·哈斯提涅動不動就挨罵；黛爾芬開心，他就得跟著開心，黛爾芬悲傷，他就得跟著悲傷。黛爾芬頭疼，他得分擔，黛爾芬要跟他講知心話，他就得聽。他把他時時分分的全部時間、把他寶貴的青春都拿來填補這個無所事事的巴黎女人的空虛。他們兩人一談起什麼配飾最適合黛爾芬，就會談得沒完沒了。她發火，他得勸慰，她說俏皮話，他得一旁陪笑。不過，就像是為彌補他似的，黛爾芬得在男爵面前裝嫵媚、獻殷勤。男爵在一旁暗自發笑。然後當他發現哈斯提涅承擔了黛爾芬的苦樂時，他就露出猜疑的表情，這使得哈斯提涅和黛爾芬都恐懼起來。」

「我可以想像一個闊太太能讓哈斯提涅過體面的日子，但他的財富是從哪兒取得的呢？」庫蒂赫問，「他今天擁有這麼大一筆錢總有個來頭吧？可是有誰聽說他做過一筆好買賣？」

「他是繼承來的。」費諾說。

「繼承誰？」布朗岱問。

「一些他認識的蠢蛋。」庫蒂赫接著說。

「他並沒有取得全部，我的小心肝，」畢希烏說，「……各位別驚慌，我們活在一個和欺詐相親的時代。我來向各位說明他財富的由來吧。首先，就讓我向這位才智之士致敬！我們這位朋友並不像費諾說的只是個毛頭小伙子，而是一位懂得賭博、懂得紙牌戲的紳士，賭館裡的人都很敬重他。哈斯提涅在該精明的時候比誰都精明，他有如軍人，如果沒有九十天的期限、沒有三個人簽字、沒有保人，他是絕拿不出勇氣的。他有時顯得專斷，有時說話顛三倒四，念頭一點也不連貫，計畫也沒個恆心來執行，沒個固定的主意；但是一遇到正經事，他就會拿出一套策略，全力以赴。不像布朗岱你總是代替鄰人吵架，分散自己的精力。哈斯提涅集中精神，研究他該盡力突破的方向，然後拚全力衝刺過去。他以繆拉元帥的氣勢，衝進對方的陣營，把股東、老闆，和整個店衝得唏哩嘩啦。一旦他衝破缺口，他又回到他疏懶、無憂的生活，他又成為懶散的南方人，沉溺在感官享樂中，說些有的沒的話。這個遊手好閒的哈斯提涅直睡到中午才起身，因為在緊要關頭他可沒闔過眼。」

「說得好，但你還沒說他財產是怎麼來的。」費諾說。

「畢希烏會告訴我們一件事，就是，」布朗岱表示，「哈斯提涅的財產就是黛爾芬·德·紐辛根。這女人很出色，膽大心細。」

「她曾借過錢給你嗎？」畢希烏問。

他們四個人都笑了起來。

「你錯看她了，」庫蒂赫對布朗岱說，「這女人不過就是愛說幾句或多或少刻薄的話，忠貞地愛著哈斯提涅，卻教他為難。她也對他百依百順。她是個不折不扣的義大利女人。」

「她對錢的態度可就不是這樣。」昂多希·費諾尖刻地說。

「好了，好了，」畢希烏以討好大家的聲調說，「就我們剛剛所說的，你們還敢譴責可憐的哈斯提涅是靠紐辛根銀行的錢過活嗎？還敢譴責他住在別人為他安置的房間裡，就像過去電鰩小姐[3]依賴我們的朋友德·呂波勒斯那樣？你們落入了聖德尼街的鄙俗之見中了。首先，抽象地說，依照侯耶·科拉爾的說法，這個問題可以經受得住『純理性的批判』，至於非純理性……」

「他又來那一套了！」費諾對布朗岱說。

「不過，」布朗岱高聲說，「他講的有道理。這是個老問題了。拉．夏泰涅赫和賈爾納克之所以會有一場生死決鬥，就是因為這樣。賈爾納克被控和他的岳母關係密切，因為他岳母太寵他了，成天供他花天酒地。假如事情是真的，就不該說出來。但亨利二世還是惡語中傷了賈爾納克，拉．夏泰涅赫為了對國王盡忠，把事情攬到自己頭上，因此發生了這場決鬥。於是法語中就多了這麼一句成語，豐富了法語：『賈爾納克的一擊』。」

「啊，這句成語還真有來歷，來頭不小！」費諾說。

「你過去是報紙、雜誌的老闆，不一定知道這個。」布朗岱說。

「這世上有些女人，」畢希烏接著說，「也有些男人會將自己的生命分成兩半，只把一半分給人——注意，我在此發表的意見是以人道主義的說法為依據——這樣的人認為任何物質利益都和感情不相涉；他們會為一個女人付出自己的生命、時間、榮譽，但是大可不必因此糟蹋印有『偽造者依法處死』的薄紙片，把感情和利益混在一起。反過頭來，這些人也不

3 電鰩小姐（La Torpille）：指的是巴爾札克著作《煙花女榮辱記》（Splendeurs et misères des courtisanes）的女主角艾斯黛（Esther）。電鰩小姐是她從妓所用的雅名。

會接受女人的贈與。沒錯，如果認為靈魂的結合應該伴隨著利益的結合，那麼這就是件可恥的事。這種理論提倡的人多，實行的人可就不多見了……」

「嗐！」布朗岱說，「真是胡謅！那位風流成性的黎希留元帥，在壁爐裝上暗門那件事之後，還送給德．拉．波普里尼耶爾夫人一千金路易的生活費。天真的阿涅絲．索赫爾把她的財產全送給了查理七世，查理七世也全數收下。賈克．哥爾出資維護法蘭西的王位，國王聽任他這麼做，最後他卻像個女人似的對國王挾怨以對。」

「各位先生，」畢希烏說，「沒有永續的情誼做為基礎的愛情，對我來說，就像是暫時的情慾放縱。既然對情感有所保留，又何必說自己是全意投入？我們是不可能調和這兩種針鋒相對而又同樣不道德的理論的。依我的看法，畏懼與人徹底結合的人，心裡必定是認為彼此早晚要分手。因此，幻想可以休矣！一個不認為自己的激情是永恆的人，那麼這人就是可恥的——這句話全然是出於芬乃倫之口——所以那些世故的人、善於觀察的人、正人君子、衣冠楚楚的人，那些為了老婆的財富而結親卻不會因此臉紅的人，他們都認為非常有必要把利益和感情分開談。其他那些只知道愛，以為天底下就只有他和他的情婦兩個人，這種人是瘋子！這種人把百萬金錢視若塵土，卻把情人的手套、情人佩戴的茶花看作價值百萬！在這種人家裡你看不到他花錢如流水，不過卻能在漂亮的杉木盒子裡看到他精心保存的殘花碎瓣！這種有情人是你我互相交融的。對他們來說，並沒有所謂的『我』。『你』，就是上帝的化身。你能拿他們怎麼辦呢？你禁止得了這種藏在心裡的病？這世上總有一些傻子，他們只會愛，不會算計，也總有一些明智之士，他們在愛中不忘精打細算。」

「畢希烏，真是高見，」布朗岱高聲說，「費諾你覺得呢？」

「在其他地方，」費諾把頭抬得高高地說，「我的說詞會和紳士們一樣。不過在這裡，我想——」

「會和有幸與你一起用餐的無賴的說詞一樣。」

「真的，是這樣沒錯。」費諾說。

「那你呢？」畢希烏對庫蒂赫說。

「鬼扯，」庫蒂赫高聲說，「女人要是不拿自己的身體來做墊腳石，讓崇拜她的男人成功，那麼她就是個自私的女人。」

「你的看法呢，布朗岱？」

「我啊，我都是這麼做的。」

「呵！那麼，」畢希烏以更咄咄逼人的聲音接著說，「哈斯提涅的看法和各位不同。取了東西而不還，是醜惡的，甚至是有些輕薄。不過，取了而百倍的奉還，學那爵爺的風範，那就具有騎士精神。哈斯提涅就是這麼想的。哈斯提涅覺得自己與黛爾芬·德·紐辛根錢財不分是非常丟人的事。我可以告訴各位他心中有懊悔，我甚至還看見他在談起自己的處境時，淚水在眼中打轉。沒錯，他真的為此傷心流淚！……是在晚飯後。那麼，根據你們——」

「啊！你又想嘲諷我們了。」費諾說。

「我絕沒這個意思。我們現在講的是哈斯提涅，根據各位的說法，他的痛苦證明了他的墮落，因為他對黛爾芬遠不如過去愛得深了！但是你又能怎麼樣？這可憐的孩子心裡扎著一根刺。他是個道德深深敗壞的紳士，而我們卻是德行高尚的藝術家。於是呢，哈斯提涅想要黛爾芬富有起來，而他自己卻是窮鬼，黛爾芬早是個富太太！你們相信嗎？……他終於辦到了。哈斯提涅起初準備像賈爾納克一樣爭鬥一場，後來卻成了亨利二世的應聲蟲。他用亨利二世這句話自勉：『沒有絕對的道德，只有見機行事。』他後來的財富就和這句話有關。」

「你應該快講講這件事，別再讓我們自己糟蹋自己。」布朗岱敦厚地說。

「哈哈！小子，」畢希烏一邊輕輕拍著自己的後腦杓，一邊說：「你喝喝香檳，損失就能補回來了。」

「咳，看在我股東的份上，就請你快講吧。」庫蒂赫說。

「我正要講呢，」畢希烏又說，「但你又提到什麼股東的，卻教我想到了結局。」

「所以故事裡涉及了股東？」費諾問。

「都是大富翁，就像你的股東一樣。」畢希烏回答。

「我覺得，」費諾裝得一本正經地說，「對好朋友你該客氣點，你免不了也會向他借個五百元什麼的——」

「小斯！」畢希烏喊叫起來。

「叫小廝做什麼？」布朗岱問他。

「要五百法郎還給費諾，這樣我就可以放心大膽地講，也順便撕了我的借條。」

「你就開講吧。」費諾一邊假笑幾聲，一邊說。

「你們做見證，」畢希烏說，「我可不受這個魯莽之人的管束，他以為憑五百法郎就可以教我閉嘴！要是你不懂得揣摩別人的心理，你永遠都別想當大臣。這樣吧，」他又用安撫的口吻說，「我的好費諾，我講我的故事，誰也不攻擊，這樣我們就兩不相欠了。」

「他馬上就要告訴我們，」布朗岱笑著說，「紐辛根怎麼讓哈斯提涅發了財。」

「差不多就是這個意思。」畢希烏接著說，「你們並不清楚紐辛根在銀行界是個什麼樣的人。」

「他早年的情況可惜你並不知道。」布朗岱說。

「我是在他家裡認識他的，」畢希烏說，「不過我從前也可能和他在大街上碰過面。」

「紐辛根銀行興盛起來真是我們這個時代的一件奇聞，」布朗岱說，「在一八〇四年，紐辛根還少有人知。當時的銀行家一聽說證券市場上有紐辛根銀行承兌的十萬埃居票據就會起哆嗦。這位偉大的銀行家在當時還覺得自己地位卑微。怎麼打響名號呢？他停止了支付。這下可好，他的名聲本來只限於史特拉斯堡和巴黎的普爾松尼耶區，這時突然傳遍所有證券市場！他用毫無價值的證券清算顧客，再開始重新支付。他的證券立刻在全法國流通起來；誰也不知道為什麼，他的證券又恢復了價值，重新受到歡迎，並且支付利息。紐辛根的證券這時變得很搶手。到了一八一五年，這傢伙在滑鐵盧戰役前將自己的資金集中起來，購買公債。在情勢緊繃之際，他又停止支付，以沃欽煤礦的股票結清帳款，售出的價格比他當初買進時高出百分之二十！各位，這是千真萬確的！他預先意識到了如今成為德·奧布里翁伯爵的老父親葛朗台要破產，就向那位老頭要債，奪去了他十五萬瓶香檳酒。他也從杜貝爾格手中奪走了相同數量的波爾多葡萄酒。這三十萬瓶每瓶以三十蘇收下的酒，我親愛的朋友，在一八一七年到一八一九年間，他請駐紮在巴黎皇家宮殿的聯軍品嘗，以每瓶六法郎賣出。紐辛根銀行的票據，和紐辛根銀行的名號，在歐洲已是人人皆曉。這位鼎鼎大名的男爵在別人可能跌得鼻青臉腫的深淵前竟然能夠翻身，直上青雲。他兩次清算帳款，雖然一開始他都恨不得把債權人給輾死，最後卻為他們帶來很大的收益！大家都認為他是世界上最正直的人。等他第三次停止支付時，紐辛根銀行的票據就會發行到亞洲、墨西哥、澳大利亞，甚至包括未開化地區。唯一能猜透他心腸的就只有另一位銀行家烏弗哈德。他能猜透紐辛根這個亞爾薩斯人、這個猶太人的兒子，是出於野心才皈依天主教。他說：『如果紐辛根丟下了金子，那他一定是抓住了鑽石。』」

「他的老伙伴杜．蒂耶和他是半斤八兩。」費諾說，「各位想想，杜．蒂耶出生時除了生存所不可或缺的軀體之外，其實是一無所有。一八一四年時這傢伙還一貧如洗呢。如今他就如各位所見的飛黃騰達了。這些年他交了些朋友，卻沒有樹敵，是我們這些人誰也做不到的——我沒說你，庫蒂赫——再說，他徹底隱藏了他的過去，你得去挖挖陰溝，才能挖出他的一八一四年還在聖奧諾雷街的香水店當過小伙計。」

「喂！喂！喂！」畢希烏搶著說，「可別拿杜．蒂耶這種小角色來和紐辛根相比。杜．蒂耶只是個鼻子靈敏的豺狼，他聞得出來哪裡有屍體，一嗅到便第一個衝上去啃塊好骨頭。不過，看看這兩個人的外型可是天差地異——一個像隻瘦貓，細瘦、高䠷，另一個則寬寬胖胖、肥肥厚厚，沉重得像口袋子，又如外交官員一樣不動如山。紐辛根的雙手厚實，目光像山貓，從來不露聲色。他的深沉不顯在前面明處，而是在後頭暗處。他是個讓人難以猜透的人，誰也想不到他就這麼發了跡。而那個杜．蒂耶呢，他就像拿破崙曾對某人說的：『紡得太細的紗，遲早會斷的。』」

「就我來看，紐辛根只有一點勝過杜．蒂耶，就是紐辛根比較明智，明白一個銀行家只該當個男爵，而杜．蒂耶竟想在義大利弄個伯爵的名號。」布朗岱說。

「布朗岱你這麼認為嗎？……老友，我補充一句，」庫蒂赫說，「首先，紐辛根有膽子說正人君子都只是做表面功夫。再者，要瞭解他這個人，就得瞭解他的生意。在他而言，銀行只是個小小的部門。他還賣東西給政府，像是葡萄酒、羊毛、染料，總之，只要能賺錢的他都賣。他可說是包山包海。這位金融界的大象能把議員賣給大臣、能把希臘賣給土耳其。在他看來，商業是——就如辜贊[4]說的——萬品之總、百業之首。銀行就這樣成為一種政治，它需要一個強而有力的頭腦，他能把一個受過鍛鍊的人推到道德準則之上，對這樣一個人來說，道德準則太狹隘了。」

「小傢伙，你說得有理，」布朗岱說，「不過也只有我們才知道，在這金錢世界裡從此要煙硝四起了。銀行家都是些征服者，他們犧牲萬人性命，為的只是獲得那避人耳目的目的，他的軍士就是許多顧客的個人利益。他籌謀規劃，設下埋伏，調兵遣將，攻城掠地。大部分的銀行家都和政治靠得太近，以致最後都會捲入其中，葬送了自己的財產。內克爾銀行就是這麼被毀的，著名的薩姆爾·貝爾納也幾乎因此破產。每個世紀都有身懷鉅資的銀行家最後沒留下財產，也沒留下繼承人。像是打倒羅的巴禮斯兄弟，還有羅本人都是如此——建立股份公司的人在羅面前都像是侏儒。還有布黑、博仲等人，他們在死後都沒留下後裔。銀行就像時間一樣，吞吃了自己的孩子。為了能夠傳承，銀行家得成為貴族，就像查理五世的放款人富蓋爾一樣雄霸一方，富蓋爾被冊封為巴本豪森親王，血脈傳衍到現在……這從《戈達年鑑》裡就可以見到。銀行家出於自我保護的本能尋求著貴族的頭銜，但說不定連他們自己都不知道這一點。賈克·哥爾即建立了一個貴族大家族，也就是諾穆提耶家族，卻在路易十三時傾頹了。賈克·哥爾這人具有何等的活力，傾家蕩產就為了維護合法君王！他死時仍身為愛琴海一個小島上的親王，他在島上還建了一座宏偉的教堂。」

「唉！如果你要上歷史課，那我們可就脫離現在這個時代了。現在啊，君王冊封貴族的權利被剝奪了。什麼男爵、伯爵都是關起門來自己亂封的，真是可悲！」費諾說。

「你是為我們再也不能用金錢買官爵而感到遺憾吧，」畢希烏說，「你是對的。我要言歸正傳了。你們認識博德諾爾嗎？不認識，不認識，不認識。好啊！一切都煙消雲散了！十

---

4 辜贊（Victor Cousin, 1792-1867）：法國哲學家。

年前這可憐的小子還是個有名的紈袴子弟，但現在則落得一無痕跡，你們都不認識他，就像費諾剛剛不知道『賈爾納克的一擊』這個詞的來由一樣——費諾，我只是隨口說說，並沒有戲弄你的意思！——不過，說真的，博德諾爾其實是來自聖傑曼區的世家子弟。

「好吧，我就拿博德諾爾這個傻子做為第一個出場的人物。首先，他的全名是高德華·德·博德諾爾。不管是費諾、布朗岱、庫蒂赫或是我，誰也不會否認這個姓氏享有一定的優勢。當三十個戴著斗篷的漂亮女人，由她們的丈夫和愛慕者簇擁著等候馬車時，這小子走出舞廳，聽見別人叫他，這時，他是絕不會覺得自尊心受傷的。再者，他一如上帝所造的人一樣，四肢健全，身體健康；眼睛上既沒有翳，頭上又不戴假髮，也不用裝假腿肚；雙腿既不往外彎，也不往內屈；膝蓋沒有水腫的跡象，背脊挺直，身形削瘦，雙手白皙好看，一頭烏髮；雙頰不像雜貨鋪小伙計那麼紅，也不像卡拉布里亞人那麼黃。最後，最重要的一點是博德諾爾長得並不過分英俊，不像我們有些朋友只會倚仗自己的外貌，其他卻一無所有。不過，我們別談這個，剛剛說了，這是可恥的！博德諾爾槍法很準，騎馬技術也是一流。他曾經為瑣碎小事與人決鬥，但並沒殺了對方。

「你們可知道，十九世紀的巴黎什麼是最完整、最純粹、最美滿的幸福，什麼是一個二十六歲年輕人的幸福？要講清楚這個，就必須進到無以數計的生活小事中。鞋匠有了博德諾爾一雙腳的尺寸，讓他穿好鞋，他的裁縫師也喜歡幫他做衣服。高德華·德·博德諾爾說起話來聲音不渾濁，不帶加斯科尼的口音，也不帶諾曼第的口音，發音純正又準確，而且他領帶打得端端正正，就像費諾。德·埃格勒蒙侯爵是他靠裙帶關係而來的表哥，也是他的監護人——他是父母雙亡的孤兒，這是他另一幸事！——他可以去、也確實常去各銀行家的家裡作客，聖傑曼區的人卻沒譴責他和銀行家走得近，因為他年輕，而年輕人有權利把尋歡作樂當作唯一法則，避開淒涼陰暗的角落，到處找樂子。總之，他打了預防針——布朗岱，你明白我在說什麼。

「儘管他有這些優勢，他大概還以為自己日子過得悲慘。咳！咳！不幸的是，幸福似乎意味著某種絕對的東西，於是讓許多無知的人因此問道：『什麼是幸福？』一位很有才智的女子就曾經說：『你認為幸福在哪裡，它就在那裡。』」

「她說出了一個可悲的真相。」布朗岱說。

「也是合乎道德的真相。」費諾補充道。

「十足合乎道德！幸福，就像德行、像惡一樣，表示的是某種相對的事物。」布朗岱回說，「因此拉封丹才希望，那些被判刑的人會隨著時間習慣他們的處境，最後能如魚得水地待在地獄般的監牢中。」

「連雜貨鋪老闆也聽過拉封丹這番話！」畢希烏說。

「住在巴黎的二十六歲年輕人的幸福，和住在布盧瓦的二十六歲年輕人的幸福是不同的。」布朗岱說，彷彿沒聽見畢希烏打斷他的話，「有人根據這一點就痛罵輿論見風轉舵，這種人不是狡獪就是無知。現代醫學，其成就最高的階段是在一七九九年到一八三七年之間，從推斷階段轉到實證科學階段，偉大的巴黎分析學派在這個轉變中起了巨大的作用。現代醫學已經證實，經過一定時期，人就會有面目一新的變化……」

「人一變化起來就像是貞諾的小刀[5]，但你看他卻一直是一樣的。」畢希烏接著說，「因此，我們稱之為幸福的這件小丑百衲衣，是補上了許多菱形補丁的；而我們這位高德華，他衣服上並沒有破洞，也沒有髒汙。一個二十六歲的年輕人要是有了愛情，也就是說如果有人愛上他，是會很開心的。但人家會愛上他，並不是因為他青春洋溢，也不是因為他聰明伶俐，更不是因為他風度翩翩，甚至也不是因為他心懷愛情，而是不知不覺就愛上了。不過，以侯耶·科拉爾的話來說，這樣的愛終究還是抽象的。這位年輕人身上可能帶著一個情人繡的荷包，裡面卻可能一文不名。他可能拖欠房東的房租、拖欠鞋匠的鞋錢、拖欠裁縫師衣服的錢，弄得最後那裁縫師不再喜歡他。總之，他可能是個窮光蛋！窮困老是來破壞這位年輕人的幸福，他又不和我們一樣主張財產要匯合在一起。我真不知道有什麼比精神上幸福、物質上卻極端貧困更令人討厭的事。這就好像我現在的處境，一隻腳被門外吹來的冷風凍僵了，另一隻腳被爐火的火炭烤得炙熱。我希望你能明白我的意思，布朗岱，你背心的口袋似乎與我同感？你我之間且把心放下不談，心會破壞了思想。我們繼續說下去吧。

「高德華．德．博德諾爾倒是博得一些供貨商的敬重，因為他的供貨商總收得到錢。我們剛剛提到的那位有才智的女子，我沒說出她的姓名來，因為她固然不是好心人，但是她還活著——」

「她是誰呢？」

「她就是埃斯巴爾侯爵夫人！她曾說：『年輕人應該住在公寓底層與二樓之間的半樓，他家裡不應該讓人聞出一點家的味道，沒有廚娘，也沒有廚房，而是由一個老僕人伺候他，而且他不得羨慕安穩的家居生活。』在她看來，其他的住房都是壞品味。高德華．德．博德諾爾倒是遵從這個守則，他住在馬拉凱河濱道的一個半樓裡。不過，他不得不和一些結了婚的人一樣，在房間裡擺一張床，這張床又小又窄，他很少睡在上面。假如有個英國女子碰巧

---

5 貞諾的小刀（couteau de Jeannot）：法國故事典故。貞諾把小刀換了多次刀鋒、刀柄，但在外人看來他的小刀還是同一把。

來到他的住處，她不會看到任何『不合禮儀[6]』的東西。費諾，你稍後可以請人跟你解釋，在英國所謂『不合禮儀』這條偉大的戒律是什麼！不過，我既然有張一千法郎的借據在你手上，就先讓你對這事有個概念。我呀我，曾經去過英國！」（他湊近布朗岱耳邊說：「我為他增長見識，這何止值兩千法郎。」）

畢希烏繼續說：「在英國，費諾你和一位女士在晚上，不管是在舞會或是任何地方，混得很熟，第二天，你在街上遇見她，你露出了認識她的表情——不合禮儀！你出席晚宴，發現左手邊穿著燕尾服的賓客是個頗有魅力的人，他聰明、隨和，一點也不傲慢，他一點也沒有英國人的架子，而你遵循法國人尋找親切的人作伴的這個優良傳統，你上前和他攀談——不合禮儀！在舞會上，你迎向一位美麗女子想和她共舞——不合禮儀！你亢奮，你爭辯，你嗤笑，你在談話時坦露自己的心、自己的靈魂、自己的思想，你表露自己的情感，在賭館裡你就賭，在說話時你就說，在吃飯時你就吃——不合禮儀！不合禮儀！不合禮儀！我們這個時代最有靈性、見解最深刻的斯湯達爾就曾經表示，一位不列顛爵爺即使是一人在爐火前獨處，也絕不敢翹起腿來，怕的就是『不合禮儀』！一位英國女士，即使她是激烈的新教徒——就是那種寧可讓一家人餓死，也不能教他們『不合禮儀』的嚴厲新教徒——在臥房裡和兩名男士胡搞，也不算是『不合禮儀』。但她如果在這同一間臥房裡接待一個朋友，可就自喪名節了。就因為這『不合禮儀』的緣故，倫敦和它的居民遲早會化為一堆石頭的。」

「英國人在他們自家裡用你說的這種冷靜態度鄭鄭重重地做了許多蠢事，而我們有些無知的人竟想把這一套搬到法國來。」布朗岱說，「這真會教那些去過英國見識過這些、而念念不忘優雅迷人的法國風俗的人打起冷顫。英國作家華特．司各特也曾因為害怕『不合禮儀』，不敢如實地描繪女人的形象。最近，他還後悔在《愛丁堡監獄》中創造了艾菲這個美麗的角色。」

「你可不想在英國犯下『不合禮儀』的錯誤吧？」畢希烏對費諾說。

「呃，怎麼樣呢？」費諾說。

「你倒是往杜樂麗公園去看看一座狀似消防員的大理石雕像，雕刻家稱他為『地米斯托克利』的，請學學這座雕像走路的樣子，那你就不會『不合禮儀』了。多虧高德華謹守了『不合禮儀』的偉大戒律，他的幸福才得以完滿。我們往下說故事。

「高德華有一個僕人[7]，是僕人，而不是侍者，只有對世事懵懂無知的人才會把僕人喚作

---

6 在法文原文中，此處的「不合禮儀」是以英文 improper 來表示。以下皆同。

7 此處法文中「僕人」這個字用的是「雄虎」（tigre）。所以後面有「雄虎可沒這麼漂亮」、「老虎是雄是雌有了爭議」的說法。

侍者。他的僕人是個矮小的愛爾蘭人，名叫帕第、喬畢、托畢——隨你高興怎麼叫——身高三法尺，身寬二十法寸，長著一張鼬鼠臉，神經像浸泡在琴酒裡一樣剛強，像松鼠一般敏捷，駕起車來非常熟練，在倫敦、在巴黎從沒出過差錯。他雙眼如蜥蜴，和我的眼睛一樣敏銳，騎在馬上恰如義大利著名騎師老法蘭寇尼，他金黃的頭髮就如魯本斯筆下的金髮少女。他雙頰紅潤，人如親王一樣低調，更有如退休的訴訟代理人一樣有教養，他年紀只有十歲。

「總之，他是個真正墮落之人，愛賭錢、講髒話，喜歡蜜餞和潘趣酒，辱罵起人來連篇累牘，大膽狡猾比得上巴黎街頭的頑童。他原來是一位著名英國爵士的招牌和錢袋，替爵士在賽馬場上贏得了七十萬法郎。爵士很愛這個孩子；他這個僕人是個珍寶，在倫敦沒人有年紀這麼小的僕人。喬畢騎在賽馬的背上，神態有如梟鷹。但是後來呢，爵士遣走了托畢，不是因為他太貪吃，不是因為他偷竊、不是因為他傷人、不是因為言語犯上、不是行為不檢、不是沖犯了夫人、不是把手伸進了夫人貼身女僕的口袋、不是接受了爵士賽馬場上對手的賄賂、不是禮拜天玩樂過頭，總之，他沒犯任何過錯。所有這些事，托畢都可能做了，他甚至不等爵士詢問，就對爵士承認了這些事。爵士會原諒僕人的過錯。爵士很喜歡托畢，會寬容他許多作為。托畢駕了一輛雙輪馬車，兩匹馬一前一後地跑著，他騎在後面那匹馬上，雙腳不超過車轅，模樣就像義大利繪畫中散布在天父身旁的小天使。一位英國記者就曾精巧地描繪了這個小天使——他認為雄虎可沒這麼漂亮，敢打賭帕第一定是隻被人馴養了的雌虎。這篇文章惹出了是非，還可能因此成了頭號的『不合禮儀』。頭號的『不合禮儀』是會上絞刑架的。爵士就為這緣故遣走了托畢，夫人非常讚許這個明智之舉。

「『老虎』是雄是雌有了爭議，這使得托畢到處找不到下一個雇主。這時候，高德華在倫敦的法國使館裡發展得有聲有色，他也聽說了托畢、喬畢、帕第的遭遇。他見到托畢時，這孩子手裡正拿著一罐蜜餞在流眼淚，因為他弄丟了爵士為他的不幸所補償的金幣。高德華．德．博德諾爾回法國以後，便帶了這個英國最迷人的僕人。高德華之所以出名，就是靠這個僕人，就像庫蒂赫是靠他的背心出名一樣。他因此輕而易舉地進入今日所謂的格拉蒙俱樂部的聯盟裡。他辭去外交官的職務之後，一些有野心的人也就不防他了。他沒有危險的思想，所以不管到哪兒都受歡迎。

「我們這些人啊，只要看見別人的笑臉就會覺得自尊心受損；我們就喜歡看嫉妒之人的那張痛苦鬼臉。高德華不喜歡自己被人討厭。各人有各人的口味！我們現在就來談點具體的，談點物質生活如何？

「我在高德華的公寓裡吃過好幾次午飯，知道他公寓以一間神祕的化妝室著稱。這間化妝室布置得很高雅，有許多舒適的東西，像是壁爐、浴缸。它通向一座小樓梯，門扇發出的聲音不大，門鎖開啟容易，鉸鍊不作聲，窗戶裝著毛玻璃，掛著遮光的窗簾。如果說臥房呈現的是，或者應該呈現的是，要求最高的水彩畫家所希望的那種美麗的雜亂，如果說這裡的一切都散發著優雅的年輕人放蕩生活的氣息，那麼這間化妝室就如同是一座聖殿了——潔白、乾淨、整齊、溫暖、沒有穿堂風，地上鋪了地毯，好讓人可以在慌亂中赤著腳、穿著襯衣跳進去。這裡處處有一個真正懂得生活的人、真正自己作主的人的印記！因為在這裡，我們看到的是生活的細節，它能暴露人的個性，在片刻之間就顯示他到底是個人才還是蠢才。剛剛提到的那位侯爵夫人，不，應該是德．侯什費德侯爵夫人，她曾氣沖沖地從一間化妝室裡走出來，此後再也不踏進一步。她可是什麼『不合禮儀』的東西都沒看到。高德華在這化妝室裡擺了一個小衣櫃，裡面裝滿了——」

「女人的內衣！」費諾說。

「又來了，你這偉大的杜爾卡黑[8]！——我永遠沒辦法讓他成材！——不是女人內衣，而是裝滿了糕點、水果、精緻的小瓶瑪拉加酒、呂內勒酒、路易十四時代的小吃，可以教一些講究吃食的人、教一些富貴人家的胃口得到滿足。有個精通獸醫之道的狡黠老僕人，他既看管馬匹又照護高德華，因為他是已故的博德諾爾先生留下來的僕人，對高德華懷有深深的情感。僕人對主子的這種病態情感，現在終於因為他們自己有能力儲蓄而治癒了。

「物質的幸福全都建築在數字之上。對巴黎生活瞭如指掌、連它畸形的骨骼也深有所知的各位，你們可以猜想得到，他過這樣的生活大約要有一萬七千古銀的收益，因為他繳了十七法郎的稅金，又隨心所欲地亂花了一千埃居。呀，我親愛的朋友們！在他成人那天，德・埃格勒蒙侯爵向他公布了監護帳目——我們對子姪輩是不可能做到這一點的——在總帳上給他記了一筆一萬八千古銀的年金。他父親的鉅額財富被共和時期的大貶值蝕了一大筆，又在帝制時期被人拖欠帳款。他僅剩的就是這些了。這位正直的監護人還在紐辛根銀行存了三萬多法郎，就存在他的被監護人高德華名下。他還以爵爺的莊重、帝國士兵的隨和態度告訴高德華，他積攢下這筆錢是要讓他這個年輕人揮霍的。『高德華，要是你聽我的，』他補充說，『與其像別人那樣蠢蠢地把錢花掉，還不如把它揮霍在有用的事情上，你可以答應到義大利杜林大使館當個隨員，然後到那不勒斯，再從那不勒斯到倫敦。有了這筆錢，你可以玩樂，又可以長見識。稍後，如果你要從事個職業，這段時間和錢都不算是白白浪費。』已故的德・埃格勒蒙為人比他的名聲好得多，以後如果有人議論到我們，我們是不可能有這樣的名聲的。」

8 杜爾卡黑（Turcaret）：法國劇作家勒薩日（Alain-René Lesage, 1668-1747）喜劇作品《杜爾卡黑》的主角。

「一個二十一歲的年輕人一開始就有一萬八古銀的年金，他遲早要毀了。」庫蒂赫說。

「除非他很節儉吝嗇，或者是才華出眾。」布朗岱說。

「高德華遊歷了義大利四大名城，」畢希烏接著說，「他也到過德國、英國，還去了一下聖彼得堡以及荷蘭等地。但是他花光了上面所說的三萬法郎，因為他日子過得彷彿他有三萬古銀的年金一樣。他不管到哪兒，吃的都是上等的雞鴨、肉凍，喝的都是法國葡萄酒，處在講法文的環境裡，總之，他根本就像是沒離開巴黎。他也真的想要敗壞自己的心，讓自己有一副鐵石心腸，不再幻想，學會無論聽什麼話都不臉紅，學會談話不著邊際，學會窺探有權有勢之人的祕密……唔！他好不容易學會了四種語言，也就是說，表達一個念頭必須要四種語言去應付。他和好幾個享有亡夫遺產的枯燥無聊的寡婦交好，也就是國外所稱『好福氣』的寡婦，後來卻和她們分了手、回了國。他人很害羞，懵懵懂懂，心地善良，充滿自信，對有幸邀他到家裡作客的人他從不說壞話。他過於誠摯，以致不夠圓滑。總之，他就是我們所說的光明磊落的好孩子。」

「簡單說，就是個身上帶有一萬八千古銀的年金、一見到什麼股票就投資的小男孩。」庫蒂赫說。

「這個天殺的庫蒂赫，早就習慣了提前分紅，竟也提前說出了我故事的結局。我說到哪兒了？說到了博德諾爾回到法國。當他在馬拉凱河濱道住下來時，除了日常開支以外，即使剩下一千法郎，還是難以支付義大利人劇院和歌劇院的包廂。他和人打賭輸了二十五或三十金路易，自然得掏錢付給人家。要是他打賭贏了，他便拿錢去花用。我們是不會這麼做的，除非我們蠢得相信打賭會贏錢。博德諾爾因為一萬八千古銀的年金不夠花，便覺得有必要創立我們今日所謂的『營運資金』，他一心一意只想『別斷送了自己』。他去請教他的監護人德．埃格勒蒙對他說：『孩子，公債的面值已經與市場價格相等。賣掉你的公債吧。我自己的公債和我太太的都已經賣掉了。我把全部的錢都存在紐辛根銀行，他們付我百分之六的利息。跟著我這麼做，你還會多百分之一的利息，你可以拿多出來的這分利愉快過日。』

「三天後，我們這位博德諾爾果然就愉快過日了。他的收入與他多餘的支出相平衡，他的物質生活得到了保障。

「如果可能只以一個目光來詰問巴黎所有的年輕人——因為在最後審判時，據說就會有一道目光詰問各個世代千百萬受苦的人，無論是國民自衛軍或者是未開化的野蠻人——問問他們，一個二十六歲年輕人的幸福是否是：能夠騎馬出門，或是能有一輛單人或雙人馬車，配置上一個像拳頭大小的僕人，就像托畢、喬畢、帕第一樣臉色紅潤；晚上花十二法郎租用一輛舒適的雙座四輪馬車；穿著優雅，合乎早上八點、中午十二點、下午四點，和晚上的服裝規範；在所有的大使館都受到良好的接待，與來自不同國家的人萍水相逢，一同採擷轉瞬即逝的友誼之花；長得好看而不俗，有好名聲、好服飾和好儀表；住在迷人的小小半樓裡，裡頭打理得就像我剛剛說的馬拉凱河濱道的那間半樓一樣；能夠請朋友到侯薛．德．康加爾飯店用餐，不用事先掂掂自己的荷包，而且在做這一類正當活動時，不必被『很好，但錢呢？』這句話所阻攔；在三匹純種馬的耳朵上能常常繫上新的粉紅飾帶，自己戴的帽子總能有新的襯裡。

「所有自覺高人一等的人，包括我們，都會回答說這樣的幸福並不圓滿，就像沒有祭壇的瑪德蓮。圓滿的幸福必須是愛人且被愛，或者是愛人而不被愛，或者是被愛而不愛人，或者是能夠亂七八糟的愛。現在我們來講講精神上的幸福吧。

「一八二三年一月，當博德諾爾在他喜歡去的巴黎各個社交場合中立定了腳跟，可以賣弄他的口才，開始要享受的時候，他感覺到自己需要有把小陽傘遮蔭，感覺到自己需要一個好女子來讓他惆悵惆悵。他可不想像那些聚集在歌劇院迴廊上的年輕人一樣，像籠中雞似的咕嚕咕嚕叫，嘴裡還咬著從佩沃夫人那裡花十蘇買來的玫瑰花莖。總之，他下定決心要把他的感情、他的思想、他的愛意全都奉獻給一個女人。一個女人！天哪，女人！啊！

「他首先起了個荒唐的念頭，就是想要有一段受苦的愛情。他在他美麗的表姐德．埃格勒蒙夫人身邊打轉了一段時間，卻沒注意到有位外交官早已和她合跳了浮士德的華爾滋。到了一八二五年，他一再嘗試、一再尋求、一再徒勞地調情，還是沒找到他期望的愛的目標。激情果真是極為稀罕。在這個時代，不管是在馬路上，或是在風俗上都架起了路障！事實上，弟兄們，我告訴你們，『不合禮儀』已經蔓延到我們這裡來了！

「既然有人譴責我們和肖像畫家、和拍賣行老闆、和時裝店老闆娘相競爭，我就不向各位描述高德華看中的那個女人了。芳齡，十九歲；身高，一百五十公分；金髮、金眉毛；藍眼珠，前額中等，鉤鼻子，小嘴巴，下巴短而翹，鵝蛋臉；特徵，無。以上，就是他心上人的樣子。各位可千萬別比警察、比全法國的市長鎮長、比憲兵以及其他權力機關更苛求。她簡直就是梅迪奇的維納斯。這我敢以名譽作擔保。

「高德華第一次到紐辛根夫人家參加舞會時——紐辛根夫人就是藉著這些舞會博得好名聲——他在四對舞上見到了他意愛的女人。她一百五十公分的身材讓他驚嘆不已。如瀑布般激昂閃亮的金色頭髮襯在天真而清新的小小臉蛋上，她的臉就像是把鼻子貼在泉水的亮晶晶窗戶上，以觀看春天花朵的水神的臉——這是我們作文章的新風格，句子和我們剛剛吃的通心麵一樣長——同樣的金色眉毛——希望別讓警察署長不高興——能教親切的帕爾尼寫出六行詩，帕爾尼這位愛打趣的詩人會優雅地將它比擬為愛神邱比特的弓，並且提醒人注意箭鏃就在弓的下面。但這箭鏃無力，磨去了尖頭，因為時到今日它還帶有綿羊般的溫柔，就像是壁爐上的畫像裡的德．拉．瓦利耶夫人，當她不能於公證人面前表白情愛，而只能於上帝面前表白情愛時，就帶有這樣溫柔的表情。

「你們可知道金髮藍眼兼具，尤其它伴隨著又性感、又合禮儀、又軟綿酥人的舞蹈時會造成什麼樣的效果嗎？在這時候，年輕女子是不會大膽地勾引你的心的，不會像那些似乎是用西班牙乞丐似的目光問你『要錢還是要命！給我五法郎，不然我瞧不起你』的棕髮女郎。這些傲慢的美麗女人——而且還有點危險！——可能會取悅不少男人；不過，根據我的看法，論到要結婚，那些顯得極其溫柔、可人的金髮女子——她們既不放棄進諫男人、逗弄男人的權利，也不放棄無節制的言論，更不放棄假裝嫉妒和一切能讓女人更令人愛慕的東西——會比愛起來熱烈的棕髮女子來得穩當。

「這樣的女人真是難得。伊索兒，白皙得像個亞爾薩斯女人——她出生於史特拉斯堡，說起德文來帶著一點法國腔，迷人極了——她的舞跳得可好呢。警察局的雇員雖沒把她的腳列入記錄，但她的腳其實是可以寫在『特徵欄』裡的。她這雙腳小巧可愛，而且會跳老師傳們所謂的『劈哩啪啦』的特殊舞步，她的舞技可以和馬爾斯小姐討人喜歡的朗讀相媲美，因為所有的繆思女神都是姐妹，舞者和詩人一樣都是實實在在生活在人間。伊索兒的腳跳起舞來俐落、明確、輕盈、快速，頗能傳情達意——『她很有「劈哩啪啦」之風！』這是舞蹈界的唯一大師馬塞爾對她的最高讚美詞。當時的人談起馬塞爾大師，就如同在腓特烈大帝的時代談起腓特烈大帝一樣。」

「高德華寫過芭蕾舞劇嗎？」費諾問。

「寫過，像是《四元素》、《風流的歐洲》。」

「這是什麼時代，」費諾說，「爵爺們竟然供養起一群女舞者！」

「『不合禮儀！』」畢希烏說道，「伊索兒跳舞並沒有踮起腳尖，她雙腳實實踩著地面，搖擺身子，但不扭動身子，不多不少的性感，恰好合乎一個年輕小姐擺動的分寸。馬塞爾說的深富哲理，他說依照身分的不同，舞步應該也有不同——已婚婦女跳起舞來應該和年輕小姐不同，法官和金融家不同，軍人和侍從不同。他甚至認為步兵的舞步應該和騎兵的不同。而且他還從這一點分析了整個社會。所有這些細微的差別是我們想像不到的。」

「啊！」布朗岱說，「你這麼說倒是碰到了痛處。如果大家聽得懂馬塞爾的話，法國大革命就不會發生了。」

「高德華在歐洲遊歷時，如果沒仔細觀察國外的舞蹈就好了，」畢希烏表示，「沒有對舞蹈的淵博知識——但這知識被視為是沒價值的無聊小事——說不定他就不會愛上這位年輕小姐了。不過，在聖拉薩街的美麗客廳裡簇擁著三百名賓客，高德華是唯一能理解舞蹈所傳達出來、未曾有的情愛。大家都注意到了伊索兒·德·阿爾德里傑的舞姿。不過在這個每個人都叫嚷著『滑吧，別停下來！』的世紀裡，一個嚷著說：『看哪，這個年輕小姐舞跳得真棒。』——這是公證人辦事處的一個事務員——另一個嚷著說：『看哪，這個年輕小姐跳得真動人。』——這是一個戴頭巾的貴婦人——第三位，是名三十歲的婦人，也嚷著說：『看哪，這兒有個小姐跳得真不錯！』我們再回頭看看馬塞爾說的另一句名言，模仿他的話說：『四人舞真是夠看！』」

「你就說快一點吧！」布朗岱說，「你太故作風雅了！」

「伊索兒她，」畢希烏瞪了一眼布朗岱，接著說：「她穿著一件裝飾著綠色飾帶的白色縐紗洋裝，頭上帶著一朵茶花，腰上也插著一朵茶花，在她洋裝下邊也有一朵茶花，還有另一朵茶花在——」

「夠了，你這是桑丘在數他的三百頭羊了！」

「大爺啊，這就是文學！《克拉希絲》是部文學鉅著，總共有十四大冊，但是最差勁的滑稽劇作者能用一幕就把它講完。我但求講得盡興，你有什麼好抱怨的呢？伊索兒這身打扮教人看了愉快，難道你不喜歡茶花嗎？你喜歡大麗菊嗎？不喜歡，那好，賞你一個栗子。」

想必畢希烏丟了一個栗子給布朗岱，因為我們聽見了盤子上響了一聲。

「好吧，算我錯了，你繼續講？」布朗岱說。

「我繼續講，」畢希烏說，「哈斯提涅指著這個佩著一片葉片也不少的純白色茶花的小姐，對博德諾爾說：『娶這個女孩豈不是美事一件？』

「哈斯提涅和高德華是知心密友——『嗯，是啊，我也是這麼想！』高德華在他耳邊回答，『我心裡想，與其時時刻刻為幸福驚惶不安，與其好不容易傳遞了愛意，那人卻心不在焉，與其到義大利人劇院去看那心愛的女人頭上到底佩的是紅花或是白花、到森林去看馬車車窗上是否有一隻戴手套的手，就像米蘭人和科西嘉人所做的那樣；與其像僕人偷喝酒一樣，在門後偷偷吃一口點心；與其像郵差一樣耗盡心思的送信和收信；與其收到充滿柔情的兩頁——今天有長長的對開五大卷要讀——明天卻只收到兩頁，這真教人感到疲憊；與其尾隨在馬車後面、徘徊在樹籬旁邊，那還不如任由自己投入尚．雅克．盧梭所欽羨的激情中，盡情去愛一個像伊索兒這樣的女人。假如在交往的過程中，兩情果真相悅，那麼就娶她為妻。總之，當個幸福的維特！』

「『這真是滑稽可笑。』哈斯提涅沒有笑，他說：『如果我是你，說不定我會投入禁慾主義，享受其中無限的樂趣，既新鮮，又獨特，而且還省錢。你的蒙娜麗莎甜美可人，但是蠢得跟芭蕾舞音樂一樣。別怪我沒有事先警告你。』

「哈斯提涅說最後這句話時的口吻，讓博德諾爾不得不相信他的朋友是故意要潑他冷水。身為外交官的他不禁懷疑哈斯提涅是他的情敵。事業上沒成就往往使得整個人生都失色。看高德華這麼盲目地愛上伊索兒．德．阿爾德里傑，哈斯提涅便去找在遊戲間裡與人談話的高大女孩，在她耳邊說：『瑪爾薇娜，你妹妹剛剛在她的漁網裡捉到了一條擁有一萬八千古銀年金的大魚。他出身名門，在社會上也有地位，而且長得儀表堂堂。你要留意他們，要是他們兩人心心相印，你要想辦法讓伊索兒對你傾心相訴，讓她在回他的話之前要先和你商量。』

「約在清晨兩點時，僕人走了進來，他對一位四十歲的婦人——這婦人帶有阿爾卑斯山牧羊女的模樣，卻打扮得像是歌劇《唐璜》裡的澤爾琳一樣妖豔——說：『男爵夫人的車子準備好了。』伊索兒這時就在這位婦人的身邊。高德華於是看見了他那位德國民謠中的美人，她帶著她教人驚嘆的母親走到前廳，瑪爾薇娜就跟在她們背後。高德華他就假裝——真是孩子氣！——去找不知蹲在哪個蜜餞罐子旁邊的喬畢，便很高興地看見了伊索兒和瑪爾薇娜用毛皮大衣將她們那快活的母親裹起來，然後她們兩人互相整理衣裝，以便在巴黎走夜路。兩姐妹用眼角細察了他一眼，眼神就像老練的貓一樣，即使是看見了老鼠還裝作沒注意到。高德華還看見一位穿著僕役服裝、戴著手套的高大亞爾薩斯人給三位女士送來帶氈毛的鞋，他無論說話、儀態、衣著都很合宜，這讓高德華覺得十分滿意。

「伊索兒和瑪爾薇娜雖然是親姐妹，但兩人外貌、性情卻天差地別。姐姐瑪爾薇娜高大，髮色是棕色，伊索兒個子小而瘦。妹妹的五官細緻精巧，姐姐則粗壯結實，五官突出。伊索兒以柔弱取勝，中學生都覺得有必要保護她；瑪爾薇娜則是『你可曾在巴塞隆納見過？』那一型的女人。伊索兒在姐姐的身邊，就如同是在大幅肖像畫旁擺一張微型畫像。

「『她是有錢人家的小姐！』高德華從舞會回來以後對哈斯提涅說。

「『你是說誰？』

「『那個小姐。』

「『啊，伊索兒·德·阿爾德里傑。她的確是。她母親守寡，父親生前還在他史特拉斯堡的辦公室裡雇用過紐辛根。你想要見她？那麼就給德·黑斯陶夫人寫封恭維的信吧，她後天要舉辦一場舞會，你就會因此受邀；屆時德·阿爾德里傑男爵夫人和她兩個女兒都會參加！』

「接下來的三天，高德華黑乎乎的腦袋裡只看見伊索兒、白色茶花，和她頭部的各種動作，就好像久久地看著一件受強光照亮的東西，即使閉上眼睛，我們還是能看見，雖然影像比較弱，但它還是絢爛、發光，在黑暗中閃爍著。」

「畢希烏，你老是在細節上打轉，給我們些畫面行不行？」庫蒂赫說。

「這就來了！」畢希烏說，想必他是擺出了咖啡館侍者的姿態，「這就來了，先生們，你們要的畫面來了！注意了，費諾！你得像雙輪馬車的車伕拉緊馬銜一樣緊緊拉上嘴。泰奥朵哈—瑪格麗特—威廉明娜．阿道爾菲斯夫人——就是阿道爾菲斯銀行和曼海姆公司的阿道爾菲斯——她是德．阿爾德里傑男爵的遺孀。她不是那種胖敦敦的德國女人，不是那種結實、思慮多、白皙、臉像啤酒杯裡的泡沫一般金黃、具有小說裡德國人的那種古樸品質。她雙頰仍有好氣色，顴骨就像紐倫堡的洋娃娃一樣紅潤，鬢角明顯垂著幾綹捲髮，目光逼人，沒有一絲白髮。她身材細瘦，而且從她身穿有緊身褡的衣服就可以看出她很注意自己的體態。她的額頭和鬢角還是不可避免地有幾道皺紋，她還真願意像妮農[9]一樣，把這幾道皺紋移到腳後跟去。但是這些皺紋偏偏就在最明顯之處彎彎曲曲地留下痕跡。在她身上，鼻子漸顯黯淡，鼻尖發紅，更惱人的是，鼻頭的顏色竟和她顴骨的顏色一樣。

「身為家中的獨生女，她被父母寵壞、被丈夫寵壞、被史特拉斯堡這個城市寵壞，也被兩個很愛她的女兒寵壞，因此她還讓自己穿粉紅色衣服、穿短裙、在緊身褡下方打結，以顯出腰身。若有巴黎人見到這位男爵夫人從林蔭道走過，他會笑起來，毫不保留地譴責她，就像當今的陪審團在審判殺害手足的案件中不考慮減刑一樣！嘲笑別人的人向來都是些淺薄之人，因此他們嘲笑起別人來是很殘酷的，他們從不考慮他們所嘲笑的人身上有哪些是屬於『社會』的，因為『自然』只會造出野蠻人，只有『社會』才會造出蠢子。」

「我之所以覺得畢希烏有其過人之處，」布朗岱說，「就在於他態度是一貫的：當他不嘲笑別人時，就挖苦自己。」

「布朗岱，我待會兒可要來整整你。」畢希烏機敏地說，「如果說這位男爵夫人生性輕率、無憂、自私、不會算計，那麼該為她這些缺點負責的，就應是阿道爾菲斯銀行，以及曼海姆公司，還有德．阿爾德里傑男爵對她盲目的愛戀。這位溫柔得像隻羔羊的男爵夫人心地很軟，動不動就會受感動，只是很不幸的，這感動不能持久，結果就是常常心緒忽高忽低。

「男爵過世時，這位帶有牧羊女模樣的男爵夫人因痛苦是如此真切而劇烈，差點也想隨他而去。但是……到了第二天吃午餐時，僕人為她奉上她喜歡吃的小青豆，這可口的小青豆便化解了危機。她兩個女兒還有僕人也都盲目愛著她，他們很慶幸男爵夫人因故沒見到男爵出殯時令人痛斷肝腸的景象。

---

9 妮農（Ninon de Lenclos, 1620-1705）：十七世紀著名的交際花，到八十五歲仍風采動人。

「伊索兒和瑪爾薇娜不敢在她們心愛的母親面前哭泣，在唱起《安魂曲》時，她們則讓母親忙著挑選喪服、訂製喪服。當棺木放在打了蠟的、黑白相間、朽壞的追思台底下時——在這追思台底下前後曾放過三百具屍體，這是我請教殯儀館一位具有哲學思維的禮儀師，在我請他喝兩杯白葡萄酒之後他告訴我說這是他估計的數量——當一位階級較低的教士神情淡漠地唱著安魂彌撒的《末日經》時、當另一位階級較高但神情同樣淡漠的教士朗誦著經文時，你可知道那些穿著黑衣服、分散在教堂各處或站或坐的朋友們在說什麼嗎？——喏，這就是你們要的畫面——你們可知道這都是哪些人嗎？『您想德．阿爾德里傑那老頭留下了多少？』德侯什問泰勒費。這個泰勒費就是那個在他死前不久辦了一場最熱鬧的狂歡盛會的人。」

「德侯什在那時候已經是訴訟代理人了嗎？」

「他在一八二三年開業，」庫蒂赫說，「對一個窮困雇員的兒子來說，開業是需要點勇氣的。他父親的收入從來沒有超過一千八百法郎，他母親則開了一家賣印花公文紙的小店。不過，一八一八年到一八二二年之間他是很勤奮工作的。剛進戴爾維勒事務所時，他是四等辦事員，到一八一九年他已經是二等辦事員！」

「德侯什！」

「沒錯，」畢希烏說，「德侯什曾像我們一樣窮得在廄肥裡打滾。他受夠了成天穿著衣袖太短、身子太窄的衣服，便在絕望中奮發攻讀法律，還空白地買了一張營業證[10]。身為一個沒有錢、沒有客戶，而且除了我們之外沒有其他朋友的訴訟代理人，他還是要繳付事務所的雜支和保證金的利息。」

「他給我的印象是，像一隻從植物園跑出來的老虎，」庫蒂赫說，「他身形削瘦，一頭棕紅色頭髮，眼睛顏色像是西班牙的菸草，臉色灰暗，神情冰冷而漠然，他對寡婦很粗魯，對孤兒很不留情。他工作勤奮，手底下的辦事員在他面前都戰戰兢兢，不敢稍有懈怠。他人很有常識，很狡詐，要兩面作風，口才極佳，從不憤然發火，對人懷恨時，也像個司法人員一樣。」

「他也有長處，」費諾嚷道，「他對朋友盡心盡意，他第一件用心之事，就是將瑪希耶特的哥哥高德夏聘為事務所的首席辦事員。」

「在巴黎，」布朗岱說，「只有兩類訴訟代理人：一類是正派的，嚴守法律條文，認真訴訟，一絲不苟，但他不招攬生意。他很忠誠地給客戶建議，若遇有疑點則勸他們和解。總

10「空白地買了一張營業證」指德侯什曾購得一張可行使訴訟代理人職業的證件，但並沒有連帶取得顧客。

之就是像戴爾維勒那類訴訟代理人。另一類是餓鬼型的，只要客戶付錢，他什麼都做。他會刻意挑起人與人之間的衝突。無賴和老實人興訟時，如果老實人偶有差池，他就會想辦法讓無賴勝訴。當這類的訴訟代理人太過分地戲弄了高南大師[11]時，法庭就會強迫他讓出案件。德侯什，我們的朋友德侯什，他明白了這些可憐的窮鬼從事訴訟代理人這行業是頗為蹩腳的，所以他從這些訴訟代理人那裡買了一些他們唯恐敗訴的案子，然後以一個一意想要脫離窮困的人的決心，拚了命地去幹。他做對了，他把案子辦得相當漂亮。一些政治人物本來棘手的案子來到他手裡便得救了——就像我們親愛的德·呂波勒斯，他的處境本來是很難堪的——於是這些政治人物成了他的保護者。他為了擺脫困境不得不這麼做，因為起初德侯什在法庭裡給人印象很不好。而他的客戶一有錯誤，他總是勉力去矯正人家！……喂，畢希烏，我們回到正題吧！……德侯什那時為什麼會在教堂裡？」

「『德·阿爾德里傑留下了七或八萬法郎！』泰勒費回答德侯什。

「『唔！只有一個人知道他們有多少財產。』死者的一個朋友魏布呂斯特說。

「『誰？』

「『就是紐辛根那個狡猾的胖傢伙，他甚至會跟著到墓園去。德·阿爾德里傑曾經是他的老闆，為了感激他，紐辛根還把這老好人的錢全都拿去投資。』

「『他守寡的妻子很快就會發現日子和以前大不相同。』

「『您這話是什麼意思？』

「『德．阿爾德里傑從前是那麼地愛他妻子！您別笑啊，有人在看我們呢。』

「『喏，杜．蒂耶來了，他遲到了，都念到《使徒書信》了。』

「『想必他以後會娶他大女兒。』

「『這可能嗎？』德侯什說，『他對侯甘夫人可是忠心不二呢。』

「『他！忠心不二？……您不瞭解他。』

「『您知道紐辛根和杜．蒂耶的情況嗎？』德侯什問。

「『情況就是啊，』泰勒費說，『紐辛根吞掉了他從前老闆的財產，然後再還給他——』

「『呃！呃！』魏布呂斯特表示，『教堂裡可是潮濕得很，呃！呃！怎麼還給他？』

「『嗯，就是紐辛根深知杜．蒂耶擁有一大筆財產，他想讓杜．蒂耶娶瑪爾娜薇；可是杜．蒂耶不信任紐辛根。看透這場把戲的人必定會覺得這一局很有意思。』

11 高南大師（Gonin）：十六世紀的魔術師，曾於法王法蘭索瓦一世的宮廷中服務。

「『怎麼？』魏布呂斯特說，『她已經到了婚嫁的年紀？……我們真是老得快啊！』

「『老兄，瑪爾薇娜．德．阿爾德里傑二十歲了。阿爾德里傑那個老好人是在一八〇〇年結的婚！在他婚禮那天和瑪爾薇娜誕生那天，他都在史特拉斯堡辦了盛大的宴會，還請我們參加。魏布呂斯特老爹啊，瑪爾薇娜在一八〇一年出生，那年簽訂了亞眠合約，而今年是一八二三年。在那時候，一切都受到莪相[12]的影響，他因此為女兒取名瑪爾薇娜。六年後，是帝制時代，有段時間掀起了一陣騎士熱潮，也就創作了〈出發往敘利亞去〉這種歌曲等等的這類蠢事。德．阿爾德里傑因此為他二女兒取名伊索兒。她現在十七歲了。就這樣，兩位小姐都到了該談婚嫁的年紀。』

「『她們這幾個女人不出十年就會落得一文不名。』魏布呂斯特像是說祕密似的對德侯什說。

「『阿爾德里傑有位貼身侍從，』泰勒費回答，『他就是那位在教堂最裡面扯著喉嚨唱詩的老頭。他看著兩位小姐長大成人，他可是有能力保證她們幾個女人可以把日子過下去的。』（唱詩班唱道：『憤怒之日！』合唱隊的孩子唱道：『就是這一天！』）

「泰勒費說：『再見了，魏布呂斯特。我一聽見『憤怒之日』就想起我可憐的兒子。』

「『我也要走了，這裡太潮濕了。』魏布呂斯特說。（唱詩班唱道：『化為塵土！』）

「（聚在教堂門口的幾個窮人說：『大爺們，賞點小錢吧！』）

「（教堂侍衛說：『砰！砰！請為教會的需要奉獻。』唱詩班唱道：『阿們！』一個朋友說：『他是怎麼死的？』一個愛開玩笑的人說：『他腳後跟的血管斷了。』一個路人說：『你們知道死者是誰嗎？』一名親戚說：『孟德斯鳩院長。』聖器管理員對窮人說：『走開吧，人家奉獻給窮人的錢我們都收到了。別再乞討了！』）」

「真是精采！」庫蒂赫說。我們好像聽見了教堂裡的一切動態。畢希烏什麼都模仿，甚至人們跟著棺木一起離開的聲音，他都用腳踏地板的方式來表現。

「不少詩人、小說家和作家對巴黎的風俗有許多美言。」畢希烏接著說，「不過，葬禮最真實的情況是，在送可憐的死鬼最後一程時，一百個人當中有九十九個在教堂裡大談生意、大談玩樂。除非是太陽打東邊出來，不然是不可能看到一點真正的悲痛的。再說，哪有不帶自私之心的悲痛？——」

---

12 莪相（Ossian）：傳說中三世紀時的愛爾蘭英雄、吟遊詩人。十八世紀時，蘇格蘭作家麥克菲森（James Macpheson, 1736-1796）曾出版一本《莪相作品集》，假托是三世紀的莪相作品。此書由於語言生動古樸，引發了全歐洲浪漫主義文學運動的熱潮。作品中有一女性角色，名字即爲「瑪爾薇娜」。

「唔！唔！」布朗岱說，「再也沒有比死更不受人尊敬的了，說不定這是因為並沒有什麼比死更不值得尊敬吧？——」

「這種事很常見！」畢希烏接著說，「教堂的儀式結束後，紐辛根和杜．蒂耶陪著死者到墓園去。那位老貼身侍衛也一路走著去。車伕駕著車，跟在神父的車後面。在車子轉進林蔭大道時，紐辛根對杜．蒂耶說：『嗳，我的老奔友，我告蘇你，現在正素娶瑪爾菲娜的好俗機，娶了她，你就能包護這個淚眼望望的家庭。到俗，你也有了個家、有了一個窩，還能得到一東家具一應俱全的方子。而且，瑪爾菲娜肯定素一座寶藏[13]。』」

「我好像真的聽見了侯貝爾‧馬凱爾‧德‧紐辛根那老傢伙在講話。」費諾說。

「『一個很有魅力的小姐。』費爾迪南．杜．蒂耶說，他的口氣雖熱切，卻並不真摯。」

畢希烏接著說。

「一句話就道盡了杜．蒂耶這個人！」庫蒂赫嚷道。

「『那些不瞭解她的人可能會覺得她醜，不過，我不得不說她心靈高尚。』杜．蒂耶說。

「『她也很庸敢。老奔友，應該要娶她。她衣定會素個無私、賢揮的妻子。從素我們這一行的，誰死誰活謀有人能茲道，能溝信任老婆，就素一大樂素。你茲道，戴爾斐嫁給我時帶來了一百多萬，但我寧願娶沒有這麼多陪嫁的瑪爾菲娜。』

「『那她會有多少錢？』

「『我也不確俗茲道，』紐辛根男爵說，『反正宗有一筆錢。』

「『她有個喜歡粉紅色衣服的母親！』杜．蒂耶說。這句話讓紐辛根打消了要他娶瑪爾薇娜的念頭。

「用過晚餐後，紐辛根男爵告訴威廉明娜．阿道爾菲斯夫人，存在他那裡的錢只剩下四十萬出頭法郎了。曼海姆的阿道爾菲斯的女兒也只剩下兩萬四千古銀的年金。她在腦子裡算來算去，算不清。

「『怎麼會！』她對瑪爾薇娜說，『怎麼會！我向來有六萬法郎放在裁縫師那裡做衣服用！你父親是從哪兒取得這些錢的？這兩萬四千法郎根本不夠看，我們可窮了。啊！要是我父親看見我淪落至此，就算他還沒死，也會活活氣死的！可憐的威廉明娜！』她哭了起來。

「瑪爾薇娜不知道該怎麼安慰她母親，只好說她還年輕、漂亮，還可以穿粉紅色衣服，她也可以上歌劇院、上滑稽劇院，坐在紐辛根夫人的包廂裡。她以宴會、舞會、音樂會、美麗的服飾、受人好評這類的夢想來哄哄她母親，哄得她母親果真像是躺在覆著帳幔的藍絲綢

13 紐辛根是亞爾薩斯人，講話帶有很重的德國腔。

床上，作起美夢來。在她這雅緻的臥房隔壁，就是兩天前在夜裡過世的尚．巴蒂斯特．德．阿爾德里傑男爵的臥房。我簡單交代一下男爵的歷史。

「這位受人尊敬的亞爾薩斯人生前是史特拉斯堡的銀行家，財產估計有三百萬。一八〇〇年時，他三十六歲。他在大革命期間發的大財到此時正值鼎盛，他出於併吞的野心、也出於傾慕之情，娶了曼海姆的阿道爾菲斯的女繼承人。這位女孩是阿道爾菲斯一家人的掌上明珠，不出十年的時間，她自然會繼承家財。德．阿爾德里傑當時被兼為義大利國王的拿破崙皇帝冊封為男爵，因為他的財產倍增了。不過，他對這位冊封他貴族頭銜的偉大人物滿懷熱忱，因此在一八一四年到一八一五年間，他就破了產，理由是他太認真看待拿破崙在奧斯特里茨的勝仗。老實的亞爾薩斯人並不停止支付，他不用那些他認為低劣的股票來償還他的債權人。他敞開銀行大門，讓人擠兌，最後不得不告別了銀行業。他正如他從前的一等辦事員紐辛根所說：『他是個誠實人，但太蠢了！』

「總之，清算完畢後，他還剩五十萬法郎，還有一些對帝國的債權，只是帝國已經不存在了——他看著清算的結果，這樣說道：『過混信任拿破人，就會有這樣的下藏。』

「如果你在某個城市裡會是有頭有臉的一號人物，一旦失勢，又怎麼還能待在這城市呢？……亞爾薩斯這位銀行家做法就和所有破產的外省人一樣——他來到了巴黎。他還是很有勇氣地在褲子上佩著三色吊帶，吊帶上還繡著代表帝國的鷹，而且還鑽進了波拿巴黨人的圈子。他把股票全都存到紐辛根男爵那裡，紐辛根付給他百分之八的利息。紐辛根也收購了他帝國的債券，僅僅按面額打了他六折。這使得德．阿爾德里傑緊緊握著紐辛根的手，對他說：『我早就茲道，你有一顆亞爾薩施人的心！』

「紐辛根把帝國債權全數賣給了我們的朋友德．呂波勒斯，而且是按面額成交。我們這位亞爾薩斯人儘管元氣大傷，可是他仍然有四萬四千法郎的工業收入。他之所以難以解脫煩惱，是因為他深感『憂鬱』；當一個人習慣在商場上高來高去地使身段，一旦失去了這樣的地盤，都會因之深感『憂鬱』的。德．阿爾德里傑夫人的財產也全被別人吞吃了，她對錢的事一竅不通，以致任人輕易地取走她的財產。德．阿爾德里傑決定犧牲自己——真是高貴的心靈！——以換取他妻子的幸福。於是她找回了往日她習以為常的歡樂生活，離開史特拉斯堡社交界的空虛讓巴黎的享樂填補了。

「紐辛根銀行在那時候已經穩居金融界的龍頭，這位精明的男爵為了自己的名譽著想，始終對那位老實的男爵很客氣。在紐辛根家的客廳裡大家都頗為稱頌他的善意。

「每到冬天，德．阿爾德里傑的本金就會蝕去一部分，但是他一點也不敢譴責阿道爾菲斯家的掌上明珠。他對她的愛是這世上最美妙、卻最不明智的。老實，但太愚蠢！他臨死都不斷地問自己：『沒有我，她們該怎麼辦？』於是，這位老好人單獨和他的貼身老侍從維爾特在一起時，在兩次呼吸困難之間，他把他妻子和兩個女兒託付給了他，就好像在這一家人當中只有這位亞爾薩斯的卡勒伯[14]還有一點理智。

「三年後，也就是到了一八二六年，伊索兒二十歲了，而瑪爾薇娜還沒結婚。勤走社交界的瑪爾薇娜最後注意到人與人之間的關係都是很表面的，一切都是經過查驗的、一切都是有定限的。瑪爾薇娜和大部分所謂『有教養』的女孩一樣，不懂得生活的機制、不懂得財產的重要、不懂得賺錢的辛苦、不懂得東西的價格。因此這六年來，每一次教訓對她來說都是一次傷害。

「已故的德·阿爾德里傑放在紐辛根銀行的四十萬法郎全部轉到了男爵夫人的名下，因為她繼承了這筆錢，紐辛根還欠她一百二十萬法郎。這位阿爾卑斯山的牧羊女手頭緊的時候就支取這筆錢，好像這是一座取之不盡的金庫。

「正當我們的公鴿子走向母鴿子的時候，深知他以前老闆娘脾性的紐辛根告知瑪爾薇娜她母親的經濟狀況：存在他這裡的錢就只剩下三十萬法郎，兩萬四千古銀的年金也縮減到了一萬八千。維爾特竟然以這點錢維繫了三年！在聽了銀行家私下跟她講的這番話以後，瑪爾薇娜背著母親換了馬匹、賣掉了馬車、辭退了車伕。男爵夫人府裡都已經用了十年的家具也沒辦法再換新的，同時，一切事物都失去了光彩。對那些喜愛和諧的人來說，這也只是個小不幸。本來還像朵鮮花的男爵夫人如今已像是十一月的枯枝敗葉中殘存的一朵玫瑰，清冷而凋萎。我啊，我可是親眼目睹她們這富裕人家一步步衰敗下來！太讓人心驚了！我是說真的。這是我最後一次感到悲傷。後來我對自己說：『為別人窮擔心，未免太蠢了！』在我還是雇員的時候，不管我到哪家吃飯，我就傻傻地為哪家窮擔心，有人說他們的壞話，我就起而辯護，我自己從來不毀謗人家，我……啊！我那時真是孩子氣。

「當女兒對她說明她的經濟情況時，這位昔日明珠叫著說：『我可憐的孩子！以後誰幫我做衣裳啊？我以後再也不會有新帽子，再也不能請客，也不能再去社交了！』」

畢希烏中斷了談話，問道：「你們以為應根據什麼來判斷一個男人墜入情網？我是說，我們怎麼知道德．博德諾爾是真的愛上了那個金髮小美女？」

「他做起事來心不在焉。」庫蒂赫回答。

「他一天換三次襯衫。」費諾說。

14 卡勒伯（Caleb）：英國小說家司各特（Walter Scott, 1771-1832）著作《拉梅莫爾的未婚妻》（The bride of Lammermoor）中的一名忠實僕人。

「前提是，」布朗岱說，「一個優越的男人能否墜入情網，或者說，是否應該墜入情網？」

「我親愛的朋友，」畢希烏感傷地說，「我們應該像避開惡毒的動物一樣避開一種人，就是那種會在發現自己愛上一個女人之後，折著自己的指頭，或是丟下嘴裡含的香菸說：『噯，天下女人多的是！』不過，政府倒是能在外交部裡聘用這種人。布朗岱，我提醒你，這位高德華已經離開了外交界。」

「唔，那麼他是墜入情網了。蠢子想要提高地位，唯一的機會就是愛情。」布朗岱回答。

「布朗岱、布朗岱，我們為什麼這麼窮呢？」畢希烏嚷嚷道。

「那為什麼費諾這麼有錢？」布朗岱接著說，「我以後再告訴你。算了，孩子，我們彼此自己心裡知道就好。喏，你看，費諾一直幫我斟酒，就好像我幫他把木柴搬上了樓一樣。不過這一餐吃到末尾，我們應該把酒慢慢喝。那麼，後來呢？」

「你剛剛都說了，高德華是墜入情網了。他結識了高大的瑪爾薇娜、輕佻的男爵夫人，和那位個頭小巧的女舞者。他對她們一家人說有多奴顏婢膝就有多奴顏婢膝。家道中落的這家人並沒有嚇跑他。啊！……呵！他早已漸漸習慣這破落。客廳家具上那些白花綠底的棉布罩子在這年輕人眼中從不顯得過時、陳舊，上頭既沒有汙漬，也不必換新。窗簾、茶几、壁爐上的東方式小擺飾、洛可可風的燈盞、紡線畢露的喀什米爾地毯、鋼琴、印花小餐具、滿是流蘇、洞眼的西班牙風餐巾、男爵夫人藍色臥房前的波斯風格客廳，以及客廳裡的一切陳設，在他看來都是神聖非凡的。愚蠢的女人，她的美都在精神、心靈、靈魂暗處閃爍，才能教人遺忘她家中的不體面，因為有才智的女人從來不會妄用自己的優勢，必須是個頭小又愚蠢的女人才能逮住一個男人的心。博德諾爾曾跟我說，他很愛那個堂堂正正的老維爾特！

「這位老僕人對他未來主人的敬重，就像天主教徒對待聖體一樣。這個老實的維爾特就像是德國加斯帕爾，表面上喜歡無拘地喝啤酒，私底下則頗有手腕，就好像中世紀的紅衣主教，衣袖中藏著匕首。維爾特看出高德華會是伊索兒未來的丈夫，便以他亞爾薩斯人老實的態度，精精巧巧、迂迂迴迴地布了局。這一局是所有黏合劑中黏著力最強的強力膠。

「德·阿爾德里傑夫人頗為『不合禮儀』，她認為愛情是最自然不過的事。當伊索兒和瑪爾薇娜一起出門，到杜樂麗公園、到香榭麗舍大道等地方，和社交界的年輕人相會時，做母親的總會對她們說：『親愛的女兒，盡情去玩吧！』那些唯一會毀謗兩姐妹的朋友們，這時都盡力維護她們。因為在德·阿爾德里傑家的客廳裡，大家都能自由無羈，這在巴黎是獨一無二的。即使花費百萬，也不一定能找到像德·阿爾德里傑家這樣的晚宴，每個人在席間都能高談闊論，不用特別講究自己的穿著，而且就算是提出要吃宵夜，也隨你的意。兩姐妹愛寫信給誰就寫信給誰，收到回信也泰泰然然，男爵夫人雖然就在一旁，但她從來不過問信上寫了什麼。這位受人喜愛的母親，她的自私倒是給了女兒許多便利。從下面這種意義來說，自私其實是世界上最可愛的事——自私的人不願被人打擾，因此也不會去打擾人。他們絕不會用煩人的建議、扎人的譴責來糾擾別人的生活，也不會像盤繞著人不放的黃蜂一樣，為表現他過分親暱的友誼，事事都要知道、事事都要管——」

「你說中我心坎了，」布朗岱說，「可是，老兄啊，你不是在講故事，你是在胡謅——」

「布朗岱，要不是看在你醉了的份上，你說這話可就讓我傷心了！我們四個人當中，他是唯一最有文學修養的！因為他，我才把你們當作是高明的鑑賞家，我精心鋪陳我的故事，他卻批評我！我的朋友們，才智貧乏的最顯著標記，就是堆砌事實。那齣卓越的喜劇《憤世者》即證明了藝術是在針尖上建築宮殿。我的構思之奧祕就在於它好像仙女的魔棒，能夠在十秒內——喝完這杯酒的時間！——把薩布隆平原變成因特拉肯市。你們難道是要我像發射炮彈一樣直通通地把故事講完，像總司令的報告一樣乾澀無味？我們本來閒扯、笑鬧得好好的，這位記者，他在空腹時是厭惡書本的，這時候他醉了卻要我像書本一樣呆呆地講話——他竟然假裝哭起來——真是不幸啊，法國人的想像力，有人要使它幽默的鋒芒變鈍！真是『憤怒之日』。讓我們為《憨第德》痛哭吧，《純粹理性批判》萬歲！《象徵論》萬歲！德國人密密麻麻印成五大冊的各種體系萬萬歲！德國人不曉得巴黎自一七五〇年以來就以更精巧的文字來表達這些體系了，這是我們民族智慧的寶石。布朗岱可說是在自取滅亡，因為每當有大人物過世，他都得在報紙上編造遺言，而其實他們什麼也沒說！」

「你就講你的故事吧。」費諾說。

「我想跟各位解釋，一個沒有股票的人——向庫蒂赫致敬！——他的幸福是什麼。噯，你們現在還看不出來高德華為了獲得一個年輕人所夢想的最大幸福，付出了什麼代價嗎？……他細細觀察伊索兒，為的是讓伊索兒能夠明白他的心！……凡是彼此瞭解的應該是互相近似的。而對於虛無和無限，卻沒有與它們近似的——虛無就是愚蠢，無限即是天才。這對情侶互相寫信，信的內容卻是世上最愚蠢的。他們互寄沁著芳香的信紙，上頭寫一些流行的字眼：「天使！」「風弦琴！」「跟你在一起，我就是個完整的人！」「在我男子漢的胸口上也是有一顆心的！」「軟弱的女人！」「可憐的我！」充滿了關於感情的各種陳腔濫調。高德華在別人家客廳裡往往只待十分鐘，他和女人談起話來並不自負，所以許多女人都覺得他很有才智。他是那種其實沒有才智，而人家說他有才智的人。

「最後，大家可以判斷一下他墜入情網墜得有多深：喬畢、他的馬匹、他的馬車都成了他生活中不重要的事物。他總是開開心心地坐在面對男爵夫人的一張安樂椅裡，坐在古老的綠色大理石壁爐旁端詳伊索兒，一邊喝著茶，一邊和男爵夫人的幾位朋友聊天。這幾位朋友每天總在晚上十一點到十二點的時候到朱貝爾街來，好在男爵夫人府上無所忌憚地玩紙牌。我每次去都會贏牌。當伊索兒伸出她穿著黑色緞鞋的可愛小腳時，愛德華總是久久注視著她的腳，直到最後一刻他才對她說：『把你的鞋給我。』伊索兒抬起腳，擱在椅子上，脫下她的鞋。她在給他鞋的時候還看了他一眼，眼神就是那種……嗳，你們明白的！

「高德華後來發現了瑪爾薇娜的一個大祕密。當杜．蒂耶來敲門時，瑪爾薇娜的臉頰都會一陣紅通通，嘴裡喃喃說道：『費爾迪南！』這個可憐的女孩看著這個兩隻腳的老虎，雙眼一下子亮了起來，就好像是被一陣風吹旺起來的炭火一樣。當杜．蒂耶引著她到小桌旁或是到窗扇旁，和她私語，她就不禁流露出無限的歡喜。一個女人陷入愛戀之後，變得如此天真，還讓別人輕易地看透了她的心，這種事真是既罕見又美妙！天哪，這樣的女人在巴黎真是難得一見，就像在印度也難找到會唱歌的花一樣。

「自從德．阿爾德里傑一家人出現在紐辛根家客廳以來，杜．蒂耶和瑪爾薇娜就開始交往，儘管如此，費爾迪南．杜．蒂耶始終沒娶瑪爾薇娜。而且看德侯什對瑪爾薇娜大獻殷勤，我們這位冷酷無情的朋友也沒有吃醋的意思。德侯什為了要償還開業的債務，以為瑪爾薇娜的陪嫁不會少於五萬埃居，所以這位法律界人士便裝作愛上了她！雖然杜．蒂耶漠不在乎的態度深深讓瑪爾薇娜覺得屈辱，但她實在太愛他，捨不得把他拒於門外。瑪爾薇娜是個很有靈性、很有感情、而且感情容易外露的女孩，她有時會讓自己在愛情之前放下自尊心，有時則會讓自尊心高於受傷的愛情。我們這位朋友費爾迪南，態度沉著而冷淡地接受了她的柔情，他樂於享受她的柔情，就像一頭獅子安安然然地舔著沾在牠嘴邊的鮮血。為了看瑪爾薇娜是如何愛他，他每隔兩天都要到朱貝爾街來。

「杜．蒂耶這怪傢伙在這時約擁有一百八十萬法郎的財產，錢的問題在他看來大概一點也不重要，而且他不只抗拒了瑪爾薇娜，還抗拒了紐辛根男爵和哈斯提涅男爵，這兩位男爵曾狡猾地布下迷宮，讓他每天花四法郎坐在馬車伕後頭跑遍七十五法里的路，讓他為他們到處奔波！

「高德華忍不住對他未來的姐姐說明，她夾在銀行家與訴訟代理人之間，這種處境是很可笑的。

「『你想要訓誡我和費爾迪南的事，想瞭解我和他之間的祕密。』瑪爾薇娜坦率地說，『親愛的高德華，這件事就別再提了。費爾迪南的出身、經歷、財產與我們的感情是毫無關係的。請相信我們之間有某種不尋常的吸引力。』然而在幾天後，瑪爾薇娜把博德諾爾拉到一旁，對他說：『我不認為德侯什先生是個老實人（這便是愛情的直覺！），他有意願娶我，卻又跟藥品雜貨鋪老闆的女兒調情。我很想知道我是否只是他萬不得已而選擇的人，婚姻對他是否只是金錢交易。』德侯什人雖然很聰明，卻猜不到杜．蒂耶的心思，他很擔心杜．蒂耶真的會娶瑪爾薇娜。因此，這傢伙便準備了一條抽身之道。當時，他的處境並不順當，幾乎賺不了錢，除掉一般開支，他賺的錢只夠支付債務的利息。女人是不懂這種事的。對她們而言，愛情便值得百萬。」

「既然德侯什和杜．蒂耶都沒娶瑪爾薇娜，」費諾說，「那麼何不跟我們解釋解釋費爾迪南的祕密？」

「祕密嘛，就是這個。」畢希烏回答，「一般的通則是，一個女孩一旦拒絕了對方十年，哪怕有天她把自己的鞋給了人家，那個人也還是不會娶她，他——」

「胡扯！」布朗岱打斷他的話，說：「情人們是會因為曾經相愛而繼續愛下去的。要說祕密，不如聽我說。一般的通則是，要是有一天你能成為但澤公爵、法蘭西元帥，那就別在你還是個小兵的時候結婚。瞧瞧杜．蒂耶後來和誰結了親！他娶了德．葛朗維勒伯爵家的一位千金，他們是法國最古老的顯貴世家之一。」

「德侯什的母親有位朋友，」畢希烏接著說，「是個藥品雜貨鋪的老闆娘。老闆賺了大錢，夫妻兩人這時起了個怪念頭，要讓他們的女兒受好教育，於是把她送進寄宿學校裡！藥品雜貨鋪老闆馬第法就憑著自己二十萬的身家財產，打算讓他女兒嫁個好人家，二十萬響噹噹的現錢，一點也聞不到藥味。」

「是弗洛琳老相好的那位馬第法？」

「是啊，沒錯。也是盧斯托情敵的那位馬第法，總之就是我們這位馬第法！我們一度沒了消息的馬第法一家人，他們搬到謝爾什―米迪街來了，這裡和他們發了財的倫巴底街那裡的情調完全相反。我和馬第法這家人的關係很密切。當我在內閣裡做那個苦差事，一天八小時和一群百分之百的蠢蛋混在一起的時候，見識到了幾位獨特的人，他們讓我相信即使在黑暗中也有高低不平，即使在最平坦之地也能遇到幾個彎彎角角！沒錯，我親愛的朋友，這個中產階級異於另一個中產階級，就像拉斐爾異於納杜瓦。

「德侯什夫人這個寡婦許久以來就打主意想讓她兒子娶馬第法家的女兒，儘管這當中有個很大的障礙是，一個在財政部當職員、名叫科襄的小伙子，他爸爸是馬第法的有限合夥人。在馬第法夫婦眼中，德侯什這位訴訟代理人似乎——以他們的話來說——『能給他們女兒幸福的保證』。德侯什為了替自己鋪一條退路，也同意母親的意向。所以他一邊和謝爾什―米迪街上的這家藥品雜貨鋪交好。

「為了讓各位瞭解另一種幸福，我為大家描寫一番這兩個一男一女生意人的生活。他們住在樓房的一樓，有個小花園，經常看著花園裡的噴泉取樂，這噴泉的水流像稻穗一樣抽得又細又高；噴泉位於直徑六法尺的水池中央，從堅硬灰岩的小圓台裡不停噴湧出來。他們總在清晨就醒來，為的是看花園裡的花開了沒。他們無所事事，惶惶度日，為了穿衣服而穿衣服，去看戲會覺得無聊，經常往返於巴黎和呂扎爾什之間，因為他們在呂扎爾什有棟鄉間別墅，我曾在那兒用過餐。

「布朗岱，有一天他們要我表演點什麼，我就給他們說了一個故事，一個曲折蜿蜒的故事，一直從晚上九點講到午夜！馬第法老爹原本還因為身為主人的身分撐了下來，但當我介紹到了第二十九個人物出場時——報上的連載小說偷了我的故事！——他終於在連續眨了五分鐘的眼睛之後，和其他人一樣打起呼來。第二天，每個人都稱讚我，說故事的結尾真是太精采了。

「和藥品雜貨鋪夫婦往來密切的是科襄夫婦，阿道爾夫．科襄，還有德侯什夫人，以及另一位正在經營藥品雜貨鋪的小傢伙波比諾——你認識他的，費諾！——他們常把倫巴底街上的小道消息告訴馬第法夫婦。喜歡藝術的馬第法夫人常常買石版畫、套色版畫、彩色畫片等等花不了多少錢的東西。馬第法先生則是以研究一些新企業做為消遣，並且試著投入一點資金在股票，為的是刺激刺激自己的情緒——弗洛琳讓他改掉了他閒散度日的習慣——我只用一件事來向各位形容馬第法這人的深度。這位老好人是這麼向他幾個姪女道晚安的：『你去睡覺吧，姪女們！』他說他擔心說『你們』（您）會讓她們傷心。

「他們的女兒是個沒什麼規矩的年輕女孩，看來就像是大戶人家的女僕，能勉強湊合著彈一首奏鳴曲，英文寫得漂亮極了，而且會法文，拼寫正確，總之，受的完全是中產階級教育。她頗急著要結婚，好離開父母家，在家裡她日子過得就像是海軍軍官值夜班一樣無聊；還得說，她簡直是值一整個白天的班。德侯什也好、科襄的兒子也罷，公證人或者是衛兵也好、冒牌的英國爵士也好，只要有人娶她就好。我可憐她顯然是對生活一無所知，便想告訴她人生的重大奧祕。唉！可是這時候馬第法夫婦卻不再請我上他們家去。中產階級和我之間是不可能彼此瞭解的。」

「她嫁給了古侯將軍。」費諾說。

「在四十八小時的時間裡，高德華·德·博德諾爾這位前任外交官看透了馬第法這家人以及他們可恥的詭計。」畢希烏接著說道，「當高德華把這一切報告給瑪爾薇娜知道時，哈

15 在法國，家人之間通常以「你」相稱，如果用「您」就會過於疏遠。但法文裡，「您」這個字也可指稱「你們」。所以這裡馬第法為避免使用「你們」（您），而刻意用「你」，即使指稱的是他多名姪女，以避免讓他姪女覺得疏遠。

斯提涅這時碰巧也在風流的男爵夫人家，正坐在火爐邊聊天。隻言片語傳到了他耳中，他立刻猜到他們在談什麼，尤其在他看見瑪爾薇娜那尖刻而滿意的神情時，他心裡就更加無疑了。那天，哈斯提涅一直在男爵夫人家待到凌晨兩點鐘——有人竟然說他自私！等男爵夫人去睡時，博德諾爾就離開了。

「當客廳裡只剩下哈斯提涅和瑪爾薇娜兩人時，他用父執輩的老好人口吻對她說：『親愛的孩子，但願以後您會記得有個可憐的男人睏得要命，是喝了茶才撐到了半夜兩點，為的就是能鄭重其事地跟您說句話：結婚吧。別再那麼彆扭，別再固執於自己的感情，別再多想有人卑鄙地算計著，一隻腳踩在這兒，另一隻腳踩在馬第法家，別再多考慮了，結婚吧。對一個女孩來說，結婚就是讓那個娶了您的男人要給您的生活在經濟上有保障，過著多少幸福的生活。我認識一些人，年輕小姐也好，做母親的或是做祖母的也好，在談到婚姻時便都很虛偽，都表示婚姻要以感情做基礎。而其實每個人想的都只是要有個好社會地位。女兒要是嫁得好，做母親的就會說她做了一筆好生意。』

「哈斯提涅對她滔滔論述了自己對婚姻的理論。根據他的看法，婚姻就像是做生意，讓兩個人都能更好地承受人生。『我一點也不想打探您的祕密，』他最後對瑪爾薇娜說，『您的祕密我清楚得很。男人之間談起話來可是沒有遮攔的，就和你們女人用完餐走出門時一樣。那麼就聽我講最後一句話：結婚吧。要是您不結婚，但願以後您會記得，今晚，就在這客廳裡，我曾經央求您結婚！』

「哈斯提涅說這話雖然帶著命令的口吻，但它引發的卻不是注意，而是反省。他堅持的態度令人頗感吃驚。瑪爾薇娜也著實深深被觸動了，哈斯提涅正達到了他的目的。到了第二天，她還在想他這番話，但仍是茫茫然然地想不出他說這些話的動機。」

「你講得口沫橫飛，但我一點也聽不出來哈斯提涅是怎麼發財的。你把我們當成是喝了六瓶香檳酒的馬第法啊！」庫蒂赫嚷嚷著。

「我們就快說到了，」畢希烏也嚷道，「你們一路都已經走過這麼多小河，這些小河最後匯聚成了四萬古銀的年金，這筆錢讓很多人嫉妒呢！哈斯提涅以他個人之力籠絡了這麼多人。」

「德侯什、馬第法一家人、博德諾爾、德．阿爾德里傑一家人、德．埃格勒蒙侯爵。」

「還有其他的上百人！——」畢希烏說。

「好吧！他到底是怎麼發財的？」費諾叫嚷起來，說：「我知道很多事，但我就是猜不透這一樁。」

「布朗岱剛剛已經對大家粗略說明了紐辛根的頭兩次清算。現在我來講講他第三次清算的細節。」畢希烏接著說，「一八一五年局勢轉為和平以後，紐辛根明白了我們到今天才明白的一個道理，就是只有錢多得無以勝數的時候，它才會成為一種權勢。紐辛根暗地裡嫉妒著侯特希爾德兄弟。他擁有五百萬，卻一心想要擁有一千萬！他知道有了一千萬，便能賺到三千萬，如果只有五百萬，就只能賺到一千五百萬。於是他決心做第三次清算！我們這位大人物竟想以沒價值的股票來支付他的債權人，白白扣留住他們的錢。就實際來說，這一類的構想是不會那麼容易被看穿的。這樣的清算就好比是用一塊小餡餅和幾個大孩子交換一個金路易，這幾個大孩子和從前的小孩子一樣喜歡餡餅，但不喜歡金路易，而他們並不知道一個金路易可以買到兩百個餡餅。」

「畢希烏，你說的這是什麼話？」庫蒂赫叫了起來，「沒有什麼比這更光明正大的了，如今每個星期都有人給民眾幾塊餡餅，並跟他們要一個金路易。但是民眾難道是被迫付錢的嗎？他們難道沒有權利問清楚？」

「你寧願他們被迫當股東。」布朗岱說。

「不，」費諾說，「那還要才能幹什麼？」

「費諾會說這種話真是不簡單。」畢希烏說。

「是誰教他說這話的？」庫蒂赫問道。

「總之，」畢希烏接著說，「紐辛根曾經兩次把餡餅送出去，沒想到餡餅卻漲了價，超過了他原初買進的價格。這個不幸的幸運讓他非常懊惱。像這樣的幸運最終是會害死一個男人的。從十年前他就在等一個能糾正這種錯誤的時機，發行一些看來值一點錢的股票，而且這些股票——」

「但是，」庫蒂赫說，「你這麼說銀行，不就什麼生意都做不成了嗎？不只一位光明磊落的銀行家在光明磊落的政府的許可下，說服了最精明的股票投資客買進不久就下跌的股票。各位也看過比這更精采的事！不是有人發行過股票——同樣是經過政府同意、有政府的支持——來支付某些公債的利息，為的是維持公債的市價，並得以順利脫手嗎？這種做法和紐辛根的清算多少有些相似。」

「小規模地做，」布朗岱說，「這種事會顯得古怪。但大規模地做，就成了金融界的盛事。有一些發生在個人與個人之間的專橫行為，是犯罪；但一旦擴大到千百人身上，這種行為就不算什麼了，就好像一滴氫氰酸落到一桶水裡就失去了毒性。殺了一個人，會上斷頭臺。但是如果有政府掛保證的信念在背後撐腰，你殺了五百人，大家是會對這種政治犯罪起敬意的。你從我的書桌裡竊走了五千法郎，你是要去坐牢的。但是你以盈利為釣餌，巧妙地刺激一千個股票投資客，讓他們購買某個瀕臨破產的共和國或王國的公債。就像庫蒂赫所說，這些公債所衍生的收益是為了償還公債本身的利息。這麼做誰都不會抱怨。這就是我們所生存的這個黃金時代的真正法則。」

「讓這麼大一部機器動起來，」畢希烏接著說，「必須要有許多人一起幫忙。首先，紐辛根銀行有意識地、有計畫地在美國的一項事業中投資了五百萬，紐辛根周密計算過，這筆投資要經過很長的時間才會有利潤。在這番預謀下，紐辛根銀行的金庫空虛了。所有的清算都必須有足夠的理由。在紐辛根銀行裡，有個人存款以及發行的股票，總計約有六百萬。在個人存款裡，有阿爾德里傑男爵夫人所存的三十萬、博德諾爾的四十萬、德．埃格勒蒙的一百萬、馬第法的三十萬、夏爾．葛朗台的五十萬——夏爾．葛朗台就是奧布里翁小姐的丈夫——等等許多人的存款。

「紐辛根創立了一家工業股份公司，他打算略施小計，以這家公司的股票償還他在銀行的債權人。這麼做，紐辛根可能會引起旁人的懷疑，但是他做得很巧妙：他是以別人的名義創立這家公司的！……這部大機器是要像密西西比公司在羅氏企業中所扮演的角色一樣。紐辛根的特長在於，讓證券市場上最有才幹的人都來為他的計畫效力，而不告訴他們自己的計畫。紐辛根刻意對杜．蒂耶透露了一個龐大、必勝的計畫，即是建立一家股份公司，籌集雄厚的資金，以便在初期就能支付股東鉅額的利潤。這是第一次有人做這樣的嘗試，又正好遇上了市場上閒置的資金氾濫，在這種情況下，保證可以提高股票的價格，因此發行股票的銀行必然是會受惠的。別忘了，這事情是發生在一八二六年。

「杜．蒂耶聽了雖然很吃驚，但也覺得這個計畫不僅可行，而且很聰明，不過他自然也想到萬一失敗了，肯定會遭人指責。於是他建議放一個經理在這商業機器的前頭。各位現今可都知道了杜．蒂耶所創建的克拉帕宏銀行的祕密，他這銀行是他最出色的創造！」

「沒錯，」布朗岱說，「克拉帕宏是金融界的責任編輯、是個挑釁分子，也是個代罪羔羊。不過現在我們更厲害了，我們會寫上：請與某某辦公室聯繫，某街、某號。民眾一到那裡只會找到幾名戴著綠色小帽的辦事員，親切地接待你。」

「紐辛根以他全部的信譽支持夏爾．克拉帕宏銀行。」畢希烏接著說，「我們可以在任何一個股票市場上拋售一百萬的克拉帕宏銀行股票，都不必覺得驚恐。就這樣，杜．蒂耶建議把他的克拉帕宏銀行放在前頭。紐辛根接受了。在一八二五年，股東都還沒有嘗到工業觀念的甜頭。『流動資金』還不為人所知！主管人士一發起紅利股票[16]來可大方得很，他們存款

16 紅利股票（actions bénéficiaires）：指的是免費給公司創辦人的股票。在一般股票持有人眼中，發放紅利股票對他們並不公平。

不放在銀行裡，也不做任何保證。他們不屑於向股東解釋合股資金的情況，還裝好心地說什麼他們索要的股份並不超過一千、五百，甚至兩百五十法郎。那時也不公布關於公共錢財的狀況不會超過七年、五年，甚至是三年，所以不用多久就會看到結果。這是銀行投資界的童年時期！當時甚至連想都沒想到應該架起巨幅廣告，以刺激大家的想像力，好使大家掏出錢來——」

「等沒人掏錢的時候，就會想到了。」庫蒂赫說。

「總之，這一類的舉措是沒有競爭對手的，」畢希烏接著說，「當時的紙漿廠、花布印染廠、鋅版廠、劇院、報社還不是像現在這樣一如獵狗見到獵物似的撲向奄奄一息的股東。就像庫蒂赫所說的，好股票的交易雖然有人天真地公告周知，還有專家的報告可參考——這些專家真是科學界的泰斗！——但它其實是在證券交易所的暗處靜悄悄而不顧廉恥地進行的。這些銀行界投機分子的所作所為，就好像演奏《塞維爾的理髮師》裡的〈造謠〉一曲一樣。他們演奏得慢之又慢，輕輕緩緩地散播著謠言，讓人們互相咬著耳朵，傳頌某項投資有多好又有多好。他們只在家裡、證券交易所裡，和社交場合裡剝削受害人——也就是股東——靠著巧妙散布的流言，蜚短流長愈傳愈凶，直到匯聚成了牌告價來到四位數的大合奏——」

「不過，既然這些話只在我們當中說，我們可以盡情地把一切都說出來，所以我還是要再回頭說說這個問題。」庫蒂赫說。

「你是金銀匠，喬思先生[17]？」費諾說。

「費諾永遠都會是個保守派、立憲派、頑固派。」布朗岱說。

「沒錯，我是金銀匠，」庫蒂赫說，「為了我的緣故，塞希澤剛剛被輕罪法庭判了刑。我堅信新方法要比老方法更加不隱藏著危險、更加不會害人、也更加光明正大。有了廣告，就能讓人反省、讓人查驗。要是有某個股東『被吞吃了』，他一定是蓄意被吞吃的，因為並沒有人『把貓裝在口袋裡[18]』賣給他。工業——」

「哈，你也講起工業來了！」畢希烏嚷嚷道。

「工業也可以從廣告中得利。」庫蒂赫不理睬畢希烏打斷他的話，繼續說：「政府要是攪進商業裡，妨礙商業自由，那它就是做了蠢事，並且得付出高昂代價。這麼做的結果若不是限價，就是壟斷。依據我的看法，最符合商業自由原則的就是股份公司！干擾股份

17「你是金銀匠，喬思先生？」語出莫里哀的喜劇《戀愛的醫生》（Le Docteur amoureux）第一幕第一場。主人要他幾位朋友爲生病的小姐提出治病之方，金銀匠喬思提出的方法是，送小姐一個金銀珠寶盒。後人便以這個典故指爲自己的利益而提建議。這裡指費諾認爲庫蒂赫會出於私心說話。

18「把貓裝在口袋裡」意即沒有讓對方看貨，就把東西賣給他。

公司，就是要對資本和利息都負起責任來，這是愚蠢的。不管做什麼生意，利潤愈高，危險也就愈高！只要錢不停地流通，它是怎麼流通的又和國家有什麼關係呢？要是一直都有一定數量的富人繳稅，管他誰有錢、誰貧窮呢？再說，股份公司、合資公司，以及各式各樣的紅利企業，在英國這個世界上商業最發達的國家已經存在二十年了；英國人對什麼都提出異議，但在每屆都要產生上千條法令的議會裡，卻從沒有一個議員起而反對這種措施——」

「這種措施對治療金銀滿櫃是最有效的藥方，而且這藥方還是植物性的！」畢希烏說，「也就是胡蘿蔔[19]！」

「聽我說，」庫蒂赫頓時激動起來，「你有一萬法郎，在十個不同的公司裡分別投資一千法郎的股票。其中有九個都投資失敗了——情況絕不會是這樣！民眾可是比誰都要強！不過我先這麼假設——只有一個成功了！（『碰巧的！』——『同意！』——『這並不是故意的！』——『好吧，開玩笑的！』）那麼，這個頗為聰明的有錢人就把他的錢分成了十等分，其中一筆投資讓他發了財，就和持有沃欽礦業股票的人一樣。各位，我們不妨明說，那些會叫嚷的人都是些既沒有生意頭腦、又沒有大肆吹噓的能力、更不懂得機敏經營的偽君子。大家很快就能看到證據。不久各位就能看見王公貴族、朝中人士、部長大臣成群地投入投機活動中，他們伸出手來海撈一票，心裡的想頭比我們還要鬼靈精怪，雖然他們並沒我們高明。

在我們這個股東和創業者一樣貪婪的時代，創立一個事業需要何等的才幹？創立克拉帕宏銀行的人真是個偉大的催眠師，他總能找到應急的辦法！各位知道從這裡應該得到什麼樣的教訓嗎？我們這個時代來得比我們更精采！我們活在一個貪婪的時代，在這樣的時代裡並不在乎東西的價值，而比較在乎，是不是能把東西轉手而賺得一筆。東西之所以能夠轉手，是因為招攬股東的創業者是貪婪的，而且認為可以獲利的股東也是同等的貪婪！」

「他真是出色，庫蒂赫，他真是出色！」畢希烏對布朗岱說，「他可以當個造福人類的偉人，要求人家為他豎立雕像。」

「我們可以下結論說，蠢子的財產活該落到聰明人的手裡，這是天經地義的事。」布朗岱說。

「各位，」庫蒂赫接著說，「我們在這裡可以取笑那些正經事，如果是在別的地方，當我們聽見有人對即興制訂的法律講那些令人尊敬的蠢話，就得噤口不言。」

「他說的有道理。」布朗岱說，「各位，我們現在所處的時代是，智慧之火只要一點燃，應時制訂的法律就很快將它撲滅。立法機構的成員幾乎全都是從小鄉小鎮出來的，他們都是

---

19 胡蘿蔔（carotte）在這裡是指「詐騙」（carotter）。

從辦紙上研究社會，並以國家機器的力量來撲滅智慧之火。國家機器一旦失靈了，他們就會哭天搶地、咬牙切齒！這個時代就只會制訂稅法和刑事法！這時的情況只用一句話就能總結，你們要聽嗎？就是在這個國家裡不再有宗教！」

「啊！說得真好啊，布朗岱！」畢希烏說，「你這番話碰觸到了法蘭西的傷疤。這傷疤就是稅法制度，戰爭固然有所破壞，但稅法制度危害的程度卻是比戰爭更嚴重。我在內閣裡幹了六年的苦差事，成天和中產階級打交道，當時有個年輕的雇員，人很聰明，他決心改革整個財政制度。唉，最後結果就是他就被免職了！如果他改革成功，法國現在也許樂在其中，它也許會重新征服歐洲，但趕走了他，正好能讓各民族好好休息一番。我當時用一幅漫畫葬送給了那位哈布爾丹[20]！」

「當我說『宗教』這個詞時，我指的並不是蒙著頭地信教，而是從政治立場上說的。」布朗岱接著說。

「請你說明一下。」費諾說。

「好，我來說明。」布朗岱接著說，「我們常常談到里昂事件，談到共和派在街上被炮轟，但這件事卻從來沒有人說到真相。共和派抓住了騷亂的時機，就像是暴動分子抓住了槍枝一樣。事情的真相說來真是古怪又深奧。里昂的商業是冷酷不帶感情的商業，你如果沒事先下訂單，並保證付款無誤，他是一尺絲綢都不織的。訂單一旦停了，工人就得挨餓，即使他有工作，賺的錢也只夠餬口，連囚犯都過得比他好。在七月革命之後，窮困的日子迫使絲綢工人舉起了大旗：『沒麵包，毋寧死！』像這類的訴願——它是里昂生活費用高昂的結果——政府真該研究研究。里昂想要蓋幾座劇院，成為大都市，因此發了狂地徵收『入市稅』。

「共和派嗅到了絲綢工人為了麵包起而反叛的氛圍，於是把絲綢工人組織起來，工人們便以雙重姿態[21]投入抗爭。因此有了里昂三日[22]，不過一切很快地回歸秩序，絲綢工人一一回到他們破落的房子。本來一向誠實的絲綢工人，你給他多少生絲，他就生產多少絲綢，這時他們卻認為商人坑了他們，於是他們再顧不得當個誠實人。他們在手指上沾了油，雖然仍是取得多少重量的生絲，交多少重量的絲綢，但這時的絲綢是以沾上了油的重量來計算的。因此法國的絲綢有了『油綢』的惡名。這樣下去可能讓里昂一敗塗地，並且導致整個法國商業一敗塗地。工廠老闆和政府不僅沒想辦法消除惡的根源，卻像某些醫生一樣用強烈的藥劑壓制病根。政府應該要派一位有才幹的人到里昂去，一個像是泰雷教士那樣所謂不道德的人，

20 參見《雇員》（Les Employés）一書的情節（原註）。
21 雙重姿態：指的可能是里昂絲綢工人在抗爭時明知自己冒了險，但又抱著可能取得勝利的希望。
22 里昂三日：指里昂絲綢工人只在一八三一年十一月二十一日至二十三日抗爭成功，隨後即被平復。

但不想他們卻派了軍隊去！這次動亂使得那不勒斯的絲綢漲到了四十蘇一尺。我們可以說，現在那不勒斯絲綢都已經賣完了，工廠老闆大概也想出了某種我也說不上來的控制生產的方法。這種沒有遠見的生產系統難怪會出現在我們這個國家。在法國，就曾經有一位名叫理查·勒諾瓦的偉大公民，他在沒有人訂貨的情況下，雇用了六千名工人，供他們吃飯，然後他又碰上了頗為愚蠢的大臣，讓他在一八一四年的紡織品價格改革支撐不住，終於敗盡家業。他是歷史上唯一值得立個塑像的商人。這下好了！這個人在今日倒是成了別人為他募捐的對象，不過並沒有人認捐，而在此同時，卻有人捐給華伊將軍的子女一百萬。里昂的態度是一貫的——它瞭解法蘭西，法蘭西這個國家是沒有任何宗教情懷的。理查·勒諾瓦的際遇正屬於富歇所說的那種，是比殺人罪還要糟糕的錯誤。」

「經營商業之道多少有些江湖術士招搖撞騙的味道。」庫蒂赫又回到剛剛被打斷的地方，接著說：「招搖撞騙這個詞變得有點平凡無奇了，它是介於公正與不公正之間，因為我可以問起招搖撞騙是從什麼時候開始、什麼時候結束，什麼是招搖撞騙？是朋友的就請告訴我誰不是招搖撞騙？看吧，說真的，招搖撞騙是最難能可貴的社會成分。如果說做生意是晚上去買貨，第二天白天賣貨，那真是瞎扯一通。連一個賣火柴的小販都懂得囤積居奇。聖德尼街上最有操守的商家有囤積居奇的概念，最膽大妄為的投機商也有這個概念。當商店裡囤滿了貨品，就有必要去推銷。去推銷，就必須點燃顧客的欲望，中世紀的招牌和今日的廣告單都是為了點燃顧客的欲望！在推銷和強迫顧客進店消費之間，我實在看不出差別。商人買進了次等的商品，這是可能發生的、應該發生的，而且是常常發生的，因為賣家向來總是欺瞞買主。這你可以去問問巴黎最誠實的人，也就是商界的重要人士——所有的人都會得意洋洋地告訴你，他們想出了什麼狡猾的辦法，把別人賣給他們的次等商品再賣出去。著名的米納爾公司一開始就是靠這種方式發跡的。聖德尼街的商家只會賣給你油綢布裁成的衣裳，他們專幹這種事。連最有操守的商人也會憨厚地告訴你這句最不道德的話：『我們盡可能地要把這次等貨脫手。』

「布朗岱剛剛已經跟各位解釋了里昂事件的由來，和後來發生的事。現在我要講一個小故事，以這個小故事來闡明我的理論。有位很有野心的羊毛工人，他因為太愛妻子，而生養了許多小孩，而且他信仰共和國。這個傢伙買了許多紅色羊毛，做成了毛織帽子，大家可以在巴黎街頭見到一些小孩戴著這種帽子。其中的原委，你們待會兒就會知道。不久，共和國倒台了。在聖梅希事件[23]之後，帽子再也賣不出去。當一名工人面對他的妻子、子女，以及一

23 聖梅希事件：指一八三二年六月五日到六日，共和派人士起而抗爭，在聖梅希修道院附近進行巷戰。

萬頂所有帽子店都不要的紅色毛織帽，在他心中翻動的想頭之多，簡直和發現自己向不穩當的公司投資了一千萬股票的銀行家不相上下。

「各位可知道這位工人——這個貧民窟的羅、這個帽子界的紐辛根——做了什麼決定嗎？他到小咖啡館裡去找了一位花花公子，就是那種在城門附近的鄉村舞會上讓警察拿他沒辦法的傢伙，他拜託這傢伙扮成一個做買賣的美國船長，住在高雅的摩希斯旅館裡，然後請他到一家還陳列著一頂紅色毛織帽的大帽子店去，說『有意』購買一萬頂像這樣的帽子。帽子店老闆嗅到了和美國做生意的商機，便跑到羊毛工人家，用現金買下了所有剩下的帽子。結局各位想也知道，美國船長不知所蹤，只落得成堆的帽子積在店中。不過，如果因為存有這種缺陷，就批評貿易自由，這就等於是因為有些罪行沒被治罪，就譴責司法，或者就等於是因為社會造成了某些苦難，就責怪社會的組織有問題！從帽子、聖德尼街，到股票、銀行。結論不言自明！」

「庫蒂赫，給你一頂冠冕！」布朗岱把絞成一圈的餐巾擱到庫蒂赫頭上，並說：「各位，我要把事情談得更深入些。如果說現今這理論有毛病，那麼該說是什麼的錯呢？錯就錯在法律上！錯在整個法律系統上、錯在所有的立法者！錯在這些從外省派來的小鄉小鎮的大人物，他們滿腦子道德觀念；要是不和司法起衝突，這樣的觀念對日常生活而言是必要的，不過，一旦這些觀念阻止了人提升到立法者應有的高度時，它則是愚蠢的。法律可以禁止這種或那種的激情——賭博、樂透、嫖妓，所有你想得到的——但它從來不能根除這些激情。抹煞了激情，就是抹煞了社會，因為就算社會不會激發出激情，至少是社會讓激情發展起來的。賭博的欲望潛藏在每個人的心裡，不管是年輕小姐、外省人，或者是外交官都一樣，因為每個人都想平白無故地發大財，你愈是以種種限制來規限賭博，賭博之心愈是立刻會從別的方面表現出來。你愚蠢地取消了樂透，廚娘們還是照樣偷她們老闆的錢，她們把偷來的錢存到銀行裡，存的不是四十蘇，而是兩百五十法郎，因為工業股票、合資股份全都成了樂透，是沒有牌桌的賭局，不過耙錢的耙子是無形的，賭局是經過人設計好了的。賭館關了門，樂透也不存在了，那群蠢子便叫嚷著：『看哪，這是一個道德崇高的法蘭西。』就好像他們消滅了好賭的人一樣！哪裡知道賭博其實一直進行著！只是利潤不再歸國家所有，並且以讓人討厭的稅捐取代了人人樂於繳納的稅捐。自殺事件也沒減少，因為好賭的人是不會自殺的，自殺的是他們的受害人！

「我就不跟各位說，流到國外的資金，法國是再也要不回來的。我也不提法蘭克福的樂透，制憲議會立了法，販賣法蘭克福的樂透會被判處死刑。而其實檢察官和同業公會的人都在做這買賣！這就是我們的立法者發揮慈善心的天真做法。鼓勵人人儲蓄是極為愚蠢的政策。假設人們對銀行的經營產生不安，政府此一政策就會造成人人為擠兌錢而排長龍，就好像在大革命期間，人人為搶購麵包而排長龍。有多少人上銀行，就會有多少暴亂。就像如果在街角有三個少年舉起大旗，革命就會爆發。

「不過，這雖然很危險，但我覺得還比不上人民道德敗壞來得危險。銀行使人們感染上利息造成的惡習，使得許多人在背地裡犯下罪行，無論是教育或是理智都無法使他撒手。這就是發揮慈善心帶來的後果。

「偉大的政治人物應該是卑劣的，不這樣，這個社會就難以治理。一個有操守的政治人物就如一艘有感覺的蒸汽機，或者是像一邊開船一邊做愛的船員，遲早會把船弄沉的。一位貪汙了一億的首相，但他治國有方，使得法國變偉大，人民生活更幸福，不是比一位下葬時得國家出錢、卻搞垮國家財政的首相更來得好嗎？黎希留、馬扎然、普譚金這三位政治人物分別在他們的年代有三億元的財富，而有操守的羅伯特．蘭代並沒有從指券[24]中、也沒有從教會土地中染指一毛錢，或者那些使得路易十六被處死的高尚蠢蛋。在這樣的前後對照下，各位對該做什麼選擇還會猶豫嗎？畢希烏，請繼續講你的故事吧。」

「我不打算向各位解釋，」畢希烏接著說，「紐辛根這個天才銀行家所創立的公司的性質，因為這公司到現在都還存在，還在證券交易所裡掛牌，我說出來會有些不便。他的計策十分切實，公司的營運也以長期經營為考量，在經政府批准後，票面價格是一千法郎，後來跌到三百法郎，接著又回升到了七百法郎。經歷了一八二七年、一八三〇年以及一八三二年的動盪後，它好不容易又回到了票面價格。一八二七年的金融危機讓它貶值了，一八三〇年的七月革命更讓它雪上加霜，不過因為公司生意穩當，股票最終還是有撐——紐辛根是不會做虧本生意的——後來，不少一流的銀行參與了公司的經營，但這裡如果我要深入講細節就有失禮儀了。

「名義上，公司資本額是一千萬，但實際的資本額只有七百萬，其中三百萬是屬於公司創辦人和發行股票的銀行家所有。一切都經過精密的計算，好讓在頭六個月後，便能以分配假股息的方式，讓每股賺進兩百法郎。這麼一來，一千萬就有了百分之二十的利潤。杜．蒂耶所得的利息就有五十萬法郎。在金融術語中，這個甜頭稱為『給貪吃之人的份額』！紐辛根自己以一塊印刷石版和二十五張粉紅色的紙賺進了數百萬，他用這些可愛的股票去投資，股票小心地收在他的辦公室裡。實際有人出資的股票則用來創辦公司，買下一棟豪華的宅第，開始做起生意來。紐辛根還有一些投資在我也搞不清楚是哪裡的一座方鉛礦、一座煤礦和兩

24 指券（assignat）：指的是法國大革命和法國革命戰爭期間，法國政府發行的貨幣券。

條運河的股票，都是從資本提撥的紅利股票，因為這四個項目的經營活動全面展開，又具有先進設備和良好聲譽，全都離不開他的創業之功。

「如果股票上漲，紐辛根可以賺點手續費，但我們這位男爵卻刻意不計算手續費，他讓手續費浮在水面上，好吸引一些魚上鉤！

「他集中他所有的股票，就像拿破崙集結他所有的兵力，以便在當時已露出跡象、並在一八二六年到二七年間徹底改變了歐洲證券市場面貌的危機中，進行第三次清算。如果紐辛根也有瓦坎姆親王做為參謀，他也會像拿破崙在桑東山頂上說：『好好觀察這個市場，在某一天的某個時刻，會有大批資金橫流！』可是這種話他能對誰說呢？杜．蒂耶倒和他是串通行騙的同謀，只是並非出於他的本意。前兩次清算讓我們這位有權勢的男爵明白了他必須拉攏一個人，讓他在應付債權人時，這人能扮演活塞的角色。紐辛根沒有半個姪子、外甥，他也不敢隨便找個親信，他必須有個忠心耿耿的人，像克拉帕宏那樣，但必須是個聰明、風度翩翩，是真正的外交家，配得當大臣，也配得為他效力的人。和人建立這樣的親信關係，不是一天兩天，也不是一年兩年可以辦到的。哈斯提涅在這時候被男爵的花言巧語哄騙得醺醺然，以為自己就是西班牙那位和平親王，既得國王寵信，又得王后的喜愛，他以為自己已經征服了紐辛根，讓他上了自己的當。他原本是譏笑紐辛根的，因為有很長一段時間他不瞭解紐辛根的才幹，但最後當他在紐辛根身上發現了他以為是自己獨具的能力時，他就對他讚佩有加。

「哈斯提涅初到巴黎時，他是瞧不起整個社會的。自一八二〇年起，他就認為有操守的人不過是架著一個外表，他認為這個世界是由形形色色的腐敗、詐騙所構成的，這想法和紐辛根男爵一樣。雖然他承認這之中有例外，但他更是嚴厲譴責群體：他不相信世間有任何德行，只相信人會在某些情況下講求道德。他這樣的想法其實是某一時刻的產物，也就是他在拉雪茲神父公墓頂上的那一刻得到的。那天，他把黛爾芬過世的父親送到了這裡[25]，她父親是個可憐的老好人，受到了社會的欺詐、受到了他自己真實感情的欺詐，並且被他的女兒、女婿拋棄。哈斯提涅決心要玩弄這個世界，並且決心裝作正直、有守的樣子，並以優雅的風度處在這個世上。這位青年貴族從頭到腳都以自私之心武裝起自己來。當他發現紐辛根也有同樣的甲冑時，心裡便對他起了崇敬之情，就像是中世紀騎士比武的場合裡，一個從頭到腳披著盔甲、騎在柏柏爾馬身上的騎士，見到另一個和他一樣滿副盔甲、騎在馬上的騎士時，便油然而生同樣的感受。不過，當哈斯提涅在溫柔鄉裡沉浸一段時間後，他的心志就軟化了。

25 參見《高老頭》（Le Père Goriot）一書的情節。

和一個女人的友誼、和一個像紐辛根男爵夫人這樣的女人的友誼，是能教他拋掉一切自私之心的。

「黛爾芬因為第一次談感情就遭到已故的德．馬爾塞這個伯明罕機器的玩弄，所以她後來便對哈斯提涅這個充滿宗教情懷的外省青年懷著無盡的愛意。她的柔情讓哈斯提涅也有所感。紐辛根像所有的剝削者對待被剝削的人一樣，對待妻子的這個朋友也是把馬鞍架在了他身上。就在這個時候，他正考慮進行第三次清算。或許是他認為自己既然和哈斯提涅親近便得告訴他，也或許是做為一種補償，他向哈斯提涅說明了自己的情況，並提出由他來當他的同夥。紐辛根男爵認為讓妻子的情人知道自己的計畫是很危險的。哈斯提涅則認為男爵涉入險境，並且男爵讓他以為只有他才能救得了這家銀行。

「但是當絞線一多，難免就會打結。哈斯提涅為黛爾芬的財產擔憂，他明白表示黛爾芬．德．紐辛根男爵夫人應該獨立，要求紐辛根把他們夫妻的財產分開來。但他自己暗暗發誓，他要讓她財產增加兩倍，以回報她對他的愛。因為歐仁都不談他自己，紐辛根只好請求他在事情完全成功之際接受二十五股每股一千法郎的方鉛礦股票。哈斯提涅為了不得罪他，便接受了這個條件！紐辛根反覆對哈斯提涅嘮叨的那天，正是歐仁那夜力勸瑪爾薇娜結婚的前一天。哈斯提涅見千百個幸福的家庭在巴黎大街上來來往往，以為自己的財產安全可靠，一如高德華．德．博德諾爾、一如德．阿爾德里傑一家、一如德．埃格勒蒙一家等等。這時他就像一位年輕將軍第一次在戰爭前校閱他的部隊一樣，打起寒顫來。可憐的伊索兒和高德華，兩人談著情說著愛，不就像是在巨岩下相見的阿奇斯和嘉拉泰，巨人波里費姆就要把大石頭推到他們身上？」

「畢希烏這猴子，」布朗岱說，「幾乎可以說是有點天才。」

「啊，那我就不故作風雅了！」畢希烏很高興自己講得很成功，便看了看吃驚覷著他的聽眾一眼，然後接續被打斷的話頭，說：「兩個月以來，高德華為自己即將成婚，沉浸在種種的小幸福裡。這個時候，他就像春天的小鳥，用喙子銜些小草片、小枝葉來來回回地築巢，為準備孵化的小雛鳥造個窩。伊索兒的未婚夫在布朗希街以一千埃居租下了一間小屋，便利、舒適，不太大，也不太小。他每天早上都去看工人做工，監督油漆上得好不好。他把英國唯一值得肯定的『舒適』這東西搬進了小屋裡。小屋有暖氣設備，使屋裡時時保持恆溫。家具也是精心挑選的，不過於閃耀，也不過於高雅。屋裡顏色清爽，看起來很柔和。每一扇窗的裡外都裝上了遮簾，此外還買了銀器和新的馬車，他也整修了馬廄、鞍具房和車庫。托畢、喬畢、帕第聽說這屋裡會來幾個女人，而且還有個『lady』，高興得無法形容，便在車庫裡亂奔亂跳，就像隻解開了枷鎖的旱獺！

「這個即將成家的男人，到處去挑選掛鐘，口袋裡還裝滿了布匹樣品，上他未婚妻家去，徵求她對布置臥室的意見。當愛情使他亢奮地來來去去，到處奔忙，他就不辭勞苦地來來去去，到處奔忙。這樣的男人所懷的激情是可以讓老實人、尤其是讓供應商高興不已的。一位二十七歲的英俊男士和一位跳舞跳得極好的二十歲迷人女子結為連理是世界上最值得慶賀的事，但高德華卻愁得不知道該送新娘什麼結婚大禮才好，便請了哈斯提涅和紐辛根夫人一起用午餐，好向他們討教該如何送這個大禮。他同時也想到了，何不把他的表姐夫埃格勒蒙和表姐，還有塞里希夫人也請來。社交界的女人滿喜歡偶爾到年輕男子家吃飯作客的，好讓她們有個消遣。」

「這是她們的逃課之道。」布朗岱說。

「人家總會想到布朗希街去看看這對未來夫妻的小屋。」畢希烏接著說，「女人就是喜歡這類的考察活動，就好像食人魔喜歡新鮮人肉一樣。她們藉著青春的歡樂，來讓自己回春，因為青春的歡樂還沒被荒淫放縱的生活所敗壞。餐具擺在小客廳裡，為了埋葬單身漢生活的這一餐，他把客廳布置得像遊行馬匹一樣華麗。他訂的幾道餐點都是小巧而可愛，是女士們在上午愛吃、愛咬、愛吮的；她們在早上每每有好胃口，卻不肯承認，因為要是她們說『我餓了！』似乎就會壞了她們的名聲。

「『你怎麼一個人來?』高德華見哈斯提涅獨自前來便問他。

「『紐辛根夫人心情陷入了低潮，我待會兒再告訴你詳情。』哈斯提涅一臉沮喪地說。

「『吵架了?』高德華嚷道。

「『沒有。』哈斯提涅說。

「下午四點，女士們都到布隆涅森林去了。哈斯提涅一人留在客廳裡，臉色沉鬱地看著窗外，見托畢、喬畢、帕第果敢地站在已經套在雙輪馬車上的馬兒前面，交叉著雙臂，模樣乍似拿破崙，只能用他尖銳、清亮的嗓音駕馭馬匹，那匹馬卻對喬畢、托畢十分馴服。

「『嘿，我親愛的朋友，你是怎麼了?』高德華對哈斯提涅說，『你臉色陰沉、心神不寧，剛剛還裝出高興的樣子。得不到完滿的幸福讓你很煩悶!不能和心愛的女子在市政府、在教堂結婚，的確是讓人不快。』

「『老朋友，你可有勇氣聽一聽我要跟你講的話?不知道你可明白我對一個人要有多麼深的友誼才能明明知道有罪，還是要把不能說的話說出來?』哈斯提涅說這番話的語氣，像是對高德華揮了一鞭。

「『你想說什麼?』高德華臉色發白地說。

「『看到你快樂，我覺得很難過。看到你做好了這些準備，幸福得跟什麼似的，我實在無意瞞著你這個祕密。』

「『請用兩三句把話說清楚。』

「『請用名譽擔保，你會守口如瓶。』

「『我會守口如瓶。』

「『要是這個祕密涉及了你的親朋好友，你也不會向他們洩露。』

「『不會。』

「『你聽我說，紐辛根昨天晚上到布魯塞爾去了，如果他不能進行清算，那麼就要宣告破產了。黛爾芬今天早上才去法院請求做財產分割。你還來得及挽救你的財產。』

「『怎麼挽救？』高德華覺得血液都在他血管裡結凍了。

「『你只要寄給紐辛根男爵一封信，假填日期是十五天前寄出的，然後在信裡要求把你全部的存款換成股票——哈斯提涅要他換成克拉帕宏銀行的股票——你有十五天、一個月、三個月的時間，說不定還能以比現在高的牌告價賣出，賺得一點錢。』

「『但德．埃格勒蒙剛剛還和我們一起用午餐呢，他有一百萬存在紐辛根那裡。』

「『聽我說，我不知道紐辛根是不是有足夠的股票和他兌換，再說，我和他不是朋友，我不能洩露紐辛根的這個祕密，你也不能跟他講這件事。要是你說了半個字，後果你自己要承擔。』

「高德華呆若木雞，足足有十分鐘動也不動。

「『你同意嗎？寫或不寫？』哈斯提涅毫不容情地對他說。

「高德華拿來了筆墨，他照著哈斯提涅的口述寫好了信，並簽上了名。

「『我可憐的表哥！』高德華叫道。

「『人人為己。』哈斯提涅說。『又一個上當了！』他在離開高德華以後暗暗加了一句。

「當哈斯提涅在巴黎四處耍手段的時候，證券交易所就有了這樣的景象——我有一位從外省來的朋友，他是個傻乎乎的人，他在下午四、五點之間經過證券交易所，不禁問我為什麼有這麼些人聚集在這裡說話，走過來，走過去，他們到底有什麼好說的呢？國家證券的價格早已議定，他們幹嘛還在這裡遊蕩？

「『我的朋友，』我對他說，『他們吃飽了正在消化，在消化的同時，他們就說些鄰居的閒話。沒有他們這些人，巴黎的商業就沒有保障。生意都是從這裡開始做起來的。這裡有個人，就譬如說是帕勒瑪，他的權威一如皇家科學院的阿哈果。他說：要做投機生意，投機生意就做了起來！』」

「各位，紐辛根這個猶太人真是一號人物，」布朗岱說，「他受的不是大學教育，而是大千世界的。而且他知識雖廣博卻無礙於他的深刻；他懂的事，他都會懂得很徹底。他的天才在於對生意憑直覺行事。他是控制巴黎證券市場那些投機商的掌璽大臣，只有他出面考察市場活動，他們才敢著手行事。他神色凝重、他傾聽、他研究、他思索，和他談話時，見他全神貫注，明明看著他已經被揪在手心裡了，沒想到他卻說：『這個對我不合適。』我覺得這個人最出色的地方在於，他和魏布呂斯特已經合夥了十年，他們之間卻從來沒有陰影。」

「這種事只有在最強的人和最弱的人合作才能看到。介於這兩者之間的一般人總是會爭吵起來，不久後就會以成為敵人告終。」庫蒂赫說。

「各位都知道，」畢希烏說，「老奸巨猾的紐辛根早就布好了局，他散布了一個消息，在下午四點鐘時，這消息像炮彈一樣在證券交易所的廊柱下炸了開來。『您聽說一件嚴重的事了嗎？』杜．蒂耶把魏布呂斯特拉到角落對他說，『紐辛根到布魯塞爾去了。他妻子到法院去請求做財產分割。』

「『您是他這次清算的同夥嗎？』魏布呂斯特微笑地問道。

「『別胡說了，魏布呂斯特，』杜．蒂耶說，『您認識一些買了他股票的人，聽我說，我們可以聯手做筆生意。我們那家新公司的股票上漲了兩成，再過三個月有望漲到兩成五，您知道為什麼嗎，因為它分的股利很優厚。』

「『您真狡猾。』魏布呂斯特說，『好吧，您說吧，您真是個爪子又長又尖的魔鬼，專把手伸進牛油裡。』

「『您就讓我說吧，要不然我們可沒時間做這事。我一聽到這消息，心裡就有了個主意。我還親眼看見紐辛根夫人在哭呢，她擔心她的財產會沒了。』

「『可憐的女人！』魏布呂斯特譏諷地說，『那麼，接下來呢？』這位過去住在亞爾薩斯的猶太人見杜．蒂耶不作聲，便繼續問他。

「『那麼接下來是，我家裡有一千法郎的股票一千股，是紐辛根交代我要把它賣出的，您明白我的意思嗎？』

「『明白！』

「『我們照票面價格的九折、八折買進一百萬紐辛根銀行的股票。從這一百萬的股票我們可以賺進不少差額，因為我們既是債權人，又是債務人，我們可以趁這身分的紊亂做這事！不過我們得做得巧妙，因為持有股票的人可能會認為我們這麼做是為了替紐辛根謀好處。』

「魏布呂斯特這下可明白了杜．蒂耶要什麼手段，他握了握了杜．蒂耶的手，使了個女人向她鄰居婦女所使的促狹目光。

「『呃，你們聽到消息了嗎？』馬丹．法勒斯對他們說，『紐辛根銀行止付了。』

生意。』」

「『唔！』魏布呂斯特回答，『可別散播這個消息，讓那些持有股票的人繼續做他們的

「『你們知道這次災禍的緣由嗎？』克拉帕宏也介入來說。

「『你啊，你什麼也不懂，』杜．蒂耶對克拉帕宏說，『不會有災禍的，到時候還是會全額支付的。紐辛根銀行會重新開張，只要他向我開口，我就會借給他資金。我知道止付的緣由，就是他把全部資金都壓在墨西哥，他從墨西哥運回金屬材料、運回教堂大鐘、運回教堂所用的銀器，還運回了西班牙大炮，這些大炮造得不好，在裡頭竟然還找得到金塊，總之他就是運回了西印度群島的西班牙王朝的破爛。這樣資金就會很慢才回收。我們親愛的男爵手頭緊了。不過就是這樣。』

「『這是真的，』魏布呂斯特說，『我願意貼現以八折買進他的股票。』

「這消息傳播速度之快，一如火星落在了乾草上。蜚短流長，各種古怪、矛盾的傳言都有人說。不過，因為前兩次清算的結果，大家都對紐辛根銀行滿懷信心，人人都留著紐辛根銀行的股票。『必須請帕勒瑪助我們一臂之力。』魏布呂斯特說。

「滿手是紐辛根銀行股票的凱勒三兄弟對帕勒瑪的話奉若神諭，只要帕勒瑪提出一句警戒的話，就能解決問題。魏布呂斯特果然讓帕勒瑪敲了警鐘。第二天，證券交易所裡人心惶

惶，凱勒三兄弟在帕勒瑪的建議下，以九折的價錢賣掉了他們手中的股票。證券交易所裡的人仿而效之，因為大家都知道凱勒三兄弟很有一套。這時泰勒費以八折賣出了三十萬法郎的股票，馬丹．法勒斯以八五折賣出了二十萬法郎的股票。但是吉哥奈看透了這其中有詐！他讓情勢更形混亂，以便買進紐辛根銀行的股票，然後再賣給魏布呂斯特，賺進百分之二或三的價差。

「吉哥奈在證券交易所的一個角落看到了馬第法。可憐的馬第法在紐辛根銀行裡有價值三十萬的股票。馬第法這位藥品雜貨鋪的老闆臉色蒼白、毫無血氣，尤其他看到這位可怕的吉哥奈時更忍不住顫抖起來。吉哥奈是他過去住的街區裡的貼現商，他這一走過來肯定是要將他劈成兩半。

「『事情不好了，一場災禍就要降臨。紐辛根銀行要辦清算！不過這事和您無關，您早已抽身了。』

「『呃，您搞錯了，吉哥奈！我有三十萬法郎被卡住了，我本來打算拿這筆錢投資西班牙公債。』

「『這麼說，您這筆錢倒是有救了，要是拿去投資西班牙公債難免全被蝕光，不如這樣，紐辛根銀行這股票我願意替您貼一點，譬如打個五折賣給我。』

「『那我不如等清算，』馬第法回答，『從來沒聽說銀行清算低於五折的。啊！如果虧損不超過一折還可考慮。』前藥品雜貨鋪的老闆說。

「『那麼，八五折好嗎？』吉哥奈說。

「『您還真是一點時間都不浪費。』馬第法說。

「『那麼晚安了。』吉哥奈說。

「『八八折，您接受嗎？』

「『好。』吉哥奈說。

「到那天晚上，杜．蒂耶共買進了兩百萬法郎的股票，由杜．蒂耶為三個臨時的搭檔向紐辛根銀行作了帳。他們三人隔天都領了賺到的差價。

「在前一天晚上，小巧、迷人的德．阿爾德里傑男爵夫人和她兩個女兒還有高德華共進晚餐。這時候，哈斯提涅來了，他帶著幾分外交家的神氣，和大家談起金融危機的話題。紐辛根男爵對阿爾德里傑一家懷著感情，他想萬一遭到不幸，他會安排用他最好的股票——也就是方鉛礦的股票——支付男爵夫人。不過為了確保男爵夫人同意這事，必須由她自己出面要求這樣處理她的財產。

「『可憐的紐辛根，他是怎麼了？』男爵夫人問。

「『他去了比利時，他夫人提出了分割財產的要求。不過他此行是為了向比利時的銀行家尋求財源。』

「『天哪，這讓我想起了我可憐的丈夫！親愛的哈斯提涅先生，你和他們這一家關係這麼密切，想必這也讓你很難過。』

「『但願所有和這事沒關係的人都能不受牽連，他的朋友晚一點會得到報償的，像他那麼的老練，一定挺得過去的。』

「『他更是個正直的人。』男爵夫人說。

「一個月後，紐辛根銀行開始清算欠債，手續很簡便，債權人只要寄一封信，說明存款要換成指定的哪一檔股票就成了。其他銀行方面，手續也不繁複，只需要將紐辛根的股票兌換成市場看漲的股票。

「當杜·蒂耶、魏布呂斯特、克拉帕宏、吉哥奈和其他一些自以為高明的人以百分之一的差額從外國買進了紐辛根銀行的股票時——因為他們再把紐辛根的股票兌換成其他看漲的股票時還能夠賺一手——在巴黎各種謠言傳得沸沸揚揚，因為現在誰都不必擔心了。人人都絮絮叨叨地談起紐辛根、人人都查驗他、人人都評斷他，人人都有辦法誹謗他！說他豪奢的生活、說他的事業！說做得像他這樣的，非倒閉不可等等的。

「就在批評紐辛根的聲浪達到最高潮時，有些人很驚訝地收到了從日內瓦、巴塞爾、米蘭、那不勒斯、熱那亞、馬賽、倫敦等各地往來客戶寄來的信件，信件上不無驚奇地指出，竟有人願意奉送百分之一的差額收購紐辛根銀行的股票，而他們卻通知客戶紐辛根已經破產了。

「『這其中一定有問題。』投機商紛紛地說。

「法院宣告紐辛根和他夫人之間的財產已做成了分割。但這時事情卻益形複雜——報紙報導了紐辛根回到巴黎的消息，他到比利時是和當地一位著名的工業大亨商談一座舊煤礦的開採問題，就是博緒森林的那座煤礦，當時煤礦的經營已陷入困境。紐辛根男爵又出現在證券交易所，他一點都沒想要對那些毀謗他銀行名聲的傳聞做澄清，他不屑藉由報刊來發表聲明。他花了兩百萬在巴黎城門附近買了一塊房地產。六個星期後，波爾多的報紙發布一則消息：兩艘紐辛根銀行租用的貨船已經進入河口，船上載了價值七百萬的金屬材料。

「帕勒瑪、魏布呂斯特和杜．蒂耶這才明白，原來一切都是紐辛根設下的圈套。但明白這件事的也只有他們三個人。這三個小學生仔細研究了這場金融鬧劇是怎麼設計出來的，發現它竟然早在十一個月前就開始醞釀。他們不得不讚嘆紐辛根是歐洲最偉大的金融家。

「哈斯提涅一點也不明白來龍去脈，但他還是從中賺了四十萬法郎，這是紐辛根讓他在巴黎綿羊身上理來的毛。哈斯提涅將這筆錢給他兩個妹妹做嫁妝。德·埃格勒蒙則因為表弟博德諾爾告訴他消息，便去求哈斯提涅說，要是他把他的一百萬存款換成運河股票，事成之後他會讓哈斯提涅抽百分之十的回扣。這條運河至今未完工，因為紐辛根在運河的開鑿問題上愚弄了政府，使得那些享受開鑿權益的人以為遲遲不完工反而對自己有利。夏爾·葛朗台也去求黛爾芬的情人，讓他把他的錢換成股票。總之，在十天的時間裡，哈斯提涅扮演了羅的角色，許多高雅的公爵夫人都向他要股票。現在哈斯提涅這小子每年大概有四萬法郎的年金，來源就是方鉛礦的股票。」

「要是每個人都賺了，那誰賠呢？」費諾說。

「總而言之，」畢希烏接著說，「德·埃格勒蒙侯爵和博德諾爾把他們的錢換得股票後，在幾個月之後，便領到了所謂的股息，所以他們緊抱著股票不放——我想其他人的情況也是如此——他們賺到了比本金多百分之三的利潤，他們對紐辛根讚嘆有加，當有人懷疑紐辛根會停止支付時，他們就起而為他辯護。高德華娶了他心愛的伊索兒，並且取得十萬法郎礦場的股票。婚禮當天，紐辛根在家裡舉辦了一場舞會，舞會之豪奢是前所未見的。黛爾芬送給新娘一份美麗的紅寶石首飾。伊索兒翩然起舞，這時不再是以年輕女孩的身分，而是以一個幸福的已婚婦人身分跳起舞來。小巧的阿爾德里傑男爵夫人這時更像是阿爾卑斯山的牧羊女了。『你可曾在巴塞隆納見過？』的那個女人瑪爾薇娜在舞會的吵雜聲中聽見杜．蒂耶冷冷地勸告她說：『嫁給德侯什吧。』

「德侯什在紐辛根一家人、在哈斯提涅的激勵下，準備好要談一談婚姻中的實際問題。但他一聽說嫁妝會是礦場的股票，就退縮了，又回到馬第法一家人那頭去。然而到謝爾什一米迪街，德侯什這位訴訟代理人又遇上了該死的運河股票，那是吉哥奈不願付給馬第法現金，而硬把運河股票塞給他。各位看吧，德侯什在他唾手可得的兩筆嫁妝上都讓紐辛根狠狠敲了一記。

「不久，災殃就要臨頭了。克拉帕宏銀行生意做得太大，資金堵住了，它停止支付利息，也不再付股利，雖然它生意昌隆。這件禍事又正好遇上了一八二七年的事件。到一八二九年，大家都看透了克拉帕宏銀行搞的把戲，因此它再也不適合當這兩家大銀行的擋箭牌，便從基座上栽了下來。克拉帕宏銀行的股票價值從一千兩百五十法郎跌到了四百法郎，雖然它實際上價值六百法郎。紐辛根瞭解這檔股票的內在價值，便買進了。

「小巧的阿爾德里傑男爵夫人賣掉了她不賺錢的礦場股票。高德華也基於相同的理由賣掉了他妻子的股票。同樣地，他們兩人都把賣掉的礦場股票換成了克拉帕宏銀行的股票。但他們因為欠債的關係，不得不在最低檔時賣掉股票。他們原有七十萬法郎，現在卻只剩二十三萬法郎。他們清理了帳戶，把剩下來的錢小心翼翼地照七十五法郎的價格買了三分利的公債。曾經快活、無憂的高德華現在卻要養一個不僅蠢得跟鵝一樣、還不能忍受沒錢日子的女人，因為結婚六個月以後，他就發現心愛的女人是個蠢貨。更有甚者，他還要養一個儘管沒麵包吃了，還是夢想著一身華服的丈母娘。迫於生計，他們兩家只得住在一起。高德華為了在內閣裡謀個月俸一千埃居的職位，不得不動用一些早已冷淡下來的關係，為他活動活動。朋友嘛？……去溫泉休養了。親戚嘛？……都很訝異，但個個都應允：『怎麼，孩子，那麼事情就包在我身上！可憐的孩子！』只是十五分鐘後就都忘得一乾二淨。最後，高德華這個職位還是靠著紐辛根和馮德內斯的關係才得到的。

「這幾位可敬又可憐的人目前搬到了蒙塔伯街，住在半樓上面的四樓。阿道爾菲斯家的曾孫女瑪爾薇娜沒有任何財產，她為了不成為妹夫的負擔，便以教鋼琴為生。她膚色黧黑、身材高大而細瘦乾癟，就像是從考古學家帕薩拉卡家裡逃出來的木乃伊，在巴黎四處走動。一八三〇年，高德華丟了工作，妻子還給他添了第四個孩子。家裡八口人，外加兩個僕人——維爾特和他妻子！——而錢呢，八千古銀的年金。這時，礦場的股票支付很豐厚的股利，一千法郎的股票就有一千法郎的股利。

「哈斯提涅和紐辛根夫人買進了高德華和男爵夫人賣出的礦場股票。七月革命後，紐辛根被封為法蘭西貴族院議員，並獲頒榮譽軍團勳章。雖然在一八三〇年以後他並沒有進行清算，但據說他的財產高達一千六百萬到一千八百萬。他看準了七月敕令會引發的後果，便賣掉了手中所有的股票，大膽以四十五法郎買進了三分利的公債，他讓朝廷相信他這麼做是出於一片忠心。但是就在這個時候，他串通了杜·蒂耶，吞吃了菲利普·布里竇這個怪人的三百萬！

「前不久，我們這位男爵經過了里沃利街到布隆涅森林去，他看見阿爾德里傑男爵夫人站在里沃利街的拱廊下。這個小老太婆身上穿了一件襯著粉紅裡的綠色大衣，裡面穿著一件碎花衣服，頭上披著頭紗，總之完全是一副阿爾卑斯山牧羊女的模樣，無以復加。因為她一點也不明白為什麼現在會潦倒，一如她過去也不知道為什麼家境富裕。她靠在可憐的瑪爾薇娜身上，瑪爾薇娜像英雄般的犧牲自我，實在可做為模範。瑪爾薇娜這時看起來像是個老媽媽，而男爵夫人反倒是像女兒。維爾特手裡拿著傘，跟在她們兩人身後。紐辛根男爵對和他一起散步的一位內閣閣員關泰先生說：『這就素我無法讓她們花財的笨單。黨派之增已經過去了，你再給口憐的博德諾爾安拍個位住吧。』

「在紐辛根的關照下，高德華回到了財政部任職。阿爾德里傑一家誇獎紐辛根是看重友誼的英雄，因為他總是邀請阿爾卑斯山的小牧羊女和她兩個女兒參加他舉辦的舞會。這世上誰也說不清，紐辛根這個人是怎樣三次有計畫成功地竊盜了公共的財產，而且即使他不是有意，卻也教公眾發了財。沒有人會指責他的。如果有人說金融界是專門坑騙人的地方，那麼這就是最嚴重的毀謗了。票據忽高忽低、股票漲漲跌跌，這實在是自然現象引發的潮起潮落，是受大氣運動的影響，也和月亮的作用有關。偉大的阿哈果對這個重要現象從沒提出任何科學的理論，這真是罪過了。從這裡只能歸結出一條關於金錢的真理，這條真理我從沒在任何文字裡讀到過——」

「哪一條真理？」

「債務人永遠比債權人強。」

「嗄！」布朗岱說，「我們剛剛說的這些話，倒教我想起孟德斯鳩在《法意》裡的句子。」

「哪一句？」費諾說。

「法律是蜘蛛網，大蒼蠅破網而過，小蒼蠅被捕網中。」

「你說這話背後的意思是？」費諾對布朗岱說。

「只有專制政府能制止反對法律的一切思想活動！沒錯，專制能夠以司法來解救人民，因為寬恕的權利是單方面的。君王能夠特赦行詐騙的破產者，但這對受騙上當的股東卻沒有任何用處。法制毀了現代社會。」

「應該讓選民明白這件事！」畢希烏說。

「已經有人這麼做了。」

「誰？」

「時間。就像德．勒昂大主教說的，如果自由是古老的，那麼王權就是永恆的。所有思想健全的民族都會以這種形式或另一種形式回歸到君主體制。」

「咦，隔壁有人。」費諾說，他聽見了我們走出去的聲音。

「牆外總是有人偷聽的。」大概醉了的畢希烏說。

巴黎，一八三七年十一月

皮耶・格拉蘇

Pierre Grassou

獻給佩希歐拉斯炮兵中校
以表明此文作者深摯的敬意

德・巴爾札克

每當您抱著嚴肅的心情去看雕塑展、繪畫展時，就像在一八三〇年革命以後所舉辦的那些展覽，您在走過充塞著作品的長長畫廊時，難道心裡不會覺得不安、厭煩、難過？自一八三〇年以後，沙龍再也不存在。羅浮宮已經是第二次受到藝術家的襲擊，而且他們打算長期占據那裡。

在從前，沙龍展示了藝術作品中的翹楚之作，讓這些作品贏得了好名聲。在兩百幅挑選出來的繪畫作品中，觀眾又自行挑選了一番，於是一頂桂冠由不知名的觀眾加封給了畫家。人人熱烈地在一幅畫面前展開論辯。加諸在德拉克拉瓦、安格爾這兩位畫家身上的辱罵，更使他們聲名大噪，就像是這兩位畫家的信徒的讚美之言和吹捧之聲使他們聲名大噪一樣。在今日，再也沒有群眾、再也沒有畫評家熱情地為這「市集」裡的作品起而辯論了。以前是評審們負責畫作的評選，現在這評選工作則落到了觀眾身上，這一工作使他們精疲力盡，沒辦法再集中注意力，而等他們把作品全都看過一遍，展覽會就閉幕了。

一八一七年以前，展出的作品從不超過長長的展覽會場的頭兩根廊柱，古時候大師的作品就擺在這會場後側，今天他們卻把畫作擺滿整個會場，這真教觀眾吃了一大驚。歷史題材類的畫作、風俗畫、畫架上的小幅畫作、風景畫、花卉畫、動物畫，還有水彩畫等等這八大品項，每一品項的展出，值得觀眾一看的最好不超過二十幅，因為如果超過這樣的規模，觀眾就不能再集中注意力了。希望參展的畫家愈多，評審的選拔就應該愈嚴格。

一旦沙龍的展場占據全部的展覽會場，一切就完蛋了。沙龍的展場應該是固定的、有限的、沒有伸縮空間的，每個品項的作品只展出傑作。十年的經驗證明了過去那種做法有其好處。現在，沙龍不再是競技的場所，而是一片騷亂；不再是輝煌的展覽會場，而是喧鬧的市集；不再是經過精心挑選的作品，而是好壞摻雜的全部作品。結果呢？偉大的藝術家被淹沒了。德康的《土耳其咖啡館》、《泉水邊的孩子》、《鉤刑》、《約瑟夫》這四幅畫作，如果和一百幅優秀的畫作每四年在大沙龍裡展出將會更引人注目，遠勝於在六個畫廊裡展出他二十幅畫作卻被淹沒在三千幅作品中。

自從展覽會對所有畫家敞開大門以後，奇怪的是，大家反而談起了不為世人所識的天才畫家。而在十二年前，安格爾的《交際花》、希嘉隆的同名作品、傑利柯的《梅杜薩之筏》、德拉克拉瓦的《希阿島的屠殺》、歐仁・德偉希亞的《亨利四世的洗禮》等等這些作品為素來嫉妒賢能的藝壇名流所接受，但即使畫評家否認這些作品的價值，它們還是向觀眾表明——畫筆下充滿熱情的年輕畫家崛起了。而在那個時候並沒聽到有人埋怨。現在只要在畫布上粗糙塗上幾筆，就能拿去參展，卻到處聽見人們在談論「不為人所理解的才華」。沒有了公評，就沒有了受到公評之畫作。不管藝術家怎麼做，他們都將回到評審這一關來，經過評審，再把畫作推薦給大眾，而畫家本是為大眾工作的。沒有評委會的精心評選，就沒有沙龍，而沒有沙龍，藝術就會遭殃。

自從展覽目錄從薄薄的小冊子變成了厚厚的一本書，有許多畫家儘管有十到十二幅畫作列在目錄上，卻仍是默默無聞。所有這些名字裡，最不為人知的藝術家說不定就是那位名叫皮耶·格拉蘇的了。皮耶·格拉蘇來自布列塔尼的富熱爾，因此在藝術家的圈子裡大家都簡單稱他為「富熱爾」。目前，格拉蘇在藝術界裡占據了一個陽光燦爛的位置，正因為他，才使人興嘆起來，發了一番牢騷，以此做為他小傳的開場白——其實這對其他藝術家也是一體適用的。

一八三二年，富熱爾住在納瓦罕街，街上是一棟棟像盧克索方尖碑一樣狹窄又高聳的大樓，他就住在其中一棟的五樓。他住的這棟樓裡，有一條小走道，及一座在轉彎處特別危險的漆黑小樓梯，而且每一層樓都只有三扇窗子。在中央有個院子，或者更準確地說，有個「方井」。富熱爾的皮耶．格拉蘇的公寓有三、四間房，在他住處的上面則面向著蒙馬特的工作室。工作室四壁漆成了磚紅色，方磚地板精心地漆成棕黃色，還打了蠟。每把椅子都附上了繡著花邊的小墊子，一旁的長沙發樣式雖然簡單，卻乾淨得像是雜貨鋪老闆娘臥室裡的長沙發一樣。在他家裡一切都顯示出一個平凡人謹小慎微的生活，以及一個窮人對住家的仔細維護。工作室裡有一個五斗櫃，可以收納雜物。還有一張飯桌、一座碗櫃、一張書桌，以及繪畫所需的種種用品，一切都收拾得整整潔潔。就連爐子也顯示出如荷蘭人般愛整潔的樣子。尤其來自北方的天光純淨、恆定，光線清晰而寒冷地照進這寬大的工作室裡，更加顯出了這裡的整齊清潔。只是個風俗畫家的富熱爾並不需要那些使得歷史題材畫家耗盡家產的巨大繪畫器具。他知道自己沒有足夠的才幹來創作崇高的題材，所以他就以創作畫架上的小幅繪畫為滿足。

在今年剛邁入十二月時——在這個時節，巴黎的中產階級紛紛生出古怪的念頭，就是想把他們已經令人生厭的尊容傳之於後世——皮耶．格拉蘇一早就起床，準備好他的調色板，然後點燃火爐，把麵包沾著牛奶吃，他等著窗玻璃上的霧淞融化，透進天光，這樣他就可以開始作畫了。

正當格拉蘇以耐心、甘心的神情吃著早餐時——他這神情正可以說明很多事——他聽出了他認識的一個人的腳步聲，就是艾利亞斯．瑪古斯的腳步聲。這人對他的生活有極大影響，就像所有這類人對藝術家都有極大的影響一樣。艾利亞斯．瑪古斯是個畫商，也就是針對畫作放高利貸的人。簡單說，就是正當格拉蘇要在他乾乾淨淨的工作室裡開始作畫時，這個畫商翩然降臨在他家。

「老傢伙，您近來好嗎？」畫家對他說。

富熱爾獲頒過十字勳章，艾利亞斯曾以兩、三百法郎買過他的畫，這時他擺出一副非常藝術家的神氣。

「近來生意很不好，」艾利亞斯說，「你們這些畫家全都自命不凡。你們只不過是花了六蘇在顏料上，就開口要價兩百法郎……不過您是個善良的人！您是個講求秩序的人，我是給您帶一筆好生意來了。」

「Timeo Danaos et dona ferentes（我怕希臘人，就算他們送禮來了），」富熱爾說，「您懂拉丁文嗎？」

「不懂。」

「嗯！這句話意思是說，希臘人要不是自己從中得利，是不會白白對特洛伊人送上好處的。從前他們說：『取走我的馬吧！』現在我們說：『取走我的熊吧——』您想要怎麼樣呢，尤利斯·拉真喬若·艾利亞斯·瑪古斯？」

這就是畫家口中所謂的「工作室裡的玩笑話」，我們可以藉這些話來衡量富熱爾的脾氣有多溫和、頭腦有多機智。

「我可不打算說以後您不會以兩張免費的畫來謝我。」

「呦！呦！」

「反正這事我讓您來決定，我並不會向您討。您是個正派的畫家。」

「那到底是什麼事？」

「唔！我給您帶來了一位父親、一位母親，和他們獨一無二的女兒。」

「這三位都是獨一無二的吧！」

「憑良心說，沒錯！來請您為他們畫三幅肖像。這些熱中藝術的中產階級從來不敢到藝術家的工作室。那位小姐會有十萬法郎當陪嫁，您幫他們畫肖像可吃不了虧，說不定這是給您自己一家人畫肖像呢。」

這塊裝作是個名叫艾利亞斯·瑪古斯之人的德國舊木柴，講到這裡不禁乾笑起來，這聲乾笑讓畫家不寒而慄。他覺得自己好像聽見了魔鬼梅菲斯特在作媒。

「每一幅畫像是五百法郎，您可以畫這三幅畫。」

「那是當然的了。」畫家快活地說。

「要是您娶了那獨生女兒，您不會忘記我的。」

「我，結婚？」皮耶．格拉蘇叫了起來，他說：「我向來一個人上床睡覺，早上獨自醒來，我的生活總是安排得好好的——」

「十萬法郎，」瑪古斯說，「再加上一個溫順的女孩；這女孩身上閃著金光，就像是從提香畫裡走出來的一樣。」

「這家人是做什麼的？」

「他們過去是批發商。這時候，他們熱愛藝術，在阿弗雷城鄉下有棟別墅，還有一萬到一萬二古銀的年金收入。」

「他們做哪種商品的批發？」

「瓶子。」

「別跟我講這個字，我好像聽見了切軟木塞的聲音，這讓我牙齒很不舒服——」

「要不要帶他們上來？」

「三幅肖像畫，我要把它們放到沙龍去展示。我可以投入肖像畫的創作中。嗯，當然帶他們上來了……」

老艾利亞斯下樓去請魏爾維勒一家上來。為了知道艾利亞斯的提議對畫家會有什麼樣的影響，也為了知道魏爾維勒先生、夫人與他們的獨生女兒對畫家產生什麼效應，我們有必要回顧一下富熱爾的皮耶・格拉蘇在此之前的歷史。

§

富熱爾還是個學生時，曾在學院派素描大師塞爾凡那裡學過素描。之後，他又跟著席內爾學習，想要學會捕捉表現力強、又富麗非凡的色彩，席內爾即以此知名於世。但是老師和其他同學都守口如瓶，皮耶什麼也沒學到。接著，富熱爾為了學習藝術中所謂「構圖」的學問，又到葛侯的畫室去，但是構圖對他而言太粗獷、太難捕捉。然後他又試著到索邁爾維、到老道爾林那裡學習表現室內氛圍的祕密。但這兩位師傅可不願人家偷學他們的技巧。

最後，富熱爾為結束他的學業，來到了杜瓦・勒卡穆那裡。在他學習期間、在他各個階段的轉化期間，富熱爾總是安安詳詳、規規矩矩，這讓他在不同的畫室裡總成為譏諷的對象。不過，不管在哪裡，他總能以他謙遜、以他耐心、以他溫馴如羊的態度化解同學的訕笑。幾位師傅對這個善良的男孩可都沒有好感，師傅們喜歡的是才華橫溢的學生、性格怪誕的學生、詼諧幽默的、充滿激情的，或者是陰鬱的，而且是深沉思考的，也就是那種未來會有前途的天才。富熱爾身上的一切卻只讓人感受到平庸。他的外號富熱爾——在艾格朗丁的一齣戲劇中就有個畫家有這個外號——常常遭到眾人欺凌，可是，他既然是在那個城市出生，也只能接受這個外號，這也是迫不得已的事。

富熱爾的格拉蘇這個名字和他的人有相似之處。他長得富富態態，身材中等，臉色暗沉，棕色眼睛，黑色頭髮，喇叭鼻，嘴巴寬，耳朵長。溫和的相貌、消極被動而又逆來順受的神氣，並沒有把他那張健康、但是少有表情的臉突顯出來。他並沒有方剛的血氣，也沒有偏激的思想，更沒有一個偉大藝術家該有的風趣機智，因此從來不會為這些受到折磨。這位年輕人，生來即為品行正直的中產階級，他從外省來到了巴黎，在一位顏料商那裡當伙計——這位顏料商原籍馬耶納，是奧吉蒙的遠房親戚——他憑著布列塔尼人那股頑固勁頭，硬是讓自己成了畫家。在他學畫那段期間，日子是怎麼挨過來的，是怎樣吃了苦頭，只有上帝知道了。他所受的苦不亞於大人物所受的苦，當這些大人物陷於窮困中，被一群平庸之人像野獸一般圍攻，同時還被許多渴望報復的虛榮之人追逐的時候，他也受了相等的苦。

在他覺得已經有能力可以自行展翅時，便在殉道者街的大樓裡租了一間工作室，在那裡拚命作畫。一八一九年他初試啼聲。為了進羅浮宮展覽而展示在評審團面前的第一幅畫，描繪的是鄉村婚禮的景象，這幅畫他十分艱辛地花了很多功夫模仿葛爾茲，但最後遭到了淘汰。當富熱爾聽到評審團這個要命的決定時，他並沒有暴跳如雷，也未因自尊心受傷而狂亂起來，就像那些志大心高的藝術家會做的那樣——他們有時會鬧到送挑戰書到博物館的館長或祕書處那裡，威脅著要取他們性命。富熱爾只是平平靜靜地取回自己的畫，用布巾包裹起來，帶回他的工作室，對自己起誓說有一天一定要成為大畫家。他把畫擺在畫架上，然後到他過去的一位師傅席內爾的畫室去。深具才華的席內爾是個溫和、有耐心的藝術家，他在上一次的沙龍贏得了名聲，大獲成功。富熱爾請他來講評自己被退回的作品。席內爾放下手中的事，到富熱爾的工作室來。當可憐的富熱爾讓師傅來到他畫作面前時，席內爾只看了一眼畫，就拉著富熱爾的手說：

「你是個善良的孩子，你的心地如黃金一樣寶貴，我不應該欺哄你。聽我說，你在畫室時我就跟你說過我的看法，這些看法至今並沒有改變。當畫筆只能畫出這樣一點東西來的時候，我的好富熱爾，最好還是把顏料留在布律隆顏料商店裡，而且別抄襲別人的畫。早早回家，戴上一頂棉帽，九點鐘就上床睡覺；早上十點鐘，到某家店去，問問有沒有工作可做。別再理睬藝術了。」

「我的好師傅，」富熱爾說，「我的畫已經被判處死刑了，我不是向您要判決書，而是想知道為什麼會被這麼判決。」

「呃，那麼好吧。你畫得太灰、太陰沉了，你是透過一塊黑紗來看大自然。你的畫很沉重、很黏稠，你的構圖仿效了葛爾茲，但他能用其他優點來補足他的缺點，你卻只暴露出缺點。」

在一一指出畫作的缺點時，席內爾看見了富熱爾一臉深沉的抑鬱，他心軟了，便帶他去用晚餐，試圖安慰他。第二天一早七點鐘，富熱爾就來到畫架前，動手修改他那幅被判刑的畫作。他讓畫作的色調更明亮，依著席內爾指出的缺點重新做了調整，而且重新粉飾畫中人物。在這一番修修改改之後，他還是覺得不對勁，便把畫帶到艾利亞斯．瑪古斯那裡去。艾利亞斯．瑪古斯這位荷蘭—比利時—佛萊明人，有這三地的集成，讓他成為他這一號人物——吝嗇而富有。他從波爾多來到巴黎，做起畫商生意，住在佳音林蔭大道。一心指望能靠賣畫為生，好到麵包店去買麵包的富熱爾，他勇敢無畏地天天以麵包、核桃為食，以麵包、牛奶為食，以麵包、櫻桃為食、以麵包、乳酪為食，就依季節而定。皮耶把他的畫拿給了艾利亞斯．瑪古斯看，瑪古斯覷了許久，終於以十五法郎買下。

「每年賺個十五法郎，卻花費一千法郎。這樣是走不遠的。」富熱爾笑著說。

艾利亞斯．瑪古斯擺了個手勢，他一邊咬著自己的拇指，一邊想著他本該付一百蘇買下這幅畫的。接下來幾天，富熱爾每天早晨都從殉道者街走到佳音林蔭大道，走到瑪古斯畫廊的對街上，觀察他那幅畫是否受青睞，但往來的行人從來沒有誰看一眼他的畫。一個星期快要過去，那幅畫不見了。富熱爾裝作一副不經意經過林蔭大道的樣子，走到了畫廊來。瑪古斯這位猶太人正好站在門口。

「嗯，您把我的畫賣掉了吧？」

「畫在這兒呢，」瑪古斯說，「我裝了個邊框，好送給某個自以為懂畫的人。」

富熱爾不敢再回到林蔭大道上，他又開始創作新的畫。他花了兩個月的時間畫，每天只吃少少一點東西，工作卻累得像划船的苦役。

一天晚上，他走到林蔭大道上，他的腳不由自主地帶著他往瑪古斯的畫廊走來。他四下都沒看到他的畫。

「我把您的畫賣掉了。」畫商對畫家說。

「賣了多少？」

「我賺回了本錢，外加一點利息。您再給我幾幅佛萊明的室內畫、一幅人體解剖圖、一幅風景畫。我會買下來的。」艾利亞斯說。

富熱爾幾乎想把瑪古斯抱在懷裡，他把他當成了父親。他滿心喜悅地回到工作室，心想席內爾那位偉大的畫家錯看他了！在巴黎這個大城市裡，終究還是有人的心跳和格拉蘇是處在同一頻率的，他的才華終於為人所瞭解、為人所賞識。這可憐的男人，雖然已經二十七歲了，卻跟十六歲的小子一樣天真無知。換做是別人、別的一個猜疑心重、性格激猛的人，一定會注意到艾利亞斯·瑪古斯臉上露出了陰險的表情，一定會注意到他鬍子抖動起來露出了奚落的神氣，一定會注意到他肩膀擺動的動作洩露了華特·司各特筆下那個猶太人欺瞞基督徒時所露出的滿意神情。

富熱爾心情愉快地在林蔭大道上散著步，一臉得意洋洋。他這副樣子就像一位保護婦女的中學生。他在路上遇到了他的同學約瑟夫·布里多，此人是個性格怪誕的天才，日後注定會飽嘗不幸，並博得榮耀。約瑟夫·布里多這時「口袋裡有幾個錢」——照他自己的說法——他帶富熱爾上了歌劇院。富熱爾在歌劇院裡眼睛看不見芭蕾、耳朵聽不見音樂，他只在心裡構思著一幅幅的畫作，他沉浸在繪畫中。表演看到一半，他就向布里多告辭。他奔回家中，在燈光下勾勒幾幅草圖。他設想了三十幅畫，每一幅都充滿朦朧的回憶，他不禁認為自己是個天才。第二天，他去買了顏料，以及各種尺寸的畫布。他把麵包和乳酪放在桌上，把水裝進水瓶裡，也為火爐準備了柴火。然後，照畫室裡的說法，他在畫布上「刨了起來」。他雇用了幾名模特兒，瑪古斯把布料借給了他。

自囚兩個月之後，這位布列塔尼人完成了四幅畫。他又去問席內爾的意見，而且也把約瑟夫·布里多請來了。這兩位畫家在他的畫作裡見到了對荷蘭風景畫一五一十的模仿、對梅茲室內畫一五一十的模仿，對他第四幅畫也只是見到了林布蘭《解剖學課》的翻版。

「都是模仿而來的，」席內爾說，「啊，要富熱爾畫些原創性的作品可不容易。」

「你應該做些其他事，別畫畫了。」布里多說。

「做什麼呢？」富熱爾說。

「投身文學吧。」

富熱爾就像雨中的羔羊一樣把頭低了下來。他又向兩位請教，得到了幾個有用的建議，於是他修改畫作，然後再把它們拿去給艾利亞斯。艾利亞斯以二十五法郎的價格買下這四幅畫。以這樣的價錢，富熱爾並沒有賺頭，但是靠著他清苦的生活也沒什麼虧損。他在林蔭大道上散了幾回步，為的是看看他那些畫如何了。他忽然有個奇怪的幻覺。他那些畫原是如此雕琢、如此純淨，像鐵皮一樣的堅硬、也像畫在瓷器一樣的散發著光澤，現在卻像是籠著一層霧，看來有點古畫的味道。艾利亞斯剛剛出門去了。對這個現象，富熱爾沒辦法得到解釋。他以為自己眼睛花了。

畫家回到他的工作室，又畫起新的古畫來。經過七年不斷的努力，富熱爾終於能畫出過得去的畫了。他畫得和所有的二流畫家一樣好。艾利亞斯買下、賣出他所有的畫。但這可憐的布列塔尼人一年只勉強賺得百來元金路易，一年的花費也不超過一千兩百法郎。

在一八二九年的展覽會上，勒昂・德・羅哈、席內爾、布里多這三個人的作品在展覽大廳占據了好大一塊地方，而且主導了一波藝術風潮，他們對一直創作不懈卻生活窮困的老朋友起了憐憫之心，便設法讓這次沙龍展接受富熱爾的一幅作品，讓它陳列在大廳中。這幅非常有吸引力的作品在情緒感受上有維聶宏的情調，在技巧上則有早期杜畢費的功力。這幅畫作畫的是在監獄中的一位年輕男子，有人正為他剔去頸項上的頭髮；一旁站著一位神父，另一旁有個老婦人和一個年輕女子在啜泣；一位書記官宣讀著公文，在一張破舊的桌上可見到一份還沒人用過的菜餚；太陽光線正透過高高的鐵窗欄杆照進來。

這幅畫有種會讓中產階級顫抖的東西，中產階級看到這畫也真的打起哆嗦。富熱爾畫這幅畫的靈感完全是來自傑哈爾・道的一幅傑作《犯肺水腫的女人》，但他把本來面向著觀眾的女人轉而面向鐵窗；他也將臨終的女人換成是被判處死刑的囚犯——同樣慘白的臉色、同樣的眼神、同樣祈求上帝垂憐。他還將原本畫中的佛萊明醫生置換為穿著黑衣的冷酷書記員；不過他在傑哈爾・道的年輕女子旁邊還添加了一位老婦人。最後，在畫面中占據最主要位置的是一位看來和善卻殘酷不已的劊子手。這幅巧妙掩飾的剽竊之作並沒有被人認出來。

展覽會的目錄上這樣寫著：

編號五一〇。富熱爾的格拉蘇（皮耶），納瓦罕街二號
〈一名朱安黨人的梳洗，一八〇一年被判處死刑〉

儘管這幅畫很平庸，卻獲得了空前的成功。天天都有成群的觀眾來到這幅正當流行的畫前圍觀，就連查理十世也駐足欣賞。查理十世的夫人聽說了這位可憐的布列塔尼畫家生活清苦，不免熱烈仰慕起他來。奧爾良公爵出價要買這幅畫。教會人士對王太子妃說這幅畫的主題充滿虔誠思想。在這幅畫裡的確有一種非常讓人滿意的宗教氣氛。王太子讚嘆方磚地板上的灰塵，但這真是個大誤會，因為富熱爾在那兒塗上一層暗綠色的顏料，是為了表示牆腳下很潮濕。查理十世的夫人以一千法郎買下了這幅畫，王太子向富熱爾訂購了另一幅畫。查理十世將十字動章頒給了這位農家子弟，因為他曾在一七九九年為皇家出征。那位偉大的畫家約瑟夫．布里多卻從未獲頒動章。內政部向富熱爾訂購了兩幅以教堂為主題的畫。

對皮耶．格拉蘇來說，這次沙龍展是他的財富、他的榮耀、他的未來、他的生命。講求獨創，就等於是一點一點地邁向衰亡；抄襲，才是生存之道。富熱爾的格拉蘇既然終於發現

了這個金礦脈，他便以上述這則冷酷的格言為依歸。這一條格言使得現今社會上產生一些平庸之人，這些人負責給社會每一階層選拔優秀人才，而他們所選拔的自然是像他們一樣的人，而且會拚命排擠真正有才華的人。這一條到處都依循的選拔原則是大大的錯誤，法國總有一天會改變此一原則的。

不過，富熱爾這麼謙遜、這麼樸實、這麼溫文善良，使得原本要非難他、嫉妒他的人都沒有話說了。再說，站在他這一邊的還有這麼多發跡的格拉蘇，而他們和未來的格拉蘇又是團結一致的。還有一些人被格拉蘇永不氣餒的毅力所感動，拿他來和多明尼涂相提並論，並說道：

「在藝術上孜孜矻矻理應得到報償！格拉蘇的成功並不是竊取來的！這可憐的傢伙可是刨了十年呢！」

這可憐的傢伙可是刨了十年呢！在擁護格拉蘇、慶賀格拉蘇的人們口中有一半都會發出這樣的讚嘆之言。憐憫高抬了許多庸才，就像嫉妒低貶了許多大藝術家一樣。報上的藝評少不了要批評他一番，但是具有騎士風度的富熱爾都忍受了下來，就像他以前忍受朋友的指教一樣，他對此表現出天使般的忍耐精神。

他好不容易賺得了一萬五千多法郎，便拿這筆錢添購家具，放在他納瓦罕街的公寓和工作室裡。他開始為王太子訂購的畫忙碌起來，並且為內政部畫那兩幅以教堂為主題的畫。期限一到他便如期交貨，這讓習慣於交貨遲延的內政部有些喪氣。不過，我們真該羨慕那些做事有條不紊之人的運氣。要是格拉蘇耽誤了時日，正好被七月革命趕上，那他就別想領到錢了。

三十七歲的富熱爾為艾利亞斯·瑪古斯畫了大約兩百幅完全不為人知的畫，不過靠著這些畫，他的畫風已經成熟到了讓人滿意的地步，使得藝術家自己看了不禁聳聳肩，中產階級也非常鍾愛他的畫。富熱爾的朋友都喜歡他正正直直、樂於助人、待人忠誠、給予人安全感的性格；如果說他們並不器重他的畫，但對他這個人他們倒是喜歡的。

「真是不幸啊，富熱爾有喜歡畫畫這個壞毛病！」他的朋友在彼此之間這麼說道。

不過，格拉蘇能給別人很棒的建議，就像報紙上那些專欄藝評家，他們自己沒有能力寫書，卻能挑出一本書的毛病來。但是在文藝評論家和富熱爾之間有一個很大的差異是，他對美極其的敏感，他能鑑別美，他的建議總是很中肯，讓人以為說得有道理而樂於接受。自從七月革命後，富熱爾在每次展覽會都送去十一、二幅畫作，評審團接受了其中四、五幅。他經濟仍然很拮据，總共就只雇用一名清潔婦。他的消遣就只是去看看朋友、去看看藝術作品，偶爾在法國境內做個小旅行，不過他計畫到瑞士去找找靈感。這個拙劣的藝術家是個好公民

——他在國民自衛軍中服役，參加閱兵，付房租，付帳單，總是準時無誤，像是個優良的中產階級。

向來勤懇工作，而且生活窮困的他，從來沒有談情說愛的時間。他到這時都還是個光棍、還是個窮人，一點也無心讓自己的生活複雜起來。對於增加自己的財富這件事，他是毫無概念的，所以他每三個月就老老實實把他存下來的錢、他每三個月的收入都存到公證人卡爾多那裡去。每當格拉蘇存到一千埃居，公證人就把它用抵押的方式貸款出去，附帶規定是：通過「代位清償」。如果債務人是結了婚的，債權人同時取得債務人妻子的種種權利；或是債務人有應付貸款需要清理，那麼債權人同時分享貨主的種種權利。公證人在取得利息後，又把利息放到富熱爾的格拉蘇的本金裡。

畫家等著自己財運亨通的那一天，到時他的投資會累積到每年兩千法郎的年金。這可是一筆大數目。這樣他就能享有藝術家的 l'otium cum dignitate（拉丁文：閒適與尊嚴），並且畫畫，喔，是啊，畫畫！畫些真正的畫！畫些精緻完善的作品、美輪美奐的作品、教人啞口無言的作品。他的未來、他夢想中的幸福、他最懇切的期望，您想知道嗎？那就是被選入法蘭西學院當院士，以及佩戴法國榮譽軍團的軍官玫瑰勳章！與席內爾和勒昂·德·羅哈平起平坐，並比布里多更早進入學院！在他外套衣領的扣眼裡佩上軍官玫瑰勳章！多麼美妙的夢想啊！只有平庸之輩才能想得那麼周全。

§

富熱爾聽見了樓梯間裡響起一陣腳步聲，便趕緊理理頭髮，扣上他綠瓶子色絲絨背心的鈕扣，不無驚異地看到走進來一張在畫室裡俗稱是「甜瓜」的臉。這個甜瓜下側的身體就酷似大南瓜，大南瓜穿著一身藍色的呢布衣服，上面綴著一串叮叮噹噹的小飾物。甜瓜像海豚一樣噓噓作響，南瓜則踩著兩根蘿蔔走路——這兩根蘿蔔又可不恰當地叫做腿。一位真正的畫家會以諷刺畫的方式描繪這個瓶子商，所以他會立刻請他出門，說他是不畫蔬果畫的。富熱爾看著他的主顧笑也沒笑，因為魏爾維勒先生的襯衫上別著一枚價值一千埃居的鑽石。

富熱爾看向瑪古斯，對他說：「這可肥著呢！」他用的是當時在畫室裡頗流行的一個隱語。

一聽見他這麼說，魏爾維勒先生皺了皺眉頭。這位中產階級在他後面還引來了他酷似蔬菜水果的一家人，他的妻子和他女兒。他妻子臉色顯出桃花心木的色調，長得就像個裝上了頭的椰子，腰間還繫著一根皮帶。她身穿一件黑條紋的黃色衣裳，頂著腳尖轉動著身子，得意洋洋地在她肥滿的手指頭上戴著一付樣式怪誕的露指手套，就像是手套商招牌上的一樣。她帽子上插著羽毛，就像頭等殯葬隊用的羽毛；肩膀上以花邊裝飾著，她的肩膀不管從前面看或後面看都是圓渾渾的。這樣她的身形不多不少就是個渾圓的椰子。她那雙腳是畫家們稱做「蹄子」那種形狀的腳，腳上穿著一雙漆皮皮鞋，鞋面上擠出了一圈肥肉。這雙腳是怎麼穿進這鞋的？只有天知道了。

在她後面跟著一根年輕的蘆筍，穿著一身黃綠色的衣裳，黃蘿蔔色的頭髮——羅馬人最愛這種頭髮了——編成了辮子盤在小小的頭上，兩臂纖細，在她白皙的臉上帶了一點雀斑，兩顆無邪的大眼睛，白色的睫毛，稀疏的眉毛，一頂義大利草帽，繫著一條白緞子的滾邊，兩個規規矩矩的緞布蛋型裝飾，兩隻手臂羞紅了起來，兩隻腳則像她媽媽的一樣。這三個人東看看西看看工作室裡的一切，滿臉是幸福的神情，顯示出他們對藝術深深懷著敬意。

「先生，要幫我們畫像的人就是您？」做父親的膽氣十足地問道。

「是的，先生。」格拉蘇回答。

「魏爾維勒，他有十字勳章。」趁畫家轉過身去，夫人低聲地對她丈夫說。

「難道我會請一個沒有勳章的畫家來為我們畫像嗎？」已退休的瓶子商說道。

艾利亞斯．瑪古斯向魏爾維勒一家人告辭，走出了工作室。格拉蘇陪他走到樓梯間。

「只有您能找到這麼些圓滾滾的人物來。」

「十萬法郎的陪嫁呢！」

「是沒錯，可是您看看這一家人！」

「還可望繼承三十萬法郎、繼承平希哈街的房子，和一棟在阿弗雷城的別墅。」

「平希哈、瓶子、瓶塞、瓶子塞住了、瓶子不塞了。」畫家說。

「您這輩子再也不用為錢發愁。」艾利亞斯說。

這個念頭從此射進了皮耶・格拉蘇的腦子裡，有如晨曦照進了他的閣樓。

在讓女孩的父親擺好姿勢後，他感覺這位先生氣色極佳，不禁讚嘆起他那帶紫色調的臉龐。媽媽和女兒則不斷地繞著畫家轉，對他所有的準備工作感到驚異。在他們眼中，他就像是神。這種顯然可見的崇拜之情讓富熱爾十分歡喜。金牛犢[1]使得這一家人覆上了一層奇異非凡的反光。

「您應該賺了很多錢吧？不過您花錢一定也跟您賺得一樣凶。」那位母親說。

---

1 金牛犢：根據《聖經》記載，當摩西上西奈山領受十誡時，以色列人因不耐久候，以金子鑄造了一隻牛犢，做爲崇拜的偶像。這裡則指拜金主義。

「不，夫人，」畫家回答，「我不太花錢的。我沒有餘錢玩樂。我的錢都交給公證人處理，他帳冊上記著我所有的存款。錢一旦存到他那裡，我就不用費心了。」

「有人告訴我，」魏爾維勒先生大聲說，「藝術家都是些寅吃卯糧的傢伙。」

「冒昧問一句，您的公證人是哪一位？」魏爾維勒夫人問。

「一個正派的人，非常的直爽。卡爾多。」

「嗳！嗳！真是好笑！」魏爾維勒先生說，「卡爾多也是我們的公證人。」

「請您別動！」畫家說。

「你靜靜地坐好嘛，安泰諾，」魏爾維勒夫人說，「你會讓畫家先生畫不好的。要是你看他是怎麼工作的，你就會明白——」

「天哪！為什麼你們沒讓我學藝術？」魏爾維勒小姐對她父母說。

「薇齊妮，」媽媽大聲說，「有些東西年輕女孩是不該學的。等你結婚以後，你就……咳，在此之前你就本分一點。」

這第一回畫像，魏爾維勒一家人幾乎與這位老實的畫家混熟了。他們約好了過兩天再到他的工作室來。在離開工作室之前，做父親的和做母親的要薇齊妮走在他們前面離開，但即使隔著距離，她還是聽見了他們之間的對話，這幾句話喚醒了她的好奇心。

「一個有勳章的男人……三十七歲……一個有人向他訂購畫的畫家，他把錢存在我們的公證人那裡。我們去問問卡爾多吧？嗯，被稱做富熱爾太太！……他看來一點也不像是個壞男人！……你說你想要一個做生意的？……但是做生意的人只要他還沒退休，你就不知道我們女兒結果會變怎樣？而一個會存錢的藝術家……再說，我們都喜歡藝術……總之！……」

當魏爾維勒一家人評量著皮耶・格拉蘇時，皮耶・格拉蘇也在心裡評量著他們一家人。他再也不能平平靜靜地待在工作室裡，於是到林蔭大道去散步，在路上走著，又忍不住去看一旁經過的紅棕髮女人！他心裡起了一番奇怪的論證：黃金是金屬中最燦爛奪目的，而黃色即代表黃金，羅馬人喜歡紅棕髮的女人，他就要成為羅馬人了等等這些的。結婚兩年後，哪個男人還會在乎他妻子的髮色？美貌是會消逝的……但醜陋卻永遠都會在！金錢即代表了一半的幸福。那天晚上，畫家上床睡覺時，已經覺得薇齊妮・魏爾維勒是個迷人的女子。

當魏爾維勒一家三口為畫像第二次來到工作室時，畫家笑容可掬地接待他們。畫家這個壞蛋已經刮了鬍子，穿上了一件潔白的襯衫；他也把頭髮梳理得光光潔潔，還選了一條合適的褲子，並穿著一雙前端翹起的紅拖鞋。魏爾維勒一家人也和畫家一樣滿臉堆著奉承的微笑。薇齊妮臉紅得跟她的髮色一樣，不禁垂下眼睛，轉過頭去，看著畫家的幾幅習作。皮耶・格拉蘇覺得她忸忸怩怩的樣子非常讓人陶醉。薇齊妮顯得非常優雅，幸好她不像她爸爸，也不像她媽媽，但是她像誰呢？

「啊，我明白了！」他一直這麼對自己說，「想必這做母親的曾另有他人。」作畫的時候，這家人和畫家之間有來有往的論辯起來，畫家不禁覺得魏爾維勒先生頗有才智，並且大膽地將這點告訴了他。這恭維的話一出口，便讓畫家對這一家人毫無保留地敞開心懷，他送給薇齊妮一幅草圖，送給她媽媽一幅素描。

「免費的？」她們說。

皮耶．格拉蘇只是滿臉笑意。

「您不該這樣送畫的，這可都是錢。」魏爾維勒先生說。

第三回作畫時，魏爾維勒先生說起在他阿弗雷城的鄉間別墅裡收藏了一批名畫——幾幅魯本斯、幾幅傑哈爾．道、幾幅米里斯、幾幅特博格、幾幅林布蘭、一幅提香，和幾幅保羅斯．波特等等的。

「魏爾維勒先生花起錢來都不心疼的，」魏爾維勒夫人闊氣地說，「他的收藏可值十萬法郎呢。」

「我就是喜歡藝術。」退休的瓶子商說。

當畫家開始畫魏爾維勒夫人的肖像時，先生的畫就差不多完成了。這時這一家人簡直高興得不能自已。公證人也對畫家大大讚美了一番；在他眼中，皮耶・格拉蘇是世上最正派的男人了，他是藝術家中最規矩的，而且攢了三萬六千法郎；他窮困的日子早就過去了，現在每年可賺一萬法郎，他把利息滾入本金中；總之，他是不會讓他的妻子受苦的。最後這句話頗有分量，教魏爾維勒夫婦心中的天秤動了一下。從此他們這一家人的朋友只聽得他們成天談著那位著名的畫家富熱爾。

等到富熱爾為薇齊妮畫肖像畫時，他儼然是魏爾維勒家心目中的女婿了。這一家人常在工作室裡流連，早已習慣把這裡當作是自己第二個家。這個乾淨、雅緻、宜人、帶有藝術家氣息的地方對他們有種難言的吸引力。一惡牽一惡，一個中產階級牽引出另一個中產階級。

一回，在畫像快結束時，樓梯間裡起了一陣騷動，工作室的門被粗暴地打開來，這時約瑟夫・布里多闖了進來。他風風火火地闖進來，一頭頭髮都揚了起來。他一臉受到蹂躪的樣子，目光如火，在工作室裡到處亂看，他兜著走了一圈以後，突然奔向格拉蘇，把外套攏到了肚子上，試著把扣子扣起來，但是沒用，扣子都已經掉了。

「柴很貴，日子難過呀！」他對格拉蘇說。

「啊！」

「我後面跟了一些討債的。呃，你畫這種東西啊？」

「你靜一靜好嗎！」

「啊，是！」

突然闖進來這麼一個人讓魏爾維勒一家人很不高興，他們本來就紅紅的臉蛋一下子火燒得跟櫻桃一樣紅。

「這頗能賺錢！」約瑟夫又說，「你口袋裡有錢嗎？」

「你需要多少？」

「一張五百元的鈔票……我後頭跟著個像獵狗一樣的批發商，他一旦咬住你，沒吃到肉就不會鬆口。真是惱人！」

「我幫你寫張條子給我的公證人。」

「你有公證人？」

「是啊。」

「這就是為什麼你還用玫瑰紅的色調來畫臉頰。這倒是香水店絕佳的招牌！」

格拉蘇不禁臉紅了起來。薇齊妮正坐著讓他畫像。

「你還是照她原來的模樣畫出來吧！」約瑟夫這個大畫家繼續說道，「這位小姐是棕紅色頭髮，咦，這難道是罪過嗎？表現在畫裡，一切都會顯得優美絕倫。在你的調色板上加些朱砂，讓臉頰呈現出暖色調。把那些棕色的小雀斑點出來，在這裡塗上顏料。你想要畫得比大自然更有靈嗎？」

「喏，趁我寫條子的時候你就幫我畫幾筆吧。」富熱爾說。

魏爾維勒先生走到桌邊來，對格拉蘇咬著耳朵說：

「這個粗野的人會毀了您的畫。」

「要是由他來畫薇齊妮的肖像，那可勝過我一千倍。」富熱爾微微動氣地說。

聽到他這句話，這位中產階級人士便輕手輕腳地退到了他妻子旁邊。他妻子被這頭闖進來的野獸嚇得驚愕不已，這時候又看見他為女兒畫肖像，心裡著實不安穩。

「嗯，就照著我這樣畫，」布里多把畫筆還給格拉蘇，並接過格拉蘇手中的條子，「我不謝你了！現在我要回阿爾泰茲古堡去了，我正在給古堡的餐廳畫壁畫，勒昂·德·羅哈則在門框上方作畫。你來看看我們吧？」

他連告辭也沒說就走了，對看夠了的薇齊妮也不想再多看一眼。

「這個人是誰？」魏爾維勒夫人問道。

「一位大藝術家。」格拉蘇回答。

大家都不再作聲。

「您確定剛剛他沒把我畫得走了樣?」薇齊妮說,「他嚇壞我了。」

「他畫得只有更好。」格拉蘇回答。

「如果他是個大藝術家,我寧願是像您這樣的大藝術家。」魏爾維勒夫人說。

「啊,媽媽,格拉蘇先生是個真正的大藝術家,他要幫我畫全身像呢。」薇齊妮說。

天才畫家的舉止風度讓這些謹守規矩的中產階級十分難安。

時序已經進入秋天,人們為此時節取了一個可愛的名稱,叫做「聖馬丹的夏天」。在這樣一位天才面前,魏爾維勒先生就像是一位新來的人一樣羞羞怯怯,他鼓起勇氣邀請了畫家星期天到他鄉村別墅去。他自己很清楚一個中產階級的家是沒有什麼可吸引藝術家的。

「你們這些藝術家,」他說,「你們需要能激盪感情的事物!需要大場面、需要和才智之士在一起。不過我家裡有好酒,而且我希望能以我收藏的那些畫來彌補您和我們這些生意人在一起的煩悶。」

這一番恭維的話大大觸動了很少受人讚美的可憐皮耶・格拉蘇的虛榮心。這位老實的藝術家、這個不光彩的庸才、這顆黃金般的心、這個光明磊落的性格、這位拙劣的畫匠、這個老實的男人,他把自己打扮得光光鮮鮮,還把法國榮譽軍團王家勳章別在衣服上,出發到阿弗雷城去享受這一年當中最後的幾日好天氣。畫家很樸實地只搭公共馬車前來,他禁不住讚美瓶子商的美麗別墅。這別墅座落在五阿龐[2]大的花園中央，位於阿弗雷城的高處，放眼望去，景色佳妙。娶了薇齊妮，就等於有一天這棟美麗的別墅就是他的！

魏爾維勒一家人以熱情、歡喜、和善，及一種中產階級率真的蠢樣接待了他，弄得他好困窘。這真是得意洋洋的一天。大家帶著這未來的女婿在米黃色的小徑上散步，小徑早已經整理得平平整整，好似要接待大人物；就連樹木都像是梳理過的一樣，草坪也割過了草。鄉間純淨的空氣中飄來廚房裡幾絲令人愉悅的香氣。屋子裡所有的人似乎都在說：

「一位偉大的藝術家光臨寒舍。」

魏爾維勒先生像只蘋果似的在他花園草坪上滾動著，他女兒像鰻魚一樣歪歪扭扭地走著，媽媽則以尊貴、莊重的步伐跟在他們後面。這一家三口足足把格拉蘇挽留了七個小時。用過晚餐後——用餐時間之久，一如餐宴之豪奢——魏爾維勒夫婦準備了一個大驚喜：他們為格拉蘇打開了明晃晃的陳列室的門，陳列室裡的燈光都是精心設計的。三位鄰居（都是退休的商人）、一位叔父（薇齊妮有望繼承他的遺產）都被召來為偉大的藝術家喝采。此外還有薇齊妮的一個單身老姑媽，以及幾位賓客都跟在格拉蘇背後走入了陳列室，大家聽說這批

2 阿龐（arpent）：舊時的度量單位，一阿龐相當於現在的二十到五十公畝，根據地方不同而有異。

畫作價值連城，都訝異得合不攏嘴，便很好奇畫家對魏爾維勒先生的收藏有什麼看法。瓶子商似乎有心和路易—菲利普國王、和羅浮宮的收藏相媲美。

每一幅畫都裱著精美的畫框，下面附上一個標籤，用金底黑字寫著：

魯本斯

〈半人半羊的精靈與仙女之舞〉

林布蘭

〈解剖室內景。特隆普教授爲學生上課〉

總共有一百五十幅畫，全都塗上了清漆、拂去了塵埃，其中有幾幅還罩著綠色帷幕，若有年輕女子在場，這些帷幕是不揭開的。

藝術家兩隻手臂微微顫抖，目瞪口呆，一句話也說不出口。他認出了陳列室裡一半的畫都是出於他的手。魯本斯是他、保羅斯．波特是他、米里斯是他、梅茲是他、傑哈爾．道也是他！他一個人就等於是二十位大師。

「您怎麼了？您臉色好蒼白！」

「孩子，端一杯水來。」魏爾維勒夫人叫著說。

畫家抓住魏爾維勒先生衣服上的鈕扣，藉口說要看穆希羅的畫，把他拉到角落——穆希羅這位西班牙畫家在此時正紅透半邊天。

「您這些畫都是跟艾利亞斯·瑪古斯買的？」

「沒錯，都是真跡！」

「我們私下底講，我待會兒把畫指給您看，想探探您花了多少錢？」

他們兩人在陳列室裡繞了一圈。賓客們看見一臉肅穆的畫家在主人的陪伴下逐一審視那些傑作，都不禁驚嘆起來。

「三千法郎！」魏爾維勒走到最後一張畫面前壓低聲音說。但他又假意大聲說：「我說我付了四萬法郎！」

「一幅提香四萬法郎？」藝術家提高聲調說，「但這簡直是等於不要錢。」

「我就跟您說過，我這些畫價值十萬埃居。」魏爾維勒嚷道。

「這些畫全是我畫的，」皮耶·格拉蘇在他耳邊說，「我賣的價錢全部加起來不超過一萬法郎——」

「證明給我看，」瓶子商說，「我將我女兒的嫁妝加倍，因為這麼說來你就是魯本斯、林布蘭、特博格、提香了！」

「那麼瑪古斯也是個出色的畫商了！」畫家這時忽然明白了他的畫為什麼有古畫的味道，以及為什麼畫商會要求他畫某些主題。

這家人對皮耶．格拉蘇不僅還是一樣的敬重——他們都稱呼他「德．富熱爾先生」——甚至認為他的形象更加奇偉了。他為他們所畫的肖像，並沒有收取分毫，他自然是把畫送給了他岳父、岳母和他妻子了。

現今，每次展覽會都有畫作展出的皮耶．格拉蘇，被認為是擅長畫肖像畫的出色畫家之一。他每年收入大約是一萬兩千法郎，其中有五百法郎花在畫布上。他妻子的嫁妝是每年六千法郎的年金。他住在岳父、岳母家。魏爾維勒和格拉蘇這兩家人相處十分和睦，他們有馬車一輛，可說是世上最幸福的人。皮耶．格拉蘇這時就只跟中產階級交往，在這圈子裡大家都把他看作是本時期最偉大的藝術家之一。從寶座城門到聖殿路這之間，沒有哪一個家庭的肖像畫不是委託這位畫家畫的，而且每一幅畫的價格都不少於五百法郎。

因為在五月十二日那次暴動中，他表現得宜，所以獲頒法國榮譽軍團軍官勳章。他在國民自衛軍中擔任營長。凡爾賽博物館免不了要向這位優秀的公民訂購一幅戰爭場面的畫。此後，這位畫家總在巴黎閒逛，為的是在遇到老同行時，他能若無其事地說：「國王要我畫一幅戰爭畫。」

富熱爾夫人極愛她的丈夫，為他生了兩個孩子。這位身為好父親、好丈夫的畫家卻無法從他心裡除去一個讓人不快的念頭：其他藝術家都嗤笑他，在他們的畫室中他的名字是讓人鄙夷的。報紙上的專欄藝評家從不評論他的作品。不過他照樣畫個不停，而且逐步往法蘭西學院邁進，總有一天他會進入這學院的。再者，到了有機會報仇的時刻，他也不禁覺得暢快！當一些著名的大畫家經濟拮据時，他就買下他們的畫，拿這些真正的傑作換掉阿弗雷城陳列室裡那些他自己的畫。

我們知道有不少庸才遠比皮耶・格拉蘇更愛戲弄人、更惡毒，而格拉蘇為善不欲人知、樂於助人，真是再好也沒有了。

巴黎，一八三九年十二月

高迪薩爾II

Gaudissart II

致德・貝勒吉奧喬索親王夫人（出身於特里維勒斯家族）

懂得賣、能夠賣，並且賣掉！一般大眾不會明白，巴黎之所以崇高偉大是虧得這問題的這三個面向。光輝絢爛的商店真可比得上一七八九年以前貴族沙龍的富麗，金碧輝煌的咖啡館往往很輕易就使得新凡爾賽宮失去了光彩。精美的櫥窗展示每晚都會卸掉，到第二天早上再做新的裝飾。為了吸引顧客，年輕男士都得表現出優雅風度、瀟灑舉止；為了招徠男性顧客，年輕女子都得相貌甜美、衣著入時。還有最近生意人為了壟斷某些特產的銷售，都把產品集中到場地又深又廣、如巴比倫一樣豪奢的商場裡。但這些都還算不得什麼！……這些只不過是為了取悅自羅馬時代以來即發展出來的最貪婪、最不耐膩煩的器官，因著精緻文明的發展，這器官為滿足自己的需求已經到了無法無天的地步。這器官，就是巴黎人的眼睛！……

這眼睛看盡了價值十萬法郎的煙火，看盡了兩公里長、六十法尺高、鑲嵌著彩色玻璃的王宮，看盡了每晚在十四個劇院演出的夢幻景象，看盡了不斷有新花樣的環景圖，看盡了不斷有傑作展出的展覽會，還看盡了在林蔭大道散步、在街道裡徘徊的或悲傷或喜悅的人們，還有狂歡會上千奇百怪的裝扮，每年二十冊附有彩繪圖案的書籍，上千幅諷刺畫，上萬種商標圖案、石版畫和版畫。這眼睛每天晚上消耗掉一萬五千法郎的煤氣來照明。總之，為了滿足眼睛之享受，巴黎市每年花費數百萬法郎在景點的維護，以及花草種植上。但這一切照樣算不得什麼！……這不過是問題的物質方面。是的，依照我們的看法，六萬名商店伙計、四萬名銷售小姐所施展的手段、所發揮的才智，實可與莫里哀筆下的人物相比擬。這些商店伙計和銷售小姐狂熱地緊盯顧客的錢包不放，就像塞納河裡千百條歐白魚為爭奪麵包屑而蜂擁在水面上推擠。

於現場銷售的售貨員高迪薩爾在能力、在才智、在嘲諷、在處世哲學上都至少與已經成為商業典範的著名旅行售貨員不相上下。然而一離開他的商店、一離開他的部門，他就像是一只沒充氣的氣球。他只有置身在商品之間才有能力可言，就像演員只有在舞台上才顯得非凡。和歐洲其他地方的伙計比起來，法國伙計的常識更加豐富，在必要時，他可以口若懸河地談論瀝青、馬比耶舞廳、波卡舞、文學、圖繪書、鐵路、政治、議院與革命等話題；但是儘管如此，只要一離開他櫃檯的踏板、量尺，一離開他在店中所展現的優雅身段，他就會蠢得跟什麼似的。不過，只要他顫顫巍巍地站在櫃檯邊，手裡拿著披肩，眼睛打量著顧客，他就口齒伶俐，應答如流，連偉大的塔列朗都黯然失色。他比德索吉耶更聰明，比克麗歐佩特拉更機敏，他可與莫里哀時代的蒙侯茲相匹敵。塔列朗在他家裡可以愚弄商店伙計高迪薩爾，但是在高迪薩爾的商店裡，就是他愚弄塔列朗了。

我們可以用一則事實來解釋這個奇特的現象。

兩位迷人的公爵夫人在那位名聲顯赫的親王面前絮絮叨叨地說著話，她們想要買一只手鐲。她們等著巴黎最有名的珠寶店差遣伙計送幾只手鐲來。一位高迪薩爾送來了三只手鐲，三只美妙精巧的手鐲，這兩位公爵夫人猶豫著，難以定奪。抉擇！是需要智慧之光的閃現。您猶豫嗎？……大局已定，您一定會挑錯的。品味不會建立在兩次靈感之上。十分鐘之後，公爵夫人去請教親王的意見，親王見兩位公爵夫人在兩只雅緻的手鐲之間不知該如何選擇——有一只早已被排除——他沒放下書本，也沒去看手鐲，而是端詳起送貨的伙計來。

「您會選哪一只送給您的女朋友？」他問伙計。

伙計指了指其中一只。

「那麼，您就拿另外一只去吧。這樣會讓這兩位女士開心的，」這位最機靈的現代外交官說，「而您，年輕人，您就以我的名義讓您的女朋友開心吧。」

兩位迷人的公爵夫人笑了，伙計告辭離開了，他既為得到親王的餽贈而高興，也為得到親王的好評而得意。

一輛華麗的馬車停在薇薇安娜街上，有個女人在另一個女人的陪同下，步下馬車，走進一家賣披肩的絢爛商店裡。女人幾乎總是兩個人一起進行這樣的尋寶活動。在類似這樣的活動中，她們總是在逛過十家店以後，才會決定要買什麼。而且在一家逛過一家的空檔之間，她們會嘲笑商店伙計的銷售技倆。我們就來查驗一下，是顧客，還是店員會把他們的角色演好？在這齣輕喜劇裡，兩者究竟是誰占了上風？

要描繪巴黎商業中的這件大事——銷售！——就得塑造出一個典型人物來為這問題做總結。不過在這方面，價值一千埃居的披肩或腰鍊會比一塊細亞麻布的料子或價值三百法郎的衣裳更能讓人情緒激動。啊，對賣家與買主這兩塊大陸陌生的人！假使您讀到了描述買賣的事宜，要知道這一幕是在出售兩法郎一公尺的巴雷熱紗羅、或四法郎一公尺的印花平紋細布的新穎商店裡演出的。

各位親王夫人、各位中產階級婦女，您們怎麼提防得了這俊美的小伙子呢？他臉頰有如鮮桃一樣紅潤、柔嫩，眼神天真、純潔，穿著幾乎和您的……您的……表親一樣光鮮，並且嗓音柔和，就像他攤開在您眼前的羊毛皮。這樣的小伙子竟有三、四位。

其中一個眼睛烏亮，神情果決，他正色地對您說：「這就是了！」

另一個有藍眼珠、神色羞怯，說起話來低聲下氣，旁人見他會忍不住說：「可憐的孩子！他不是塊做生意的料！……」

還有一個是淺栗色的頭髮、帶著笑意的黃眼睛，說起話來十分逗趣，像南方人一樣生動、活潑。

最後一個是紅棕色頭髮、留一把扇型鬍子，他像共產黨人一樣僵直，神情嚴峻、威嚴，領帶打得端正，言語俐落。

這幾種不同典型的店員對應了不同的女性顧客，他們是老闆有力的助手。老闆是個胖胖的老好人，表情開朗，額頭上禿了髮，像國會議員一樣挺著肚子，有時他會別上榮譽軍團勳章，這是他因保持法國紡織業的優勢有功而獲頒的。他有讓人滿意的渾圓身材，家中有妻小，有鄉間別墅，在銀行裡有戶頭。當店鋪內有難解的事端，需要有人迅速做出決策時，這位老闆就會出其不意地下場解圍，扭轉局面。

這麼一來，女士們就被和善、青春、親切、微笑和風趣所包圍，被人類文明所能提供的最簡單而又最能騙人的東西所包圍；而且這一切是安排得如此細膩，適合所有人的喜好。

我們簡短談一下店面布置的視覺、建築和裝飾的自然效果，我們會說得簡短、堅決、駭人。我們就來談談一個地方造就了歷史。

您所讀到的這本富有教益的書籍，是在黎希留街七十六號一家高雅的書店裡販售的。這家以白、金兩色裝潢的書店掛著紅色的絲絨布幔，占據了半樓的一間房。陽光從梅納爾街照進這店鋪裡，就像照進了畫家工作室裡那明淨、爽然、有序、永遠恆定的日光。有哪位在街頭閒逛的人不讚嘆這個波斯人雕像呢？這位盤坐在交易所街和黎希留街街角的亞洲國王，等於是四處宣稱：「我在這兒統領天下，比在拉合爾掌權更加安然。」

如果沒有這裡這個流傳久遠的解釋，在五百年後，在這兩條街街角的這個雕像很可能使考古學家忙個不停，寫出好幾卷附有插圖的四開本著作，就像加特赫梅赫先生所寫的論奧林帕斯山朱庇特的著作一樣。這些著作甚至指出，拿破崙在成為法國皇帝之前，早在東方某個地區就已經有點像是蘇非[1]了。

總之，這家豐富的書店就座落在這可憐的小小半樓裡，掏出銀票付款之後，就能將這半樓據為己有。《人間喜劇》讓位給了喀什米爾披肩，波斯人犧牲了他皇冠上的幾顆鑽石，以換取不可少的陽光。陽光讓銷售量提高了一倍，因為它讓物品的色彩顯得更鮮明。陽光也讓披肩顯得更加誘人，這是讓人無可抗拒的光，是金色的光！就請您根據這個例子，來評斷巴黎所有的商店是如何布置店面的……

讓我們再回頭說說那幾位年輕小伙子，說說曾受到法國國王邀宴、佩戴勳章的那位四十來歲男子，說說留著棕紅色鬍子、一臉專橫模樣的那位大伙計！這些經驗老到的高迪薩爾每

1 蘇非（sophi）：古代的波斯王。

個星期得和千百種變幻莫測的喜好比身手，他們對喀什米爾這根弦在女人心裡所撩撥的顫動都瞭如指掌。不管是妖嬌美麗的女子、可敬的貴婦人、帶著孩子的母親、剽悍的女人、公爵夫人、中產階級婦女、厚顏無恥的舞女、天真未鑿的小姐，或者是過於純潔無邪的外國女人，只要她們上門，立刻就會被七、八個店員分析一番。當她們將手放在店門前的把手上，店員們便把她們研究了個透澈。

他們或站在窗邊、或站在櫃檯旁、或在門邊、或在角落、或在商店中央，那神態似乎是在回想星期日的狂歡之樂，如果仔細觀察他們，人們甚至會問：「他們心裡會想些什麼呢？」女人的錢包、欲望、意圖，和一時興起的念頭在一時之間便被搜查殆盡，比海關花將近兩個小時在邊境搜查一輛可疑的車子更加徹底。這些聰明的小伙子像嚴肅的父親一樣，把一切都看在眼底：她衣著上的細節、她鞋子上那幾乎看不見的汙漬、她已經退了流行的帽紗、她髒了的或不相襯的帽子緞帶、她衣裳的剪裁和樣式、手套的新穎、她由維多新娜四世巧奪天工的剪刀所剪裁的衣裳、她由弗爾蒙．莫里斯所設計的珠寶、她時髦的小配飾。總之，即是女人身上足以展示她素質、她財富，和她性格的一切。

顫抖吧！由老闆所主持的高迪薩爾猶太法庭是從來不曾判決錯誤的。接著，每個人的念頭都會如電報般快速地傳遞給另一個人，只要派一個眼神、神經質地抽動一下面部肌肉、使一個微笑、牽動一下嘴角。您只需觀察一下，就會發現這些念頭使店員一個接著一個地亮起了眼珠，就好像煤氣燈突然使得香榭麗舍大道上的燈一盞接一盞地亮了起來。

走進店鋪來的如果是名英國女子，那位陰沉、神祕、讓人難以招架的高迪薩爾就會走上前來，有如拜倫爵士筆下的浪漫人物。

走進來的如果是中產階級婦女，迎上前來的便是年紀最大的伙計；他會在十五分鐘內向她呈上一百條披肩，大談其顏色、花樣，弄得客人醺醺然。鳶鳥能在兔子上頭轉多少圈，他就能為她展現多少披肩。半個小時過去，她頭昏眼花，不知道該怎麼選擇，不管這位可敬的中產階級婦女怎麼說這些披肩，伙計總是處處迎合，最後她只得聽任擺布，而其實是這伙計讓她在兩條同樣誘人的披肩之間左右為難的。

「夫人，這一條非常合算，蘋果綠是正當紅的顏色。不過流行總是會變的，而這一條——黑或白色的，賣得很快——怎麼也不會過時，而且能搭配任何服裝。」

這是這門職業的教戰守則。

「你們不會相信做這種事需要耗費多少唇舌。」最近，這位首席高迪薩爾對他兩位朋友杜宏塞雷和畢希烏說。這兩位朋友來向他買披肩，而且對他非常信任。「喏，你們兩位都是能保密的藝術家，我倒可以跟你們談談我們老闆有多狡猾，當然，他是我所見過最厲害的人了。我不拿他來和首屈一指的製造商費里多先生相比，不過他做為一個銷售員，實在是一流的。他發明了一種塞里姆披肩，一種不可能賣的披肩，但我們總是能賣掉它。我們把一條價值五、六百法郎的披肩放在一個鋪著錦緞的簡單雪松木盒子裡，就成了鄂圖曼帝國的蘇丹塞里姆送給拿破崙皇帝的披肩。這種披肩是我們的帝國自衛軍，我們孤注一擲地讓它賣——只可賣出，不可死亡。」

就在這個時候，一名英國女子從她租賃的馬車走下來，臉上一副英國及其子民所特有的冷漠表情。您大概會說她像是一尊騎士雕像，正以某種沒風韻之人所獨具的跳躍步伐前進；這種沒風韻正是倫敦每個家庭在全國關注下製造出來的。

「英國女人，」他在畢希烏耳邊說，「是我們的滑鐵盧戰役。我們也會遇到一些女人像鰻魚一樣地從我們手中溜走，可是我們總能在樓梯上再度抓住她。或是當遇到一些妖嬌美麗的女郎和我們說說笑笑，我們就和她們一起笑，最後讓她們以信用貸款買下。對那些難以捉摸的外國女人，我們可以搬出好幾條披肩，然後只要不斷奉承她們，生意總能做成。可是要應付英國女人，簡直是等於攻擊路易十四的銅像……這樣的女人總是把討價還價當作樂趣、當作正當活動……她們總是讓我們不得不施展十八般武藝，就是這樣！……」

那位浪漫的伙計走了過去。

「夫人，您想要印度披肩或是法國披肩？價錢高的，或是──」

「我看看（堪堪）。」

「夫人，您的預算是多少？」

「我看看（堪堪）。」

伙計轉身拿了幾條披肩，把它們掛在一個衣架上，同時意味深長地看了他的同事一眼──真討人厭！──還微微聳了聳肩，輕微得讓人難以察覺。

「這幾條是我們品質最好的紅色印度披肩，也有藍色和橘黃色的。這些都是一萬法郎一條……這裡還有五千法郎，和三千法郎一條的。」

英國女人先是冷漠地看看左右，然後再瞟一眼那三條展示的披肩，沒表示贊同，也沒表示不贊同。

「還有別的嗎（嗨有彎的嗎）？」她問。

「有，夫人。不過您是不是沒決定要買披肩呢？」

「喔！我是要買的（偶是腰埋的）。」

伙計又取來了幾條較便宜的披肩，不過他鄭重地把披肩展示出來，就好像是在說：「小心這些絕美的披肩。」

「這些貴很多，」他說，「全都是新的。它們是郵寄來的，而且是直接向拉合爾的製造商買來的。」

「啊，我知道了，」她說，「這幾條更合我的意（合偶的一）。」

儘管伙計心裡惱怒——這怒氣也感染了杜宏塞雷和畢希烏——他還是擺出一副認真的模樣。英國女人依然是一臉冷漠，像西洋菜似的，而且她似乎為自己的漠然沾沾自喜。

「多少錢？」她指著一條圖案是小鳥棲息在寶塔裡的天藍色披肩問。

「七千法郎。」

她拿起披肩，披在肩上，照照鏡子，然後把披肩還給伙計說：「不，我不喜歡（偶不惜翻）。」

十五分鐘過去，試了又試，她還是沒看中意的。

「夫人，我們沒有其他披肩了。」伙計看了看老闆對她說。

「夫人像所有有品味的人士一樣挑剔呢。」老闆以店主特有的優雅派頭走了過來，舉止間透著自負，又透著圓滑，這兩種特質難能可貴地兼容在一起。

英國女人拿起她的夾鼻眼鏡，從頭到腳打量著他；她根本不想知道他是個具有候選資格的人，也不想知道他常受邀到杜樂麗宮參加晚宴。

「我只剩下一條披肩了，不過我從沒把它拿出來給人看過，」他說，「它太怪了，不符合任何人的品味。今天早上我還想把它給我妻子呢。我們自一八〇五年就擁有這條披肩了，它來自約瑟芬皇后的手中。」

「就拿來看看吧，先生。」

「去把它拿來！」老闆對伙計說，「它在我家裡——」

「我會很高興看看（偶會很高心堪堪）這條披肩的。」英國女人說。

她這個回答在老闆聽來可是勝利一場，因為這個抑鬱的女人剛剛似乎就要離開店鋪了。她裝出一副只看披肩的樣子，但其實她是在看那幾個伙計和其他兩位買主，還虛虛偽偽地用她夾鼻眼鏡的鏡架擋住自己的眼珠。

「夫人，這披肩在土耳其價值六千法郎。」

「喲（喔）！」

「這是塞里姆在遭難之前寄給拿破崙皇帝的七條披肩中的一條。就像夫人您也知道的，約瑟芬皇后是克里奧爾人，非常任性，她把這條披肩拿來換我的前任店主從土耳其大使那裡買來的一條披肩。不過，我從來不知道這條披肩的價錢，因為在法國，我們的貴婦口袋都不夠深，不像在英國……這條披肩價值七千法郎，當然，以複利來計算的話，現值一萬四千、一萬五千法郎——」

「什麼複利（什摸夫利）？」英國女人問。

「夫人，就在這兒呢。」

於是老闆小心翼翼地——他這種小心翼翼的態度連德國德勒斯登的綠穹珍寶館講解員也會讚嘆——取出一把小鑰匙打開一個雪松木的方形盒子，這盒子的簡單造型讓英國女人印象深刻。老闆從這個襯著黑色錦緞的盒子裡取出了一條大約一萬五千法郎的披肩，金黃的底色，配上黑色圖案，十分光鮮豔麗，只有印度人五花十色的古怪彩繪才能勝過它。

「Splendid!（美極了！）」英國女人說，「它真是太美了……這真是我理想中（離詳中）的披肩，it is very magnificent（眞的太棒了）……」

然後她就拿披肩擺起姿勢來，她擺出聖母馬利亞的姿勢，為的是突顯她自以為美麗卻沒有熱忱的眼睛。

「拿破崙皇帝很喜歡這條披肩，他曾經用過它呢——」

「很喜歡。」她接著老闆的話說。她拿起披肩，披在自己身上，仔細察看。老闆拿回披肩，走到日光下搓搓它、抖抖它，讓它煥發光彩.,他擺弄披肩一如李斯特彈奏鋼琴。

「它 very fine, beautiful, sweet !（非常好，非常美，非常棒！）」英國女人神色平靜地說。

杜宏塞雷、畢希烏和幾位伙計互相交換了一個愉悅的眼神，這眼神表示：「披肩賣出去了。」

「怎麼樣呢，夫人？」老闆見英國女人過久地凝視著這條披肩，不禁問起來。

「真是的，」她說，「我更喜歡您自己的披肩！……」

在一旁默不作聲而神情專注的伙計突然像是被電流觸到一樣，驚跳起來，一下子止不住亢奮。

「夫人，我有一條非常漂亮的披肩，」老闆平心靜氣地說，「它原是俄國一位公主的，納茲寇夫公主。公主用這條披肩跟我換了一些東西。如果夫人想看，這條披肩一定會覺得與有榮焉的。它是全新的，展示還不到十天，在巴黎絕對找不到第二條。」

伙計們克制住自己的驚訝，他們對老闆佩服有加。

「我很願意看看。」她回答。

「夫人您披上這條披肩，坐到馬車上去看看效果。」老闆說。

老闆取來了他的手套和帽子。

「這事會怎麼了結啊？」大伙計看著英國女人扶著老闆的手，兩人一起踏上租賃來的馬車，忍不住嘆道。

對杜宏塞雷和畢希烏來說，這件事不僅具有小說結尾的魅力，還引發了英國、法國之間鬥爭——即使這鬥爭微不足道——的特殊興趣。二十分鐘後，老闆回來了。

「到勞森旅館去，這是名片——諾斯威爾夫人。我這就開一張發票，你一起帶去。有六千法郎的款子要收。」

「您是怎麼辦到的？」杜宏塞雷向這位發票之王致上敬意。

「喏，先生，我瞭解這種有點怪癖的女人，她喜歡受人注目。當她發現人人都注意她的披肩時，她對我說：『真是的，請坐車回去吧，先生，我買了這條披肩。』

「當畢戈爾諾先生，」他指了指那位浪漫的伙計，「展示披肩給她看時，我仔細觀察了這位女顧客。她向您瞟了一眼，想知道您對她有什麼看法。她對披肩倒是沒那麼在意，而是在意您的看法。英國女人都有一種特殊的沒品味——因為我們不能說那是品味——她們不知道自己要什麼，她們總是為一件東西討價還價，但最後決定購買時，卻不是出於想要這件東西，而是出於某種偶然。我看得出來她是那種對丈夫厭煩、對孩子厭煩，遺憾非常地守著貞潔，而且尋覓著讓她心動之事，總是擺出一副垂柳之姿……」

這就是店主所說的話，一字不差。

這證明了在其他國家裡商人就只是商人，而在法國，尤其是在巴黎，商人是皇家學院的畢業生，他有文化，喜愛藝術，喜歡釣魚，喜歡戲劇，或是深深渴望繼承居南．克里丹先生的位置、繼承國民自衛軍上校的位置、繼承塞納省議員的位置、繼承商業法庭法官的位置。

「阿道爾夫先生，」老闆娘對金髮的小伙計說，「去工匠那裡訂購一只雪松木盒子。」伙計陪著已經為雄茲夫人選購了一條披肩的杜宏塞雷和畢希烏走出門，並說道：「我們得去看看在舊披肩裡有哪一條可以選來當塞里姆披肩的角色。」

巴黎，一八四四年十一月

國家圖書館出版品預行編目資料

巴爾札克短篇小說選集/奧諾雷.德.巴爾札克(Honoré de Balzac)著；邱瑞鑾譯.
—— 二版. ——臺中市：好讀出版有限公司, 2022.03
面：　公分，——（典藏經典；117）

譯自：Contes et nouvelles choisis de Balzac.

ISBN 978-986-178-582-0（平裝）

876.57　　　　　　　　　　　　110021602

好讀出版

典藏經典 117

巴爾札克短篇小說選集【人間喜劇精選】

作　　者／奧諾雷．德．巴爾札克 Honoré de Balzac
譯　　者／邱瑞鑾
總 編 輯／鄧茵茵
責任編輯／王智群、林泳誼
行銷企劃／劉恩綺
發 行 所／好讀出版有限公司
407台中市西屯區工業30路1號
407台中市西屯區大有街13號（編輯部）
TEL:04-23157795　FAX:04-23144188
http://howdo.morningstar.com.tw
（如對本書編輯或內容有意見，請來電或上網告訴我們）
法律顧問／陳思成律師

讀者服務專線：(02)23672044 / (04)23595819#230
讀者傳眞專線：(02)23635741 / (04)23595493
讀者專用信箱：service@morningstar.com.tw
晨星網路書店：http://www.morningstar.com.tw
郵政劃撥：15062393（知己圖書股份有限公司）
如需詳細出版書目、訂書，歡迎洽詢

二版／西元2022年3月15日
初版／西元2018年10月15日
定價／450元
如有破損或裝訂錯誤，請寄回知己圖書更換

Published by How-Do Publishing Co., Ltd.
2022 Printed in Taiwan

ISBN 978-986-178-582-0